Tel un joyau caché

J'AI LU

VIRGINIA C. ANDREWS

Fleurs captives		
Fleurs captives	*J'ai lu*	1165/**4**
Pétales au vent	*J'ai lu*	1237/**4**
Bouquet d'épines	*J'ai lu*	1350/**4**
Les racines du passé	*J'ai lu*	1818/**4**
Le jardin des ombres	*J'ai lu*	2526/**4**
La saga de Heaven		
Les enfants des collines	*J'ai lu*	2727/**5**
L'ange de la nuit	*J'ai lu*	2870/**5**
Cœurs maudits	*J'ai lu*	2971/**5**
Un visage du paradis	*J'ai lu*	3119/**5**
Le labyrinthe des songes	*J'ai lu*	3234/**6**
Ma douce Audrina	*J'ai lu*	1578/**4**
Aurore	*J'ai lu*	3464/**5**
Les secrets de l'aube	*J'ai lu*	3580/**6**
L'enfant du crépuscule	*J'ai lu*	3723/**6**
Les démons de la nuit	*J'ai lu*	3772/**6**
Avant l'aurore	*J'ai lu*	3899/**5**
La famille Landry		
Ruby	*J'ai lu*	4253/**6**
Perle	*J'ai lu*	4332/**5**
D'or et de lumière	*J'ai lu*	4542/**5**
Tel un joyau caché	*J'ai lu*	4627/**5**
D'or et de cendres	*J'ai lu*	4808/**6**

Virginia C. Andrews

Tel un joyau caché

Traduit de l'américain
par Françoise Jamoul

Éditions J'ai lu

Titre original :

HIDDEN JEWEL
Published by arrangement with Pocket Books,
a division of Simon & Schuster Inc., N.Y.

PROLOGUE

Cela commence toujours de la même façon. D'abord, je l'entends chanter la berceuse. Il me porte dans ses bras et nous marchons dans les marais, là où l'herbe est si haute que ni lui ni moi ne pouvons voir ses pieds, mais seulement le revers de ses bottes. Le bord de son chapeau de paille projette un masque d'ombre sur ses yeux et sur son nez. Moi, j'ai mon petit bonnet blanc et rose.

Derrière nous, les monstres de métal poursuivent leur trépidation monotone; on dirait des abeilles géantes, butinant le nectar noir de la terre. Quand je me retourne sur eux, je les vois lever la tête, l'incliner pour me faire signe et, à nouveau, la relever. Cela me fait peur, et je sais qu'il s'en rend compte, car il me serre plus étroitement contre lui et chante plus fort.

Puis un essaim de passereaux jaillit devant nous, d'un vol si brusque et si proche que l'air agité par leurs ailes me caresse les joues. Il rit. Et la douceur de ce rire glisse sur moi comme une eau fraîche.

En face de nous, la grande maison se profile sur le ciel. Elle est si vaste qu'elle pourrait l'engloutir tout entier, me semble-t-il, et le soleil avec. J'aperçois maman, qui descend de son atelier de peinture. Elle nous a vus, nous fait signe de la main, et il rit encore. Maman vient vers nous, en hâtant le pas pour commencer, puis en courant. A chaque instant qui passe elle rajeunit, rajeunit, jusqu'au moment où elle devient... moi !

Je suis debout devant un miroir et je m'examine. Je suis tellement émerveillée par le bleu de mes yeux, l'or pâle de mes cheveux de lin, l'éclat nacré de mon teint que je souris à mon image et tends la main vers elle. Mais aussitôt que je la touche, je tombe en arrière.

Je tombe et je tombe, jusqu'à ce qu'un bruit d'éclaboussures me fasse ouvrir les yeux, pour voir s'éparpiller toute une nuée de poissons. Leur disparition me découvre les racines tordues d'un cyprès renversé, pareilles aux doigts noueux d'un géant qui dort. Elles m'effraient, je me détourne... mais seulement pour me retrouver face à face avec lui.

Ses yeux sont grands ouverts et sa bouche béante, comme s'il était tout surpris de se trouver là. Je voudrais crier, mais quand je le fais, l'eau s'engouffre dans ma gorge et je suffoque.

Et c'est alors que je m'éveille.

Quand j'étais petite, le bruit de mes hoquets attirait papa ou maman auprès de moi, quelquefois tous les deux. Mais depuis des années, j'ai appris à retenir ma respiration et à enfouir ma tête au creux de l'oreiller, dans le noir, en attendant de me rendormir.

Cette nuit, maman a dû deviner que j'allais rêver : à peine avais-je crié qu'elle était à ma porte.

— Tout va bien, Perle ?

— Oui, maman.

— C'est le rêve ?

— Oui, mais ça va mieux, maman. C'est fini.

— C'est bien vrai, ma chérie ?

Elle s'approche de moi, mais pourquoi s'inquiète-t-elle ainsi ? Est-ce parce que je continue à faire ce rêve ?

— Quand est-ce que ça va s'arrêter, maman ? Est-ce que ça va durer toujours ?

— Je ne sais pas, trésor. J'espère que non. (Elle jette un regard vers la porte.) Je peux essayer de brûler un nouveau cierge, si tu veux ?

— Non... merci, maman.

Une fois, elle s'inquiétait tellement à cause de ce rêve qu'elle a essayé l'une des vieilles recettes vaudoues que lui avait apprises Nina Jackson, la cuisinière de mon grand-père Dumas. Et papa s'est fâché.

— Ça va aller, maman. Vraiment.

Elle écarte quelques mèches de mon front, y dépose un baiser.

— Qu'est-ce qui se passe, ici? demande papa du seuil de la chambre, en s'efforçant de faire la grosse voix.

— Juste une petite conversation entre femmes, Chris.

— A trois heures du matin?

— Les femmes ont certains privilèges, non?

— Surtout celui de faire tourner un homme en bourrique! bougonne-t-il en retournant se coucher.

Nous pouffons de rire. D'une certaine façon, nous nous sentons davantage sœurs que mère et fille, toutes les deux. Maman paraît si jeune! On ne lui donnerait jamais trente-six ans, et pourtant... l'éducation de jumeaux de douze ans n'est pas de tout repos, tout le monde sait ça.

— Fais de beaux rêves, ma chérie. Rêve à demain, à ta fête, à ta merveilleuse soirée. Rêve à l'université, à toutes les choses que tu as toujours désiré faire et que tu y feras.

— Promis, maman, dis-je en lui saisissant vivement les mains. Maman...

— Qu'y a-t-il, ma petite Perle?

— Est-ce que tu m'en diras plus? Peut-être que si j'en savais plus, le cauchemar s'en irait?

Elle acquiesce d'un signe, à contrecœur.

— Tu crains de me faire de la peine, je le sais bien. Mais il faut que je sache, n'est-ce pas, maman?

— Oui, reconnaît-elle. Tu dois savoir.

Et elle soupire, si profondément que mon cœur paraît sur le point d'éclater.

— Je suis assez grande pour comprendre, maman. Vraiment, je t'assure.

— Je sais, ma chérie. Nous parlerons, promet-elle en me tapotant la main.

Je la regarde s'éloigner, les épaules un peu affaissées, maintenant. Je m'en veux de l'avoir attristée, même pour un instant, mais c'est plus fort que moi. Je suis attirée par l'ombre du passé aussi vivement qu'un papillon par la flamme d'une chandelle.

Et j'espère — non, je prie pour cela — que mon sort ne sera pas celui du papillon, que cette flamme ne va pas me brûler... Ou me détruire.

1

L'avenir me fait signe

Des voix bruyantes résonnant juste sous mes fenêtres m'éveillèrent. Pour la réception donnée en l'honneur de mon baccalauréat, papa avait engagé toute une équipe d'extra, et ils recevaient leurs ordres. La maison et les jardins devaient être pomponnés, fignolés, impeccables. Il avait plu pendant la nuit, et la senteur humide et douce des bambous verts imprégnait l'air, mêlée à celle des gardénias et des camélias en fleurs. Je me frottai les yeux pour chasser le sommeil et m'assis dans mon lit. Au-dehors, le soleil dispersait les derniers nuages, déversant ses rayons dorés sur la piscine et les courts de tennis, à croire qu'on avait secoué sur le parc un drap chargé de pierreries. Les carreaux d'Espagne aux tons bleus et mauves étincelaient, les jardins étaient beaux à couper le souffle. Pouvait-on imaginer meilleur début pour l'un des plus grands jours de ma vie ? Tous les troubles confus qui me hantaient, toutes les ombres de la nuit et les craintes de mon enfance avaient disparu, en un instant évanouis.

J'avais dix-sept ans, j'allais recevoir mon diplôme de fin d'études secondaires. Et j'étais major de promotion, par-dessus le marché ! Je libérai un gros soupir et parcourus ma chambre du regard. Depuis longtemps déjà, maman l'avait refaite exactement telle qu'elle l'avait trouvée en arrivant à La Nouvelle-Orléans, la toute première fois. Je dormais dans son grand lit à colonnes en pin noirci, au baldaquin de soie nacrée à franges et aux énormes oreillers, moelleux comme des nuages. Le couvre-lit, les taies et le drap du dessus étaient tissés de la plus fine mousseline blanche, et un tableau décorait le chevet. Il représentait une ravissante jeune femme dans un jardin, occupée à nourrir un perroquet. Un adorable toutou noir et blanc mordillait le bas de sa robe longue.

Deux tables de nuit encadraient mon lit, portant chacune sa petite lampe à abat-jour cloche. Et je disposais non seulement d'une armoire et d'une commode, mais d'une coiffeuse au grand miroir ovale, au parement d'ivoire orné de roses jaunes et rouges, peintes à la main. Nous nous étions souvent assises côte à côte devant ce miroir, maman et moi, pour nous coiffer et nous bichonner en bavardant « entre filles », comme elle se plaisait à dire. Maintenant, ce serait entre femmes, avait-elle déclaré. Mais bientôt ces conversations s'espaceraient de plus en plus, puisque j'allais partir pour l'université. Moi qui étais si pressée de grandir et qui attendais si impatiemment ce jour, j'y étais, maintenant ! Et malgré moi, j'en éprouvais un soupçon de mélancolie.

Adieu, les aventures chimériques, les week-ends où l'on fait la grasse matinée, les jours sans souci du lendemain. Finis, le temps perdu, les rattrapages de dernière minute avant les contrôles, les moments de loisir où l'on se prélasse dans les jardins, les après-midi de rêverie... Encore un tour d'horloge et nous allions être projetés dans le monde réel, mes camarades de promotion et moi. Confrontés à l'univers du travail et des études sérieuses, où il n'y aurait personne pour nous surveiller, à part notre propre conscience.

Comme je me détournais du miroir, mon regard dériva vers la porte et je m'aperçus qu'elle était entrouverte. Un examen plus attentif me révéla mon frère Pierre qui m'épiait par la fente, à quatre pattes, mon frère Jean perché sur son dos et l'œil aux aguets, lui aussi. Les deux visages identiques, avec leurs yeux d'outremer sous leurs franges blondes, arboraient une expression de curiosité avide. Ce qu'ils s'attendaient à me voir faire en m'éveillant, le jour de ma fête de fin d'études, je l'ignore ; mais je sais qu'ils espéraient un geste ou un mot qui leur donneraient prise sur moi, pour me taquiner un peu plus tard.

— Jean ! Pierre ! m'écriai-je. Qu'est-ce que vous fabriquez ?

Gloussant et glapissant, ils détalèrent vers leur chambre, celle qu'avait occupée autrefois notre grand-oncle Jean, le frère de notre grand-père Dumas.

La plupart du temps, les jumeaux se comportaient comme de jeunes chiots, fourrant leur nez partout, là où ils n'avaient rien à faire. En général, ils n'y gagnaient que des ennuis et papa, malgré sa répugnance visible à sévir, était bien forcé de les corriger. Il était fou de ses jumeaux, très fier d'eux, et nourrissait de grands espoirs à leur sujet.

A eux deux, ils composaient une réplique fidèle de papa. Jean possédait ses aptitudes athlétiques, sa passion pour les sports, la chasse et la pêche. Pierre tenait de lui sa curiosité, sa sensibilité, son amour des arts, mais les qualités de l'un manquaient à l'autre. En fait, mes deux frères étaient plutôt comme les deux moitiés d'un seul être hybride appelé Pierre-Jean. Ce que l'un ne savait pas faire, l'autre le faisait à sa place, et ce que l'un ne pensait pas, l'autre le pensait pour lui. Ils étaient les deux mousquetaires et n'avaient pas besoin du troisième.

Ce qui étonnait tout le monde, y compris les plus sceptiques, c'était leur façon de tomber malades pratiquement en même temps. Si l'un d'eux s'enrhumait, l'autre était sûr d'éternuer quelques minutes plus tard. Et si Jean se cognait la tête ou le genou, c'est la pure vérité, Pierre grimaçait de douleur, et vice versa.

Ils aimaient manger les mêmes choses, et en quantité presque égale ; si ce n'est que Jean, qui grandissait plus vite, commençait à manger un peu plus.

— Que se passe-t-il ? entendis-je maman demander. (Elle écouta quelques instants, puis apparut à ma porte.) Bonjour, Perle chérie. Tu as réussi à te rendormir ?

— Oui, maman.

— Est-ce que tes frères ne seraient pas venus te réveiller ? s'informa-t-elle en fronçant les sourcils.

Je ne voulais pas rapporter, mais elle n'avait pas besoin de mon témoignage.

— Ces deux-là ! On dirait deux rats musqués, ces jours-ci. Toujours dans vos jambes, je ne sais plus comment les prendre. L'un jure ses grands dieux que l'autre est innocent, et avec un air si candide et innocent lui-même !

Elle avait beau se plaindre et secouer la tête, je savais combien leur entente lui faisait plaisir. Les choses avaient été si différentes entre elle et sa sœur jumelle... Chaque fois qu'elle en parlait, elle poussait un soupir lourd de regret, se reprochant toujours de n'avoir pas su amener Gisèle à être pour elle une véritable sœur.

— Il faut que je me lève, de toute façon, maman. Il y a tellement de choses à faire, je veux me rendre utile.

— Je sais...

Les yeux de maman s'assombrirent. Pour nous deux, mais peut-être davantage pour elle, ce jour de joie se teintait d'une vague tristesse. S'il avait été en son pouvoir de me garder petite fille toute la vie, elle l'aurait fait, affirmait-elle. Et elle m'avait avertie :

— Tout va si vite... pourquoi tant se presser ?

Maman disait souvent qu'elle ne voulait pas me voir perdre une seule journée de mon enfance. La sienne lui avait filé entre les doigts, affirmait-elle. Et elle accusait la vie difficile qu'elle avait menée de l'avoir fait grandir trop vite. Combien de fois m'avait-elle répété :

— Je veux à tout prix t'éviter de lutter et de souffrir comme moi, Perle. Et s'il faut pour cela te gâter à outrance, eh bien, sois une enfant gâtée !

Mais je savais qu'elle ne pourrait pas me garder toujours auprès d'elle, ni m'empêcher de grandir. Pas tant que j'aurais mon mot à dire. Même si j'avais adoré mon enfance à la maison, maintenant j'avais hâte d'en partir et d'explorer le vaste monde.

— Je crois que je suis encore plus émue que toi aujourd'hui, me confia maman, les yeux brillants d'excitation.

Elle était rayonnante, malgré l'heure matinale. Ce n'était pas son genre de se farder et de se mignoter, comme les mères de la plupart de mes amies. Elle allait rarement à l'institut de beauté, ne passait pas son temps à changer de couturier, bien qu'elle fût toujours parfaitement élégante. Mais cela tenait peut-être au fait qu'elle était de celles qui lancent les modes. Les autres femmes observaient d'un œil attentif les toilettes qu'elle choisissait, leur style et leurs couleurs. C'était une artiste peintre au talent reconnu à La Nouvelle-Orléans, et chacune de ses expositions, voire sa seule apparition dans une galerie, attirait les photographes et avait les honneurs de la chronique mondaine.

Maman coupait rarement sa somptueuse chevelure aux tons cuivrés, qui lui avait valu son nom : Ruby. Elle la laissait pousser et, quand elle ne les relevait pas sur la tête, elle portait ses cheveux bouclés, nattés ou noués en torsade, à la française. Une simplicité qui était le secret du charme, disait-elle.

— Les femmes couvertes de bijoux et barbouillées de fard peuvent attirer l'attention, Perle, mais elles sont rarement séduisantes. Des boucles d'oreilles ou un collier devraient servir à rehausser la beauté, non à éblouir, et il en va de même du maquillage. Je sais, les filles de ton âge s'imaginent que c'est à la mode et très excitant de s'alourdir les paupières au mascara ; mais tout l'art consiste à souligner ses avantages, pas à les anéantir.

— Je ne vois pas quels avantages j'aurais à faire valoir, maman ! répliquai-je, ce qui la fit rire.

Puis elle attacha sur moi son regard d'émeraude.

— Quand j'étais enceinte de toi, si Dieu était venu me dire : « Peins le visage que tu désires pour ton enfant », je n'aurais rien pu imaginer ou créer de plus beau que toi, Perle.

« Et tu as une silhouette ravissante, de celles qui font pâlir d'envie les autres femmes. Je ne veux pas que ta beauté te monte à la tête, non. Sois modeste et reconnaissante, mais ne sois pas la petite jeune fille sans assurance que j'étais autrefois. Sinon les gens profiteront de toi, m'avertit-elle, les yeux soudain rétrécis.

Et dans son regard assombri, je devinai qu'elle était assaillie par l'un des plus tristes ou des plus odieux souvenirs de sa jeunesse.

Nous savons bien sûr, mes frères et moi, que maman est née dans le bayou et y a grandi. Jusqu'à ses seize ans, son père — dont mon frère Pierre porte le prénom — ne savait même pas qu'elle existait. Il croyait que sa sœur jumelle, Gisèle, était le seul enfant né de ses amours avec Gabrielle Landry. Il était marié, à l'époque. Mais sa femme, Daphné, accepta de faire passer Gisèle pour sa propre fille lorsque mon arrière-grand-père Dumas l'acheta aux Landry et, dès sa naissance, l'amena à La Nouvelle-Orléans. La supercherie faillit éclater au grand jour lorsque, seize ans plus tard, à la surprise générale, ma mère fit son apparition à la porte de la Maison Dumas. Mais la famille forgea sur-le-champ une histoire, selon laquelle ma mère avait été volée au berceau par des cajuns et emmenée dans le bayou, puis, sur un remords de conscience des ravisseurs, rendue aux siens.

De temps en temps, maman évoquait la vie difficile qu'elle avait menée, entre une sœur jumelle et une belle-mère qui la rejetaient, mais elle détestait dire du mal des morts. Elle avait été élevée par une grand-mère cajun, une guérisseuse spirituelle qui soignait les maux et les blessures grâce à un mélange efficace de religion, de médecine et de superstition. Maman croyait aux esprits. Elle me fit part des avertissements de sa grand-mère Catherine et de la vieille Nina Jackson, la cuisinière des Dumas qui pratiquait le vaudou. Selon elles, si jamais elle attirait les morts avec ces histoires, ils reviendraient nous hanter tous.

Maman ne tentait pas de me faire croire à ces choses-là. Elle tenait seulement à ce que je respecte ceux qui y croient, et à ce que je ne prenne aucun risque. Papa, lui, la réprimandait souvent.

— Perle est une scientifique. Elle a l'intention d'être

médecin, n'est-ce pas ? Ne lui bourre pas le crâne avec ces contes de bonne femme !

Mais quand il s'agissait de rappeler mes frères à l'ordre, papa n'hésitait pas à utiliser les histoires de maman pour leur faire peur :

— Si vous continuez à galoper dans les escaliers, vous allez réveiller le fantôme de votre méchante tante Gisèle, menaçait-il. Et elle viendra vous hanter pendant votre sommeil !

Maman lui adressait un clin d'œil de reproche et il abandonnait la place, en grommelant qu'il n'était même plus le maître chez lui.

— J'aurais préféré que vous n'organisiez pas une si grande fête pour moi, maman, soupirai-je en me levant pour m'habiller, désireuse d'offrir mon aide.

Papa avait engagé l'un des meilleurs orchestres de jazz de la ville, pour jouer sur la terrasse, un grand chef cuisinier pour les desserts et une ribambelle d'extra. Il avait même fait appel à une compagnie cinématographique pour filmer la réception. Je n'en revenais pas. S'il faisait tout ça pour mon baccalauréat, qu'est-ce que ce serait pour mon mariage !

Je ne me voyais pas mariée, de toute façon. Je ne m'imaginais pas en maîtresse de maison, élevant des enfants à moi. Quelle énorme responsabilité ! Mais ce que j'imaginais encore moins, c'était de tomber amoureuse d'un homme au point de vouloir passer ma vie avec lui ; le voir tous les matins au petit déjeuner, le retrouver tous les soirs au dîner, aller partout en sa seule compagnie ; être à tout instant si belle et si désirable qu'il voudrait toujours être avec moi, et moi seule. J'avais eu des amis, bien sûr. Pour le moment, j'avais un flirt sérieux avec Claude Avery, mais je n'envisageais pas de passer ma vie avec lui… même si c'était l'un des plus beaux garçons du lycée, avec sa haute taille, ses cheveux noirs et ses yeux gris-bleu aux reflets d'argent. Il m'avait souvent dit qu'il m'aimait, et attendait la même affirmation de ma part. Mais tout ce que je trouvais à répondre, c'était un vague : « Moi aussi je t'aime bien, Claude. »

L'amour devait sûrement être autre chose que ça, soupçonnais-je. Quelque chose de tout à fait spécial. Le monde était plein de mystères, de problèmes à résoudre, mais rien ne semblait aussi ardu que la réponse à la question : Qu'est-ce que l'amour ? Mes amies détestaient que je mette en doute leurs emphatiques déclarations d'amour pour un tel ou un tel, et elles m'accusaient toujours d'être trop curieuse, de tout examiner au microscope.

— Pourquoi faut-il toujours que tu poses autant de questions ? gémissaient-elles, surtout ma meilleure amie, Catherine Didion.

Catherine et moi étions si différentes qu'on se demandait vraiment ce qui nous rapprochait... mais peut-être étaient-ce nos différences, justement ? D'une certaine façon, notre curiosité l'une envers l'autre expliquait cet intérêt mutuel. Aucune de nous deux ne comprenait réellement pourquoi l'autre était ce qu'elle était.

— Ce n'est pas une réception si fracassante, déclara maman. D'ailleurs, nous sommes très fiers de toi, et nous tenons à ce que tout le monde le sache.

— Pourrai-je voir mon portrait ce matin, maman ?

J'avais posé dans ma robe noire de lauréate et maman devait dévoiler le tableau ce soir, mais je ne l'avais pas encore vu terminé.

— Non, il faut attendre. Cela porte malheur de voir un portrait avant qu'il soit fini. J'ai une dernière petite retouche à y faire.

Je ne protestai pas. Maman croyait aux bons et aux mauvais présages, et ne plaisantait jamais avec le destin. Elle portait toujours à sa cheville droite le porte-bonheur que lui avait jadis donné Nina Jackson, un sou troué enfilé sur un lacet.

— Bon, je ferais mieux d'aller sermonner tes deux garnements de frères, et m'assurer qu'ils ne sèment pas la panique dans la maison aujourd'hui.

— Plus tard, tu pourras m'aider à choisir ma robe et ma coiffure, maman ?

— Bien sûr, ma chérie, répondit-elle en marchant vers la porte. (Et comme, à cet instant précis, mon téléphone sonnait, elle ajouta :) Et ne passe pas la matinée à bavarder avec Catherine.

— Promis, lançai-je en décrochant.

Mais ce ne fut pas la voix de Catherine qui m'accueillit : c'était Claude.

— Je t'ai réveillée ?

— Non.

— Et voilà, c'est le grand jour. Notre grand jour.

Claude aussi était en terminale, et lui aussi fêtait son succès ; mais ce n'était pas seulement à cela qu'il faisait allusion, je le savais. Lui et moi sortions ensemble depuis près d'un an. Nous nous étions embrassés, caressés, nous nous étions même trouvés presque nus ensemble chez Ormand Lelock, quand ses parents l'avaient laissé seul pour un week-end. Deux fois déjà, nous avions poussé le flirt presque jusqu'au bout, mais j'avais toujours résisté. Je lui disais que pour moi il faudrait des circonstances très spéciales pour passer à l'acte, et il s'était mis en tête que ce serait pour notre soirée de fin d'études. Je n'avais pas dit oui, mais pas protesté non plus, et je savais que pour Claude, c'était une chose décidée.

La première fois que cela avait failli se produire, je l'avais arrêté en lui expliquant que c'était la période la plus dangereuse pour moi, le risque de tomber enceinte était trop grand. Frustré, il m'avait écoutée en rageant lui exposer les arcanes du cycle féminin.

— Je sors avec toi, et voilà que je me retrouve en plein cours de sciences nat, en train de subir un exposé sur la reproduction. Tu penses trop, à la fin ! Tu réfléchis tout le temps.

Etait-ce vrai ? Je me posai la question. Quand ses doigts me touchaient en certains endroits très intimes, je tremblais, mais je ne pouvais pas m'empêcher d'analyser le phénomène, ni de me demander pourquoi mon cœur battait. Je pensais à l'adrénaline, et à ce qui rendait ma peau brûlante. Des illustrations de manuels scolaires m'apparaissaient fugitivement, et Claude se plaignait de mon attitude lointaine et peu concernée.

La seconde fois que nous nous trouvâmes seuls, il

avait pris ses précautions et fut tout fier de me montrer son préservatif. Je ne tenais pas à le froisser, mais je lui dis que je n'étais pas prête.

— Pas prête ! explosa-t-il. Comment peux-tu le savoir ? Et ne me sers pas une de tes réponses scientifiques alambiquées, s'il te plaît.

Que pouvais-je répondre ? Nous avions partagé de bons moments ensemble et tous nos amis nous croyaient amoureux. Pour les autres élèves du lycée, nous formions un couple idéal. Mais je savais que ce n'était pas l'idéal. Il manquait quelque chose, ce quelque chose de plus qui se passe entre un homme et une femme. Voilà ce que je pensais.

J'observais papa et maman quand ils étaient ensemble, pendant un dîner ou une soirée. Je voyais bien l'accord qui régnait entre eux, la façon dont ils se comprenaient, devinaient leurs sentiments respectifs d'un simple regard, même à travers une salle remplie de monde. Une sorte de courant passait entre eux, leurs yeux irradiaient une tendresse mutuelle et un besoin de l'autre qui me révélaient combien ils étaient sûrs de leur amour. Peut-être attendais-je trop de la vie, mais je voulais un amour comme le leur. Et avec Claude, je savais que ce n'était pas ça.

Je ne savais pas comment lui dire qu'il n'était pas l'élu, et j'étais sur le point de lui céder à seule fin de lui faire plaisir, et aussi de satisfaire ma curiosité scientifique au sujet du sexe. Mais j'avais résisté jusqu'à ce soir, le soir où Claude avait décidé que nous serions amants.

— Tout est arrangé, m'informa-t-il. Les parents de Lester Anderson partent pour Natchez aussitôt après la remise des diplômes. Nous aurons la maison pour notre petite fête.

— Je ne peux pas quitter ma propre soirée, Claude !

— Pas tout de suite, évidemment. Mais plus tard, quand nous partirons en bande, je suis sûr que tes parents comprendront. Ils ont été jeunes, eux aussi !

Claude avait une façon bien à lui de toiser les filles en roulant des yeux qui les mettait dans tous leurs états, et la plupart gloussaient de rire quand il faisait ça ; elles se sentaient flattées. Au cours des dernières semaines, je l'avais soupçonné de fréquenter une autre fille derrière mon dos, Diane Ratner, à mon avis. Diane dont le regard me suivait si intensément dans les couloirs que je sentais le duvet de ma nuque se hérisser.

— A mon âge, ma mère n'avait jamais été dans une soirée de ce genre, Claude.

— Elle comprendra quand même, j'en suis sûr. Tu as envie de venir, non ? s'enquit-il précipitamment. (Et comme je ne répondais pas assez vite à son goût, il insista :) Eh bien ?

— Oui, consentis-je.

— Alors c'est entendu. A tout à l'heure. J'ai un tas de choses à faire avant la cérémonie mais je passerai te prendre.

— D'accord.

— Je t'aime, ajouta-t-il avant de raccrocher, sans me laisser le temps de répondre.

Je restai un moment assise, le cœur battant. Allais-je finalement céder ce soir ? Devais-je le faire ? Peut-être étais-je en train de me chercher des excuses parce que j'avais peur, tout simplement.

Au cours de nos conversations à cœur ouvert, maman n'avait jamais vraiment répondu à mes questions... sinon pour affirmer que personne ne pouvait le faire à ma place.

— Toi seule peux trouver la réponse pour toi-même, Perle. Toi seule sauras quand cela sera bien pour toi, et avec qui. Fais-en quelque chose de spécial, et cela le sera. Les femmes qui prennent le sexe à la légère sont généralement traitées de la même façon, tu comprends cela ?

Je comprenais... oui et non. Je connaissais l'essentiel, la technique, mais le côté magique m'échappait. Car c'était cela que l'amour devait être pour moi, me disais-je : quelque chose de magique.

Quand je descendis, je trouvai la maison en grand branle-bas. Des gens couraient en tous sens, suivant les ordres de maman pour modifier ceci ou cela. On plaçait des vases de fleurs un peu partout, les femmes de ménage faisaient la chasse au moindre grain de poussière. Chaque fenêtre devait être lavée, les meubles astiqués à fond, l'air bourdonnait du bruit incessant des aspirateurs. Maman surveillait la décoration de la salle de bal. Au plafond, d'où pendaient ballons, guirlandes et serpentins multicolores, on accrochait une banderole de deux mètres de long, affichant le mot : Félicitations. L'orchestre était venu vérifier l'acoustique et les musiciens avaient installé leurs instruments sur la terrasse.

— Bonjour, Perle, me salua papa en m'embrassant sur le front. Comment va ma future petite interne, ce matin ?

Rien ne plaisait davantage à papa que ma décision de devenir médecin. C'est ce qu'il aurait voulu être lui-même... autrefois.

— J'ai été jusqu'en deuxième année, m'avait-il dit un jour.

— Pourquoi n'as-tu pas continué, papa ?

Pendant un instant, j'avais cru qu'il ne répondrait pas. Ses traits s'étaient figés, ses yeux rétrécis, et il avait pincé les lèvres. Puis il avait émis cette réponse énigmatique :

— Les circonstances m'ont poussé dans une autre voie, c'est qu'il devait en être ainsi. Sans doute était-ce à toi que ce sort était réservé...

Quelles circonstances ? m'étais-je demandé. Comment une chose que l'on désire si fort peut-elle ne pas être pour vous, comme un décret du sort ? Papa réussissait si bien en affaires ! On imaginait mal comment il pouvait ne pas réussir dans n'importe quoi d'autre, pour peu qu'il s'y intéressât. Quand j'avais insisté pour avoir des précisions, pourtant, il s'était renfrogné, l'air mal à l'aise.

— Ça s'est trouvé comme ça, c'est tout, avait-il répliqué.

Et il m'avait quittée là-dessus.

Voyant combien le sujet lui était pénible, je m'en étais tenue là, mais les questions n'en subsistaient pas moins. Elles étaient omniprésentes pour nous tous, planant sur la maison, et jusque dans les albums de photographies de la famille ; ces photos retraçant les détours étranges et mystérieux qu'avait pris la vie de mes parents, juste avant et juste après ma naissance. C'était comme si nous avions des secrets enfouis dans une vieille malle poussiéreuse, au grenier. Un jour viendrait, bientôt peut-être, où j'ouvrirais la malle pour dévoiler les secrets au grand jour et où, comme Pandore, je ne tarderais pas à le regretter...

— Je crains que tu ne sois forcée de prendre le petit déjeuner avec tes frères, m'avertit papa. J'ai déjà déjeuné, ta mère aussi, et nous avons du pain sur la planche.

— Vous n'auriez jamais dû m'offrir une fête aussi grandiose, papa.

— Quoi ? Je n'aurais rien voulu de moins pour toi, et d'ailleurs ce n'est pas une si grande réception que ça. A tout moment, je me rappelle quelqu'un que nous avons oublié d'inviter.

— Mais notre liste d'invités mesure déjà deux kilomètres !

Papa éclata de rire.

— Eh bien, avec mes relations d'affaires et tout l'entourage artistique de ta mère, sans compter tes professeurs et amis, estimons-nous heureux qu'elle n'en mesure pas trois.

— Et mon portrait sera dévoilé devant tout ce monde ! Je vais mourir de honte.

— Ne pense pas à ce tableau comme à ton portrait, Perle, mais comme à une œuvre de ta mère, me conseilla papa.

Je l'approuvai d'un signe. Il était toujours si avisé ! Il aurait fait un excellent médecin, j'en étais sûre.

— Je déjeune en vitesse et je viens vous aider, papa.

— Pas question, jeune fille. Tu te détends. Tu as une lourde soirée devant toi — tu t'en apercevras bien assez tôt — et tu as ton discours à préparer, en plus.

— Tu m'écouteras répéter, tout à l'heure ?

— Naturellement, princesse. La famille sera ton premier public. Mais pour le moment, il faut que j'aille régler les problèmes de stationnement. J'ai engagé un vigile spécialement pour le service d'ordre.

— C'est vrai ?

— Nous ne pouvons pas laisser nos invités tourner autour du parc en cherchant où se garer, quand même ? Assure-toi que tes frères mangent et ne dérangent personne, si tu veux bien.

Sur ce, papa m'embrassa une dernière fois et s'éloigna rapidement vers le devant de la maison.

Pierre et Jean étaient à table, l'air innocent et trop poli pour être honnête : ils mijotaient quelque chose. Les mèches blondes de Jean lui retombaient sur les yeux et, comme d'habitude, sa chemise était boutonnée de travers. Pierre arborait une tenue impeccable, mais un petit sourire flottait sur ses lèvres et les yeux de Jean pétillaient. Je vérifiai prudemment ma chaise, au cas où ils l'auraient enduite de miel, pour que j'y reste collée.

— Bonjour, Perle, m'accueillit Pierre. Quel effet ça fait d'être lauréate ?

— Je me sens très nerveuse, admis-je en m'asseyant. (Tous deux me dévisageaient, les yeux ronds comme des billes.) Vous n'auriez pas encore fait une bêtise, par hasard ?

Leurs deux têtes s'agitèrent simultanément, mais je ne les crus pas. J'examinai la table, le plancher près de ma chaise, la salière, le poivrier. Ils avaient déjà interverti le sel et le poivre, et une autre fois rempli le sucrier de sel.

Ils plongèrent leurs cuillers dans leurs céréales et commencèrent à manger, les yeux toujours fixés sur moi. Je scrutai le plafond pour m'assurer qu'une araignée en caoutchouc noir ne se balançait pas au-dessus de ma tête.

— Qu'est-ce que vous avez encore manigancé ?

— Rien du tout, répondit Jean un peu trop vite.

— Je vous jure que si vous faites quoi que ce soit aujourd'hui, je vous enferme dans la cave.

— Je peux m'échapper d'une pièce fermée à clé, fanfaronna Jean. Je sais crocheter une serrure. Pas vrai, Pierre ?

— C'est facile, surtout avec ces vieilles serrures-là, commenta Pierre d'un ton pédant.

Et, comme toujours quand il émettait une opinion, il plissa les paupières en pinçant gravement les lèvres.

— Je peux aussi dévisser les gonds de la porte, se vanta Jean.

— Ça va, n'en parlons plus. Je plaisantais, déclarai-je, au vif désappointement de Jean.

Sur quoi, notre maître d'hôtel Aubrey fit son entrée, en m'apportant un verre de jus d'orange.

— Bonjour, mademoiselle.

Aubrey, qui servait la famille depuis de longues années, se comportait en toutes circonstances comme le parfait Britannique. Il était chauve, à part deux plaques de cheveux gris au-dessus des oreilles. Ses grosses lunettes lui tombaient sans arrêt sur l'arête du nez, un grand nez osseux, et il nous lorgnait de ses yeux noisette.

— Bonjour, Aubrey. Je ne prendrai que du café, un croissant et de la confiture, ce matin. J'ai l'estomac noué.

— A cause de ton discours ? voulut savoir Jean.

— Oui, surtout pour ça.

— De quoi vas-tu parler ? s'enquit Pierre à son tour.

— De la reconnaissance que nous devrions éprouver pour ce que nous avons, de ce que nous devons à nos professeurs et à nos parents, d'abord. Et de la façon dont cette reconnaissance doit se traduire par un travail sérieux, afin de ne gâcher ni nos chances, ni nos talents.

— Rasoir, commenta Jean.

— Mais non, le reprit Pierre. Pas du tout.

— J'ai horreur des discours. Je parie que quelqu'un va te lancer des boulettes en papier mâché, menaça Jean.

Je le mis en garde à mon tour.

— Il vaudrait mieux que ce ne soit pas toi, Jean Andréas ! Et avec tout ce qu'il y a à faire aujourd'hui, arrange-toi pour ne pas te mettre dans les jambes des gens, papa et maman n'ont pas besoin de ça.

— Nous pouvons rester en haut jusqu'à ce que tout le monde soit parti, proposa Pierre.

— Et maman pourrait nous laisser inviter nos copains. Nous lancerions des pétards, pour l'occasion.

— Ah, ça, pas question ! Tu m'entends, Pierre ?

— Il n'en a pas, de toute façon.

— Mais Charlie Littlefield en a, lui.

— Jean !

— Je l'en empêcherai, promit Pierre avec un regard sévère pour son jumeau, qui haussa les épaules.

Des épaules qui avaient pris une singulière ampleur, au cours de l'année. Il était musculeux et robuste, et au collège il avait déjà une demi-douzaine de bagarres à son actif. Mais pour ce que j'en savais, en trois occasions au moins il s'était battu pour défendre son frère contre ceux qui raillaient ses talents de poète. Tous leurs amis savaient que s'attaquer à Pierre, c'était provoquer Jean et que celui qui se moquait de Jean offensait Pierre.

Papa et maman avaient été convoqués plusieurs fois par le directeur à propos de ces échauffourées. Mais je voyais bien à quel point papa était fier de voir ses fils se protéger l'un l'autre, et maman lui reprochait son indulgence à ce sujet.

— Le monde est féroce et cruel, répliquait papa. Il faut bien qu'ils le soient, pour se défendre.

— Les alligators aussi sont féroces et cruels, ripostait maman, il n'empêche qu'on en fait des sacs et des chaussures !

Quel que fût l'objet de la discussion, maman avait le don de vous sortir une comparaison imagée venue tout droit de son héritage cajun. Et elle avait toujours le dernier mot.

Après le petit déjeuner, je remontai dans ma chambre pour peaufiner mon discours et j'eus un appel de Catherine.

— Alors, tu es décidée pour ce soir ?

— Ce ne sera pas facile de m'éclipser, me lamentai-je. Avec tout ce que mes parents ont fait pour ma réception !

— Au bout d'un moment, c'est à peine s'ils s'apercevront que tu n'es plus là, tu verras. Tu sais comment sont les adultes ! Ils organisent des soirées pour leurs enfants, soi-disant, mais en réalité c'est surtout pour eux et leurs amis.

— Pas mes parents, affirmai-je.

— Mais il faut que tu viennes chez Lester, Perle ! gémit Catherine. Il y a des mois qu'on prépare ça. Claude compte absolument sur toi, je le sais. Il l'a dit à Lester qui me l'a répété, juste pour que tu le saches.

— Bon, je viendrai. Mais je ne suis pas sûre de rester toute la nuit.

— Tes parents ne s'attendent pas à te voir rentrer, c'est comme le mardi gras. Ne fais pas ta mijaurée, Perle, surtout pas ce soir. Je sais bien ce qui te tracasse, va !

Catherine était la seule personne au monde à savoir réellement où les choses en étaient, entre Claude et moi.

— C'est plus fort que moi, chuchotai-je.

Catherine éclata de rire.

— Je ne vois pas ce qui t'inquiète tellement. J'ai fait ça des tas de fois et je n'en suis pas morte, non ?

— Catherine...

— Ce soir, tu vas connaître le grand frisson, c'est bien ton tour. On va se payer du bon temps. J'ai promis à Lester que je te déciderais à venir.

— On verra, dis-je, toujours sur la réserve.

— Je te jure que, de gré ou de force, tu vas devenir femme cette nuit, Perle Andréas ! lança Catherine en riant de plus belle.

Etait-ce vraiment cela, me demandai-je, qui faisait de vous une femme ? Beaucoup de mes camarades de classe le pensaient, je le savais. Certaines d'entre elles affichaient leurs expériences sexuelles comme des médailles d'honneur. Elles se rengorgeaient et prenaient des airs supérieurs, à croire qu'elles avaient été sur la lune et en savaient plus que le reste d'entre nous.

Le libertinage leur donnait des airs affranchis, leurs yeux laissaient entendre qu'elles connaissaient la vie, et surtout les hommes. Catherine était dans ce cas, et se montrait volontiers condescendante.

— Question culture, tu es très forte, me répétait-elle souvent, mais tu ne sais pas ce que c'est que la vie. Pas encore.

Avait-elle raison ? Cette soirée donnée pour célébrer mon succès scolaire allait-elle être marquée pour moi d'un autre événement capital ?

Ce n'était pas facile de me remettre à mon discours après cette conversation, mais je m'y remis. Après le déjeuner, toute la famille se réunit dans le bureau de papa pour m'entendre, et les jumeaux s'assirent en face du canapé, à même le sol. Jean pianotait sur la moquette, mais Pierre écoutait avec attention, les yeux fixés sur moi.

Tout le monde applaudit quand j'eus terminé. Papa rayonnait, maman paraissait si heureuse que j'en eus les larmes aux yeux. La cérémonie devait débuter à quatre heures et je montai me coiffer dans ma chambre, où maman me rejoignit. Elle prit place à mes côtés.

— Je me sens si nerveuse, maman, lui avouai-je.

— Tu t'en tireras très bien, ma chérie.

— Parler devant vous quatre, c'est une chose, mais devant une centaine de personnes ! J'ai peur de perdre tous mes moyens.

— Avant de commencer, cherche mon regard, me conseilla-t-elle. Je t'enverrai celui de grand-mère Catherine et tout ira bien.

— J'aurais tant voulu connaître grand-mère Catherine !

— Moi aussi j'aurais voulu que tu la connaisses.

Dans le miroir, je saisis l'expression pensive de maman. Elle avait l'air si nostalgique, soudain...

— Maman, tu as promis que tu me dirais certaines choses, aujourd'hui. Des choses du passé.

Elle redressa les épaules, comme si elle s'apprêtait à affronter une séance chez le dentiste.

— Que désires-tu savoir, Perle ?

— Tu ne m'as jamais expliqué pourquoi tu avais épousé ton demi-frère, Paul, débitai-je en hâte.

J'avais baissé les yeux. Très peu de gens savaient que Paul Tate était le demi-frère de maman.

— Mais si, je l'ai fait. Je t'ai dit que nous vivions seules dans le bayou, toi et moi, et que Paul voulait nous protéger, prendre soin de nous. C'est uniquement pour moi qu'il a bâti Bois Cyprès.

Je ne gardais qu'un vague souvenir de Bois Cyprès. Nous n'y étions jamais retournés depuis la mort de Paul et l'horrible procès qui s'en était suivi, pour décider à qui reviendrait ma tutelle. Le simple fait d'imaginer Paul et maman vivant ensemble me semblait une pensée coupable.

— Il t'aimait... plus qu'un frère n'aime sa sœur ? m'informai-je timidement.

— Oui, et c'est ce qui a causé la tragédie. Nous ne pouvions pas y échapper.

— Mais pourquoi l'as-tu épousé, puisque tu aimais tellement papa et que j'étais née ?

— Tout le monde croyait que tu étais la fille de Paul. En fait... (Ici, maman sourit.) La plupart des amies de grand-mère lui en voulaient de ne pas m'avoir épousée plus tôt. Je crois que je les ai laissées dans l'erreur pour qu'elles ne me jugent pas trop mal, voilà tout.

— Parce que tu étais revenue dans le bayou enceinte de papa ?

— Oui.

— Pourquoi n'es-tu pas restée à La Nouvelle-Orléans, tout simplement ?

— Mon père était mort, et j'avais la vie dure avec Gisèle et Daphné. Quand Chris a été envoyé en Europe, je me suis sauvée. En fait, Daphné voulait que j'interrompe ma grossesse.

— C'est vrai ?

— Tu ne serais pas née, Perle.

Je méditai ces mots, retenant mon souffle.

— Je suis donc revenue dans le bayou et Paul a pris soin de nous. Il m'a même aidée à te mettre au monde.

Quand j'ai entendu dire que papa s'était fiancé en Europe, j'ai accepté d'épouser Paul.

— Mais papa n'était pas fiancé ?

— C'était un de ces arrangements conclus par les familles. Il a rompu avec la jeune fille et il est rentré à La Nouvelle-Orléans. Ma sœur avait eu une aventure avec lui. Elle arrivait toujours à ses fins quand elle voulait quelque chose, et elle voulait ton père… Comme un trophée de plus à son tableau de chasse, ajouta maman avec une touche d'amertume.

Là-dessus, j'avais mon idée. J'avais tellement harcelé papa de questions qu'il avait fini par laisser filtrer quelques bribes de l'histoire.

— C'est parce qu'elle te ressemblait si fort que papa l'a épousée, n'est-ce pas ?

— Oui.

— Mais aucun de vous n'était heureux ?

— Non, bien que Paul ait fait l'impossible pour nous. Je vivais pour mon art et pour toi, Perle. Mais quand Gisèle est tombée malade et qu'elle est entrée dans le coma…

— Tu as pris sa place. (Je savais ça aussi.) Et après ?

— Elle est morte, et il y a eu cet affreux procès après la fin tragique de Paul, dans le marais. Gladys Tate voulait sa vengeance. Mais tu savais déjà presque tout ça, Perle.

— Oui, mais, maman,…

— Quoi donc, ma chérie ?

Je levai les yeux vers son visage plein de tendresse.

— Pourquoi es-tu tombée enceinte si tu n'étais pas mariée avec papa ?

Maman était si raisonnable à présent. Comment avait-elle pu l'être si peu et ignorer ce qui allait arriver ? Il fallait que je lui demande, même si c'était une question vraiment très personnelle. Aucune de mes amies, je le savais, n'aurait pu avoir une conversation pareille avec sa mère. Même pas Catherine.

— Nous étions si amoureux que nous n'avons pas réfléchi. Mais ce n'est pas une excuse, s'empressa d'ajouter maman.

— C'est pour ça que certaines femmes sont enceintes sans être mariées ? Elles sont trop amoureuses pour faire attention ?

— Non. Certaines d'entre elles se laissent tout simplement entraîner par le plaisir et perdent tout contrôle d'elles-mêmes. Tu as beau être la fille la plus brillante en classe, avoir lu des tas de livres, décrocher les meilleures notes... quand tes hormones entrent en jeu, attention. Sois toujours sur tes gardes, conclut maman.

— Ce n'est pas juste, je trouve.

— Quoi donc ?

— Que les hommes ne courent pas les mêmes risques.

Maman sourit.

— Eh bien, raison de plus pour ne pas laisser un jeune homme te pousser à faire ce que tu n'as pas envie de faire. Peut-être que s'ils savaient ce que ça représente vraiment, de mettre un enfant au monde, ils ne prendraient pas les choses aussi légèrement.

— Ils devraient éprouver les douleurs du travail, eux aussi, décrétai-je.

— Et avoir des nausées le matin, traîner un gros ventre et avoir mal aux reins, ajouta maman.

— Et des fringales de cornichons ou de sandwichs au beurre de cacahuètes.

— Et des contractions.

Le fou rire nous prit et nous tombâmes dans les bras l'une de l'autre, juste au moment où papa montait ; il nous entendit et frappa à la porte.

— On peut savoir de quoi vous riez si fort, vous, les femmes ?

— Des hommes qui attendent un enfant.

— Pardon ?

Un nouvel éclat de rire salua la question.

— Les femmes n'appartiennent pas seulement à un autre sexe, mais à une autre espèce, déclara papa, les yeux au ciel.

Et là-dessus le fou rire nous reprit, plus fort qu'avant.

Quand j'eus enfin achevé de me coiffer à ma convenance, j'allai décrocher la robe que je voulais porter sous ma toge, puis j'ouvris la boîte qui contenait ma tenue de lauréate. Je poussai un hurlement.

— Que se passe-t-il ? s'inquiéta maman.

— Mon bonnet a disparu !

— Quoi ? C'est impossible, voyons.

Maman vérifia elle-même et leva les yeux au ciel.

— Tes frères, annonça-t-elle en marchant d'un pas résolu vers la porte.

Drapée dans ma robe noire, je la suivis dans l'escalier tandis qu'elle appelait à grands cris Pierre et Jean. Ils déboulèrent dans le hall, Pierre sur les talons de son frère.

— Avez-vous pris le bonnet de cérémonie de votre sœur ? attaqua maman, les poings aux hanches.

Pierre coula un regard coupable en direction de Jean, qui secoua la tête.

— Jean ? Inutile de mentir, je te préviens.

— Que se passe-t-il ? s'informa papa en nous rejoignant.

— Le bonnet de Perle a disparu et je crois que ces deux garnements ont une petite idée de l'endroit où il se trouve, annonça maman, les yeux fixés sur les jumeaux.

Pierre baissa vivement la tête et papa prit sa grosse voix :

— Eh bien, les garçons !

— J'ai vu un chapeau dans le jardin, sur la statue d'Adonis, avoua Jean.

— Quoi !

Papa et maman échangèrent un regard, et tout le monde partit au trot vers le jardin.

Mon bonnet noir était perché sur la statue. Toute la journée, des tas de gens étaient passés devant et personne n'avait rien remarqué, ni fait le moindre commentaire. Papa esquissa un sourire. Puis, devant l'expression de maman, il fit prendre à sa bouche un pli sévère, décrocha le chapeau pour me le rendre et se retourna vers les jumeaux terrifiés.

— Comment avez-vous pu jouer un tour pareil à

votre sœur ? Vous savez tous les deux combien elle est nerveuse !

— C'est moi qui ai eu l'idée, s'accusa Pierre.

— Non, c'est moi. Moi tout seul, insista Jean.

Papa regarda la statue, puis ses fils.

— Mon idée à moi, c'est que Jean a fait la courte échelle à Pierre pour qu'il mette ce chapeau là-haut. Je me trompe, les garçons ?

Pierre secoua la tête.

— Je crois que ce soir vous allez filer directement dans votre chambre, tous les deux. Vous manquerez la fête.

— Oh non ! protesta Jean. Nous voulions simplement faire une farce à Perle. Nous avions l'intention de lui dire où il était.

— N'empêche que...

— Ce n'est pas grave, papa, intervins-je. Ils vont être sages comme des images maintenant, n'est-ce pas les garçons ?

Ils branlèrent du chef avec énergie, pleins de gratitude.

— Bon, vous avez de la chance que votre sœur vous pardonne. Tâchez de faire l'impossible pour que cette soirée soit la plus belle de sa vie, compris ?

— Compte sur nous, promit Pierre.

— Compte sur nous, répéta son frère en écho.

— Allez vous habiller, et correctement, ordonna papa.

Sur quoi, ils décampèrent tous les deux vers la maison.

Mes parents échangèrent un regard, tournèrent les yeux vers la statue... et nous partîmes tous trois d'un grand éclat de rire.

Ce fut comme si la chape de glace qui semblait s'être formée autour de moi explosait. Je n'avais plus peur de ce qui m'attendait.

Mais peut-être aurait-il mieux valu que j'aie peur. Peut-être un peu de crainte est-il salutaire ; cela vous rend prudent. Peut-être était-ce pour cela que maman croyait si fort aux gris-gris, et se signait trois fois quand nous croisions un cortège funèbre.

Tout au fond de moi, je pressentais que j'allais être bientôt fixée là-dessus, bien plus tôt que je n'eusse jamais espéré l'être.

2

Ne pense qu'à des choses agréables...

Avant que je parte pour le lycée me préparer à la cérémonie, maman monta m'aider à choisir une robe pour la soirée. Puis, tout en mettant la dernière main à ma coiffure, elle évoqua quelques souvenirs de sa vie d'écolière dans le bayou, et aussi de sa propre cérémonie de fin d'études secondaires. Elle et sa sœur Gisèle avaient passé leur année de terminale dans un pensionnat privé de Baton Rouge, où maman ne semblait pas avoir été très heureuse. Ses seuls bons souvenirs étaient ses cours de formation artistique et sa rencontre avec Louis Clairborne, un musicien célèbre qui se produisait de temps à autre à La Nouvelle-Orléans. Il ne manquait jamais, lorsqu'il se trouvait en ville, de venir dîner à la maison et de nous rapporter des cadeaux d'Europe, aux jumeaux et à moi. J'avais toute une collection de boîtes à musique et de poupées venues de France et de Hollande.

— Et voilà, maman ! m'exclamai-je, quand Aubrey vint annoncer que Claude m'attendait en bas. Je suis prête.

Maman perçut l'angoisse qui pointait dans ma voix.

— Cesse de t'inquiéter, me rassura-t-elle en me serrant contre elle.

Puis, comme je m'éloignais déjà vers la porte, elle ajouta :

— Attends !

En me retournant, je la vis se pencher pour détacher la pièce nouée à sa cheville.

— Je comptais te la donner juste avant ton départ pour l'université, mais je préfère que tu l'aies maintenant, Perle.

— Oh, non, maman ! C'est ton porte-bonheur, je ne peux pas l'accepter.

— Bien sûr que si. Je peux te transmettre la chance.

— Mais tu ne l'auras plus, alors.

— Il est temps qu'elle soit pour toi, Perle. Je t'en prie, prends ce talisman. Il a beaucoup de signification pour moi.

— Je sais que cette pièce possède une valeur très spéciale à tes yeux, insistai-je encore, tout en m'approchant pour la prendre.

— Assieds-toi, que je l'attache à ta cheville. (J'obéis.) Là, voilà... dit maman tout en me tapotant le genou. Tu dois trouver ça stupide, mais si la magie a fonctionné pour moi, elle fonctionnera pour toi aussi.

— Je ne trouve pas ça stupide, maman. Mais toi, tu n'auras plus de talisman ?

— J'ai eu plus de chance que quiconque n'en mérite, rends-toi compte. Une famille merveilleuse, le succès dans mon art... maintenant, je vis pour vous voir profiter de la vôtre, les garçons et toi.

— Merci, maman.

— Mais n'en parle pas encore à ton père, me recommanda-t-elle en coulant un regard vers la porte. Il pense que j'attache trop d'importance à ces vieilles croyances et il me gronderait pour t'avoir contaminée !

Maman et moi n'avions pas de secret pour papa, mais quand même... nous gardions certaines petites choses pour nous.

— Nous lui dirons plus tard, ajouta-t-elle.

— Entendu, maman.

Après une dernière accolade, je m'éclipsai. Claude m'attendait près de sa voiture en piaffant d'impatience.

— Salut ! lançai-je en dévalant les marches du perron.

Il s'avança pour m'accueillir d'un baiser. Il m'embrassait de façon très appuyée, depuis quelque temps. Cette fois-ci, non content d'insérer sa langue dans ma bouche, il me serra si fort et si longtemps contre lui que je dus me débattre pour me libérer.

— Je t'en prie, Claude... En plein devant la maison !

Il haussa les épaules, balayant ma protestation comme il eût chassé un moustique.

— Et après ? C'est le jour J, celui de ta libération. Ce soir, tu sors de prison.

— C'est comme ça que tu voyais le lycée, Claude ?

— Et comment ! Plus d'adultes derrière le dos, maintenant : ça, pour moi, c'est vraiment une libération. Et ce soir... (Il eut un sourire suggestif.) Le grand frisson pour nous deux, pas vrai ?

— Si tu le dis.

Il essaya encore de m'embrasser, mais je m'éloignai vivement vers la voiture. Son exubérance m'effrayait un peu. On aurait dit qu'il s'apprêtait à traverser des murailles.

— Ne fais pas cette tête ! reprit-il en m'ouvrant la porte, nous ne serons pas très nombreux chez Lester. Pas de rabat-joie, précisa-t-il avec un clin d'œil en se glissant à mes côtés. Nous pourrions même avoir quelque chose de mieux à nous offrir que quelques verres d'alcool.

— Quelque chose de... Que veux-tu dire ?

J'eus droit à un nouveau clin d'œil.

— Tu sais bien quoi...

— Je sais ce que je ne veux pas te voir faire, et tu sais très bien ce que je ne veux pas faire.

Nous avions déjà eu cette discussion auparavant. Claude cessa de sourire.

— Ne t'emballe pas. On ne fête pas son bac tous les jours !

Je pinçai les lèvres. Ce que j'avais à dire aurait déclenché une querelle, et j'avais bien d'autres choses en tête pour le moment. Mon discours, pour commencer.

Le lycée bourdonnait comme une ruche, et j'allai rejoindre Catherine et mes amies au vestiaire des filles. Là aussi régnait l'effervescence de la dernière minute. Les tubes de rouge à lèvres circulaient, on s'arrosait de parfum, on s'enduisait de fond de teint. Certaines de mes compagnes fumaient. Diane m'offrit une cigarette et, comme d'habitude, je refusai.

— Normal. Le petit docteur ne veut pas s'empoisonner les poumons, railla-t-elle, provoquant une explosion de rires.

— C'est vrai, Diane. Il est dangereux de respirer la fumée rejetée, c'est scientifiquement prouvé.

Autour de nous, les mines s'allongèrent.

— Quelle ânerie ! Tu te crois immortelle, peut-être ? riposta Diane, ramenant le sourire sur les visages.

— Non, mais je sais comment on meurt d'un cancer du poumon. Ce n'est pas très agréable.

— Ecoutez ça, la petite mère la vertu qui fait son sermon ! J'espère que ton discours n'est pas aussi déprimant, ma pauvre. C'est censé être la fête, aujourd'hui.

Tous les regards convergeaient sur moi.

— Il n'est pas déprimant, répliquai-je, sur la défensive. Et maintenant, excusez-moi mais il faut que j'aille aux toilettes.

Un éclat de rire me parvint à travers la porte, puis un silence, et enfin le bruit d'un départ de masse. Quand je sortis des toilettes, les lavabos étaient vides. Etonnée, mais ravie d'échapper aux discussions, j'allai me mettre en tenue et ce n'est qu'après avoir coiffé mon bonnet carré que je découvris mon étourderie : je n'avais plus mon texte. Je devais l'avoir oublié aux lavabos. Gagnée par la panique, j'y retournai en toute hâte. Il n'était pas là non plus.

Eperdue d'angoisse, je parcourus le couloir où mes compagnes étaient déjà en rang, les questionnant chacune à leur tour. Personne ne savait rien.

— Que se passe-t-il ? s'informa Claude.

— Mon texte a disparu. Quelqu'un l'a pris quand j'étais aux toilettes.

— Sérieusement ? Mais qu'est-ce que tu vas faire ?

— Aucune idée.

Je me tournai vers Catherine, qui parut sur le point de dire quelque chose mais se ravisa, comme si elle avait trop peur. Et M. Stegman, le professeur chargé d'organiser le défilé, m'ordonna de prendre ma place en tête du rang. Je pivotai vers lui, affolée.

— Je ne peux pas mettre la main sur mon discours, monsieur. Je l'avais en allant aux lavabos, mais il a disparu.

— Dieux du ciel ! s'exclama-t-il en s'éloignant pour aller chercher M. Foster, le directeur.

Celui-ci se montra plein de sollicitude.

— Etes-vous certaine d'avoir bien regardé, Perle ? Retournez vérifier, je retarderai l'entrée de quelques minutes.

J'attachai sur Catherine un regard pénétrant.

— Il est forcément là-bas... balbutia-t-elle.

Et une monstrueuse pensée me traversa l'esprit. Je retournai en courant aux toilettes, allai droit à la cabine voisine de celle que j'avais utilisée, poussai la porte... Et mon manuscrit était là, flottant dans la cuvette.

— Oh, non ! me lamentai-je en plongeant la main dans l'eau pour le récupérer.

Des mots s'étaient effacés, il présentait des lacunes. Je le tamponnai de mon mieux avec une serviette-éponge et me hâtai d'aller reprendre ma place en tête du rang.

— Vous l'avez trouvé ? s'enquit M. Foster.

J'exhibai les feuillets détrempés.

— Comment est-ce arrivé ?

— Oui, repris-je assez haut pour que toute la classe m'entende, comment est-ce arrivé ?

Mon cœur battait à coups redoublés. J'étais sûre de me couvrir de ridicule devant tout le monde, familles et invités. J'ignore comment mes jambes me portèrent le long du couloir, mais je n'avais pas le choix. J'avançai.

A vrai dire, je n'eus guère le temps de m'occuper de moi-même. Nous nous dirigeâmes vers le podium érigé au-dehors pour les répétitions et nous assîmes à nos places. Je m'efforçais de ne pas regarder le public. Il y avait tellement de bruit, d'ailleurs ! Rires, bavardages, cris d'enfants, remontrances : on se serait cru dans une maison de fous. Dans un tel vacarme, personne n'entendrait mon discours, alors... pourquoi m'en faire ?

Le temps nous favorisait pour la cérémonie. Resplendissant de soleil, avec une brise légère qui agitait le drapeau et faisait danser nos cheveux sur nos épaules. Çà et là, de petits nuages mousseux dérivaient dans le ciel turquoise. Et j'entendais mugir, dans le lointain, les sirènes des vapeurs qui se préparaient à remonter le Mississipi, emmenant leur cargaison de touristes.

Après les préliminaires d'ouverture et quelques brèves remarques de la part du directeur, je fus appelée au pupitre. Mes genoux vacillèrent quand je me levai. Je fermai les yeux, le temps de prendre une grande inspiration, et m'avançai sur le podium. Mes camarades observaient un silence de mort, guettant le moindre de mes gestes. Je parcourus l'assistance du regard jusqu'à ce que je rencontre celui de maman, rayonnant de confiance, et les mots vinrent d'eux-mêmes. Je n'eus même pas besoin de consulter mon texte : il était imprimé dans ma tête.

A ma grande surprise, tout le monde s'était tu. Je levai la tête, respirai un grand coup et commençai, en remerciant d'abord le directeur. Puis, m'adressant à nos professeurs, à nos familles, à nos parents et amis, j'attaquai d'une voix qui s'affermit très vite le discours que j'avais composé au cours des derniers jours. Une fois lancée, tout alla tout seul, les mots affluaient sans effort. De temps en temps, je regardais la foule et je n'apercevais que des visages attentifs, dont beaucoup souriaient d'un air approbateur. Les jumeaux me dévoraient des yeux, la bouche entrouverte, et ni l'un ni l'autre ne montraient plus aucun signe d'impatience.

Quand j'eus terminé, les applaudissements éclatèrent et je vis que papa et maman étaient radieux. Pierre et Jean eux-mêmes paraissaient impressionnés. Ils cessèrent d'applaudir exactement en même temps. Et quand je regagnai ma place, j'aperçus Claude qui prodiguait des sourires et des coups de coude à ses camarades, fier comme un paon. Diane Ratner et ses amies semblaient consternées, mais Catherine me serra furtivement le bras.

— Tu as été formidable. Je savais que tu t'en tirerais,

quoi qu'il arrive. J'ai tout écouté d'un bout à l'autre, même si je n'ai pas tout compris.

— Merci, répondis-je avec sécheresse.

Je ne voulais pas qu'elle me croie satisfaite par sa timide manifestation d'amitié : elle m'avait déçue.

Comme je venais de m'asseoir, le directeur et notre professeur principal s'approchèrent du pupitre, pour nous remettre à chacune notre diplôme. Quand je me levai pour aller chercher le mien, une nouvelle ovation se déchaîna comme un tonnerre. Papa prenait des photos, les jumeaux me faisaient des grands gestes en criant des vivats. Le directeur me congratula.

— Félicitations, jeune fille, et bonne chance.

Je le remerciai, puis je souris une fois de plus à l'intention de papa.

La cérémonie terminée, je fus littéralement inondée de compliments sur mon discours. Tous mes professeurs s'arrêtaient près de moi, ainsi que certaines de mes amies et leurs parents, pour m'offrir leurs vœux de succès. J'eus la joie de voir que ma tante Jeanne — la sœur du demi-frère de maman, Paul Tate —, était venue avec son mari, James. Ils attendaient pour me féliciter à leur tour.

Tante Jeanne était le seul membre de la famille Tate avec qui nous ayons des rapports. Par maman, je savais qu'elle ressemblait plus à Gladys, sa mère, qu'à son père Octavius. C'est de Gladys qu'elle tenait son teint mat, ses yeux en amande et son menton effilé, son nez au dessin presque parfait. Elle était toujours d'humeur aimable, surtout avec moi, et je l'aimais beaucoup.

— J'ai adoré ton discours, ma chérie, déclara-t-elle en me prenant dans ses bras.

— Remarquable, renchérit l'oncle James, qui tendit la main à papa. Tu peux être fier d'elle, Chris.

Pour être fiers, mes parents l'étaient : ils en devenaient lumineux, et de les voir ainsi me remuait le cœur. Puis une ombre passa sur les traits de maman.

— Comment vont tes parents, Jeanne ?

— Mère a contracté la goutte, en plus de son arthrite. Papa ne change pas, il s'enferme dans son travail. La benjamine de ma sœur Toby vient d'avoir seize ans, je vais bientôt avoir un autre bac à fêter, acheva Jeanne en souriant.

Tante Jeanne et oncle James n'avaient pas eu d'enfants, et je me demandais bien pourquoi. Si maman le savait, elle n'en avait jamais rien dit.

— Vous venez avec nous à la maison, j'espère? demanda-t-elle à tante Jeanne.

— Bien sûr. Nous ne manquerions cette soirée pour rien au monde. Tu savais bien que je viendrais, Ruby, ajouta-t-elle à mi-voix, mais assez haut pour que je l'entende.

Je surpris le regard qui passa entre les deux femmes et je devinai les mots qu'elles ne dirent pas. Je savais que ces mots concernaient Paul, l'homme de mon rêve mystérieux. Puis, tante Jeanne ajouta:

— Paul aurait été tellement fier d'elle, Ruby…

Et les deux femmes s'étreignirent une fois de plus. Maman avait les yeux tout embués.

Elle se retourna pour chercher les jumeaux, qui s'amusaient comme des fous. Ils parcouraient la foule en prodiguant saluts et plaisanteries à la ronde, parfois même aux dépens de mes amies, et j'approuvai leur conduite, pour une fois. Mais il était temps de rentrer à la maison et de s'apprêter pour la réception. Maman rappela les garçons, m'entoura les épaules de son bras et, tous ensemble, nous prîmes la direction du parking.

— Je suis très fière de toi, répéta-t-elle avec émotion.

Je préférai ne rien lui dire du mauvais tour que m'avaient joué mes soi-disant amies de classe.

— J'étais si nerveuse! Ça ne se voyait pas trop?

— Absolument pas. Je t'avais bien dit qu'une fois lancée, les mots viendraient tout seuls. Et c'est ce qui s'est passé.

Dans la limousine, les jumeaux me taquinèrent sur la façon dont j'avais roulé des yeux après certaines phrases, mais maman leur rabattit le caquet; leurs gloussements se turent et ils se tinrent à peu près tranquilles. Mon estomac aussi, d'ailleurs, ou presque. Mes crampes avaient disparu, mais pour faire place à un grand vide : j'avais une faim de loup. Nerveuse comme je l'étais, je n'avais pas réussi à avaler grand-chose de toute la journée.

A la maison, une atmosphère de fête nous accueillit. Les premiers invités arrivaient déjà, l'orchestre avait commencé à jouer. Je m'empressai d'aller me changer dans ma chambre et rafraîchir ma coiffure. Le temps de redescendre, le reste des invités envahissait les lieux, apportant une foule de cadeaux. On avait réservé un coin du salon aux présents et les jumeaux regardaient monter la pile, guettant le moment de faire un trou dans les papiers pour satisfaire leur curiosité. Maman les fit déguerpir et ils se hâtèrent d'aller rejoindre leurs amis.

Une armée d'extra commença à servir les hors-d'œuvre chauds et froids et à verser le champagne. Les invités de papa, en majorité des relations d'affaires, affluaient dans la salle de bal, et maman accueillait les sommités du monde artistique. Tout le Bottin mondain de La Nouvelle-Orléans se pressait dans nos salons.

Mon portrait, toujours voilé, se dressait sur un chevalet, près d'une gigantesque pièce montée, tous deux placés sous un faisceau de spots. Sur le gâteau se détachaient les mots : « Bonne chance, Perle », tracés en sucre filé rouge. Papa tenait à ce que le dévoilement du portrait soit un moment solennel, quand les invités seraient au grand complet.

Claude arriva dans les derniers, avec Lester Anderson et quelques-uns de leurs amis, et je sus tout de suite ce qui les avait retardés. A leur mine hilare et à leur démarche mal assurée, on voyait qu'ils avaient déjà pas mal bu. Lorsque Claude s'approcha pour m'embrasser, son haleine empestait le whisky. Ses premiers mots furent pour demander :

— Tu as rajouté de l'alcool, dans ce punch ?

— Bien sûr que non !

Il adressa un clin d'œil à Lester, un grand échalas qui semblait toujours mijoter un mauvais coup. Lester idolâtrait Claude et lui obéissait aveuglément.

— Tu permets ? me demanda-t-il en découvrant un flacon de rhum, dans la poche intérieure de sa veste.

— Lester Anderson, ne t'avise pas de faire ça ! grondai-je, ce qui les fit s'esclaffer tous les deux.

Claude m'enlaça la taille et tenta de m'embrasser dans le cou.

— Arrête, Claude ! On nous regarde.

— Alors, allons faire un tour dans le petit salon, suggéra-t-il. Je ne t'ai pas encore félicitée comme il se doit.

— Non, répliquai-je. Un peu de patience.

Il parut déçu, mais il n'insista pas, se retira et me laissa tranquille.

Un peu plus tard, papa pria les musiciens de s'interrompre un instant et se plaça au centre de l'estrade pour annoncer la présentation du portrait.

— Nous avons un cadeau spécial pour Perle, ce soir, commença-t-il. En réalité, ce présent est l'œuvre de ma femme mais... une des raisons pour lesquelles je l'ai épousée, c'est que je connaissais son talent pour ce genre de choses.

Tout le monde rit, et je surpris entre tante Jeanne et maman un mystérieux échange de regards. Papa saisit le coin du drap qui recouvrait le tableau. Mon cœur battait la chamade. Ce fut un moment presque aussi éprouvant pour mes nerfs que celui où je m'étais levée pour aller prononcer mon discours.

— Perle, appela papa.

Je m'avançai. Les invités battirent des mains. Maman se plaça aux côtés de papa quand, au son d'un léger roulement de tambour, il fit lentement glisser l'étoffe, révélant un tableau qui me coupa le souffle.

Maman ne m'avait pas seulement représentée dans ma robe noire de lauréate. Derrière moi se tenait une autre Perle, en blouse de médecin, le stéthoscope autour du cou.

Il y eut comme un hoquet de stupeur admirative, puis l'assistance éclata en applaudissements. Plusieurs personnes s'élancèrent vers maman pour lui serrer la main.

— On dirait deux jumelles ! s'écria Pierre.

— C'est comme nous, il y a deux toi ! glapit Jean, déchaînant de nouveaux rires.

— C'est merveilleux, maman, lui chuchotai-je quand elle vint m'embrasser. J'espère que j'arriverai jusque-là.

— J'en suis certaine, ma chérie.

— Tu as intérêt ! sourit papa en m'embrassant à son tour.

Après cela, l'atmosphère de fête s'enfiévra. Les musiciens se mirent à déambuler dans toute la maison, comme si l'on célébrait mardi gras. Les plats de viande furent apportés sur les tables, dindes et rôtis, étouffés de crevettes, homards et crabes grillés... le tout servi avec une variété de sauces raffinées des plus impressionnante. Tout le monde s'émerveillait d'un tel apparat, et quand apparurent les tables roulantes chargées de desserts, un concert de cris de joie les salua. Tartes aux pêches, gâteaux à la banane, tourtes à la noix de pécan, crèmes brûlées à l'orange, soufflés au chocolat et au rhum... tout fut pris d'assaut avec enthousiasme. On coupa mon gâteau de fête et les tranches furent distribuées aux invités.

La qualité du buffet avait encore ajouté à la gaieté de l'ambiance. Les gens dansaient partout, jusque dans les couloirs. Je circulais autant que je pouvais, en m'arrangeant pour échanger quelques mots avec tous les amis de papa et de maman. Soudain, comme je m'arrêtais pour reprendre mon souffle, je sentis quelqu'un surgir derrière moi.

— C'est le bon moment pour disparaître, chuchota Claude en posant ses mains sur mes hanches.

Je me dégageai promptement.

— Je ne peux pas m'en aller si tôt, Claude. Pas maintenant.

— Et pourquoi pas ? Tu étais là pour le clou de la soirée le dévoilement du tableau, et nous nous sommes suffisamment empiffrés. Tu as prévenu tes parents qu'on t'attendait ailleurs, au moins ?

Il m'étudia un instant, l'œil soupçonneux.

— Tu les as prévenus, oui ou non ?

— Je voulais le faire, mais ils étaient si contents du succès de ma réception que je n'en ai pas eu le courage. Laisse-moi un peu de temps, s'il te plaît.

Claude se renfrogna et s'en fut retrouver ses amis qui, comme c'était à prévoir, avaient corsé pour leur usage un saladier de punch. Pour le moment, ils le partageaient avec Catherine, Marie-Rose et Diane Ratner. Diane avait toujours couru après Claude, et elle profitait de mes entretiens avec les amis de mes parents pour l'accaparer. Le bras glissé sous le sien, elle lui parlait sans arrêt à l'oreille. Manifestement, ce qu'elle disait lui plaisait, bien qu'il ne me quittât pas du regard. Je me rendais compte, aux reflets glacés qui moiraient ses yeux bleu argent, que sa fureur augmentait de minute en minute. Je m'apprêtais à retourner lui parler quand tante Jeanne me tapa sur l'épaule.

— Et que comptes-tu faire cet été, Perle ?

— Je vais travailler comme aide-soignante dans un hôpital. Papa estime que ce sera une expérience très profitable.

— Tu songes sérieusement à faire ta médecine, alors ?

— Très sérieusement, oui.

Tante Jeanne eut un signe de tête approbateur.

— Il faut croire que c'était écrit, commenta-t-elle, sur un ton qui me fit penser à mon aïeule Catherine.

— As-tu connu mon arrière-grand-mère Catherine, tante Jeanne ?

— J'ai beaucoup entendu parler d'elle ; c'était une guérisseuse renommée. Si seulement elle était encore là, pour aider ma mère ! Elle est allée consulter une guérisseuse, mais cette femme ne possédait pas les pouvoirs spirituels de Catherine Landry. Cela ne t'effraie pas d'être au contact des malades, de côtoyer la souffrance, de voir du sang ?

— Non. Je me sens bien quand je peux soulager les gens.

— Peut-être as-tu hérité des pouvoirs de ton aïeule, observa tante Jeanne avec un sourire pensif. Bonne chance, trésor, et viens nous voir un de ces jours dans le bayou.

— Je viendrai, articulai-je, la gorge un peu serrée. Papa et maman ne m'avaient jamais défendu d'y aller, mais leur répugnance à y retourner m'avait rendu ce lieu tabou.

— Nous allons bientôt partir, mais d'abord je tenais à te remettre ceci.

Tante Jeanne me tendit une petite boîte en carton, dépourvue de papier cadeau, ce qui m'étonna. Pourquoi ne l'avait-elle pas emballée, pour la déposer avec les autres présents ?

— Merci, tante Jeanne.

— Allez, ouvre-la.

A travers la salle, j'aperçus maman qui nous observait, le visage tendu. Son expression anxieuse fit trembler mes doigts, mais je finis par ouvrir la boîte, pour découvrir un médaillon d'argent.

— Il y a une photo à l'intérieur, expliqua tante Jeanne.

Je pressai le ressort et demeurai un moment sans voix. La photo que j'avais sous les yeux représentait Paul, tenant dans ses bras une petite fille qui n'était autre que moi-même. Son grand chapeau de paille était celui-là même que je lui voyais dans mon cauchemar.

— J'ai pensé que tu aimerais l'avoir, souffla tante Jeanne.

— Oui. Merci.

— Est-ce que tu te souviens de lui ?

— Très vaguement.

— Il t'aimait infiniment, et toi aussi tu l'adorais, dit-elle d'une voix mélancolique.

Puis elle soupira et saisit mes deux mains dans les siennes, refermant du même coup le médaillon.

— Mais ce n'est pas le moment d'être triste, ma chérie. Range ce bijou dans un endroit sûr, et regarde-le de temps en temps.

Je la remerciai encore et elle s'éloigna pour prendre congé de mes parents. Aussitôt après, maman vint me rejoindre.

— J'ai vu qu'elle t'avait donné quelque chose ?

Je lui tendis le médaillon ouvert, et elle laissa échapper une exclamation.

— Je savais que cela avait quelque chose à voir avec Paul !

— Est-ce que tous les autres Tate nous haïssent, maman ?

— Disons que nous ne sommes pas en odeur de sainteté dans leur famille, admit-elle en jetant un nouveau regard sur la photo. Il était beau, n'est-ce pas ?

— Oui.

Maman me rendit le bijou.

— C'est gentil à Jeanne de te l'avoir offert, et c'est bien d'elle de vouloir empêcher que Paul soit oublié. Range ceci avec ce que tu as de plus précieux.

— Oui, maman.

Elle me sourit tendrement et retourna à ses devoirs d'hôtesse. Un peu plus tard, comme je bavardais avec Dominique (un directeur de galerie qui voulait à tout prix exposer mon portrait dans sa vitrine), Catherine s'approcha de moi.

— Claude commence à en avoir assez. Nous avons tous envie de partir, Perle. Lester est déjà chez lui, avec les autres. Tu viens, oui ou non ?

— Laisse-moi dire un mot à ma mère.

— D'accord, je préviens Claude.

Bien peu de choses échappaient à maman. Tout en parlant à ses amis, elle ne m'avait pas quittée des yeux et elle vint immédiatement à ma rencontre.

— De quoi s'agit-il, ma chérie ? Tu aimerais aller quelque part avec tes camarades ?

— Justement.

Elle jeta un coup d'œil du côté de Claude et des autres, et son regard s'attacha sur moi.

— Tu n'as pas vraiment envie d'y aller, Perle, constata-t-elle comme si elle lisait dans mes pensées. Pourquoi ? Tu crains que ce ne soit le genre de soirée qui tourne mal ?

— C'est possible, avouai-je.

Maman hocha la tête comme si elle était parvenue à ses propres conclusions.

— Tu sais ce que devenir adulte signifie, Perle. C'est savoir quand il faut dire non, tout simplement. A toi de décider. Si tu veux partir, tu en as le droit : c'est ta soirée, papa comprendra.

Nous nous embrassâmes et je retournai vers mes amis. Claude haussa les sourcils en me voyant. Il me sourit, et j'allais lui faire signe que c'était d'accord... mais quelque chose me retint. Une fois sortie de cette maison pour aller chez Lester, il me serait difficile de dire non à Claude. Aussi difficile que de décrocher mon doctorat.

— Tu viens, cette fois ? s'informa-t-il avec inquiétude.

— Pourquoi ne resterais-tu pas ici avec moi, plutôt ? Nous pourrions nous isoler sans difficulté.

— Ici ? Avec tout ce monde et des domestiques dans tous les coins, tu plaisantes ! A moins que nous ne nous faufilions discrètement dans ta chambre, ajouta-t-il avec un regard égrillard.

— Claude, je n'ai pas envie de me laisser entraîner à faire quoi que ce soit sans réfléchir, déclarai-je.

— Sans réfléchir ? Ça fait près d'un an que nous sortons ensemble ! De nos jours, c'est comme si nous étions mariés.

J'éclatai de rire, mais il poursuivit avec une fureur grandissante :

— Tu te figures que c'est drôle pour moi de mentir à tous mes copains pour qu'ils croient que nous sommes amants ? Ils ont tous des partenaires qui n'ont pas peur de faire l'amour, elles !

— Tu veux dire... que tu leur racontes des histoires à notre sujet ?

— Evidemment ! Tu voudrais que je passe pour un imbécile ?

— C'est cela que tu serais si nous ne couchions pas ensemble : un imbécile ? Et moi, alors ? Et mes sentiments, ils ne comptent pas ?

Claude se rapprocha de moi.

— Justement, j'ai très envie de m'en occuper, de tes sentiments. Allez, viens rejoindre les autres.

— J'aimerais autant rester ici, m'obstinai-je.

— Tu ne feras jamais l'amour avec moi, c'est ça ?

— Si c'est juste pour t'éviter de passer pour un imbécile auprès de quelques potaches, non, sûrement pas. Pour moi, ce doit être quelque chose de plus sérieux que ça.

Il hocha la tête, et je m'aperçus qu'il avait les yeux légèrement injectés de sang.

— Je crois que tu devrais me rendre mon anneau, alors. Ça ne rime à rien que tu le portes au cou.

Mon cœur cognait sous mes côtes. Pourquoi fallait-il qu'une chose aussi triste m'arrive justement ce soir ?

— Eh bien, qu'est-ce que tu décides ?

Je détachai la chaîne et lui tendis son anneau de promotion, que j'avais porté sur ma poitrine. Tout étonné, il le saisit d'un geste rageur et le serra dans son poing.

— J'aurais dû écouter mes copains. Ils m'ont toujours dit que tu n'étais qu'un cerveau, incapable de sentiments ! Je suppose qu'après chacun de nos rendez-vous, tu rentrais chez toi pour faire un compte rendu ?

— Bien sûr que non.

— Tiens, tu me rends malade avec ta manie de tout disséquer. Et aujourd'hui, tu as fait quoi ? Tu as pris ta température et décrété que ce soir tombait dans une période d'ovulation ? ricana-t-il, un pli sarcastique aux lèvres.

Ses paroles m'entraient dans le cœur comme des flèches, les larmes s'amassaient sous mes paupières, mais il n'était pas question qu'il me voie pleurer.

— Tu viens, Claude ? appela Diane Ratner, en roulant des épaules d'un air suggestif.

— Et comment ! lui renvoya-t-il avec un grand sourire.

Puis il glissa le bras sous le sien et la serra étroitement contre lui. Elle en glapit de joie, me décocha un regard de triomphe et fanfaronna :

— Tu es la meilleure élève de la classe, d'accord. Tu

vis dans cette grande baraque et ta réception est sensationnelle. Très bien. Mais moi, j'ai ton petit ami.

— Satisfaite ? me demanda Claude.

— Oui. Si ce genre de choses est tout ce qui t'intéresse dans l'existence, alors oui, je suis très satisfaite. J'ai pris la bonne décision.

Son sourire s'évapora.

— Va lire un bouquin ! aboya-t-il à mon adresse.

— Le plus insipide possible, ajouta Diane.

Et toute la bande prit le chemin du hall, laissant derrière elle un sillage d'éclats de rire. Catherine, la dernière à partir, se précipita vers moi.

— Mais qu'est-ce que tu fais ?

— La seule chose raisonnable. Allez, va les rejoindre et ne t'en fais pas pour moi. Je vais très bien.

— Et tu étais censée découvrir le plaisir ce soir, geignit-elle. Tu rates le grand frisson !

— A chacun ses plaisirs, je suppose. Pourquoi les as-tu laissés détruire mon texte ? Je croyais que nous étions amies.

— C'était juste une blague. Je savais que ça se passerait bien, affirma-t-elle, tout en évitant mon regard.

— Les amis s'entraident et se protègent, mais j'imagine qu'il faut une certaine maturité, pour ça.

Les yeux de Catherine lancèrent des éclairs.

— Je ne sais plus quoi penser de toi, Perle. On dirait que tu te crois trop bien pour frayer avec nous. Je suis déçue.

Là-dessus, elle me tourna le dos et partit rejoindre les autres. Je les regardai sortir et, pendant un moment, la musique, les voix et les rires parurent s'estomper. Je n'entendais plus que les paroles hargneuses de Claude et la remarque déçue de Catherine.

Je me mordis la lèvre et réprimai les sanglots qui m'étouffaient. Etais-je *vraiment* cette sainte-nitouche prétentieuse ? N'étais-je *vraiment* rien de plus qu'un cerveau ?

Je regardai autour de moi. Tout le monde prenait du bon temps, papa n'avait jamais paru si jeune et si heureux. Maman s'entretenait avec un groupe d'artistes.

Tous mes camarades de classe étaient partis. Mais pourquoi donc, par cette soirée qui aurait dû être pour moi si merveilleuse, me retrouvais-je en proie à la détresse ? Je me précipitai vers une porte latérale, traversai la terrasse et pris le chemin de la piscine, laissant derrière moi les rires, la musique et les voix.

Je marchais lentement, la tête basse, les bras croisés, quand un hurlement retentit à mes oreilles.

— Houh !

Les jumeaux et deux de leurs amis, jaillissant des haies, se précipitaient sur moi.

— Laissez-moi tranquille ! leur criai-je avec colère.

La mine de Pierre s'allongea, mais Jean rit aux éclats.

— Nous voulions juste nous amuser, Perle, s'excusa Pierre.

— Je ne suis pas d'humeur à vous supporter pour le moment, laissez-moi !

— Désolés, murmura Pierre en prenant son frère par le bras. Viens, Jean, allons voir si nous pouvons trouver des glaces.

— Mais qu'est-ce qu'elle a ? s'enquit Jean tout effaré.

— Allons-nous-en, je te dis !

Bien que Jean fût le plus fort, il obéit à son frère. Et les quatre garçons déguerpirent en direction de la maison, me laissant seule avec mes idées noires.

Au-dessus de moi, le ciel où brillaient déjà tant d'étoiles commençait à se couvrir. Les nuages accouraient comme si, d'un horizon à l'autre, on tirait un rideau noir sur la lumière et la joie de la journée. Je m'affalai dans une chaise longue et j'écoutai les bruits de la ville monter jusqu'à moi, par-dessus les murs du jardin.

— Qu'est-ce qui ne va pas, Perle ?

Je levai les yeux et j'aperçus maman, debout dans l'ombre.

— Rien.

— Je te connais trop bien, ma chérie, dit-elle en s'avançant dans la clarté pâle venue de la terrasse. Tu sais bien que je sens toujours quand tu es triste.

C'était vrai. Nous communiquions parfois si parfaitement que papa n'en revenait pas.

— Je te porte en moi, Perle. Nous faisons trop partie l'une de l'autre pour ignorer mutuellement nos sentiments les plus profonds. Que s'est-il passé ?

Je haussai les épaules.

— J'ai dit non, et tout le monde est parti. Pour eux, je suis une pimbêche sans cœur, un cerveau et rien d'autre.

— Je vois.

Maman s'assit à mes côtés. L'obscurité croissante me dissimulait son visage, mais ses yeux captaient le peu de lumière ambiante et j'y lus la sollicitude.

— Je sais qu'il a dû t'en coûter de renvoyer tes amis, mais il faut toujours faire ce que te dicte ton cœur. Il y a bien longtemps de cela, j'ai dit non, moi aussi... et je crois que cela m'a sauvé la vie.

— C'est vrai ? Qu'est-il arrivé ?

— Ma sœur et un ami ont voulu m'emmener faire un tour en voiture. Ils avaient fumé de l'herbe, et j'ai vu qu'ils étaient déjà bien partis. Ils me trouvaient rabat-joie, moi aussi. Et je me souviens de m'être demandé ce qui n'allait pas chez moi, si je n'étais pas vraiment trop vieille pour mon âge.

— C'était le soir de l'accident qui a rendu Gisèle infirme ?

— Oui, et tué son ami. Je ne veux pas dire qu'il arrive une catastrophe à chaque fois, mais qu'il faut suivre ton instinct et croire en toi.

— C'était bien agréable d'être avec Claude, quelquefois, c'est le garçon le plus populaire du lycée. Mais je n'étais pas réellement amoureuse de lui. En fait, je n'ai jamais été vraiment amoureuse d'un garçon, maman. Est-ce que c'est anormal ? Est-ce que je suis vraiment trop cérébrale ?

— Bien sûr que non ! répliqua-t-elle en riant. Pourquoi faudrait-il à tout prix s'engager pour de bon quand on est si jeune ?

— Tu l'as bien fait ! répliquai-je, et je le regrettai aussitôt.

— Pour moi, ce n'était pas pareil, Perle. Mon éducation a été différente, je te l'ai dit. J'ai grandi trop vite. J'aurais tant voulu avoir le temps de vivre sans soucis !

— Mais tu es tombée amoureuse de papa dès la première rencontre, pourtant ?

— Je suppose. (Même dans le noir, je pus voir que maman souriait à ce souvenir.) Nous avons échangé notre premier baiser ici, dans ce pavillon. Un baiser qui a changé ma vie... Mais ça ne signifie pas que cela doit se passer comme ça pour tout le monde, reprit maman, et surtout pour toi. Tu as une carrière devant toi, et tu es destinée à un plus grand avenir que la plupart de tes amis.

— Est-ce un bien ? méditai-je à haute voix. Est-ce que je vais manquer quelque chose d'essentiel ?

— Je ne le pense pas, ma chérie. Je crois que tu es faite pour de grandes choses. Que si tu tombes amoureuse d'un garçon qui t'aime aussi, ce sera une relation beaucoup plus forte que tu ne peux l'imaginer maintenant.

— J'ai presque envie d'aller au musée vaudou Marie-Laveau, dans le quartier français, pour me procurer un philtre.

Maman pouffa de rire.

— Qui t'a parlé de ça ? Pas moi, j'espère !

— Non, je l'ai lu. Tu n'as jamais rien fait de pareil, n'est-ce pas ?

— Non, mais il m'est arrivé de brûler un cierge, ou à Nina Jackson de brûler du soufre, pour écarter les mauvais esprits qui rôdaient autour de moi, d'après elle. Tu dois trouver ça stupide, et tu n'as peut-être pas tort.

— Qui sait ? Peut-être que si j'étais moins sérieuse, je serais plus heureuse. Je sais que mes amis m'aimeraient davantage, en tout cas.

— Allons donc ! Ne te force jamais à être ce que tu n'es pas pour plaire à quelqu'un d'autre, Perle.

— Hé ! ho ! appela papa de la terrasse. Tu es par là, Ruby ?

— Oui, Chris.

— Certains de tes amis s'en vont et voudraient te dire bonsoir.

— J'arrive.

Papa découvrit ma présence et s'alarma aussitôt :

— Il y a quelque chose qui ne va pas ?

— Non.

— Tu en es bien sûre ? (Il semblait sceptique.)

— Je vais très bien, papa, le rassurai-je en me levant. Nous rentrons tout de suite.

Maman se leva en même temps que moi et m'entoura la taille de son bras.

— Et tu es quelqu'un de très bien, aussi. Je suis très fière de toi. Pas seulement pour tes résultats scolaires et ton discours, mais pour ta sagesse et ta maturité. Tu ne peux pas savoir comme c'est merveilleux d'avoir une fille en qui on puisse avoir toute confiance.

— Merci, maman.

Je l'embrassai sur la joue, respirai son parfum et me sentis soudain le cœur plus léger. Oui, j'avais de la chance. Et je ne laisserais rien ni personne me gâcher ce beau jour et cette merveilleuse soirée.

Après le départ de nos invités, les jumeaux firent toute une comédie pour que j'ouvre quelques-uns de mes cadeaux. Maman voulait les envoyer au lit, mais papa fit valoir que ce n'était pas un soir comme les autres et qu'ils pouvaient se coucher un peu plus tard. Sur quoi, nous passâmes tous les cinq dans le salon et j'ouvris quelques-uns des paquets.

Il y avait des vêtements pour la fac, et des livres qui me seraient nécessaires dans mes études, dans des collections de luxe. Le Dr Portier et sa femme m'avaient offert la dernière édition de *L'Anatomie* de Gray.

Les jumeaux ne tardèrent pas à donner des signes d'ennui. Ils s'effondrèrent dans le plus grand des canapés, appuyés l'un contre l'autre, Jean clignant sans arrêt des yeux pour lutter contre le sommeil. Finalement, papa leur ordonna d'aller se coucher et ils se retirèrent en titubant, sans protester. Papa les pilota dans l'escalier, et maman les accompagna pour s'assurer que tout se passait bien. Ce fut papa qui redescendit le premier.

— Heureuse, princesse ?

— Oui, papa.

— C'est le plus beau jour de ma vie.

— Non, papa. Tu te trompes.

— Comment ?

— Le plus beau jour de ta vie, c'est celui où tu as connu maman.

Il eut un petit rire attendri.

— Ça, c'est autre chose.

— Mais c'est le plus beau jour de ta vie, n'est-ce pas ?

— Je ne le savais pas alors, mais oui, c'est vrai. J'ai rencontré ta mère ici même, à la porte de cette maison, et je l'ai prise pour sa sœur, dans son costume de mardi gras.

— Comment un homme sait-il qu'il est amoureux, papa ? Est-ce que tu as entendu des cloches carillonner dans ta tête ?

— Des cloches ? releva-t-il en souriant. Ma foi... je ne m'en souviens pas. La seule chose dont je me souvienne c'est que ma première pensée, chaque matin, était que je voulais être avec ta mère. Mais toi... (Papa me dévisagea un instant, l'œil perspicace.) Des problèmes avec Claude ?

Je fis signe que oui.

— Le problème est simple, Perle : tu es trop mûre pour lui.

— Je suis trop mûre pour tous les garçons de mon âge.

— C'est possible.

— Alors je ne pourrai être heureuse qu'avec un homme plus âgé que moi, papa, c'est ça ?

— Mais non, s'égaya-t-il, pas forcément. Et ne t'avise pas de nous présenter un homme qui pourrait être ton père ! conclut-il en me serrant dans ses bras.

Sur quoi nous nous levâmes pour monter à l'étage. A la porte de ma chambre, papa m'embrassa sur le front.

— Bonne nuit, princesse.

— Bonne nuit, papa.

— Au fait... quand tu déballais tes cadeaux, tout à l'heure, il m'a semblé voir quelque chose autour de ta cheville. Est-ce que c'est ce que je crois ? (J'acquiesçai en silence et il secoua la tête.) Eh bien ! On dit que si l'on croit suffisamment à quelque chose, cela finit par arriver. Qui suis-je pour soutenir le contraire ? acheva-t-il en me gratifiant d'un dernier baiser.

Je rentrai dans ma chambre, et peu après maman vint me souhaiter le bonsoir. Je lui dis que papa avait vu le talisman à ma cheville.

— Maintenant, il va me taquiner à n'en plus finir ! soupira-t-elle. Mais ne t'inquiète pas. J'ai vu faire à ma grand-mère des choses qui défiaient la logique et la raison.

— Il y a encore beaucoup de choses que tu ne m'as jamais dites, n'est-ce pas ?

— Oui, admit-elle avec un rien de tristesse.

— Mais maintenant, tu me les diras. Tu me diras tout sur le passé, le bon et le mauvais. Promis ?

— Ne pense qu'à des choses agréables ce soir, ma chérie. Tu auras toujours le temps d'ouvrir la porte noire... celle du placard aux secrets.

Après m'avoir embrassée, maman resta un long moment à me regarder, souriant de son doux sourire angélique. Puis elle s'en alla.

J'entendais la musique nocturne de la ville, les trompettes et les saxophones, les trombones et les tambours. La Nouvelle-Orléans n'aime pas dormir. Comme si elle savait que les fantômes et les esprits qui rôdent au-delà du rempart de ses rires, de sa musique et ses chansons, profiteraient de son sommeil pour le franchir. Et qu'alors, libres d'aller partout à leur guise, ils erreraient dans les rues et hanteraient nos rêves.

Chez Lester, Claude devait être en train d'embrasser Diane. Un baiser qui m'était destiné. Mon baiser.

Mon baiser m'attendait toujours, suspendu aux lèvres de mon mystérieux amoureux. Mais peut-être était-ce encore un rêve, ça aussi. Peut-être n'y avait-il pas d'amoureux, et n'y en aurait-il jamais. Peut-être un de ces mauvais sorts que redoutait maman m'attendait-il à la porte, tout prêt à fondre sur moi.

Je tendis le bras vers la table de nuit et ouvris le médaillon que m'avait offert tante Jeanne, pour me voir dans les bras de Paul. L'amour pouvait être aussi une souffrance, méditai-je avec mélancolie.

J'avais terminé brillamment mon deuxième cycle d'études, et après ? Je ne me sentais pas plus savante pour ça. Je rangeai le médaillon, éteignis la lumière et fermai les yeux.

L'écho des applaudissements saluant la fin de mon discours berça mon premier sommeil. J'avais conclu sur ces mots : « Ce jour est un commencement »...

Mais quel commencement marquerait-il ? Celui du bonheur et du succès, ou celui de la solitude et de l'erreur ?

— Ne regarde pas en bas, m'avait avertie maman. Marche comme un funambule, les yeux fixés sur l'avenir. Tu dois acquérir plus de confiance en toi, Perle.

J'avais bien l'intention d'essayer.

3

Un bon départ dans un nouveau monde

Le premier jour officiel des vacances d'été s'annonça par un record de chaleur. La température frôla les 40°, et l'humidité fut telle que je croyais presque voir des gouttelettes se former spontanément sous mes yeux. Je n'avais que quelques pâtés de maisons à franchir pour aller prendre le tramway de Saint-Charles, qui me conduirait directement à l'hôpital général Broadmoor. Mais le temps que je me hisse dans la voiture, j'étais en nage et mes cheveux me collaient au crâne. Tous les voyageurs arboraient une mine abattue, des traits tirés ; chacun semblait pressé d'arriver sur son lieu de travail pour y retrouver l'air conditionné. Les frondaisons des chênes elles-mêmes, toujours si majestueuses, paraissaient accablées de fatigue et leurs feuilles pendaient lamentablement. Les oiseaux, si joyeux et animés d'habitude, économisaient leur énergie et restaient collés aux branches, à croire qu'ils étaient empaillés.

Mais malgré le temps, je bouillonnais d'excitation. Même si je ne m'attendais qu'à des tâches toutes simples, aider les infirmières ou faire quelques courses, j'avais hâte de me trouver dans un environnement hospitalier. Pour la première fois de ma vie, j'allais faire partie de ce monde mystérieux et magique où, grâce à leur sagesse, à leur savoir et à leur intuition, médecins et infirmières décident des traitements qui vont guérir des gens et sauver des vies. Je comprenais sans peine pourquoi les parents et amis cajuns de maman croyaient au pouvoir des guérisseurs. Même si la médecine était une science, médecins et infirmières restaient des magiciens pour bon nombre de gens. Ils scrutaient et auscultaient l'intérieur des corps pour déceler où était le mal ou la blessure, et quels microbes — ces minuscules ennemis — les avaient envahis pour y causer des dommages.

Broadmoor avait été bâti sur un tertre gazonné. Quatre grands et robustes sycomores ombrageaient sa façade, et des bouquets de stellaires blanches bordaient l'allée carrossable. Les jardins foisonnaient d'azalées, de roses jaunes et rouges, d'hibiscus. La vigne vierge courait le long de la galerie inférieure et les glycines mauves pointaient à travers les grilles en fer forgé. A l'écart, sur la droite, miroitait une petite pièce d'eau couleur de thé noir.

A l'origine, l'édifice avait été une demeure de planteur, convertie en hôpital d'urgence par l'armée sudiste pendant la guerre de Sécession. Il restait de proportions modestes, même si on l'avait depuis modernisé. Malgré tout, papa estimait que ce serait une bien meilleure école pour moi d'apprendre le métier ici, plutôt que dans un grand hôpital qui serait plus impersonnel.

Le tramway me déposa une rue plus loin et je gagnai l'entrée d'un bon pas. Le hall semblait bien exigu, comparé à celui des grands hôpitaux de la ville. Des tubes au néon remplaçaient les vieux lustres, les murs crème étaient repeints à neuf, on venait juste de cirer le carrelage et un petit écriteau annonçait qu'il était glissant. Je fis halte à la réception pour demander le bureau du personnel. Une dame d'un certain âge, en uniforme rose, m'indiqua le chemin à suivre et je m'empressai de m'y rendre.

A mon entrée, une grande femme brune refermait bruyamment les tiroirs d'un classeur, les yeux fixés sur une photocopieuse qui crachait des feuillets. La première chose que je remarquai, lorsqu'elle se retourna, fut une petite tache d'encre bleue sur son menton. Elle était vraiment très grande, sèche, osseuse, les bras et les mains remarquablement longs. Ses clavicules proéminentes saillaient sous sa blouse blanche.

Un sourire étroit étira ses lèvres filiformes, et ses yeux d'un noir éteint s'arrondirent sous leurs lourdes paupières.

— Oui ? fit-elle sans dissimuler que je la dérangeais.

— Je cherche Mme Morgan, expliquai-je.

— Je suis Mme Morgan.

— Bonjour, madame. Je suis Perle Andréas et je dois prendre mon travail aujourd'hui. L'administrateur de l'hôpital, M. Marbella, m'a dit de m'adresser à vous dès mon arrivée.

Mme Morgan me désigna du geste une petite table surchargée de formulaires.

— Remplissez d'abord ces papiers.

— Tous ?

— Commencez par la gauche et prenez une feuille sur chacune des trois premières piles. N'oubliez pas d'inscrire votre numéro de Sécurité sociale ; c'est indispensable pour la comptabilité, afin d'établir votre premier bulletin de salaire. Et veillez à ne pas faire d'erreur.

— Bien, madame.

— Dès que vous aurez terminé, allez voir Mme Winthrop au deuxième étage. C'est l'infirmière en chef de cette équipe de garde. Au fond du couloir et à gauche. Elle vous remettra un uniforme et vous expliquera vos tâches.

— Bien, madame.

— L'uniforme ne vous appartient pas, il est la propriété de l'hôpital. Vous pouvez l'emporter chez vous si vous voulez. Vous êtes responsable de son entretien et tenue de le conserver en bon état. Une caution de dix dollars sera prélevée sur votre premier salaire.

Mme Morgan se pencha en avant pour examiner mes pieds.

— Vous pouvez garder ces mocassins aujourd'hui, mais demain vous les remplacerez par des chaussures blanches à semelles de mousse. Vous en trouverez au magasin de fournitures médicales de Canal Street. Les frais sont à votre charge.

— Je comprends.

Elle poussa un soupir impressionnant, à croire qu'elle allait se dégonfler, sous sa longue blouse blanche.

— Est-ce votre premier emploi ?

— Eh bien, à vrai dire...

— Je vous expliquerai tout sur la Sécurité sociale, l'Aide médicale gratuite, les assurances et les allocations... dès que vous aurez rempli les formulaires. Normalement, c'est mon assistante qui s'occupe des nouvelles mais... elle est encore en congé. Elle est employée dans un hôpital et elle est toujours malade ! En douze ans, je n'ai pas pris un seul jour de repos, moi. Mais les gens ont perdu le respect du travail, et les jeunes le sens des responsabilités.

— Pas moi, protestai-je. En fait, je suis très emballée à l'idée de travailler ici cet été. J'ai l'intention de faire ma médecine, vous savez.

— Vraiment ? Personnellement, je n'ai jamais été consulter une femme médecin, et je n'irai probablement jamais.

Comme si quelqu'un venait de la rappeler à l'ordre, Mme Morgan redressa brusquement la tête et tendit le doigt vers les feuillets.

— Plus tôt vous aurez terminé ceci, plus tôt vous pourrez gagner votre salaire. Vous pointerez chaque jour sur ce tableau en arrivant et en sortant, m'ordonna-t-elle en indiquant le mur d'en face. Je vous remettrai votre carte avant ce soir. Pour aujourd'hui, j'y noterai l'heure exacte à laquelle vous aurez pris vos fonctions. Et n'espérez pas que le temps passé à remplir ces papiers soit validé.

— Bien entendu, madame.

Je m'attaquai immédiatement aux formulaires. Quand je les lui tendis, dûment remplis, elle me débita les informations relatives à mon salaire à une telle allure que la moitié des mots m'échappèrent ; je n'y compris pratiquement rien. Puis elle se pencha vers moi, fronça les lèvres, resta ainsi un bon moment et finit par déclarer :

— Faites bien votre travail, ne fourrez pas votre nez dans les affaires des autres et tout ira bien.

— Merci, madame.

D'un geste du menton, elle m'indiqua la porte, et je m'éclipsai aussitôt pour courir au deuxième étage.

Le poste des infirmières se trouvait à peu près au milieu du couloir, et l'une d'elles se retourna d'un air affable à mon approche. Elle avait des yeux bleus au regard amical, des cheveux gris tout bouclés. Je lui donnais dans les cinquante ans. Une jeune fille noire, petite et mince avec de grands yeux ronds, se tenait à ses côtés.

— Je cherche Mme Winthrop. Je suis Perle Andréas, me présentai-je.

— Je suis Mme Winthrop, répondit la plus âgée des deux. Nous vous attendions, ma chère. Sophie va vous conduire à la lingerie et vous trouver un uniforme, ajouta-t-elle en désignant la jeune fille.

Celle-ci ne paraissait guère plus de seize ans. Elle portait les cheveux coupés très court et une cicatrice, minuscule mais proéminente, faisait saillie sur sa mâchoire. Elle contourna vivement le bureau.

— Par ici.

Tout en marchant, elle m'examina sans vergogne des pieds à la tête et, quand nous fûmes assez loin du poste, pivota brusquement vers moi.

— Pourquoi voulez-vous être aide-soignante ? Vous avez l'air d'une riche.

— Je veux travailler dans un hôpital pendant les vacances d'été parce que j'espère devenir médecin, lui expliquai-je. J'aimerais acquérir le plus possible d'expérience personnelle.

Son attitude se fit soudain plus amicale.

— Tu veux être toubib ? Combien d'années ça va te prendre pour avoir ton diplôme ?

— Sept ans de fac, d'abord, et ensuite l'internat dans un hôpital. J'aurai dans les vingt-sept ans quand je pourrai ouvrir un cabinet.

— On en a un ici, tu sais.

— Un quoi ?

— Un interne. Le Dr Weller. Ce n'est pas encore un vrai docteur, en fait. Il n'aura pas fini avant quelques années.

— Cela demande des années de travail acharné, c'est vrai. J'espère que j'y arriverai.

Elle me dévisagea, les yeux rétrécis.

— Tu es sûre de vouloir être médecin ? Je n'ai jamais vu de médecin femme, ici.

— Eh bien, je serai peut-être la première, déclarai-je, ce qui la fit sourire.

Puis elle réfléchit un instant, l'air sceptique.

— Tu as déjà donné un bassin de lit à quelqu'un ?

— Non.

— Tu as déjà nettoyé des vomissures ?

— Une fois, quand un de mes frères a été malade.

— Tu as déjà vu du sang, beaucoup de sang ?

— J'ai déjà vu du sang, affirmai-je.

— Et des boyaux ?

— J'ai disséqué des animaux, et je sais aussi ce que contient l'intérieur d'un corps humain.

Sophie s'arrêta net, choquée.

— Où est-ce que tu as fait ça ?

— Au lycée, au laboratoire. Pas toi ?

— Je n'ai pas été plus loin que la quatrième, expliqua-t-elle, et nous n'avions pas de labo. Mais je nettoie celui d'ici, alors j'ai vu du sang, des boyaux… et je les ai sentis, en plus. J'espère que tu as l'estomac solide, moi oui. Y a plus rien qui peut me faire vomir, ajouta-t-elle fièrement.

— Tant mieux. Ce ne serait pas drôle de venir travailler tous les jours en étant malade à chaque fois.

Elle hocha la tête avec vigueur.

— L'autre fille, celle qui est arrivée vendredi dernier, elle est devenue blanche comme un linge la première fois, et elle a dégobillé dans les toilettes pendant une demi-heure. Mme Winthrop a dû la renvoyer chez elle. Je suis contente que tu sois là, parce que j'ai dû travailler double depuis qu'elle est partie.

— Je ne vomirai pas, je te le promets.

Sophie parut satisfaite et me fit entrer dans la lingerie. Les uniformes étaient rares, et soit trop grands, soit trop petits. Celui qui m'allait le mieux était si étriqué que je dus laisser les deux boutons du haut détachés. Je me résignai.

— Bon, il faudra bien que je m'en contente, j'imagine.

— Qu'est-ce que c'est que ce truc, à ta cheville ? demanda tout à coup Sophie.

— Oh, ça ? C'est un porte-bonheur.

Elle me scruta d'un œil soupçonneux.

— Qui est-ce qui te l'a donné ?

— Ma mère. Elle aussi, on le lui a donné, autrefois.

— Ma maman, elle dit que ceux qui portent une pièce à la cheville, c'est ceux qui pratiquent le vaudou.

— La pièce est un gri-gri, si c'est ce que tu veux dire, mais je ne suis pas une adepte du vaudou.

— Et ta mère ?

— Non, pas vraiment.

Sophie n'eut pas l'air convaincue.

— Quel âge as-tu ? voulut-elle savoir.

— Dix-sept ans. Dix-huit dans deux mois. Et toi ?

— En vrai, ou ce que je raconte aux gens ?

— En vrai.

— J'aurai quatorze ans au mois d'août, mais tout le monde croit que je vais en avoir dix-sept. Ne le dis à personne, surtout.

— Sois tranquille.

— Bon, allons voir Mme Winthrop.

L'infirmière haussa les sourcils en voyant ma tenue.

— C'est tout ce que vous avez pu lui trouver comme uniforme, Sophie ?

— Les autres étaient trop petits ou beaucoup, beaucoup trop grands, madame Winthrop. Nous les avons tous essayés.

— J'ai bien peur que celui-ci soit le plus acceptable, dus-je admettre.

— Eh bien, je demanderai à M. Marbella d'en commander d'autres. Maintenant que vous êtes là, Perle, nous allons répartir le travail de l'étage entre vous deux. Vous serez chargée des chambre 200 à 205, Sophie fera le reste.

Mme Winthrop consulta sa montre avant de poursuivre :

— Bon, c'est l'heure de porter leurs jus de fruits aux malades et de remplir leurs carafes d'eau.

Sophie me conduisit à la cuisine où une autre infirmière — beaucoup plus jeune, celle-ci — bavardait avec l'interne.

— Excusez-nous, dit Sophie en esquissant une petite révérence, nous venons chercher les jus de fruits.

L'infirmière fit la moue, se dirigea vers le réfrigérateur et je lus sur son badge qu'elle se nommait Mme Crandle. Elle avait des cheveux bruns coupés droit sur la nuque, des yeux noisette, et une bouche ferme au pli boudeur. Elle ne manquait pas de charme, malgré son nez plutôt pointu et un peu trop long. L'interne pivota sur sa chaise et eut un grand sourire en m'apercevant.

— Tiens, tiens, qui est cette jeune recrue ?

— La nouvelle aide-soignante, la renseigna Sophie. Elle s'appelle Perle.

— Eh bien, bonjour, Perle. Je me présente : Dr Weller. Un nom prédestiné, comme dit ma mère. Au cas où vous l'ignoreriez, traduit en français mon nom signifie : mieux. Vous saisissez ? Avec moi, les gens vont mieux.

Il pouffa de rire, mais Mme Crandle grimaça de plus belle, comme si cette plaisanterie usée lui causait des névralgies.

— Bonjour, répondis-je simplement.

L'interne déplia son mètre quatre-vingts, me tendit la main et son sourire s'élargit encore, révélant des dents parfaites d'une blancheur éblouissante. Ses yeux noirs pétillèrent quand ses doigts pressèrent les miens. Il avait le teint aussi clair que moi, mais, par contraste avec ses cheveux bruns, cela lui donnait l'air un peu pâle. Une fente marquait son menton accusé, en plein milieu, et une fossette se creusait à tout instant dans sa joue droite, comme à volonté.

— Il semble que dans cet hôpital nous manquions... de tenues, glousssa-t-il en lorgnant ma blouse.

Mme Crandle leva les yeux au plafond.

— Il ne manquait plus que ça, un nouveau prétexte pour vous détourner de votre travail !

— Ne vous tracassez pas, répliqua l'interne sans me quitter un instant du regard (et sans lâcher ma main non plus). Je n'ai jamais détourné personne de ce qui m'intéresse... personnellement.

Il détailla complaisamment ma silhouette, sans cacher qu'il appréciait le spectacle, et ajouta :

— C'est le plus séduisant uniforme d'infirmière que j'aie jamais vu.

Je me sentis rougir jusqu'à la racine des cheveux.

— Je n'en ai pas trouvé qui m'allait mieux, mais...

— Hé là, je n'ai pas dit qu'il ne vous allait pas !

— Nous avons les jus de fruits à distribuer, fis-je observer avec raideur.

Et juste comme il libérait ma main, Sophie lança :

— Elle aussi veut devenir médecin, docteur !

— Médecin, vraiment ? Pas infirmière ?

La question fit tiquer Mme Crandle, et je me tournai vers elle pour répondre :

— Je trouve que le rôle des infirmières est tout aussi important, mais j'aimerais également pratiquer en dehors d'un hôpital.

— Ah oui ? Très ambitieux, releva-t-il en fronçant les sourcils. Quelle note avez-vous eue au bac ?

— Mention très bien, et j'étais major de promotion avec prix d'excellence.

— Impressionnant. Il va falloir nous tenir sur nos gardes pour être à la hauteur, madame Crandle !

— En attendant, c'est nous qui sommes de garde, riposta-t-elle du tac au tac. J'ai une transfusion à mettre en route. Et vous, docteur, vous n'avez rien à faire ?

— Wouaouh ! s'exclama l'interne à cette sortie. D'accord, j'y vais. Bonne chance, Perle. Et si vous avez quoi que ce soit à me demander, n'hésitez pas.

Sur ce, et sans enthousiasme excessif, il suivit Mme Crandle hors de la pièce.

— Il faut toujours qu'il plaisante, commenta Sophie. Mme Crandle dit que certains de ses malades finiront par mourir de rire. Est-ce que c'est possible, ça, de mourir de rire ?

— Franchement, je ne crois pas.

Elle parut sceptique mais n'insista pas, et m'indiqua l'emplacement de chaque chose. Je remplis mon chariot et commençai ma tournée.

Ma première chambre était celle de deux vieilles dames, dont une cardiaque branchée sur un moniteur. La deuxième était occupée par un homme qui avait une fracture à la jambe, et la troisième par une femme d'une trentaine d'années, en observation pour des problèmes digestifs. Elle se nommait Sheila et, manifestement, se rongeait d'inquiétude.

— Je dois jeûner aujourd'hui, m'apprit-elle. J'ai un autre examen demain matin.

— Qu'est-ce qui ne va pas, avec votre estomac ?

— Dès que je mange, ça me fait horriblement mal ici, expliqua-t-elle en pointant le doigt sur l'endroit concerné.

— Ces examens, c'est pour la vésicule biliaire ?

— Oui, comment le savez-vous ? La vôtre vous a déjà fait des ennuis, à vous aussi ? s'enquit-elle, pleine d'espoir.

— Non, je sais seulement où ça se trouve et que ça peut faire très mal. Mais ça ne veut pas dire que ce soit ça qui n'aille pas chez vous, m'empressai-je d'ajouter.

— Je sais bien, hélas. J'ai peur que ce ne soit beaucoup plus sérieux.

— Ne vous tracassez pas inutilement, attendez les résultats. En général, ils sont beaucoup moins alarmants qu'on ne se l'imaginait, la rassurai-je.

C'est ce que j'avais entendu notre médecin de famille dire à maman, un jour où Pierre et Jean étaient malades. Sheila sourit et je lui retapai son lit, pour qu'elle soit plus à l'aise, puis je passai à la chambre suivante. Le Dr Weller se tenait sur le seuil et recula dans le couloir quand j'arrivai avec mon chariot. Un lent sourire étira ses lèvres.

— J'ai surpris malgré moi ce que vous disiez, Perle.

Si Mme Winthrop vous entendait donner des consultations aux patients, elle vous renverrait sur-le-champ.

— Mais je n'ai pas...

— Vous avez laissé croire à cette malade qu'elle avait un problème de vésicule, insista-t-il en me menaçant du doigt. (Puis il éclata de rire.) Ce n'est pas grave, et il y a de très fortes chances pour que ce soit le cas. En fait, c'est une très bonne idée de travailler dans un hôpital pendant vos vacances d'été. Il vous suffit de garder les oreilles ouvertes pour glaner toutes sortes d'informations utiles.

— C'est aussi ce que je pense.

— Moi-même, j'apprends et j'étudie tous les jours, vous savez. Mon chef de clinique, le Dr Bardot, me met sans arrêt à l'épreuve. Je suis certain que vous aussi pourriez m'aider, acheva l'interne d'une voix pensive.

— Moi ? Et comment ?

— En tant que partenaire d'études. Vous m'interrogeriez, vous me poseriez des colles. Avez-vous des obligations mondaines très absorbantes ?

— Des obligations mondaines ?

— Est-ce que vous sortez régulièrement avec un garçon ?

— Oh, ça... Non, plus maintenant.

— Tant mieux. Vous aurez peut-être un peu de temps à me consacrer, alors, suggéra l'interne. Je vous promets que vous apprendrez beaucoup, et pas seulement dans le domaine médical. Je vous mettrai au courant d'un tas de choses, comment vous présenter aux examinateurs, ou à un entretien préliminaire. Ça devient de plus en plus difficile d'entrer dans une bonne faculté de médecine, de nos jours. Il y a un tas de majors de promotion qui attendent à la porte.

Je pris le temps de réfléchir. C'était exactement ce genre de choses que j'espérais apprendre en venant travailler ici.

— Entendu, acquiesçai-je. Est-ce que vous étudiez pendant les pauses ?

— Ah non ! Nous ferons ça après le travail. J'habite pas loin d'ici, dans un petit appartement tout près de l'université de Tulane. C'est là que j'ai fait ma prépa et ma médecine. C'est Tulane que vous visez, vous aussi ?

— Si je peux, oui.

— Bon, je vous donnerai tous les tuyaux utiles. Quels sont vos horaires, demain ? Les mêmes qu'aujourd'hui ?

— Oui.

— Nous serons libres à peu près en même temps, alors, nous pourrons partir tout de suite. Si cela vous convient, bien sûr.

J'hésitai. La perspective d'étudier avec un interne me tentait, mais pourquoi m'avait-il choisie, moi, et surtout si vite ?

— Vous n'aimeriez pas mieux un partenaire qui soit déjà étudiant en médecine ? m'informai-je prudemment.

— Non, ils ne veulent étudier que ce qui les intéresse. Mais je ne vais pas vous mordre, rassurez-vous. Et même si je le faisais, je soignerais la morsure, ajouta-t-il en riant. Mais si cette proposition vous met mal à l'aise...

— Non, cela me convient.

— Parfait. Et ne vous tracassez pas pour le retour chez vous, je m'en occupe. Je pourrai même vous préparer un dîner, si ça vous chante. Oh, rien de bien raffiné, naturellement. Mon traitement n'est pas royal. En fait, autant que vous le sachiez tout de suite, les internes des hôpitaux sont de vrais esclaves. Mais bon, on n'a rien sans rien. Alors à tout à l'heure, me lança-t-il avec un clin d'œil, avant de s'éloigner dans le corridor.

Je me demandai si je n'avais pas accepté son offre un peu vite. Il était déjà interne. Je ne comprendrais probablement rien à la moitié des questions traitées. Le seul résultat, c'est qu'il perdrait son temps et moi le mien, décidai-je. Puis je réfléchis. Il savait certainement tout ça, et pourtant il me voulait comme partenaire...

— Ce n'est pas l'endroit idéal pour dormir debout ! fit tout près de moi la voix de Mme Crandle.

Je sursautai.

— Oh, pardon, m'excusai-je, toute confuse.

Et je poussai rapidement mon chariot vers la chambre suivante.

En brossant son tableau des difficultés du métier, Sophie n'avait pas exagéré. Chambre 205, un vieillard s'était sali et il me fallut nettoyer les dégâts. Je dus bien déglutir et retenir mon souffle une centaine de fois, avant d'avoir fini. Et après ça, Mme Crandle me fit récurer le cadre du lit et laver le carrelage tout autour.

Sophie et moi retournâmes à la lingerie chercher des draps propres. Je vidai une demi-douzaine de bassins et nettoyai des cabinets de toilette. Je m'attendais que mon premier jour de travail fût assez calme et jusque-là, ça pouvait aller. Mais juste avant la fin de ma garde, Mme Conti, la vieille dame de la chambre 200, eut une attaque. Mme Crandle demanda le code bleu — la procédure d'urgence —, et le Dr Weller accourut du fin fond du couloir. Un défibrillateur fut roulé dans la pièce ; un autre médecin arriva de l'unité de soins cardiologiques, située au troisième. Ils s'acharnèrent et s'acharnèrent, mais le cœur de Mme Conti avait cessé de battre et ne consentit pas à repartir.

Sa voisine de chambre, Mme Brennen, poussait des clameurs hystériques et il fallut la mettre sous sédatifs. Tout le monde était consterné. Mme Conti somnolait lorsque je lui avais apporté son jus de fruits, et elle avait à peine ouvert les yeux quand j'étais revenue changer son eau et voir si elle ne manquait de rien. J'avais vu et entendu son moniteur fonctionner. Et j'avais appris par Mme Brennen qu'elle avait passé dix jours à l'unité de soins intensifs avant d'être redescendue au deuxième étage.

— Pourquoi n'était-elle plus là-haut ? chuchotai-je au Dr Weller quand il sortit, après que tout effort se fut avéré inutile.

— Ils l'ont renvoyée il y a deux jours parce qu'elle allait beaucoup mieux, et qu'ils avaient besoin de la place pour un autre malade. On ne peut pas tout prévoir ! soupira-t-il avec un haussement d'épaules.

Puis il me décocha un sourire où perçait la provocation.

— Alors, toujours décidée à devenir médecin ?

Je regardai derrière moi, dans la chambre où gisait la morte. Sa famille n'était pas encore prévenue, mais on n'allait pas tarder à la pleurer, j'en étais sûre. J'imaginai les enfants et petits-enfants ravagés de chagrin, et je me sentis bouillir de colère. Si j'avais été son médecin, Mme Conti n'aurait jamais quitté le troisième étage.

— Plus que jamais, répliquai-je.

Le Dr Weller m'observa de haut, l'air amusé.

— Ma foi, vous avez de l'étoffe. Quelque chose me dit que j'ai trouvé la partenaire d'études idéale. En attendant... Il va falloir s'occuper de la paperasse, constata-t-il en jetant un regard accablé dans la chambre. Un aspect du métier que vous apprendrez vite à détester, vous aussi.

J'étais peut-être naïve, mais je me dis qu'il se trompait. Que je ne détesterais jamais aucun aspect de la profession.

Je n'avais pas tellement travaillé, finalement, mais quand mon tour de garde s'acheva, j'étais exténuée. C'était la tension des débuts, sans doute, et l'émotion d'avoir vu quelqu'un mourir. Sophie et moi nous changeâmes, puis nous nous rendîmes au bureau de Mme Morgan pour aller pointer.

— Alors, s'informa-t-elle en regardant Sophie, bien que la question fût pour moi, comment vous en êtes-vous tirée ?

— Elle a été formidable, répondit vivement ma compagne à ma place. Elle n'a pas vomi une seule fois.

Mme Morgan daigna sourire.

— Eh bien, ça c'est une performance. Tenez, voici votre carte officielle. Enregistrez chaque jour l'heure de votre arrivée, celle de votre départ, et n'oubliez pas les chaussures blanches.

— Non, madame.

Sophie et moi quittâmes aussitôt l'hôpital. L'air était toujours aussi moite, mais le soleil avait suffisamment baissé pour qu'il fasse un peu moins chaud. C'était déjà ça.

— Ma mère dit que j'ai bien de la chance d'avoir l'air conditionné à l'hôpital, observa Sophie tandis que nous suivions l'allée.

— Qu'est-ce qu'elle fait, comme métier ?

— Blanchisseuse.

— Et ton père ?

— Il travaille dans le quartier français, sur le Vieux Carré. Il est cuisinier. J'ai deux sœurs qui vont encore à l'école et un frère qui fait son service militaire. Et toi ?

— J'ai deux frères jumeaux de douze ans. Où est-ce que tu habites, Sophie ?

— Derrière le Vieux Carré. Je prends le tram de Canal Street.

Nous attendîmes le tramway ensemble, en bavardant.

— Depuis combien de temps travailles-tu à Broadmoor, Sophie ?

— Un peu plus d'un an.

— Et tu n'as pas envie de retourner au collège ? Tu as encore des tas de choses à apprendre.

Elle baissa vivement les yeux.

— Je ne peux pas. Faut que je travaille.

— Mais pourquoi ? m'étonnai-je (Un bon cuisinier valait son pesant d'or, dans ce quartier-là.) Ton père ne gagne pas assez ?

— Va savoir ! On n'en sait rien au juste, nous.

— Comment ça ? Pourquoi ?

Sophie haussa les épaules.

— Il ne vit pas avec nous, m'annonça-t-elle, juste au moment où le tramway arrivait.

Elle y grimpa d'un bond, j'allai m'asseoir à côté d'elle et elle enchaîna aussitôt :

— Il ne vient même plus à la maison, en fait. Il envoie juste un peu d'argent de temps en temps. Si je veux le voir, il faut que je passe au restaurant, mais il n'a jamais le temps de discuter.

— Je suis désolée pour toi, dis-je avec sympathie.

Nous approchions de ma station et, comme je m'apprêtais à descendre, Sophie s'exclama :

— Tu vis à Garden District !

— Mais oui.

— Je n'y ai jamais mis les pieds, moi.

— Eh bien, pourquoi ne viendrais-tu pas dîner chez nous, un de ces soirs ?

— Tu es sérieuse ? (Son visage s'éclaira, mais son sourire s'éteignit aussitôt.) Non, d'habitude je me dépêche de rentrer pour aider maman.

— Tu trouveras bien un moyen, suggérai-je. Alors à demain, et merci pour ton aide. Salut !

— Salut, me lança-t-elle en écho.

Quand j'arrivai chez nous, tout le monde brûlait de savoir comment s'était passée cette première journée. Les jumeaux firent des grimaces et des bruits répugnants quand je décrivis ce que j'avais dû nettoyer ; mais quand j'en vins à la mort de Mme Conti, leurs yeux pétillèrent d'intérêt.

— Tu as vraiment vu une morte ? se fit confirmer Pierre.

— Oui.

— Et tu l'as touchée ? demanda son frère.

— Non.

— Est-ce qu'elle sentait ?

Papa intervint à propos.

— Il me semble que nous pourrions attendre la fin du repas pour continuer cette conversation. Qu'en penses-tu, Perle ?

Je parlai donc de Sophie, mais rien n'intéressait les jumeaux, hormis la mort de Mme Conti. Puis je mentionnai le Dr Weller et papa échangea un bref regard avec maman.

— Il te connaît à peine et il t'a déjà invitée à dîner ? s'étonna-t-elle.

— C'est parce que nous ne pouvons pas étudier pendant les heures de service, je suppose. Pourquoi ?

Papa semblait inquiet.

— Perle a dû faire impression sur lui, sans plus,

le rassura maman. Et puisqu'elle s'intéresse à la médecine...

— Tu as sûrement raison, Ruby, reconnut-il après quelques instants de réflexion. Tu ne te trompes jamais sur les gens.

Et, soudain détendu, il ajouta fièrement :

— Ta mère a une nouvelle exposition dans quinze jours, Perle, et ton portrait en fera partie.

— C'est fantastique, maman !

Nous parlâmes un moment de la future exposition et, après le dessert, papa m'emmena en ville pour acheter mes chaussures tandis que maman remontait à son atelier.

— Eh bien, me dit papa dans la voiture, maintenant que tu as vu le feu, quelles sont tes impressions ?

— J'ai encore plus envie d'être médecin qu'avant, papa. (Il m'approuva d'un signe.) Mais toi, insistai-je une fois de plus, pourquoi as-tu abandonné ? Tu étais riche, tu réussissais brillamment. Dis-moi la vraie raison.

— Mes parents se faisaient du souci pour moi, et la grossesse de ta mère n'a rien arrangé. Moi-même, je m'en voulais beaucoup d'abandonner Ruby et pendant un certain temps, j'ai été carrément autodestructeur. Je buvais comme un trou, quand j'étais en Europe, je perdais mon temps et je gâchais mon talent. Et puis...

Il s'interrompit, comme happé par ses souvenirs.

— Et puis j'ai appris que Ruby avait épousé Paul, et là, j'ai plongé. Je me suis apitoyé sur moi-même, j'ai laissé tomber mes études... la débâcle, quoi. Et un beau jour, on a frappé à ma porte, et j'ai ouvert. C'était ta tante Gisèle. Pendant un moment j'ai cru que c'était Ruby, tellement elles se ressemblaient. J'ai voulu faire semblant d'y croire, et ta tante a encouragé mon petit jeu. Tu connais la suite. J'ai épousé Gisèle et je suis rentré à l'agence Dumas.

« C'est pourquoi je suis si heureux que tu suives la carrière que j'ai abandonnée, reprit papa, les larmes aux yeux. Je sais que tu seras un excellent médecin.

Ma gorge se noua. Moi aussi, j'avais envie de pleurer.

— J'essaierai, papa, dis-je avec effort. J'essaierai.

A la maison, les jumeaux revinrent à la charge. Ils me supplièrent tant et tant de leur dire quel effet ça faisait de voir un cadavre que je capitulai. J'allai chercher mes livres d'anatomie et les laissai regarder les images. La découverte de l'intérieur du corps humain les fascina, mais Jean fut quand même un peu secoué.

— Heureusement qu'on a une peau pour cacher tout ça ! s'exclama-t-il, écœuré.

Pierre éclata de rire, mais je fermai les livres et leur fis un exposé sur les merveilles de l'anatomie.

— Le corps humain est la plus parfaite création de l'univers, commençai-je.

— S'il est si parfait, riposta Jean, pourquoi est-on malade ?

— Il est parfait, mais pas invulnérable.

Mon petit frère eut une grimace perplexe.

— Elle veut dire que tu ne peux pas empêcher les microbes de rentrer dans ton nez ni dans ta bouche, pontifia Pierre. A moins que tu ne te promènes avec du Scotch sur les lèvres et une pince à linge sur le nez... mais même ! Ils peuvent toujours entrer par nos oreilles.

— Eh bien, on se bouchera les oreilles aussi.

— Mais tu n'entendras plus, idiot !

— Alors je serai malade, voilà.

— Et c'est pour ça qu'on a besoin de médecins. Pas vrai, Perle ?

— Oui, Pierre, acquiesçai-je en souriant.

— Mais pourquoi les docteurs n'ont-ils pas pu empêcher Mme Conti de mourir ?

— Elle était vieille, et son corps fatigué.

— Elle était hors d'usage, quoi. Comme nos tricycles.

Jean réfléchit et son visage s'illumina.

— Mais nous, avec un docteur à la maison, nous ne serons plus jamais malades. Nous aurons Perle !

J'éclatai de rire.

— Ce n'est pas pour tout de suite, je te préviens.

— Et elle ne vivra pas chez nous, expliqua Pierre à son jumeau. Elle sera adulte, elle aura un mari et des enfants.

La belle humeur de Jean s'évanouit.

— Mais je continuerai à m'occuper de vous deux, affirmai-je, ramenant le sourire sur les traits de mon frère. Et maintenant, au lit, tous les deux ! Tout le monde a besoin de repos, mais surtout les jeunes garçons qui grandissent de trois centimètres par jour, sinon...

— Tes organes vont se ratatiner, menaça Pierre.

— C'est vrai, Perle ?

— Non, mais filez vous coucher quand même. Allez, ouste !

Les jumeaux bondirent sur leurs pieds.

— Bonne nuit, Perle, dit Pierre.

— Bonne nuit, Perle, répéta Jean avec un sourire espiègle. J'espère que tu ne vas pas rêver de Mme Conti !

D'une bourrade, Pierre le poussa hors de la pièce et ils se ruèrent dans l'escalier en pouffant de rire.

Je ne tardai pas à monter, moi non plus. Et je venais juste de me glisser sous les draps quand le téléphone sonna. C'était Catherine. Nous ne nous étions pas parlé depuis la réception, et je perçus comme une sorte de contrainte dans sa voix. Toute la chaleur de notre amitié avait disparu.

— Alors, tu as commencé ce travail à l'hôpital ?

— Aujourd'hui.

— Comment ça s'est passé ? s'enquit-elle du bout des lèvres.

— J'ai appris beaucoup de choses, il me semble. Et un interne m'a demandé de l'aider dans ses études.

— Ah bon ? De quoi a-t-il l'air ?

— Ce n'est pas ce que tu crois. Il veut seulement quelqu'un pour l'aider à garder la pression. Un interne est encore un étudiant, tu comprends. J'y trouverai mon compte, moi aussi.

— Tant mieux pour toi. Au fait... tout le monde est furieux contre toi pour l'autre soir. Ils te trouvent tous très snob.

— Je ne racole pas de voix pour une campagne électorale, ripostai-je avec raideur.

— Tu ne devrais pas oublier qui sont tes vrais amis, Perle. Même si tu es la plus brillante de nous tous.

— Je ne l'oublie pas non plus, mais je te l'ai déjà dit. Les vrais amis s'entraident et se protègent mutuellement.

— Tout le monde est l'objet d'une plaisanterie un jour ou l'autre, non ? Tu ne crois pas que tu as réagi un peu fort ?

— Non.

Catherine marqua une pause, puis décida de faire feu des deux bords.

— Claude a pris du bon temps avec Diane. Ils ont disparu dans une chambre d'amis et on ne les a revus que le lendemain matin. Ils sortent tout le temps ensemble, maintenant.

— C'est que ça devait arriver, que veux-tu.

Catherine poussa un soupir de frustration.

— Je te jure, Perle, ce n'est vraiment pas facile d'être ton amie !

Je restai un moment sans voix. Avait-elle raison ? Les choses qui intéressaient la plupart des filles ne comptaient pas beaucoup pour moi. Etait-ce un bienfait... ou une malédiction ?

— En tout cas, reprit Catherine, nous allons partir pour les vacances d'été, on ne va plus beaucoup se voir. Mais ça t'est bien égal, j'imagine ?

— J'ai dit que ton attitude m'avait déçue, Catherine. Mais j'espère que tu comprendras mon point de vue et que nous resterons amies.

— Et moi, j'espère que le sauveteur que j'ai rencontré l'été dernier travaillera toujours à la plage cette saison. Il me trouvait trop jeune pour lui, mais il aura peut-être changé d'avis cette année.

— Quel âge avait-il ?

— Vingt-trois ans. Je sais, ajouta-t-elle précipitamment, toi aussi tu penses qu'il est trop vieux pour moi.

— Mais non, pas du tout.

— C'est vrai ? Moi non plus, je ne trouve pas, mais ça ne va pas plaire à mes parents. Les tiens, qu'est-ce qu'ils en penseraient ?

— Je n'en sais rien. Je suppose que si nous étions

vraiment faits l'un pour l'autre, ils ne soulèveraient pas d'objection.

— Ta mère est si compréhensive... Bon, peut-être que je t'enverrai une carte postale.

— Fais-le, Catherine.

— Et toi, ne te trompe pas de pilules avec tes patients !

Je remis les choses au point.

— Je ne suis pas autorisée à distribuer les médicaments, je suis seulement là pour aider.

— Eh bien, ne te trompe pas de patient, alors ! plaisanta-t-elle. Ecoute, Perle, je te demande pardon. Les filles ont peut-être été un peu loin et j'aurais dû te prévenir tout de suite, mais... je ne voulais pas qu'elles me prennent en grippe, moi aussi.

— Aussi ?

— Tu sais bien ce que je veux dire. D'ailleurs je t'ai demandé pardon, non ?

— Mais oui. Merci. Amuse-toi bien.

— J'y compte ! lança-t-elle avant de raccrocher.

Je restai un moment assise dans mon lit, toute songeuse. Au fond de moi résonnait la voix d'une petite fille qui s'efforçait de s'imposer, de m'empêcher d'être trop sérieuse. Mais cette voix s'éloignait, faiblissait de plus en plus et déjà, je ne l'entendais plus.

Que je le veuille ou non, je fonçais tête baissée vers l'âge adulte, à présent. Mais que pouvais-je y faire, sinon en prendre mon parti et profiter au mieux de la situation ?

Je m'endormis très vite, mais je rêvai de Mme Conti. Je retournais dans sa chambre et, d'un seul coup, elle ouvrait les yeux, des yeux vitreux d'un blanc laiteux. Puis je revis le sourire provocant du Dr Weller. « Toujours décidée à devenir médecin ? », m'avait-il demandé, comme par défi.

— Plus que jamais, murmurai-je dans mon sommeil. Plus que jamais.

4

Travaux pratiques

— Si nous devons étudier ensemble, appelez-moi donc Jack, suggéra le Dr Weller le lendemain, comme nous quittions l'hôpital. Une fois hors de ces murs, laissons tomber les formalités.

— Jack ?

— C'est mon nom... enfin, presque. En entier, c'est Jackson Marcus Weller, et c'est celui-là que je ferai graver sur ma plaque. C'était le prénom de mon arrière-grand-père maternel, mais je préfère être tout simplement Jack, surtout pour les gens que j'admire. Et pour ceux dont j'espère être admiré, ajouta-t-il en me retenant par la taille pour me faire pivoter vers la droite. Tenez, mon appartement est de ce côté, pas bien loin. Ça ne vous ennuie pas d'y aller à pied ?

— Non.

— J'ai une voiture, mais je m'en sers rarement, précisa-t-il en accentuant la pression de ses doigts sur ma hanche. Conduire est une telle corvée, en ville ! Franchement, j'aime autant les transports en commun.

J'attendis qu'il eût retiré sa main pour demander :

— C'est ici que vous avez grandi ?

— Grandi ? répéta Jack en éclatant de rire. La plupart de mes parents et amis estiment que j'ai oublié de grandir. Sous prétexte que j'ai choisi d'être médecin, ils pensent que je devrais me comporter comme un vieux grand-père. Qui fait confiance à un jeune praticien, de nos jours ? Dans la plupart des professions, la jeunesse est un avantage, mais dans la nôtre...

Il marqua une pause et se tourna vers moi.

— Vous n'allez pas me croire, mais j'ai un ancien copain de fac qui se teint les cheveux en gris, maintenant !

Devant mon air ébahi, Jack eut une moue apitoyée.

— Ça me désole pour vous, mais c'est deux fois plus difficile pour une femme de percer dans la profession. Vous devrez être deux fois meilleure qu'un homme. Mais je vous en crois fort capable, ajouta-t-il avec un clin d'œil. Et maintenant... (Il éleva la main, paume en avant.) Ne me dites rien de vous, laissez-moi deviner.

Nous poursuivîmes notre chemin sans nous presser. Il faisait un peu moins humide que la veille, le ciel prenait déjà une teinte plus sombre, et les nuages qui dérivaient mollement se détachaient avec une blancheur nacrée sur ce bleu intense. Vers le sud, un petit avion remorquait une banderole annonçant un grand dîner dansant dans le quartier français. Derrière nous, les tramways ferraillaient le long de l'avenue et les oiseaux, délivrés de l'accablante chaleur du jour, jacassaient à grand bruit dans les arbres. Les premiers réverbères commençaient tout juste à s'allumer.

Le soir tombant exaltait le parfum des jardins, le long des trottoirs, qu'on appelle ici des banquettes, à cause de leur hauteur. A La Nouvelle-Orléans, il n'est pas rare qu'ils s'élèvent jusqu'à soixante centimètres et même plus, pour protéger les maisons des inondations. De l'autre côté de la rue, deux étudiantes des cours d'été de Tulane déambulaient en gloussant de rire, suivies au ralenti par deux jeunes gens en décapotable qui s'efforçaient d'attirer leur attention.

— Vous n'êtes pas fille unique, commença Jack, et vous n'êtes pas non plus une enfant gâtée, ça c'est certain.

— J'ai deux frères, en effet, deux jumeaux de douze ans... mais je suis une enfant gâtée quand même.

— Allons donc ! Toutes les filles à papa travaillent comme aides-soignantes pour un salaire de misère, c'est évident ! Bien sûr que vous n'en êtes pas une.

— Je suis une enfant gâtée mais qui sait ce qu'elle veut, insistai-je.

Il sourit jusqu'aux oreilles.

— Voilà qui fait plaisir à entendre ! Votre famille est riche, en tout cas, je me trompe ?

— Non. Mais vous avez deviné tout seul ou vous avez fait parler Sophie ?

Cette fois, il rit de bon cœur.

— Vous, alors ! Vous comprenez vite. Bon, j'avoue, j'ai cuisiné Sophie. Nous y sommes, ajouta-t-il en me prenant la main pour m'entraîner dans une rue latérale.

Et il me pilota vers un petit immeuble dont une marquise surplombait l'entrée. Il ne payait pas de mine, il faut bien le dire. Sur sa façade grise et craquelée, l'enduit s'en allait par plaques et sa porte vermoulue aurait eu grand besoin d'un coup de peinture.

— Il faut que je vous prévienne, s'excusa Jack comme nous approchions. Ce n'est pas le genre Garden District, chez moi. Je n'ai qu'un modeste studio.

— Je suis peut-être gâtée, mais je ne suis pas snob.

Son sourire s'élargit encore et il ouvrit la porte devant moi. Nous traversâmes un hall exigu pour passer dans un couloir étroit, aux murs déteints plutôt douteux et au carrelage brun tout fendillé. Le seul mobilier consistait en une table boiteuse surmontée d'un miroir ovale au cadre blanc terni, et une odeur de gombo à la crevette flottait dans l'air.

— Nous monterons plus vite par l'escalier que par l'ascenseur, m'avertit Jack en me précédant.

Derrière lui, je gravis trois volées de marches fatiguées dont le bois gémit sous nos pas.

— Au moins, constata-t-il en introduisant sa clé dans la serrure, la vue est dégagée, d'ici !

Je m'attendais à découvrir une pièce de dimensions réduites et pauvrement meublée, certes, mais pas à un désordre pareil ! La porte donnait directement sur le living-room, qui servait également de chambre. Le canapé, sur la droite, était jonché de livres et de papiers qui débordaient jusque sur le sol, tout autour. J'y aperçus également une tasse à café, barbouillée de marc, et une assiette dans laquelle avaient séché des pâtes. Une épaisse couche de poussière s'amassait sur le rebord de la fenêtre et le tapis montrait sa corde.

— Je me suis levé tard ce matin et le ménage n'a pas été fait depuis hier soir, expliqua Jack. Autrement, c'est plutôt confortable.

Confortable ? Il y avait de quoi devenir claustrophobe, oui ! A la maison, nous avions des penderies plus vastes que cet appartement. L'unique fenêtre de la pièce n'était déjà pas large, mais le studio lui-même était juste assez grand pour contenir le canapé, un lit, une table et deux chaises. Par une porte entrouverte, je pus apercevoir une minuscule cuisine, avec un évier bourré d'assiettes sales et une poubelle pleine à craquer. Un carton de pizza à emporter dépassait du couvercle.

Jack s'empressa de débarrasser le canapé, la petite table et les deux chaises.

— Vous permettez ? demanda-t-il en transportant la vaisselle dans la cuisine. J'en ai pour une minute.

Il reparut presque aussitôt et entreprit de retaper le lit.

— C'est ça, la vie de célibataire, que voulez-vous ! Mais vous n'en connaissez aucun, j'imagine ? Eh bien, insista-t-il comme je ne répondais pas, en connaissez-vous ?

— Pardon ? Oh, non.

J'étais toujours sous le choc de la surprise. Un médecin pouvait-il être aussi indifférent à la propreté ? Je n'en revenais pas, et Jack s'en aperçut.

— Je n'ai pas été élevé dans un taudis, si c'est ce que vous pensez, dit-il en manière d'excuse. Mais attendez d'avoir commencé l'internat, et vous verrez combien de temps il vous reste pour vous.

« Je viens d'un milieu modeste, moi. Mon père travaillait dans les exploitations de pétrole, à Beaumont, et on le licenciait si souvent que je le croyais riche, pour pouvoir s'offrir tellement de vacances ! Mais les études de médecine coûtent cher, je ne vous l'apprends pas.

— Et comment vous en tirez-vous ? m'informai-je, honteuse de l'avoir condamné si vite.

— Ma grand-mère a placé de l'argent à mon nom, pour que j'en touche les revenus. Au début, ça représentait quelque chose mais l'inflation a pratiquement tout grignoté, le coût des études a augmenté, alors... j'ai dû emprunter. Je suis endetté jusque-là, dit-il en élevant la main au-dessus de sa tête.

« C'est une chance de pouvoir étudier sans avoir de soucis financiers, mais l'argent ne suffit pas pour devenir médecin. La seule chose...

Il interrompit son ménage et m'observa d'un œil pensif.

— Oui ? questionnai-je, sur le qui-vive.

— C'est que vous êtes vraiment trop séduisante.

— Quoi !

— C'est du gâchis, franchement ! Vous devriez être *la femme* d'un médecin, couverte de bijoux et de fourrures, vous consacrer aux mondanités et aux œuvres sociales. Non, je plaisantais, se reprit-il en riant. Sauf que... la seule femme médecin que je connaisse est laide à faire fuir un bataillon de microbes.

Il tapota rapidement le couvre-lit de coton bleu.

— Je vous sers quelque chose à boire ? J'ai du jus de fruits, de l'eau pétillante et de la bière.

Je louchai vers la cuisine comme si je redoutais la contamination, ce qui eut le don d'amuser Jack.

— Je laverai le verre avant, je vous le promets.

— Alors un jus d'orange, s'il vous plaît.

— Parfait, mettez-vous à l'aise. Vous pouvez vous asseoir sur le lit, si vous voulez, dit-il en allant préparer ma boisson.

Je m'installai sur le canapé, où je me mis à parcourir les manuels de médecine.

— Je sais que c'est un peu tôt pour en parler, demanda Jack de la cuisine, mais avez-vous déjà réfléchi à une spécialité ?

— Je pensais à la pédiatrie.

— Bonne idée, commenta-t-il en revenant avec deux verres, dont un de bière pour lui-même. Surtout pour une femme. Les mères trouvent plus facile de s'expliquer avec elles.

Je répliquai, avec un rien d'acidité :

— Je ne voyais pas les choses sous ce jour-là. Les femmes sont tout à fait capables de faire d'excellents chirurgiens, de bons cardiologues, de...

— D'accord, d'accord, je suis désolé. Je ne suis pas macho, je suis simplement réaliste, affirma-t-il en me tendant mon jus d'orange avant de s'asseoir à mes côtés. Vous n'avez pas faim ?

J'avais faim en arrivant chez lui, effectivement, mais la vue de la pièce m'avait coupé l'appétit.

— Non, pas encore, prétendis-je.

Mais en pensée, je mesurais déjà le temps qu'il me faudrait passer chez lui à étudier, avant de rentrer savourer les restes du repas préparé par Milly.

— Je suis un excellent cuisinier, figurez-vous, déclara Jack avec un sourire satisfait.

Puis son regard glissa sur moi, effleurant d'abord mon visage avant de descendre, aussi tangible qu'une caresse, vers mon cou et mes seins.

— Une jolie fille comme vous doit avoir des tas d'amoureux, je parie.

— Non.

— Non ? Je pensais que les filles étaient plus émancipées qu'avant, de nos jours, et qu'elles collectionnaient les conquêtes comme le faisaient les garçons de mon temps.

— J'ai toujours eu des choses plus importantes en tête, répliquai-je. Bien que, cette année, je sois pas mal sortie avec un garçon.

— Et que s'est-il passé, sans vouloir être indiscret ? Simple curiosité de ma part pour les mœurs de la jeunesse actuelle, bien entendu.

— Disons que je ne me sentais pas aussi engagée que lui par cette relation, voilà tout.

— Ah. Je crois que je vois ce dont il s'agit. Etait-ce

votre première… fréquentation sérieuse ? s'enquit Jack avec un sourire suggestif.

— Oui, mais comme je viens de vous le dire, cela n'a pas duré bien longtemps.

— Je vois, répéta-t-il en se pinçant le menton entre le pouce et l'index.

J'avais l'impression d'être venue consulter un spécialiste des affaires de cœur, et son regard inquisiteur me mettait un peu mal à l'aise.

— Qu'avez-vous à étudier, ce soir ?

— Voyons… (Il réfléchit un instant et pêcha un manuel sous le canapé.) Je connais déjà un peu le sujet, commença-t-il en feuilletant les pages. Nous en avons eu un cas chez une patiente, cet après-midi. La dyspareunie, ça vous dit quelque chose ?

Je fis signe que non.

— Cette affection est encore appelée vaginisme ou, plus familièrement : syndrome de la nuit de noces. Est-ce que ça devient plus clair ?

Je me sentis blêmir.

— Allons, allons. Un futur médecin doit connaître l'anatomie sous toutes ses coutures. Notre patiente était une jeune femme de dix-neuf ans, mariée depuis peu. Vous commencez à comprendre ?

Mon rythme cardiaque s'accéléra, j'eus brusquement l'impression de manquer d'air.

— Je crois, balbutiai-je avec embarras.

— Coït difficile ou douloureux, énonça Jack sur un ton professoral. Vous devez aborder sans gêne tous les aspects de l'anatomie humaine, insista-t-il, tout comme les fonctions corporelles. Il faut être à l'aise avec tout ça.

— Mais je le suis, je vous assure.

— Bien. La dyspareunie peut être l'objet de plaisanteries scabreuses, mais pour un médecin c'est un cas comme un autre, une maladie à guérir, et rien de plus, déclara-t-il avec l'autorité d'un praticien chevronné. Vous comprenez ça ?

— Bien sûr.

Personnellement, j'aurais préféré qu'il eût choisi un

autre sujet, mais je n'allais pas lui laisser voir que celui-ci m'embarrassait. Il n'attendait que cela pour me prouver sa théorie, à savoir que la profession était plus difficile pour les femmes.

— Alors poursuivons, reprit-il en se penchant en avant. Quand le Dr Bardot m'a laissé seul avec cette cliente, elle s'est confiée à moi. Elle se sentait plus à l'aise avec quelqu'un de plus jeune et m'a appris qu'elle avait été violée à l'âge de douze ans.

— Violée ! Quelle horreur !

— Oui, et elle en a été gravement perturbée psychologiquement.

Jack se leva, me tendit le livre et se mit à arpenter la pièce comme un maître de conférences.

— Cette information m'a été précieuse, car la dyspareunie peut être causée par des spasmes d'origine psychologique. Voyez page 819, en haut à droite.

Je m'empressai d'obéir et attendis la suite. Le front plissé par la concentration, Jack ferma les yeux et récita de mémoire :

— « Quand la dyspareunie n'est pas due à un problème local, ou si celui-ci est masqué par un symptôme nerveux, elle signale chez la patiente un mécanisme de défense psychologique. »

Jack rouvrit les yeux et son regard me fit comprendre qu'il attendait mes commentaires. Je parcourus les premières lignes.

— C'est exact.

— Bien, poursuivons. « La défense peut s'exercer contre les rapports sexuels en général, selon un éventail de possibilités répertoriées. Egoïsme excessif, ignorance de l'anatomie et de la physiologie des organes reproducteurs, peur de la grossesse, aversion envers le partenaire, due elle-même à des rapports amoureux antérieurs ou à un problème survenu après le mariage. » J'en déduis que même l'halitosis peut causer ce genre de répulsion, suggéra-t-il. C'est aussi votre avis ?

— Pardon ?

— L'halitosis. La mauvaise haleine.

— Ah, oui…

— Donc, si vous lisez entre les lignes, avant d'épouser quelqu'un il est prudent de faire un test. Un essayage, en quelque sorte.

— Je ne vois pas en quoi cela s'impose, répliquai-je précipitamment.

Une fois de plus, Jack éclata de rire.

— Eh bien, prenons votre cas comme exemple, décida-t-il en revenant s'asseoir sur le canapé. Si je lis bien entre les lignes, votre petit ami et vous n'avez jamais fait l'amour. Exact ?

— Je ne tiens pas à discuter de ma vie privée.

— Vous devez apprendre à rester objective, également vis-à-vis de vous-même, si vous voulez devenir un bon praticien. C'est pourquoi certaines personnes manquent de la formation suffisante sur ce plan, je le dis toujours. Même s'ils sont très brillants, ces gens-là sont incapables de surmonter certains obstacles psychologiques...

— Moi, je peux, lançai-je avec sécheresse.

— Bien. Alors vous ne devriez éprouver aucune gêne à parler de vous-même. Vous êtes humaine, non ? Vos réactions sont exactement les mêmes que celles des autres, les malades que vous vous proposez de guérir. Quand un homme vous touche, votre corps réagit exactement comme celui d'une autre femme, vous en êtes bien consciente ?

— Oui, mais...

Avec un haussement d'épaules, Jack ignora mon interruption.

— Alors continuons. Mieux vaut aborder ces problèmes avec des cas réels plutôt qu'avec des exemples tirés du manuel. Imaginons que vous soyez atteinte de frigidité.

— Comment ?

— C'est un terme médical pour désigner, chez une femme, « l'incapacité à tirer du plaisir des rapports sexuels », expliqua Jack en pointant le doigt sur un paragraphe.

Je baissai les yeux sur la page, découvris qu'il avait cité le passage textuellement et relevai la tête.

— Ce n'est pas mon problème, d'ailleurs je n'en ai aucun. Simplement, je ne tiens pas à...

— Ne risquons aucun diagnostic pour l'instant, m'interrompit Jack en levant la main. Bon, disons que, dans votre cas, l'intervention d'un psychiatre serait nécessaire.

— Quoi !

Je faillis éclater de rire, mais il secoua la tête.

— Une des choses les plus importantes que vous apprendrez sera de reconnaître vos limites, et quand l'intervention d'un spécialiste s'impose. Les médecins qui en sont incapables risquent de causer de grands torts à leurs patients. Vous me suivez ? Je ne voudrais pas aller trop vite.

— Je vous suis. Mais je ne vois pas en quoi je vous aide en vous racontant ma vie, et pourquoi j'ai rompu avec mon ami.

— Oh, mais vous m'aidez, soyez-en sûre. Je dois me familiariser avec ce genre de cas. Comme je viens de vous le dire, nous en avons rencontré un cet après-midi, et le Dr Bardot va m'interroger là-dessus demain matin à la première heure. Donc, reprit-il en se renversant en arrière, vous n'avez jamais couché avec ce garçon, c'est bien ça ?

— Oui.

— Et avec un autre ? (Je rougis encore plus fort qu'avant et m'en voulus pour cela.) Je vous parle en professionnel, précisa Jack, non en amateur de ragots.

— Non.

Un sourire arrogant se forma sur ses lèvres.

— Aha ! Les occasions n'ont pas dû vous manquer pour ça, j'en suis sûr. Qu'est-ce qui vous en a empêchée ?

— Je ne suis pas une fille facile, et le sexe ne m'intéresse pas en tant que tel. Pour moi, cela doit aller de pair avec quelque chose de plus important, quelque chose...

— Eh bien ?

— Quelque chose de magique. L'amour. Et ne riez pas, le menaçai-je sévèrement.

— Je n'ai pas envie de rire. Mais il se peut que vous cherchiez simplement à justifier vos craintes les plus profondes, ou votre frigidité.

— Je ne suis pas frigide !

— Vous ne vous raidissez pas quand un homme vous touche ? (J'ouvris des yeux ronds.) Eh bien ? Oui ou non ?

— Non. Non ! insistai-je avec véhémence.

— Vous protestez un peu trop fort, mademoiselle, observa Jack avec une pointe de sarcasme.

— Oh, vous ! Ce que vous pouvez être exaspérant !

— Ce n'était pas mon intention, je vous assure. Ecoutez, je suis médecin et vous voulez le devenir. Je connais tout ce qu'il faut connaître sur votre physiologie, et d'après ce que je sais de vous, je crois pouvoir affirmer que vous avez pas mal de connaissances, vous aussi. Toutefois, un savoir insuffisant peut s'avérer dangereux.

— Comment ça ?

— C'est peut-être un effet de votre intelligence, mais vous êtes trop consciente de ce qui se passe et cela vous fait perdre ce que vous cherchez tant : la magie des choses. Peut-être ne la trouverez-vous jamais. Peut-être que, lorsque vous pensez à un cœur, vous n'imaginez que des ventricules et des artères.

J'en eus la gorge nouée, les yeux soudain brûlants de larmes. Mais Jack n'avait pas fini.

— Ai-je touché une corde sensible ? Si c'est le cas, tant mieux. C'est que j'ai bien analysé votre problème.

— Je n'ai aucun problème, répétai-je, mais déjà un peu moins sûre de moi.

Il me saisit la main, et je tentai aussitôt de la dégager.

— Détendez-vous, voyons. Je ne vais pas vous faire de mal.

Je me sentais comme une petite fille devant le médecin de famille, tout à coup. Je lui abandonnai ma main et ses doigts effleurèrent doucement les miens.

— Essayons d'éclaircir tout ça ensemble, suggéra-t-il en se rapprochant de moi. Je parie que vous gardez un souvenir précis de la toute première fois où un garçon vous a embrassée. N'est-ce pas ?

C'était vrai. Je n'avais que douze ans, alors. Freddy Mainiero et moi étions allés voir un film et il m'avait embrassée en me quittant devant la maison. Ses lèvres avaient à peine effleuré les miennes, et pourtant... j'avais ressenti un frisson dans le dos et j'étais montée dans ma chambre en courant pour me regarder dans le miroir. J'étais cramoisie, et mon cœur battait à me rompre les côtes. J'avais toujours pensé que mon premier baiser serait très long, très romantique, comme dans les films. Mais après celui-là je me demandai comment j'aurais pu survivre à un seul de ces interminables et délicieux baisers de cinéma.

— Racontez-moi ça, souffla Jack, les yeux brillants d'intérêt.

— Ce n'était pas grand-chose, juste un petit baiser.

— Donc, dans cet environnement rassurant, vous vous sentiez tranquille. Mais seule avec un jeune homme dans un endroit où la lumière est tamisée, où la musique joue en sourdine, quand sa main frôle votre épaule... enchaîna-t-il en joignant le geste à la parole. (Instantanément, je me crispai.) Allons, du calme. Je sais très bien ce que je fais.

Ses doigts poursuivaient leur manège, atteignaient mon cou, dessinaient le tracé de ma clavicule. Il chuchota :

— Vous savez ce que sont les zones érogènes, je suppose.

— Je n'ai pas fait des activités sexuelles un sujet d'études privilégié, répliquai-je, et il hocha la tête en souriant.

— Si vous avez peur des réactions de votre corps, sachez que c'est un sentiment tout à fait naturel.

— Je vous répète que je n'ai pas peur.

— En fait, vous avez de la chance de m'avoir rencontré, Perle. Je peux vous aider à résoudre votre problème, et vous permettre d'avoir une vie sexuelle normale. C'est très important quand on se marie, vous savez... (Il avait atteint l'encolure de ma blouse et commençait à la déboutonner.) Relaxez-vous. Fermez les yeux et laissez-vous aller. Vous avez une peau merveilleusement saine.

Maintenant, ses doigts s'insinuaient sous l'étoffe, suivaient le bord de mon soutien-gorge jusqu'au creux de mes seins, tandis qu'il se penchait sur moi et m'embrassait dans le cou.

— Votre pouls s'accélère, le sang affleure à la surface de votre peau, vous le sentez ? C'est comme un coup frappé à la porte, Perle. N'ayez pas peur de répondre.

— Attendez ! protestai-je, mais ses mains se faufilaient déjà derrière mon dos.

Avec une habileté chirurgicale, il détacha l'agrafe de mon soutien-gorge, le souleva, le rabattit au-dessus de ma poitrine et ses lèvres se posèrent sur mes seins nus.

— Oui, murmura-t-il en caressant ma cuisse, et je sentis un frisson électrique me courir le long de l'échine. Tout va bien se passer, Perle, cela devait arriver. Allons, décontractez-vous.

La tête me tournait. Il avait agi si vite et avec tant d'aisance ! Quelques secondes avaient suffi pour que je me retrouve à moitié déshabillée. Mon cœur battait la charge, et j'avais la bizarre impression d'être en train de trahir quelqu'un. Je résistai, tentai de repousser Jack, et il cessa de m'embrasser pour me regarder dans les yeux. Quelques centimètres à peine nous séparaient.

— D'après ce que nous venons d'étudier, commença-t-il, vous pouvez voir à quel point le premier rapport est décisif. Je suis heureux que vous soyez vierge, Perle. Si l'initiation est maladroite ou brutale, elle peut blesser physiquement, ou causer des dommages psychologiques pour toute la vie.

« Mais avec moi, tout se passera au mieux, en douceur. Je veux simplement vous aider, faire en sorte que tout aille bien par la suite…

Il continua sur ce ton, et tout en parlant il laissait courir ses mains sur mes vêtements, abaissait la fermeture à glissière de ma jupe, me soulevait avec précaution pour la faire descendre le long de mes jambes.

— Votre corps se prépare, Perle. Voilà, vous êtes prête.

Ses lèvres taquinaient mon cou, mes joues, minant ma résistance et diffusant en moi comme une vague de faiblesse. Adroitement, il inséra le bout des doigts sous l'élastique de mon slip.

Et finalement, cette part de moi-même qui s'était laissé vaincre par ces habiles travaux d'approche se rebella. Je m'entendis me demander ce qui m'arrivait. La réalité reprit ses droits, une lueur de lucidité dissipa mon trouble comme un éclair traverse un nuage. Je relevai les jambes, repoussai Jack d'un bon coup de genou dans le ventre à la seconde même où je criais :

— Non ! Arrêtez !

Sur quoi, il perdit l'équilibre et dégringola du canapé.

Je remontai vivement ma jupe, la rattachai, reboutonnai ma blouse et me levai d'un bond, enjambant le corps de Jack. Je le trouvai si ridicule dans cette position, toujours étendu sur le sol et les yeux ronds, que toute ma détermination me revint.

— Vous ne m'avez pas fait venir ici pour travailler !

— Bien sûr que si, riposta-t-il en se redressant. Je croyais que c'était ce que nous étions en train de faire. Je voulais...

— Vous vouliez me séduire, oui !

— Allons, pas de mélodrame. J'avais bien vu que vous aviez un problème, ajouta-t-il en se hissant sur le canapé.

Je fis promptement quelques pas en arrière.

— Je n'ai pas de problème.

— Et moi je crois que si.

— Combien d'autres filles avez-vous attirées ici avec la même excuse vaseuse ? accusai-je. C'est vous qui avez un problème !

— Vous en êtes sûre ? Tout à fait sûre ? Vous étiez plutôt consentante, il y a un instant, et puis votre frigidité a repris le dessus. Si seulement vous me laissiez une chance... insista-t-il en tendant le bras vers moi.

Je reculai encore et empoignai le bouton de la porte.

— Ne me touchez pas !

— Ça va, ça va, fit-il en laissant retomber sa main. Inutile de vous sauver. Je n'essaierai plus de vous aider si vous ne voulez pas de mon aide. Quand le malade ne veut pas guérir, le médecin ne peut rien pour lui.

— Je ne suis pas malade, vociférai-je en ouvrant la porte, et vous... vous n'êtes pas un vrai médecin !

J'étais déjà dehors quand je l'entendis crier :

— Si vous changez d'avis, vous savez où me trouver.

Je claquai la porte et me ruai dans l'escalier, dévalai les marches et me précipitai au-dehors, au risque de renverser une vieille dame au passage. J'étais en larmes quand je montai dans le tramway, poursuivie par le rire insolent de Jack Weller. Mon cœur tambourinait sous mes côtes, et j'étais déjà presque arrivée à mon arrêt quand il reprit son rythme normal. J'essuyai mes joues, respirai un grand coup et sautai sur le trottoir.

En entrant dans la maison, je m'adossai à la porte en m'efforçant de reprendre mon calme, mais tout au fond de moi quelque chose de fragile et précieux venait de se briser, irrémédiablement. Un médecin, si jeune fût-il, avait essayé de me tromper. Un membre de la profession que je vénérais m'avait fait connaître la déception et le dégoût. Comment pouvait-on se destiner à la médecine et se conduire comme Jack Weller venait de le faire ? Comment un tel homme pouvait-il aider les gens, comprendre leurs sentiments, soulager leurs souffrances ?

Maman sortit du salon et s'arrêta net en me voyant là.

— Perle ? Je n'ai pas entendu la porte, s'étonna-t-elle en s'approchant de moi. Aubrey n'est pas venu t'ouvrir ?

— Je n'ai pas sonné, maman.

— Je pensais que tu rentrerais plus tard. Tu n'as pas dîné, alors ?

Elle attacha sur moi son regard pénétrant, si perspicace que je dus détourner le mien. Je parvins à sourire et me hâtai vers l'escalier.

— Perle ?

— Oui, maman ?

Elle jeta un coup d'œil vers le salon. Et je compris que papa s'y trouvait, mais qu'il ne nous avait pas entendues, sinon il serait déjà venu aux nouvelles.

— Qu'est-ce qui ne va pas, ma chérie ?

Mes lèvres tremblèrent. Les larmes s'amassèrent sous mes paupières et, brusquement, roulèrent sur mes joues. Je m'élançai dans l'escalier, courus jusqu'à ma chambre et me jetai à plat ventre sur mon lit, ravalant mes sanglots.

Quelques instants plus tard, j'entendis maman refermer doucement la porte et je me retournai vers elle.

— Que s'est-il passé ? demanda-t-elle avec autorité.

— Oh… rien de grave, maman, je t'assure.

— Il ne t'a pas invitée à travailler avec lui comme prévu, c'est ça ?

— Non. Nous avons commencé à étudier, mais il avait choisi un sujet spécial, exprès pour…

— Pour quoi ? Qu'est-ce qu'il a fait ?

— Je ne l'ai pas laissé faire, maman.

— Mon Dieu ! s'exclama-t-elle en plaquant la main sur son cœur. Si ton père apprend ça, je ne donne pas cher de cet homme. Il va en faire du petit bois.

— Il vaut mieux ne pas lui en parler, maman. Ce n'était pas grand-chose, et je m'en suis très bien tirée. Il ne m'ennuiera plus, maintenant.

— Mais qu'a-t-il fait ? insista-t-elle en s'asseyant au bord de mon lit.

Je me redressai sur mon séant et, pendant quelques instants, je me contentai de lisser l'étoffe de ma jupe.

— Il m'a parlé d'une jeune patiente qui avait un problème en faisant l'amour. Il a appelé ça le syndrome de la lune de miel et m'a dit que c'était psychologique. Puis il m'a posé des tas de questions personnelles, en prétendant que c'était juste pour m'aider à mieux comprendre le problème.

— Continue.

— Il a dit que mon intelligence me rendait frigide, qu'elle m'empêchait d'éprouver le plaisir. Et qu'il voulait m'aider à… à vérifier si je ne souffrais pas du syndrome.

— Seigneur ! Cet homme devrait être cité devant la commission d'enquête.

Je secouai la tête avec énergie.

— Je t'en prie, maman. Je ne tiens pas à ébruiter cette histoire.

— Très bien, ma chérie, je comprends. Ne t'inquiète pas. Mais tâche d'éviter ce personnage désormais. S'il ose seulement t'adresser la parole...

— Il ne m'ennuiera plus, la rassurai-je.

— Quelle pénible expérience... Je suis navrée que tu aies dû subir ça, ma petite fille.

— Ce ne sera pas la dernière fois, déclarai-je sans m'émouvoir.

Maman me dévisagea longuement.

— Non, probablement pas. Tu fais preuve de beaucoup de sagesse, Perle.

— Est-ce que ce genre de chose t'est déjà arrivée, maman ?

— Oui, et même en pire. Mon grand-père a essayé de me vendre à un homme. Il m'a même enchaînée à mon lit pour que je ne puisse pas lui échapper.

— Quelle horreur ! Comment ton grand-père a-t-il pu faire ça ?

— Il était alcoolique, il aurait vendu son âme pour pouvoir s'acheter du whisky. Grand-mère Catherine l'en croyait capable.

— Et toi, que t'est-il arrivé ?

— J'ai réussi à m'échapper. C'est comme ça que je suis venue à La Nouvelle-Orléans et que j'ai rencontré ton père. Comme tu vois, le plus noir nuage peut céder la place au soleil, ajouta maman dans un sourire.

Je souris à mon tour, puis je baissai les yeux, et aussitôt elle s'inquiéta :

— Il y a autre chose, Perle ?

— Oh, il ne s'est rien passé de plus, c'est juste que...

— Quoi donc ?

— C'est ce qu'il a dit de moi. Je me demande s'il n'y avait pas une part de vérité là-dedans. Mes amies pensent que oui, et mes anciens flirts aussi. Oh, maman ! Et si c'était vrai ? Si je ne pouvais jamais être à l'aise avec un garçon ? Je n'aurai plus jamais d'amoureux, me lamentai-je.

— Je sais que c'est faux. Et je sais aussi que tu ne dois pas coucher avec le premier venu dans le seul but de te prouver que tu n'es pas frigide. J'imagine que tous les moyens d'approche ont été essayés sur les jeunes femmes sans méfiance, mais quant à cet homme ! User de son autorité de médecin, c'est lamentable.

Maman m'attira tendrement contre son épaule.

— Tu es tout à fait normale, ma chérie. Si j'avais dû céder à tous les garçons qui voulaient coucher avec moi !

— Combien d'amants as-tu eus, maman ?

Instantanément, je me mordis la langue. Même si nous étions comme des sœurs, toutes les deux, je détestais m'immiscer dans sa vie privée. Maman demeura un moment silencieuse, puis retrouva le sourire.

— Ton père a été le seul. Personne d'autre n'existait pour moi. Cela paraît peut-être stupide pour les jeunes d'aujourd'hui mais...

— Pas pour moi, maman. Je ne trouve pas ça stupide.

— Quand on rencontre le garçon qu'il vous faut, le vrai, quelque chose de rare et de très beau se passe et on se sent en sécurité près de lui. Et quand on éprouve cela, on n'hésite plus à vivre une union totale. Je ne suis pas de ces experts en amour qui prodiguent leurs conseils dans les journaux, mais je suis sûre d'une chose. Ce qui a été bon et bienfaisant pour moi le sera pour toi aussi. Tu te respectes trop et tu places tes sentiments trop haut pour les galvauder. C'est une bonne chose, et cela ne fait pas de toi une femme frigide ou une prude. Tu es sage, c'est tout, acheva maman avec un petit rire qui ne s'adressait qu'à elle-même.

— De quoi ris-tu, maman ?

— D'un souvenir. Un jour, quand j'étais petite, j'ai vu deux alouettes se poursuivre en battant des ailes comme des folles, et j'ai demandé à grand-mère Catherine ce qui leur arrivait. Elle m'a répondu que c'était une danse d'amour. La femelle faisait semblant de ne pas s'intéresser au mâle, ce qui le rendait encore plus amoureux, et ainsi elle était sûre de se l'attacher.

— Elle veut seulement lui faire savoir qu'elle n'est pas une conquête facile, disait grand-mère.

Nous éclatâmes de rire en même temps.

— Tu as de la chance d'avoir grandi dans le bayou, maman. Je t'envie.

— Oh, ce n'était pas une partie de plaisir ! Nous devions travailler dur pour gagner notre pain quotidien. Mais les matins et les nuits de là-bas...

— Il te manque toujours, n'est-ce pas, maman ?

— Quelquefois, c'est vrai.

— Pourquoi n'y retournons-nous pas ? demandai-je avec élan. Pourquoi ne pas aller tous ensemble à Bois Cyprès, un de ces jours ?

— Non, ma chérie, je ne crois pas que ce soit une bonne idée. Pas encore, ajouta-t-elle en se levant, visiblement mal à l'aise. Eh bien, tu te sens mieux ?

— Oui, maman.

— Tu as faim ?

— Un peu.

— Alors, descendons. Nous ferons comme si tu venais juste de rentrer, et nous irons te chercher quelque chose à grignoter. Papa voudra tout savoir de ta journée à l'hôpital.

— Je sais. Quel dommage qu'il ne soit pas devenu médecin !

— La vie nous réserve des surprises à chaque détour du canal, Perle. Des bonnes et des mauvaises. L'essentiel est de continuer à haler son canot, sans lâcher la corde.

— Je n'ai jamais navigué en pirogue, moi. Je t'en prie, maman, pourquoi ne pas aller faire un tour dans le bayou ?

— Nous irons, affirma-t-elle. Un de ces jours.

Combien de fois n'avais-je pas entendu ce même « un de ces jours »... ? Celui-ci ne me semblait pas plus prometteur que les autres, mais il résonna autrement à mes oreilles. Plus sombrement, plus gravement. Il me laissa dans l'incertitude, un peu comme si je tâtonnais dans le noir, scrutant la nuit dans l'espoir de voir se lever la première étoile.

Le passé, notre passé, ressemblait au labyrinthe des canaux dans le bayou. Certains d'entre eux débouchaient sur l'eau libre, les autres conduisaient plus loin, toujours plus loin, vers l'inconnu. Il faudrait du courage pour s'y aventurer, mais j'avais confiance : je ne doutais pas de m'embarquer un jour, moi aussi. « Un de ces jours », j'irais là-bas chercher la réponse à toutes les questions qui me hantaient.

Tout ce que j'espérais — oh, comme je l'espérais ! —, c'est qu'un être cher au cœur aimant se tiendrait près de moi, lorsque je quitterais la rive pour entamer mon grand voyage.

5

Ai-je droit à l'amour ?

Même si j'avais tout fait pour rassurer maman au sujet de Jack Weller, je n'en menais pas large en descendant du tram pour me rendre à l'hôpital, le lendemain matin. Heureusement pour moi, Sophie était déjà là quand j'arrivai. Par économie, elle avait profité d'une voiture, ce qui l'avait obligée à partir un peu plus tôt. Et Jack Weller ne prenait son service qu'à mi-temps de ma garde, ce qui me laissait quelques heures de tranquillité.

Mais quand nous revînmes du déjeuner, Sophie et moi, nous trouvâmes Jack Weller dans le hall en grande conversation avec une infirmière. Il tourna la tête à notre passage et sourit, exactement comme si rien ne s'était passé la veille. Je n'avais rien dit à Sophie de ma mésaventure, aussi crut-elle qu'il se livrait à ses petites provocations habituelles. Quant à moi, j'allai directement à la lingerie. Sheila Delacroix, la jeune femme qui selon moi souffrait de la vésicule biliaire, avait eu un problème. Elle allait être opérée d'urgence et on l'avait emmenée au premier, en chirurgie. Comme elle devait y rester pendant sa convalescence, j'avais à préparer sa chambre pour un nouveau malade.

J'étais occupée à empiler les draps et des taies d'oreiller quand, alertée par un bruit léger, je me retournai brusquement. Et j'aperçus Jack, adossé à la porte et les mains derrière lui, sur la poignée.

— Ouvrez cette porte, ordonnai-je.

— J'étais juste venu pour discuter un instant avec vous, en privé.

— Nous n'avons rien à nous dire. Ouvrez cette porte, répétai-je.

— Ecoutez, je voudrais m'excuser. J'ai peut-être été trop loin, ou trop vite. Comme vous êtes très intelligente, je vous ai crue plus émancipée, c'est là mon erreur. Je la reconnais. Je voulais seulement vous demander de ne parler de cette histoire à personne.

— Ne vous faites pas de souci, personne n'en saura rien. Mais j'ai mis ma mère au courant, précisai-je.

Il haussa exagérément les sourcils.

— Votre mère ?

— Parfaitement. Je ne lui cache rien.

— Et comment a-t-elle pris ça ?

— Elle préfère que mon père n'en sache rien, il vous tordrait le cou ! (Jack avala sa salive.) Je me demande quel genre de médecin vous serez, ajoutai-je, sur le point de pleurer.

— Hé là, ne mélangez pas tout ! Quand je travaille, je suis un vrai professionnel.

— Ah oui ? Et à quoi vous avance toute votre expérience, si vous ne tenez pas compte des sentiments des gens ?

Il secoua la tête, un pli dédaigneux aux lèvres.

— J'ai connu pas mal de filles comme vous, depuis le lycée. En fait, c'est toujours sur celles-là que je tombe. Des pimbêches qui croient tout savoir, trop cérébrales pour écouter leurs propres sentiments. Vous auriez pu prendre du bon temps, hier soir, si vous vous étiez un peu décoincée.

— Quelle perte ! Je crois que j'y survivrai, ironisai-je. Je n'avais plus la moindre envie de pleurer, maintenant. Je n'éprouvais plus qu'une rage froide et mes yeux lançaient des éclairs. Du coup, le sourire arrogant de Jack Weller s'évanouit.

— Comme vous voudrez, dit-il en haussant les épaules.

Il ouvrit la porte, vérifia d'un regard s'il n'y avait personne à portée de voix et débita d'un ton railleur :

— Je plains celui qui sera votre premier amant. Le

malheureux ! Il aura sûrement l'impression de passer un examen médical.

Et là-dessus, il tira la porte derrière lui.

Cette fois, je fondis en larmes. Combien d'hommes allaient me faire le même reproche ? Quand trouverais-je celui qui saurait me donner ce dont j'avais besoin, la chaleur, la tendresse ? Etais-je trop froide, trop distante, trop cérébrale pour mon propre bien ? Cela m'avait valu d'être abandonnée par tous mes flirts, finalement. Et voilà qu'un homme averti, bien informé, me semblait-il, m'accusait du même crime... si c'en était un.

Ni les paroles rassurantes de maman, ni les livres que j'avais lus sur le sujet, ni les propos de mes amies, rien ne pourrait m'ôter ces doutes à mon sujet. La magie de l'amour, le mystère de la passion m'étaient-ils à jamais inaccessibles ? Etait-ce une malédiction ou un bienfait d'avoir l'esprit aussi analytique, et ce regard « qui passait tout aux rayons X », comme disait Claude ?

Un jour où il avait tenté, sans succès, de me décider à être sa maîtresse, il m'avait lancé avec humeur :

— C'est curieux, quand même ! Quand je suis avec toi, j'ai toujours l'impression que tu ne me regardes pas vraiment, mais que tu me radiographies.

J'avais protesté, cela va de soi. Mais quand nous nous embrassions, je pensais à son souffle qui s'accélérait, à sa peau moite, je notais tous les signes de son excitation croissante. Et je me demandais comment le désir sexuel agissait sur le système nerveux, ou quels organes se trouvaient affectés par le processus. Un monstre de cérébralité, voilà ce que j'étais.

Les jumeaux essayaient souvent de me faire peur en introduisant des vers de terre ou des insectes dans mon lit. Et à chaque fois, ils étaient déçus par mon calme. Pour leur faire plaisir, il m'arrivait de feindre la terreur qu'une fille est censée ressentir en trouvant un mille-pattes dans son lavabo, ou une araignée dans son lait. Mais il ne m'en coûtait rien de les prendre entre deux doigts pour les mettre dehors, au grand dépit de mes deux frères.

— Perle n'a pas peur d'attraper des grenouilles, maman ! Même pas des gros cafards !

Cela faisait sourire maman. Et elle leur expliquait que j'avais dû hériter de ma grand-mère Gabrielle son amour pour les animaux. Même si elle n'avait pas connu sa mère, sa grand-mère Catherine lui avait suffisamment décrit son caractère un peu sauvage et son amour de la nature. Elle approchait sans crainte les alligators et aucune créature du marais ne la redoutait. Les oiseaux se perchaient sur son épaule et venaient manger dans sa main.

— Perle a ça dans le sang, avait conclu maman.

Etait-ce à cause de cela, ou de mon esprit scientifique trop développé, que je manquais de féminité ? Ne pouvait-on s'intéresser à la science et posséder le don d'aimer ?

J'essuyai mes larmes, respirai à fond, et repris mon service en me concentrant sur ma tâche. Entre Jack Weller et moi la routine professionnelle s'interposa, tel un écran, et il ne fit plus la moindre tentative de conversation. Si j'entrais dans une pièce où il se trouvait, il ne jetait qu'un bref regard dans ma direction et retournait aussitôt à ses occupations.

Il ne manquait pas de médecins, plus âgés que lui et possédant plus d'expérience, avec qui je pouvais m'entretenir. Une fois qu'ils connaissaient mes ambitions, ceux-là se montraient tout disposés à me prodiguer leurs conseils. Et quand j'entrais chez un malade pour lui apporter son jus de fruits ou remplir sa carafe, si un docteur parlait à l'occupant du lit voisin, je tendais l'oreille et j'en faisais mon profit.

Le soir, je racontais tout à papa. Il m'écoutait avec une attention soutenue, les yeux brillants et un léger sourire aux lèvres. Si maman se trouvait là, elle se renversait dans son fauteuil, le visage rayonnant d'orgueil, et elle échangeait avec papa des regards attendris.

Pierre et Jean, eux, ne s'intéressaient qu'aux détails macabres. Quelqu'un d'autre était-il mort ? Voyais-je beaucoup de sang et d'os brisés ? La plupart de mes journées se passaient sans incident notable, ni urgence d'aucune sorte. Ces jours-là, les jumeaux les trouvaient parfaitement insipides.

Ils passaient des vacances bien remplies, pourtant. Ils se baignaient dans la piscine, invitaient leurs amis, s'entraînaient au base-ball ou faisaient la chasse aux insectes, pour leur collection. Et moi, je leur conseillais de profiter du bon temps, car il ne durerait pas toujours. Je leur rappelais qu'ils devraient bientôt travailler dur, eux aussi, pour réaliser leurs ambitions. Jean faisait la grimace mais Pierre hochait la tête, et je lisais dans ses yeux qu'il me comprenait.

Au début de juillet, la nouvelle exposition de maman était prête. Elle devait avoir lieu dans l'une des plus récentes galeries du quartier français, Chez Bertrand, et le vernissage était attendu comme un événement. De nombreuses personnalités officielles figuraient sur la liste des invités, ainsi que les notables de la ville, d'importants hommes d'affaires et même quelques célébrités du spectacle. Les jumeaux n'étaient pas contents du tout de devoir s'habiller pour l'occasion, mais maman insista pour qu'ils portent des tenues identiques et papa les emmena chez le coiffeur. Ils étaient superbes en costume bleu marine et cravate de soie, avec leurs souliers neufs étincelants, même s'ils n'avaient pas l'air très à l'aise. On leur avait bien défendu de faire quoi que ce soit qui pourrait salir leurs mains, leur visage ou leurs vêtements.

Jean n'arrêtait pas de tirer sur son col en grognant qu'il allait mourir étranglé.

— C'est idiot tous ces chichis pour s'habiller, Perle ! On ne peut toucher à rien, et les garçons doivent porter ces cravates à la noix, en plus !

— Mais vous êtes magnifiques tous les deux, Jean. Et puis, dites-vous que vous faites ça pour maman.

Il m'approuva, sans enthousiasme. Quelques minutes plus tard, il marchait délibérément sur les pieds de son frère, lui ébouriffait les cheveux et détalait dans les couloirs.

Papa dut les sermonner de la belle manière, autant l'un que l'autre. Après cela, ils s'assirent tous les deux pour attendre, les mains croisées sur les genoux et l'air malheureux comme les pierres.

A la galerie, l'animation et la musique commencèrent par les amuser. Papa leur avait fait la leçon, mais à notre arrivée maman et lui furent littéralement pris d'assaut par leurs amis, les journalistes et les invités. Les jumeaux en profitèrent pour échapper à ma surveillance et partir en exploration. De temps en temps je les repérais dans la foule, en train de se bourrer de hors-d'œuvre ou de chiper en cachette une gorgée de vin dans un verre. Je réussis même, une fois ou deux, à les coincer par surprise et à les obliger à s'asseoir... mais un instant plus tard, ils avaient disparu.

D'après les commentaires que nous entendions autour de nous, l'exposition était un succès. Plusieurs tableaux de maman furent vendus au cours du vernissage. Pour couronner le tout, nous avions prévu d'achever la soirée chez Antoine, un des plus anciens et des plus fameux restaurants du quartier français.

On nous servit dans la salle à manger privée qu'on nommait le Donjon, et qui en fait avait été un cachot à l'époque des Espagnols. Le garçon qui me servait était très fier de la renommée de l'endroit, et également très fier de s'appeler lui-même Antoine.

— Nos célèbres huîtres Rockefeller, annonça-t-il en posant le plat devant moi. Sachez qu'elles ne doivent pas leur nom au milliardaire américain, mais à la richesse de la sauce.

— Oh, je vois, acquiesçai-je en souriant.

D'un signe de tête, il me désigna le sommelier qui officiait à une table voisine et reprit son éloge de l'établissement.

— Nos caves contiennent 25 000 bouteilles, dont certains crus datant de 1884. Nous avons même un cognac de 1811.

Je m'efforçai de paraître suffisamment impressionnée, ce qui l'encouragea à poursuivre, tout en s'inclinant à chaque nouveau service. J'appris ainsi que la princesse Margaret avait apprécié le soufflé au crabe, et déclaré « qu'il valait un poème ». Je dois reconnaître qu'on nous traita royalement, nous aussi. On nous servit du poulet Rochambeau, des écrevisses Cardinal, des pommes Brabant et l'une des spécialités de la maison, les fameux épinards à la crème. Mais ce menu somptueux n'éblouit pas les jumeaux, qui passèrent directement aux desserts.

Au cours du repas, on apporta la première édition des journaux du soir et comme les critiques étaient toutes favorables, elles furent lues à haute voix. Tout le monde applaudit, maman se leva pour remercier l'assistance, puis elle et papa s'embrassèrent avec effusion.

Comme toujours lorsqu'ils s'embrassaient, on aurait dit que c'était la première fois. Ils rayonnaient de joie comme devant une prodigieuse découverte, et cela me rendait rêveuse.

Pourrais-je moi aussi connaître un jour un tel bonheur, un tel amour ? Maman devina mes pensées, me sourit, et ses yeux m'adressèrent un message muet. Ne t'inquiète pas, Perle, disait son regard aimant. Toi aussi, quelque part, un merveilleux compagnon t'attend. J'en suis sûre.

Comme j'aurais voulu en être sûre, moi aussi !

Au plus fort de cette excitation joyeuse, alors que la musique jouait, que les gens venaient féliciter maman, je la vis brusquement cesser de sourire et se tourner vers la porte. Le sang avait quitté ses joues. Je suivis la direction de son regard et j'aperçus, à l'entrée de la salle, une grande femme mince au teint café au lait, le front serré d'un bandeau rouge. Quand le maître d'hôtel vint l'accueillir, elle eut un hochement de tête pour lui désigner maman. Il ne voulut pas la laisser entrer, mais comme elle insistait, il accepta de transmettre un message et revint vers notre table, un billet à la main. J'observai maman quand elle le lut, et je la vis pâlir encore. Elle chuchota quelque chose à papa, qui changea de visage.

— Qu'y a-t-il, maman ? m'inquiétai-je à mon tour.

— Ce message… Oh, ma chérie ! C'est au sujet de Nina Jackson, l'ancienne cuisinière de mon père.

— Que lui arrive-t-il ?

Je me retournai vers la porte : l'inconnue était partie.

— Nina va mourir et elle a demandé à me voir. Il faut que j'y aille tout de suite, mais papa dit que je ne peux pas quitter la soirée.

— C'est ta soirée, maman. Tu ne peux pas t'en aller. Est-ce que c'est si grave ?

— Je n'en sais rien, ma chérie.

— Tu pourrais partir dès que ce sera fini, non ?

— C'est ce que papa me conseille. Les photographes seront là dans une demi-heure et le maire est attendu d'un moment à l'autre.

— Alors il faut que tu restes, maman. Mais dès que tu pourras partir, nous irons toutes les deux.

Maman saisit mes mains et les serra dans les siennes.

— Merci, mon trésor. Je sens que je devrais y aller tout de suite, pourtant. Ô mon Dieu !

Elle était si troublée que je m'attendais à la voir s'excuser auprès de ses amis et partir en hâte, mais juste à ce moment-là le maire de La Nouvelle-Orléans fit son entrée. Des applaudissements fusèrent quand il s'approcha de maman pour la féliciter, l'excitation était à son comble. Consciente de ce que maman devait endurer, j'allai m'asseoir près des jumeaux pour l'attendre.

Finalement, près d'une heure plus tard, maman prévint papa qu'elle ne pouvait plus tarder. Certains invités s'en allaient déjà, et elle sentait qu'elle devait partir. Elle demanda à papa de ramener les jumeaux à la maison et nous patientâmes tous les trois tandis qu'ils en discutaient.

— Perle vient avec moi, décida maman. Nous prendrons un taxi.

Papa n'eut pas l'air enchanté.

— Je n'aime pas vous voir partir seules en pleine nuit.

— Tout ira bien, Chris. Nous ne ferons que passer du taxi dans la maison, et vice versa. Je dirai au chauffeur de nous attendre.

— N'importe, grommela-t-il d'un ton soucieux. Cette équipée ne me dit rien qui vaille.

— J'aimais beaucoup cette femme et nous sommes

restées amies bien après qu'elle eut quitté la Maison Dumas, Chris. Il fut un temps où Nina Jackson était pratiquement la seule personne qui s'occupait de moi.

Papa hocha la tête, l'air tout confus. Je supposais que maman faisait allusion à l'époque où il était parti en Europe.

— Qu'est-ce que je vais raconter à ces gens ? marmonna-t-il à mi-voix.

— Dis-leur la vérité, Chris. Une amie à moi est sur son lit de mort, et je vais la voir.

— Très bien, d'accord. Sois prudente, surtout, lui recommanda-t-il en l'embrassant sur la joue. Toi, veille sur ta mère, Perle, et empêche-la de faire des choses déraisonnables.

— Promis, papa.

— On veut y aller aussi, geignirent les jumeaux d'une seule voix.

Papa les rabroua sans douceur.

— Pas question : vous rentrez avec moi, tous les deux. Vous avez besoin d'une bonne dose d'huile de ricin, après tout ce que vous avez englouti comme sucreries. Et ne vous éloignez pas d'une semelle, ou gare !

Mes deux frères m'adressèrent un long regard d'envie.

— Soyez sages, dis-je à l'intention de Pierre, que je savais capable de ramener Jean à la raison.

Il eut une moue dépitée, mais emmena docilement son frère s'asseoir à l'écart, tandis que maman me saisissait la main et m'entraînait dehors. Le taxi hélé par le portier, sur sa requête, se garait devant l'entrée du restaurant.

— C'est pour où ? s'enquit le chauffeur, qui se retourna vers nous en entendant l'adresse. Vous êtes sûre de vouloir aller par là ? Ce n'est pas le quartier le plus sûr de la ville à une heure pareille, je vous préviens.

— Nous savons très bien où nous allons, répliqua maman avec rudesse. Tout ce que je vous demande, c'est d'y aller vite.

C'était l'angoisse qui lui donnait ce ton caustique, je

le savais. Personne, à ma connaissance, ne parlait aux employés ou aux domestiques avec autant d'égards qu'elle en montrait d'habitude envers eux.

Comme nous quittions le Vieux Carré pour une zone nettement plus pauvre de la ville, maman me raconta une curieuse anecdote de son adolescence. Sa sœur Gisèle se montrait si cruelle envers elle que, pour la prémunir contre sa méchanceté, Nina Jackson l'avait emmenée voir une *mambo*, une mama vaudoue. Elle me raconta comment, pour obtenir un charme protecteur, elle avait dû jeter un ruban ayant appartenu à Gisèle dans une boîte qui contenait un serpent.

— Peu de temps après, Gisèle a eu cet accident de voiture, soupira-t-elle avec accablement. Je me le suis toujours reproché.

— Mais, maman... tu ne crois tout de même pas que c'est ce rituel qui a provoqué l'accident ? Tu m'as dit toi-même que l'ami de Gisèle avait fumé de la marijuana et qu'il conduisait n'importe comment !

— N'empêche... le rituel a pu la pousser à s'exposer au danger. Après ça, je suis retournée avec Nina chez la *mambo* et j'ai dû retirer le ruban de la boîte, avec le serpent dedans. Mais la mama n'a pas pu me garantir que ce serait suffisant pour dénouer le mauvais sort. Elle a dit que j'avais lancé ma colère au vent, et que je ne pouvais plus la lui reprendre.

— Mais, maman...

— Alors j'ai tout raconté à ma sœur, voilà.

— Et qu'est-ce qu'elle a dit ?

— Elle a utilisé l'information pour me faire chanter, m'obliger à la servir comme une esclave. Mais je ne l'avais pas volé. Je n'aurais jamais dû me laisser dominer par ma colère, lui abandonner le meilleur de moi-même. Nina était la seule à savoir. Elle brûlait sans arrêt des cierges ou du soufre, pour me protéger des démons, et me donnait des bons gris-gris... comme la pièce que tu portes à la cheville, acheva maman dans un sourire.

Après un dernier tournant, nous débouchâmes dans une longue rue mal éclairée, bordée de baraquements misérables. Malgré l'heure tardive, des enfants en bas âge jouaient encore dans les galeries, et dans les sinistres petites cours où ne poussait pas un brin d'herbe. Des carcasses de voitures s'alignaient le long des trottoirs, et les caniveaux regorgeaient de boîtes défoncées, de bouteilles vides et de papiers gras.

La masure devant laquelle nous fîmes halte avait un peu meilleure allure que ses voisines. Le trottoir et la cour étaient propres, mais je vis des ossements et des plumes accrochés au-dessus de la porte d'entrée.

— Attendez-nous ici, ordonna maman au chauffeur.

— Je n'ai pas l'intention d'attendre longtemps, je vous préviens.

— Et moi j'ai votre nom et votre numéro, rétorqua-t-elle. Alors tâchez d'être encore là quand je sortirai de cette maison avec ma fille.

Il eut un grognement mauvais mais se carra dans son siège, dompté. Maman respira un grand coup, chercha ma main, m'entraîna vers le porche et frappa à la porte. Presque aussitôt, une Noire de petite taille apparut sur le seuil. Elle était vêtue d'une robe informe, un vrai sac à pommes de terre, et portait des tennis éculées, sans lacets. Ses cheveux gris lui tombaient jusqu'au milieu du dos et deux petits lézards vivants s'accrochaient à ses oreilles. Maman s'éclaircit la gorge.

— Nous sommes venues voir Nina.

— Nina n'est pas là, fut la réponse.

Maman consulta le papier qu'on lui avait remis.

— C'est l'adresse qu'on m'a indiquée, pourtant. On m'a fait savoir que Nina Jackson était au plus mal et qu'elle se trouvait ici, dans cette maison.

— On vous a dit la vérité, mais Nina est partie. Ça fait une heure que le Grand Zombie est venue la chercher. Elle est au Paradis.

— Oh, non! gémit maman. Nous arrivons trop tard! (J'étreignis sa main et elle redressa bravement les épaules.) Je veux la voir quand même. S'il vous plaît, insista-t-elle.

Et cette fois, la femme recula pour nous laisser entrer.

Une odeur douceâtre nous assaillit, venue de l'arrière de la maison, et nous entendîmes le roulement saccadé d'un tambour. Sur un signe de la vieille femme, maman et moi nous avançâmes lentement vers la pièce du fond.

On avait baissé les stores de la petite chambre, dont presque tout l'espace était occupé par un grand lit, entouré d'au moins une centaine de cierges allumés. Une autre Noire, guère plus grande que celle qui nous avait accueillies et parfaitement immobile, était assise à côté du cercueil. En face d'elle, un vieux Noir à la barbe blanche immaculée battait un tambour en lattes de cyprès cerclées de cuivre, avec une membrane en peau de mouton. Il ne tourna même pas la tête à notre entrée, mais l'expression de la femme changea. Ses grands yeux tristes s'illuminèrent comme si elle avait reconnu quelqu'un.

— Vous êtes la Ruby de Nina, proféra-t-elle.

— Oui, souffla maman. Etes-vous sa sœur ?

Elle hocha la tête et son regard dériva vers le corps de Nina Jackson. Le visage de la morte était figé comme un masque de cire. Et à ses pieds, j'aperçus ce que je n'avais pas vu tout de suite, aveuglée que j'étais par l'éclat des cierges. Deux chats empaillés se dressaient au bout du lit, un à chaque coin, un noir sur la droite et un blanc sur la gauche. Au chevet de Nina était accrochée une poupée noire vêtue de couleurs vives, un bizarre collier autour du cou. Il était fait de vertèbres de serpent, et le pendentif était une dent d'alligator sertie d'argent.

— Ma sœur, elle pouvait plus attendre, expliqua la femme.

Maman s'avança vers le bord du lit, et je la rejoignis aussitôt.

— Je suis désolée. Nous étions si proches, toutes les deux… Pauvre Nina !

— Faut plus dire pauvre Nina, maintenant, corrigea vivement la sœur. Elle est avec le Grand Zombie. Elle est riche.

— Oui, c'est vrai…

Maman sourit, réprima un soupir et tendit la main pour toucher celle de Nina.

— Puis-je faire quoi que ce soit pour vous ?

— Non, madame. Nina voulait faire quelque chose pour vous, c'est pour ça qu'elle vous a appelée. Avant de la prendre, le zombie lui a parlé. Et juste avant de passer, elle m'a dit comme ça : « Va chercher Mme Andréas. Amène-la-moi. Y faut qu'elle sache ce que le zombie m'a fait savoir. » Mais vous êtes pas venue et elle pouvait plus attendre, voyez ?

Maman laissa échapper un petit cri de détresse et j'étreignis doucement sa main.

— Vous a-t-elle confié quelque chose ?

— Non, rien du tout. Cette chose-là, Nina pouvait la raconter qu'à vous. Tout ce qu'elle m'a dit, c'est de vous ramener tout de suite, et puis elle a demandé si vous étiez là et j'ai dit non. Alors je l'ai entendue marmonner des mots, comme une prière. Je l'ai vue rendre son dernier souffle et j'ai regardé de plus près. Elle était morte avec une larme dans chaque œil, et ça, c'est pas bon signe.

« Faut prier, maintenant, madame. Faut prier pour faire venir la voix de Nina. Peut-être qu'y vaudrait mieux aller au cimetière à minuit, avec un chat noir. Peut-être que de là où elle est, Nina vous parlera par la bouche du chat.

Les battements du tambour s'intensifièrent, un frisson me hérissa l'échine. Maman semblait paralysée d'effroi.

— Viens, maman, chuchotai-je. Retournons au taxi.

Maman inspira une longue gorgée d'air, ouvrit son sac et en tira quelques billets.

— S'il vous plaît, madame, acceptez ceci et achetez le nécessaire pour l'enterrement de Nina.

La vieille femme prit l'argent et, après un dernier regard à Nina, maman se détourna pour partir.

— N'oubliez pas ! lança derrière nous la sœur de Nina. Vaudrait mieux aller au cimetière à minuit.

Maman garda le silence pendant presque tout le trajet du retour. Elle regardait fixement par la fenêtre, et nous étions déjà presque à la maison quand je l'entendis murmurer :

— Je le savais. J'aurais dû y aller tout de suite.

— Mais tu ne pouvais pas, maman. Avec tous ces gens qui étaient venus là pour toi !

— Cela n'était pas si grave, mais Nina... Nina ne m'aurait pas fait appeler si cela n'avait pas été important, je le sais.

— Maman ! Tu ne crois tout de même pas à tout ça ? Tu ne crois pas sérieusement que Nina reviendrait d'entre les morts pour te dire quelque chose, non ?

Elle resta muette.

— Maman ?

— Je me souviens qu'une fois, je suis allée avec grand-mère Catherine chasser un *couchemal*, dit-elle enfin. C'est un mauvais esprit qui rôde près des maisons où un enfant est mort sans baptême. Si on ne le chasse pas, il porte malheur à la famille.

— Et comment ta grand-mère a-t-elle fait ça ?

— Elle a jeté une goutte d'eau bénite dans chaque pot, cruchon, tonneau ou citerne qui se trouvait là, chaque récipient qui pouvait contenir de l'eau. Nous avons fait le tour de la maison en cherchant partout, et quand elle a eu jeté l'eau bénite...

— Eh bien ? l'incitai-je à poursuivre.

— Je l'ai senti. J'ai senti l'esprit, chuchota-t-elle. Il est passé en volant tout près de moi, m'a frôlé le visage et a disparu dans la nuit.

J'en eus le souffle coupé.

— Je respecte toutes les croyances, Perle, et je ne me moque ni des rituels, ni des charmes, ni des gris-gris. Je ne tiens pas tellement à y croire non plus, mais quelquefois... quelquefois c'est plus fort que moi. Ces histoires me font frémir.

Je la serrai contre moi : elle tremblait pour de bon.

— Voyons, maman, ce ne sont que des superstitions, de vieilles histoires sans queue ni tête. Tu ne crois quand même pas qu'un malheur va se produire parce que tu n'es pas allée voir Nina en temps voulu.

— J'espère que non, murmura-t-elle en secouant la tête. J'espère que non.

Papa était rentré quand nous arrivâmes à la maison. Il avait envoyé les jumeaux se coucher, mais cinq minutes plus tard ils s'étaient plaints d'avoir mal à l'estomac.

— Cela n'avait rien d'étonnant, étant donné ce qu'ils ont englouti ce soir, commenta-t-il. (Puis il remarqua la mine défaite de maman.) Mais qu'y a-t-il, Ruby ? Nina est morte ?

— Oui, Chris, et je suis arrivée trop tard.

— Je suis vraiment désolé. C'était quelqu'un, cette Nina ! Je me souviens de la façon dont elle se débrouillait avec Gisèle. C'était peut-être la seule personne qui parvenait à la faire marcher droit. Je crois que Gisèle en avait peur, même si elle se moquait tout le temps de ses histoires de vaudou.

— La sœur de Nina pense qu'elle avait quelque chose d'important à me dire, Chris.

— A propos de quoi ?

— Quelque chose qu'elle a appris dans l'autre monde, répondit maman sans hésiter.

Papa en resta tout pantois, et quand il parla, ses paroles firent écho aux miennes.

— Tu ne penses tout de même pas que Nina est revenue de l'au-delà pour te transmettre un message ? (Maman hocha la tête.) Mon Dieu, Ruby ! Une femme de ton intelligence et...

— L'intelligence n'a rien à voir là-dedans, Chris.

Papa n'insista plus. Ce n'était pas la première fois qu'ils avaient une discussion sur ce sujet, maman et lui, et il savait combien elle tenait à ses vieilles croyances.

— Je suis fatigué, annonça-t-il, je monte. Oh, à propos, ajouta-t-il alors qu'il arrivait au bas des marches, on a appelé de la galerie. Bertrand tenait à te faire savoir que soixante-dix pour cent de tes toiles ont été vendues ce soir. Un record pour un vernissage, paraît-il. Félicitations.

Sur ce, il alla se coucher.

— Quelle soirée! soupira maman. J'aurais dû être heureuse, mais si j'ai appris quelque chose dans ma vie, c'est qu'à chaque rayon de soleil, un nuage nous guette. A nous de nous arranger pour naviguer entre les deux, je suppose. Merci d'être mon réconfort et mon soutien, ma chérie, acheva-t-elle en souriant.

Nous nous étreignîmes longuement, puis elle ajouta :

— Je monte voir les garçons. Je ne serais pas étonnée qu'ils aient besoin d'une des potions de grand-mère Catherine.

Ils en avaient besoin, en effet. Quelques instants plus tard, maman ressortait de leur chambre.

— Inutile de leur faire la morale ce soir. Dans l'état où ils sont, ils ne m'entendraient même pas.

Elle descendit leur préparer un des bons vieux remèdes qui avaient fait leurs preuves, et j'allai me coucher. Mais à peine avais-je fermé les yeux que je me retrouvai au milieu d'une forêt de cierges, au son lugubre du tambour. Puis, plus tard, j'eus un horrible cauchemar. Nina se redressait sur son lit de mort, se tournait vers moi et ouvrait les yeux. Des yeux jaunes, d'où coulaient des larmes de cire chaude qui durcissaient aussitôt sur ses joues. Quand elle ouvrit la bouche pour parler, ce fut la voix de maman qui en sortit, un long cri déchirant : « Non-on-on-on... »

Je m'éveillai en sursaut. Je m'apprêtais à me lever pour boire un verre d'eau quand je perçus un bruit de pas, venant du hall, me sembla-t-il. Des pas... et aussi des sanglots. J'attendis un moment avant de risquer un coup d'œil : maman descendait l'escalier. Elle franchit une des portes donnant sur la terrasse, d'une étrange démarche lente, comme si elle était somnambule.

J'enfilai ma robe de chambre et descendis à mon tour. Je ne vis pas maman tout de suite, puis j'aperçus sa silhouette parmi les ombres du jardin.

— Maman, chuchotai-je, qu'est-ce que tu fais là ?

Comme elle ne parut pas m'entendre, je m'approchai davantage et répétai ma question.

— Oh, Perle, fit-elle d'une voix noyée de tristesse.

J'espérais que dans l'obscurité, Nina me parlerait. Ne dis pas à papa que je suis venue ici, surtout.

Je lui pris la main ; elle était toute froide.

— Tu ferais mieux de rentrer, maman. Et arrête de te faire du souci comme ça.

— Je ne peux pas. Quelque chose va arriver, à cause du mal que j'ai commis autrefois. J'ai attiré le malheur sur notre maison et Nina voulait m'avertir. J'en suis sûre.

— Cela n'a pas de sens, maman, et tu le sais très bien. Les choses ont toujours une cause logique et naturelle.

— Je n'en sais rien, soupira-t-elle, accablée. Je n'en sais rien...

— Eh bien moi, je le sais, affirmai-je catégoriquement. Maintenant, remonte te coucher ou je préviens papa.

Elle revenait vers la maison avec moi, quand elle s'arrêta brusquement et me saisit la main.

— Tu as entendu ?

Je tendis l'oreille mais ne perçus aucun bruit anormal.

— Entendu quoi, maman ?

— On aurait dit que quelqu'un pleurait. Tout à l'heure, déjà...

— Comment, ce n'était pas toi ?

Les yeux de maman s'agrandirent.

— Alors tu as entendu, toi aussi !

— Arrête, maman. Tu me fais peur.

Nous écoutâmes encore, sur le qui-vive.

— Je n'entends plus rien, dis-je au bout d'un moment.

Elle secoua la tête et me suivit à l'intérieur. Nous remontâmes nous coucher toutes les deux, mais pour moi le sommeil se fit attendre. L'aube était proche lorsque je parvins enfin à me rendormir.

Maman n'était toujours pas descendue quand je partis travailler, le lendemain matin. Papa m'apprit qu'elle avait passé une mauvaise nuit et, pour le moment, dormait comme une souche. En fait, malgré l'accueil enthousiaste qu'avaient reçu ses nouvelles œuvres, maman resta plongée pendant des jours dans une mélancolie profonde. Le soir, en rentrant, je trouvais toujours les jumeaux à la porte et devais écouter leur litanie de plaintes.

— Maman devient dure d'oreille, concluait Pierre.

— Elle devrait consulter un spécialiste, affirmait Jean. Tu pourrais lui faire subir des tests pour l'audition, Perle.

Je souriais de ces propos.

— Qu'est-ce qui vous fait croire qu'elle entend mal ?

— Quand on lui pose une question, il faut la répéter deux fois, sinon trois, m'expliqua Pierre.

— Quelquefois, on est même obligés de crier, ajouta Jean.

— Elle est un peu distraite ces temps-ci, c'est tout. Tâchez de vous montrer patients.

La mine sceptique, les jumeaux retournaient à leurs jeux, mais le climat de tristesse qui s'était abattu sur la maison les déprimait. Ils n'avaient même plus envie de faire des farces. Papa, lui, commençait à s'inquiéter sérieusement pour maman. Elle ne travaillait plus, ne recevait plus, n'allait plus rendre visite à ses amis. Et elle perdait l'appétit. Finalement, papa crut avoir trouvé une solution.

— Perle a son lundi et son mardi de libres, ce weekend, annonça-t-il un soir à table. Si nous en profitions pour aller au château, Ruby ? Cela pourrait t'inspirer dans ton travail, et j'irais pêcher avec les garçons.

— Youpi ! vociféra Jean.

— Je ne sais pas, dit maman du bout des lèvres.

D'un regard, papa quêta mon aide.

— Un changement de décor me ferait sûrement du bien, maman. J'emporterais quelques livres au programme et je pourrais m'avancer pour la rentrée.

— Bon, alors c'est d'accord, acquiesça-t-elle enfin.

Les garçons retrouvèrent leur belle humeur, et les projets dégelèrent sensiblement l'atmosphère, qui devenait plutôt pesante. Maman elle-même, malgré son manque d'enthousiasme initial, se lança à fond dans les préparatifs. Personne n'eut besoin de réveiller les jumeaux le lendemain matin. Quand nous descendîmes à la salle à manger, papa, maman et moi, ils étaient fin prêts. Ils avaient fait leurs bagages tout seuls, mais maman préféra y jeter un coup d'œil. Elle y découvrit des lance-pierres, des équipements de base-ball, des peaux de serpents et des billes, sans oublier des couteaux de chasse.

— Vous aurez largement de quoi vous occuper là-bas, constata-t-elle. Inutile d'emporter tout ce fourbi.

Aussitôt après le petit déjeuner, papa chargea la voiture. Je crois que la perspective de ces petites vacances l'emballait encore plus que les jumeaux. Comme toujours, les garçons jacassèrent pendant tout le trajet, nous accablant de questions à propos de tout ce qu'ils voyaient. Que vendaient ces gens sur le bord de la route ? Comment fabriquaient-ils ces chapeaux de palmes et ces paniers ? Pourquoi bâtissait-on les maisons sur pilotis ? Ce feu roulant ne laissait pas beaucoup de temps à maman pour ruminer ses pensées moroses, et du coup papa se montrait indulgent. En temps normal, il aurait demandé aux jumeaux de nous accorder un répit, mais là, non. Il se contentait de sourire, m'adressait un clin d'œil et les laissait questionner tout à leur aise.

L'été resplendissait. Cette équipée à la campagne semblait le remède miracle dont papa et moi espérions tant pour maman. Revoir ses chers cyprès drapés de mousse espagnole, les saules et les peupliers, les étangs cernés de lys et de jacinthes... tout cela était un ravissement pour elle. Ses joues reprenaient des couleurs et ses yeux retrouvaient leur éclat. Les jumeaux adoraient tester ses connaissances sur la vie des oiseaux, et elle se faisait un plaisir de leur désigner un héron gros-bec ou un cardinal écarlate. Ils s'émerveillaient en l'écoutant décrire comment la pie-grièche accrochait ses proies sur des épines, afin d'avoir des provisions pour l'hiver. Tout ce qui concernait la nature les fascinait. A mon avis, c'étaient eux qui avaient hérité des affinités de grand-mère Catherine avec la vie sauvage.

— J'espère qu'on verra des serpents et des alligators, déclara Jean, comme nous approchions de ce qui avait été la maison de campagne de la famille Dumas.

— Laissez-les donc tranquilles, ceux-là! gronda maman, et ne vous avisez pas de partir en exploration tout seuls. Je veux que vous restiez près de la maison, sauf quand vous serez avec papa, vous entendez ?

A contrecœur, ils promirent de lui obéir.

— La voilà ! s'écria papa, au moment où nous débouchions d'une dernière courbe de la route.

La maison que mon grand-père Dumas désignait sous le nom de ranch avait des allures de château. Deux cheminées de forme antique dominaient son grand toit pentu, pourvu de clochetons et de tourelles, et couronné d'une crête en ferronnerie. Et la forme ogivale de la grande porte et des fenêtres lui conférait un petit air seigneurial. Sur la droite se dressaient deux petits cottages réservés au personnel, et derrière eux, à une centaine de mètres à peu près, on apercevait les communs. Çà et là, des bosquets ombrageaient les prairies de la propriété, qu'une rivière traversait dans sa partie nord.

Côté façade, les jardins évoquaient ceux de certains châteaux de la campagne française, avec leurs deux pavillons en rotonde, leurs niches de verdure et leurs fontaines. A notre arrivée, les jardiniers s'activaient à soigner les massifs et à tailler les haies.

— On peut faire un tour à cheval tout de suite, papa ? s'écria Jean, plein d'espoir.

— Prenons le temps de défaire les bagages et de nous organiser, tu veux bien ? Ensuite, nous nous occuperons du programme des réjouissances.

Les jumeaux mirent un frein à leur enthousiasme, mais il était clair que cela n'allait pas durer. Ils dévoraient des yeux les splendeurs du domaine, les étangs, les prairies, et le cours d'eau qui s'enfonçait sous les arbres, promesses d'aventures sans fin. Papa avait à peine ouvert la portière qu'ils couraient déjà, mais un rappel sévère les arrêta en plein élan :

— Venez nous aider à décharger, tous les deux ! Et montez vos affaires dans vos chambres vous-mêmes. Vous êtes assez grands pour vous débrouiller tout seuls.

Ils s'exécutèrent, Jean portant fièrement sa valise sur l'épaule tout en aidant son frère à transporter la sienne.

Maman resta un long moment immobile, à regarder autour d'elle, puis leva les yeux vers une fenêtre de l'étage et ses traits s'assombrirent. Elle remâchait de mauvais souvenirs, j'en étais sûre. Papa perçut sa tristesse et, en un instant, il fut à ses côtés.

— Profitons de ces quelques jours et laissons le passé où il est, Ruby. S'il te plaît.

Elle inclina la tête et, sans mot dire, s'avança en direction de la grande porte.

A part les quelques toiles de maman ajoutées çà et là, mes parents n'avaient pas changé grand-chose à l'aménagement du château. Des tentures et des tableaux représentant des paysages décoraient le hall. Quant au mobilier, il offrait un mélange de moderne et de ce même style rustique français qu'on retrouvait chez nous, à La Nouvelle-Orléans.

Dès que nous fûmes installés, papa emmena les garçons à la pêche et je descendis au jardin avec maman. Elle pour y planter son chevalet, moi avec un livre. Nous ne nous parlions pas beaucoup, mais chacune était consciente de la présence de l'autre. La lecture et la peinture exigent de la concentration, et aussi la solitude. Maman et moi ne tardâmes pas à nous absorber entièrement dans nos occupations respectives. Avant même que nous ayons eu le temps de nous en rendre compte, l'après-midi tirait à sa fin et il nous fallut aller préparer le dîner.

Papa et les jumeaux revinrent avec leurs prises. Mes frères étaient tellement surexcités par la pêche, les tortues d'eau et leur découverte de la vie sauvage qu'ils en parlèrent pendant tout le repas. Personne d'autre ne put placer un mot, mais leur enthousiasme était contagieux. Nous en fûmes tout ragaillardis, et en particulier maman. Je me chargeai d'aller mettre mes frères au lit, laissant papa et maman savourer la douceur de la nuit, une chaude nuit du bayou criblée d'étoiles.

Les jumeaux ne s'étaient pas résignés sans mal à se coucher : il avait fallu que papa leur promette une promenade à cheval pour le lendemain matin. J'aimais l'équitation, moi aussi. Et le matin suivant, tandis que maman s'installait à son chevalet, je partis avec papa et les jumeaux pour une longue randonnée à cheval. Après le déjeuner, papa monta faire la sieste dans sa chambre et j'accompagnai maman dans le jardin. Comme la veille, elle s'absorba dans sa peinture et je me replongeai dans les livres d'étude.

Vers la fin de l'après-midi, de gros nuages noirs s'amassèrent du côté de l'est. La brise fraîchit, et maman décida de rentrer. Le vent dérangeait nos cheveux, bousculant le tableau de maman et les pages de mon livre. Nous eûmes toutes les peines du monde à empêcher nos possessions de s'envoler, ce qui nous fit beaucoup rire. Nous étions occupées à rassembler le matériel de maman lorsqu'elle se figea tout à coup, ébauchant un sourire incertain.

— Qu'est-ce que c'est que ça ?

— Quoi donc, maman ?

— Tu n'as pas entendu ? On aurait dit des cris.

Elle se retourna lentement. Papa venait juste de sortir de la maison et s'approchait de nous quand j'entendis les cris, moi aussi.

— Pierre ! m'exclamai-je dans un souffle.

Il arrivait en battant l'air de ses bras, dans son effort pour courir dans l'herbe haute. Il tomba une fois. Maman poussa un cri et papa s'élança vers lui.

— Perle...

— Ce n'est sans doute rien, maman, la rassurai-je en allant à la rencontre de Pierre.

Mais où était Jean ? Mon cœur se glaça en entendant Pierre hurler le nom de son frère, le doigt pointé vers une étendue de marais broussailleux, derrière lui.

— Un serpent l'a mordu !

Portés par le vent, les mots atteignirent maman qui

me suivait de près. Elle plaqua les mains sur ses joues et cria vers le ciel noir de nuages :

— Nina !

Je me retournai juste à temps pour la retenir : ses jambes se dérobèrent sous elle.

Et le premier roulement du tonnerre parut retentir dans nos cœurs.

6

Le destin attendait son heure

La vipère des marais, que dans le Sud on appelle encore mocassin d'eau, est un grand serpent d'un brun verdâtre, extrêmement venimeux. Elle se love sur les fourches basses des saules et, quand elle est à l'eau, on la confond aisément avec une branche qui flotte.

Fasciné par une tortue qui nageait entre les nénuphars, Jean s'était aventuré dans un étang pour essayer de l'attraper, malgré les avertissements de son frère. Quand il s'était fourré une idée en tête, rien ne pouvait l'en détourner, j'en savais quelque chose. Il était comme hypnotisé. Pierre était resté sur la berge, en lui criant de revenir. Mais Jean avait fait la sourde oreille, jusqu'à ce qu'il fût un peu trop près du reptile.

Et il s'était fait mordre.

— Je croyais que c'était une branche, papa ! (Pauvre Pierre ! Combien de fois avait-il dû se répéter cette terrible petite phrase !) Je croyais que c'était une branche...

Jean flottait sur le ventre quand papa s'élança dans l'eau pour patauger jusqu'à lui. Il le retourna et revint en le portant à bout de bras, au-dessus de sa tête. J'arrivai juste à temps pour le voir bondir hors de l'eau comme si elle était en ébullition.

Rien ne peut m'effrayer davantage que de voir et d'entendre un homme sangloter. Les papas ne sont pas censés pleurer. Ce fut un véritable crève-cœur, une épouvante sans nom, de voir mon père pétrifié d'angoisse à l'idée de perdre son fils, mon frère. Papa semblait soudain privé du sens de l'orientation ; à croire qu'il n'avait plus tous ses esprits.

Il inondait de baisers le visage de Jean, comme s'il en attendait un effet magique, et je savais qu'il priait pour cela. Mais les paupières de Jean restaient désespérément closes, ses yeux bleus toujours si pétillants de curiosité ne s'ouvraient pas. Et son petit visage si beau et si animé prenait déjà la pâleur livide et cireuse d'un nénuphar.

Papa leva sur moi un regard terrifiant qui ne devait jamais s'effacer de ma mémoire. Je courus à lui et l'aidai à étendre Jean sur la mousse.

— Il ne respire pas, constata-t-il d'une voix sans timbre.

Et Pierre m'implora, fou d'inquiétude :

— Fais quelque chose, Perle. Fais quelque chose.

Jean avait été mordu au poignet gauche. Et par une vipère adulte, comme l'indiquait l'enflure déjà considérable. Il avait donc absorbé une forte dose de venin, dont l'action sur son système nerveux avait doublé l'effet du choc. En proie à la panique, il avait dû barboter en s'éloignant vers l'eau profonde au lieu de regagner la rive. Son poignet devait lui brûler terriblement, maintenant, et son cœur battre beaucoup trop vite.

J'avais suivi des cours de secourisme, l'année précédente, et je savais ce qui se passe en pareil cas. Les mouvements désordonnés de la personne qui panique empêchent son corps de flotter. Si elle coule et commence à avaler de l'eau, une contraction automatique de la trachée empêche l'eau d'entrer dans les poumons et elle pénètre dans l'œsophage et l'estomac. Mais le réflexe du larynx bloque la respiration, ce qui peut rapidement entraîner une perte de connaissance, même sans la présence d'un venin mortel dans le sang. C'est ce qui avait dû arriver à Jean.

Ses lèvres avaient pris une teinte violacée. J'auscultai en vain sa poitrine, je ne trouvai pas son pouls non plus, aussi tentai-je immédiatement la réanimation par massage du cœur. Comment aurais-je pu imaginer, quand je suivais ces cours, que j'aurais à la pratiquer sur mon propre frère ? Les instructions défilaient dans ma tête, occultant les gémissements de papa et la voix insistante de Pierre, suppliant son frère de revenir à la vie. Tout ce que j'entendais, c'était celle de mon instructeur nous répétant les consignes. Trente compressions par minute, deux insufflations d'air toutes les quinze compressions. Après ce qui me parut durer des heures (mais ne dut pas excéder deux minutes), je levai les yeux sur papa.

— Il faut le conduire à l'hôpital.

Il acquiesça en silence, souleva Jean dans ses bras et nous le suivîmes à travers champs, jusqu'au jardin. Maman était affalée sur un banc, le visage cendreux, les lèvres tremblantes et les joues inondées de larmes.

— Il faut l'emmener tout de suite à l'hôpital ! lui cria papa, marchant déjà vers la limousine.

Maman secoua brusquement la tête, comme si elle voulait chasser des moustiques. Nous l'aidâmes à se lever, la conduisîmes à la voiture et nous entassâmes tous les trois à l'arrière, avec Jean. Sa tête reposait sur les genoux de maman, qui lui caressait les cheveux tout en laissant couler ses larmes.

Papa fit le trajet sur les chapeaux de roues, dépassant ou écartant à grands coups de klaxon tout ce qui se trouvait sur son chemin. A l'hôpital, nous allâmes droit à l'entrée des urgences et, une fois de plus, papa souleva Jean dans ses bras. Maman se leva lentement pour l'accompagner. Tout espoir l'avait quittée, elle n'était plus que l'ombre d'elle-même. Et, telle une ombre, elle nous suivit d'un pas vacillant le long du couloir.

Jean fut aussitôt pris en charge par une équipe médicale. Je m'assis dans le hall, entre Pierre et maman, tenant d'une main celle qu'elle m'abandonnait, inerte, et de l'autre celle de mon frère. La tête posée sur mon épaule, Pierre s'agrippait à moi comme si je pouvais l'arracher à la tragédie qui s'était abattue sur nous.

Il y avait un bon moment que maman fixait le mur d'un œil aveugle quand, tout à coup, elle parla.

— Si seulement j'avais quitté la soirée... Si seulement j'avais parlé à Nina avant sa mort...

— Arrête, maman! Nina Jackson n'a rien à voir avec ça.

Elle poussa un soupir à fendre l'âme et continua à regarder le mur, les yeux vides. Elle attendait.

Moi, pendant ce temps-là, je me représentais mentalement ce que les médecins essayaient de faire pour sauver Jean. On lui injectait du sérum antivenin, on pratiquait la défibrillation du cœur, on aspirait l'eau de ses poumons. Et papa assistait à tout, immobile comme une statue, en priant silencieusement.

J'ignore combien de temps avait pu s'écouler quand il réapparut, suivi par quelques-uns des membres de l'équipe médicale. Aucun d'entre eux ne dit rien: leurs visages parlaient pour eux.

Pierre, qui s'était encore rapproché de moi et me tenait par la taille, m'étreignait désespérément. Un curieux dédoublement s'était opéré en moi. Mon côté analytique, totalement dissocié de mes sentiments, s'interrogeait sur ce que peut ressentir un enfant lorsqu'il prend conscience de la mort. On nous dit que les morts s'en vont dans un séjour plus heureux et cela soulage notre chagrin, nous aide à oublier, à nous appuyer sur ceux qui sont toujours là. Mais plus tard, à un âge plus vulnérable, nous découvrons soudain que la mort n'est pas un simple aller pour un quelconque ailleurs, et nous comprenons combien notre vie est brève et fragile. Un jour, quelque part, à une certaine heure, nous aussi partirons pour l'inévitable voyage. Mais rien ne nous paraît plus injuste et plus absurde que ce sort inéluctable, lorsqu'il s'abat sur un enfant.

Jean n'aurait peut-être jamais été médecin ou avocat. Peut-être serait-il devenu un grand sportif, ou un excellent homme d'affaires. Il aurait eu un foyer, une famille, des enfants. Il était encore à l'âge des «peut-être» où tous les rêves sont permis, où toutes les possibilités attendent d'être réalisées. Il était plein de vie, curieux de tout, débordant du désir de savourer chaque moment qui passe et chaque joie offerte. Il aimait rire et s'amuser, courir à perdre haleine, grimper aux arbres, avoir un chien à ses pieds ou un chat sur les genoux. Il était notre bon petit diable aux cheveux fous, plus à l'aise dans ses vieux jeans déchirés qu'en costume-cravate, l'incorrigible garnement toujours prêt à fourrer son doigt dans la pâte à tarte ou la crème du gâteau.

Et maintenant, il n'était plus là.

— C'est fini, dit papa.

Et ses traits figés comme un masque de marbre s'affaissèrent d'un seul coup, noyés sous le flot de ses larmes.

Maman leva les yeux au ciel, poussa un cri et s'effondra dans les bras de papa. J'en fus si bouleversée que j'en oubliai Pierre. Je ne m'étais même pas aperçue qu'il était tombé à la renverse. Mais la vue de son corps étendu sur le sol fut comme un nouveau coup de poignard dans ma poitrine. Il avait les yeux grands ouverts et fixes ; je compris instantanément qu'il était tombé en catatonie.

Notre tragédie ne faisait que commencer.

Voir Pierre sans Jean était comme voir un amputé : il lui manquait une part de lui-même. Rien d'étonnant à ce qu'il fût en état de choc, et je n'étais pas loin de penser qu'il était plus gravement atteint que maman. Les médecins l'examinèrent, et furent d'avis qu'il pouvait sortir d'un seul coup de sa stupeur… mais quand ? Cela, ils n'en savaient rien. Ils nous conseillèrent de le ramener à la maison et de nous en occuper le plus possible. Et papa, qui était entré à l'hôpital avec un de ses fils dans les bras, dut le quitter en portant l'autre. Notre retour au ranch fut aussi lugubre que si nous étions déjà en train de suivre le cortège funèbre de Jean.

Maman était renversée sur son siège, la tête appuyée à la vitre. Un bras autour des épaules de Pierre, je le serrais contre moi en lui chuchotant à l'oreille des paroles de réconfort. Papa conduisait comme un automate. Il porta Pierre à l'intérieur et j'aidai maman à le mettre au lit, mais nous n'avions pas l'intention de rester. Papa donna l'ordre qu'on fasse nos bagages et appela notre médecin de La Nouvelle-Orléans, pour qu'il nous attende à la maison. Après quoi, il prit les dispositions nécessaires pour que le corps de Jean soit transféré aux pompes funèbres. Je lui avais offert mon aide, mais il préférait que je sois entièrement disponible pour Pierre. Quand il fut temps de partir, il fallut à nouveau le transporter dans la voiture où il resta inerte, appuyé contre moi, jusqu'à notre arrivée en ville. Assise à l'avant, immobile et les yeux clos, maman s'était retranchée du monde réel.

Rien ne se répand aussi vite qu'une mauvaise nouvelle. Nous n'étions pas chez nous depuis une heure que déjà, le téléphone sonnait. Papa avait appelé en Europe, pour prévenir grandpa et grandma Andréas qui, selon leur habitude, passaient l'été sur la Riviera. Grandma dit à papa qu'ils ne pourraient pas venir, à cause de la santé de grandpa. Il avait eu une congestion cérébrale, cette année-là, et la prudence s'imposait.

Le docteur avait fait prendre un sédatif à maman. Il examina Pierre, conclut que son état ne devait pas se prolonger longtemps et, selon ses ordres, j'essayai d'alimenter mon frère. Mais quand il ne voulut ni manger, ni boire, ni même ouvrir la bouche, je commençai à craindre que les médecins n'aient sous-estimé la gravité du choc.

La morosité qui s'était emparée de la maison avant notre départ n'était rien à côté de ce qui suivit. La mort avait pris ses quartiers chez nous. Elle se pavanait en toute liberté dans la maison, ternissant toutes choses, si bien que le jour éclatant n'était que grisaille à nos yeux. On ne parlait qu'en chuchotant, on marchait sur la pointe des pieds. Les domestiques glissaient sans bruit d'une pièce à l'autre et, leur travail fini, se retrouvaient à la cuisine pour se consoler mutuellement. Le tic-tac des pendules prenait soudain une résonance effrayante.

Un peu plus tard dans la journée, papa trouva la force de recevoir quelques personnes dans son bureau et de superviser les préparatifs de l'enterrement. Il avait le visage cendreux. En quelques heures, il avait vieilli de dix ans.

Au début de la soirée, juste après que l'un de ses

associés eut pris congé, j'entrai dans son bureau. Il ne parut même pas s'apercevoir de ma présence.

— Papa...

Il se retourna d'un air égaré, les yeux embués de larmes.

— Oui, Perle ?

— C'est au sujet de Pierre, papa. Il ne va pas mieux. Il n'a rien avalé depuis... depuis l'hôpital. Même pas une goutte d'eau.

— Il se reproche ce qui est arrivé, soupira papa.

Puis il se frappa la poitrine à coups de poing, avec une telle violence que j'en tressaillis.

— Mais c'est moi qui suis à blâmer, Perle. Moi seul.

Je courus à lui et posai la main sur son épaule.

— Bien sûr que non, papa. Personne n'est à blâmer.

— C'est moi qui ai voulu aller là-bas. J'ai... j'ai même insisté.

— Mais nous y serions allés un jour ou l'autre, de toute façon. Tu n'as rien à te reprocher. C'est un accident, un terrible accident.

Je vis trembler le menton de papa.

— Un accident, répéta-t-il avec amertume. Je les avais avertis, pourtant. Je leur avais interdit de s'éloigner, tu le sais bien ?

— Oui, papa. Cesse de t'accuser. Maman est là-haut à se ronger le cœur à force de se faire des reproches, et Pierre est dans un semi-coma pour la même raison. Jean n'aurait jamais dû entrer dans l'eau, c'est tout.

— Il était si jeune, protesta papa, ce n'était qu'un enfant ! C'était à moi de veiller sur lui. J'ai manqué à mes devoirs, se lamenta-t-il en fermant les yeux. (On aurait dit qu'il ne les rouvrirait plus jamais.)

— Papa, j'ai peur pour Pierre. Nous devons faire quelque chose. Rappelle le docteur.

Papa ouvrit les yeux et me dévisagea, comme si mes paroles mettaient des heures à lui entrer dans la cervelle.

— C'est si sérieux que ça, tu crois ?

— Il va se déshydrater. Je crois même qu'il a déjà de la fièvre.

— Oh, non ! s'exclama-t-il en se levant. Je vais les perdre tous les deux ! Je ferais mieux de m'occuper de lui, au lieu de m'apitoyer sur moi-même, ajouta-t-il en marchant vers la porte.

Je le suivis jusqu'à la chambre de Pierre.

Mon frère n'avait pas bougé d'un millimètre depuis que je l'avais quitté. Il avait les yeux ouverts, mais si vides que je croyais voir au travers, jusqu'aux profondeurs ténébreuses de son esprit replié sur lui-même. Papa s'approcha de son lit, s'assit à côté de lui et prit doucement sa main dans la sienne.

— Pierre, il faut sortir de cet état et nous aider, ta mère et moi. Il faut manger un peu, au moins boire quelque chose. Ce n'était pas ta faute, tu as essayé d'empêcher Jean d'entrer dans l'eau. Allons, Pierre, implora papa.

Mon frère n'eut pas même un tressaillement de paupière, mais papa ne renonça pas. Il lui caressa la joue.

— Allons, mon garçon. Je t'en prie...

Les yeux de mon frère demeurèrent obstinément fixes. Soudain, ses traits se crispèrent comme sous l'effet d'une grande souffrance et il poussa un cri terrible à entendre. Papa se leva et recula brusquement, aussi effrayé que moi.

— Que lui arrive-t-il, Perle ? Pourquoi fait-il ça ?

— Il revit ce qui s'est passé, je suppose.

— Pierre, arrête ! ordonna papa en le secouant par les épaules. Arrête ça tout de suite.

L'expression de mon frère ne changea pas, mais l'horrible plainte cessa. Papa le lâcha et se retourna vers moi.

— Tu as raison, Perle, je ferais mieux d'appeler le docteur.

— Vas-y, alors. Je resterai avec lui, le rassurai-je.

Et il quitta aussitôt la chambre. Je pris sa place au bord du lit et caressai la main de mon frère.

— Pauvre Pierre. Tu as assisté à une chose terrible, mais ce n'était pas ta faute. Tu n'as rien à te reprocher.

Une larme perla au coin d'une de ses paupières, zigzagua sur sa joue et roula lentement jusqu'à son menton. Une larme, c'est tout, comme si tout son chagrin s'était épanché à l'intérieur de sa poitrine. Je me penchai pour l'essuyer très doucement, du bout du doigt.

— Tu ne veux vraiment pas boire un peu, Pierre ? Fais-le pour moi, je t'en prie.

Ses lèvres ne remuèrent même pas ; ses yeux restèrent aussi froids, aussi durs que deux éclats de turquoise. Je soupirai, repris sa main et la gardai dans la mienne en lui parlant tout bas, jusqu'au moment où j'entendis la porte s'ouvrir. Maman se tenait sur le seuil, en chemise de nuit et les pieds nus, les cheveux défaits, le visage ravagé. Ses joues étaient encore humides d'avoir pleuré.

— Qu'est-ce qu'il a ? s'enquit-elle d'une voix angoissée.

On aurait dit qu'elle était en transe, ou sous l'effet d'un charme, mais au moins elle s'était enfin rendu compte que Pierre avait des problèmes.

— Il est en état de choc, maman. Il n'a pas fait un geste depuis notre retour et ne veut rien avaler. Papa est allé appeler le docteur.

— Mon Dieu ! gémit-elle. Qu'ai-je fait ?

— Maman, je t'en prie. Tu ne rendras service à personne en t'accusant. Regarde ce qui est arrivé à Pierre ! Je suis sûre qu'il se fait des reproches, lui aussi.

— Mon bébé, murmura-t-elle en s'avançant dans la chambre.

Elle s'assit au bord du lit et serra Pierre contre elle, mais il resta inerte comme une poupée de chiffon, la tête ballottante et les yeux fixes. Elle le berça dans ses bras, lui dit tout bas des mots apaisants et tendres, mais il ne répondit rien. Alors maman comprit. Avec une expression de stupeur et d'effroi, elle reposa lentement Pierre sur son oreiller.

— Que pouvons-nous faire, Perle ?

— Le docteur sera là dans une minute, maman, il nous le dira. Mais je crois que Pierre devra être hospitalisé. Il faudra le garder sous perfusion jusqu'à ce qu'il revienne.

— Qu'il revienne ? répéta maman. Qu'il revienne d'où ?

— De là où il s'est réfugié, son sanctuaire, le lieu où ce qui est arrivé n'a pas de réalité.

— Et combien de temps cela va-t-il durer ?

Je n'osai pas répondre que je n'en savais rien. J'avais lu que certaines personnes, à la suite d'un traumatisme émotionnel, étaient restées pendant des années dans un état catatonique. Certaines en étaient sorties indemnes, mais d'autres avaient dramatiquement régressé : elles étaient retombées en enfance.

— Il va bientôt revenir à lui, maman, mais il aura besoin de soins médicaux.

— Oui, tu as raison. (Maman effleura doucement ma joue.) Ma grande fille... Je vais devoir me reposer sur toi pour tant de choses, maintenant. Ce n'est pas juste, je sais. Tu devrais pouvoir profiter sans souci de ta jeunesse, au lieu d'avoir à supporter tous ces malheurs. J'espérais que ta vie serait différente de la mienne. J'espérais...

Elle s'interrompit, les lèvres tremblantes.

— Tout ira bien, maman, ne t'inquiète pas pour moi.

— Les jumeaux étaient si proches, soupira-t-elle en regardant mon frère. Même bébés, si l'un pleurait, l'autre pleurait aussi. Et si l'un s'éveillait, on pouvait être sûr que l'autre n'allait pas dormir longtemps. Jean a commencé à marcher le premier, tu sais ?

— Je m'en souviens, maman.

— Mais même quand il a su marcher, il a continué à ramper pour faire comme Pierre. Aucun des deux ne laissait jamais l'autre en arrière. Maintenant...

Elle ferma les yeux et n'en dit pas plus. Je l'entourai de mon bras, la réconfortai de mon mieux et la laissai pleurer sur mon épaule. Finalement, le médecin arriva et papa l'introduisit dans la chambre de Pierre.

Nous restâmes à l'écart pendant qu'il examinait mon frère. Il prit note de la dilatation de ses pupilles, lui tâta le pouls, ausculta son cœur et ses poumons puis déclara, s'adressant à papa :

— Il faudrait le ramener à l'hôpital, monsieur. De plus, j'aimerais qu'il soit placé sous la surveillance d'un psychiatre.

Papa déglutit avec peine et maman se mit à sangloter tout bas.

— Je m'occuperai de tout, monsieur Andréas. Puis-je utiliser votre téléphone ?

— Mais bien sûr... allons dans mon bureau.

Je m'empressai d'offrir mon aide.

— Je vais préparer Pierre, papa.

— Mon petit ! se lamenta maman, il va avoir si peur...

Je mis à Pierre son peignoir et ses mules, puis je rassemblai ce dont je pensais qu'il aurait besoin, en priant pour que ce fût le cas, et cela le plus tôt possible. Peu après, papa transporta mon pauvre petit frère dans la voiture et nous partîmes sans perdre un instant pour Broadmoor.

Comme Pierre me parut petit dans son lit d'hôpital, vêtu de la chemise réglementaire ! Quand on inséra l'aiguille à perfusion dans son bras, la gravité de la situation apparut brutalement à mes parents, comme un coup en plein cœur. Papa prit maman dans ses bras et tous deux restèrent serrés l'un contre l'autre, regardant l'infirmière s'occuper de leur petit garçon.

Parce qu'elles me connaissaient bien, les infirmières se montrèrent particulièrement compréhensives et attentionnées. Le psychiatre qu'on nous envoya était le Dr Lefèvre, une femme d'une soixantaine d'années aux cheveux poivre et sel. Je la connaissais de réputation, mais je n'avais eu que de très rares occasions de l'apercevoir ou de lui parler. Elle posa d'abord quelques questions à papa, passa un moment au chevet de mon frère et, son examen terminé, nous entraîna tous les trois dans le couloir. Là, d'une voix douce mais ferme, elle fit part de ses conclusions à mes parents.

— Votre fils souffre de dépression post-traumatique, commença-t-elle. Après l'expérience que vous m'avez décrite, monsieur, c'est tout à fait compréhensible. Dans notre jargon professionnel, nous nommons ce cas — observé chez certains anciens combattants — l'anesthésie psychologique. Votre enfant se coupe de la réalité, en quelque sorte, afin d'échapper à la souffrance.

— Combien de temps...

— Je pense que nous n'allons pas tarder à le tirer de là, mais je vous préviens : il aura besoin d'une thérapie sérieuse, et sans doute pour un certain temps. Cette expérience peut laisser des séquelles, comme une dépression profonde ou des angoisses. Nous pourrions observer chez lui des maux de tête, des difficultés de concentration... Il faut du temps avant de se prononcer, bien sûr. En attendant, nous lui prodiguerons tous les soins nécessaires. Mais j'y pense...

Le Dr Lefèvre pivota vers moi.

— Ne vous ai-je pas déjà vue quelque part, vous ?

— Je travaille ici, docteur. Je suis aide-soignante.

— Ah, oui. J'ai entendu dire beaucoup de bien de vous. Bon, demain j'examinerai à nouveau Pierre. Appelez-moi en fin d'après-midi, monsieur Andréas.

— Merci, docteur.

Maman voulut rester encore un peu auprès de Pierre, et nous reçûmes de la visite. Je m'étais fait des amis, dans le service, et plusieurs d'entre eux vinrent m'exprimer leur sympathie dès qu'ils apprirent la nouvelle. Heureusement pour moi, Jack Weller n'était pas de garde. Supporter sa présence en un pareil moment eût été au-dessus de mes forces.

Immobile sur sa chaise, maman gardait les yeux fixés sur Pierre, et papa finit par la forcer à rentrer à la maison. Il savait qu'elle avait besoin de repos : des jours pénibles nous attendaient. Je la rassurai de mon mieux :

— Je viendrai le voir le plus souvent possible, maman, sois tranquille.

Elle me sourit, jeta un dernier regard au petit visage pathétique de son fils, toujours privé d'expression, et laissa papa l'entraîner au-dehors.

La maison fut beaucoup trop calme, cette nuit-là. Je dormis d'un sommeil entrecoupé, m'éveillant en sursaut et l'oreille aux aguets. Si seulement j'avais pu entendre un de ces bruits suspects et familiers signalant que mes frères étaient en train de faire une bêtise ! Si seulement tout cela n'avait été qu'un cauchemar ! Mais je n'entendais que le tic-tac de mon réveil, ou le balancier de la grande horloge du hall. Il résonnait dans le silence des couloirs, me rappelant que chaque instant nous rapprochait des obsèques de mon frère. Je me cachais la figure dans l'oreiller, pour étouffer mes larmes, mais chaque fois que je fermais les yeux, je voyais le visage de Jean, pétillant de malice, rayonnant de joie de vivre et de promesses.

Au petit matin, j'abandonnai tout espoir de sommeil. Je fis ma toilette et descendis, pour m'apercevoir que papa n'avait pas passé une bonne nuit, lui non plus. Le front sur son bureau, il dormait, la tête entre les bras, épuisé de fatigue et d'émotion. A sa droite, je vis une photo récente des jumeaux et, sur sa gauche, une bouteille de bourbon à moitié vide. Je n'eus pas le cœur de le réveiller. Je ressortis sans bruit, refermai la porte, puis j'allai préparer un plateau pour maman. Et je me préparai à vivre ce qui, je le savais, serait la plus terrible semaine de notre vie.

L'affluence fut telle à l'enterrement de Jean qu'une bonne partie des assistants dut rester sur le parvis de l'église et aux alentours. Plusieurs de mes amies de classe étaient venues, mais je ne vis pas Claude. Catherine, c'était différent. Je savais qu'elle passait des vacances en famille et n'apprendrait pas la nouvelle avant son retour.

Maman, toujours sous l'effet des tranquillisants, se déplaçait comme en rêve, le visage crispé par une grimace douloureuse où certains croyaient voir un sourire angélique. Mais pas moi. Sur ce masque poignant, je lisais la souffrance infinie qu'elle endurait, qui la dévorait corps et âme. Tout le monde savait ce qui était arrivé à Pierre, maintenant. Mon frère était toujours sous perfusion, dans le même état de catatonie.

Après le service religieux, le cortège prit le chemin du cimetière. J'entendais encore les questions de Jean et de Pierre au sujet des caveaux surélevés qu'on appelle aussi chez nous des « fours ». A La Nouvelle-Orléans, on les construit en hauteur à cause des inondations. Pauvre Jean ! Ce qui avait été pour lui un sujet de curiosité allait devenir sa dernière demeure.

Papa et maman s'accrochaient étroitement l'un à l'autre. La plupart du temps, c'est papa qui soutenait maman et la dirigeait, comme une marionnette à fils. Je restais aussi près d'elle que possible, m'attendant à tout instant à la voir s'évanouir et prête à la recevoir dans mes bras. Je crois qu'aucun de nous ne comprit vraiment les paroles du prêtre. Moi en tout cas, je ne perçus que le rythme monotone et lugubre de sa voix, quand il récita les prières devant la tombe. Il aspergea le cercueil d'eau bénite, prononça un dernier « amen »... et tout fut fini.

Je n'avais pratiquement pas levé les yeux plus haut que le visage de mes parents, ce jour-là, et le ciel bleu resplendissait en vain au-dessus de ma tête. Pour moi, il faisait gris.

Comme nous revenions vers la limousine, j'aperçus Sophie sous un arbre. Les poings sur les yeux, elle écrasait ses larmes, mais sa seule vue me fit du bien. Cela me remonta le moral et m'aida à supporter le retour à la maison.

Maman alla directement se coucher. Papa prit place sur le canapé du salon et accueillit les visiteurs, tout en sirotant un verre de bourbon. Quant à moi, je saisis la première occasion de m'éclipser pour aller téléphoner à l'hôpital. J'espérais de tout mon cœur que Pierre irait un peu mieux. Nous avions tant besoin d'une bonne nouvelle ! Mais non : son état demeurait inchangé.

Je décidai d'aller le voir, qu'il était inadmissible de le laisser toute une journée sans qu'un seul d'entre nous soit à ses côtés, funérailles ou pas. Je fis part de mes intentions à papa, qui se contenta de hocher la tête. Etourdi de chagrin, il n'avait presque plus conscience de ce qui se passait autour de lui.

A l'hôpital, je croisai le Dr Lefèvre au moment où elle sortait de la chambre de Pierre.

— Je vais le faire transférer en psychiatrie, m'annonça-t-elle. Sa guérison risque de se faire attendre plus longtemps que je ne pensais. Son état psychologique s'aggrave. Si je comprends bien, son frère et lui étaient vraiment très proches ?

— Inséparables, et très protecteurs l'un envers l'autre.

— Ecoutez, je sais que vous vivez des moments difficiles, vos parents et vous, mais essayez de lui consacrer le plus de temps possible. Le seul fait d'entendre votre voix, de vous sentir près de lui le rassurera et augmentera ses chances de guérison, ajouta-t-elle. Je n'ai pas aimé la façon dont il évitait mon regard.

— Vous pensez qu'il va s'en sortir, docteur ? Je veux dire... qu'il va vraiment guérir ?

— Nous verrons bien, répondit-elle sans se compromettre.

Et elle me quitta là-dessus.

J'approchai ma chaise tout près du lit de Pierre. Il regardait fixement le plafond en clignant des yeux, les lèvres légèrement entrouvertes. Je m'assis à côté de lui, caressai sa main libre et lui parlai avec douceur.

— Tu dois essayer de guérir, Pierre. Il le faut, pour papa et maman, ils en ont désespérément besoin. Moi aussi, j'ai besoin de toi. Jean ne voudrait pas te voir dans cet état, il voudrait que tu aides maman et papa. Essaie, Pierre. S'il te plaît.

Sans le quitter du regard ni lâcher sa main, j'attendis. A part le mouvement réflexe de ses paupières, il avait l'apparence d'une statue de chair. Ses yeux et ses oreilles lui avaient transmis des informations atroces et il les avait fermés, refusant catégoriquement d'en savoir plus. Quelque part au fond de lui-même, il était en sécurité. Il jouait avec Jean. Il pouvait le voir et entendre sa voix. Et il refusait d'entendre la mienne, car elle aurait réduit ses illusions en miettes, comme une porcelaine se brise en mille éclats. Et chaque éclat, plus blessant qu'un couteau, se serait enfoncé dans son cœur pour toujours.

Sophie vint me voir avant de prendre son service, et je la remerciai d'être venue aux obsèques. Elle me promit de jeter un coup d'œil sur Pierre chaque fois qu'elle en aurait l'occasion, et même de lui parler. Je lui appris qu'il allait être transféré en psychiatrie.

— Pas de problème, je ferai un saut là-haut de temps en temps, me rassura-t-elle.

Nous échangeâmes une accolade affectueuse et elle me quitta pour aller travailler. Je restai aussi longtemps que je pus aux côtés de Pierre, lui parlant, le cajolant, l'implorant de nous revenir. Finalement, épuisée moi-même, je retournai à la maison.

Il y régnait un silence de mort. Tous les visiteurs étaient partis. Aubrey m'apprit que papa s'était retiré dans son bureau et c'est là que je le trouvai, affalé sur son canapé de cuir et plongé dans un sommeil miséricordieux. J'étendis une couverture sur lui et montai voir maman dans sa chambre.

Je crus d'abord qu'elle dormait, elle aussi. Mais elle tourna lentement la tête dans ma direction, ouvrit les yeux comme si elle revenait de l'autre monde et tendit la main vers moi. Je courus l'embrasser, m'assis à côté d'elle et retins sa main dans la mienne.

— Où est ton père ? demanda-t-elle.

— Dans son bureau. Il dort.

— Es-tu allée voir Pierre ?

J'eus un instant d'hésitation.

— Oui, maman. Le Dr Lefèvre veut le transférer dans le service de psychiatrie, pour qu'il reçoive un traitement plus approprié.

— Alors il ne va pas mieux ?

— Non, maman. Pas encore, mais c'est une question de temps.

Elle secoua plusieurs fois la tête et son regard se perdit au loin.

— C'est une erreur de croire qu'on peut effacer le péché, commença-t-elle. On se confesse, on fait pénitence, on espère le pardon, mais nos péchés sont indélébiles. Ils rôdent autour de nous comme des rapaces, guettant le moment propice pour s'abattre sur notre bonheur et s'en repaître.

— Arrête de te torturer comme ça, maman.

Elle resserra l'étreinte de sa main sur la mienne.

— Ecoute-moi bien, Perle. Tu es plus avisée que je ne l'étais à ton âge. Tu ne commettras pas les mêmes fautes, tu ne succomberas pas à tes faiblesses. Tu n'as pas non plus celles que j'avais. Et c'est une bonne chose, car tu ne te blesses pas toi-même. Tu fais seulement souffrir ceux que tu aimes et qui t'aiment.

— Maman...

— Non. Qu'a donc pu faire un être innocent et libre comme Jean, pour être puni de cette façon ? Rien. Il a porté le poids de mes péchés sur ses épaules et souffert à cause de moi, le comprends-tu ?

« Nina savait, murmura-t-elle encore. Nina savait...

Je soupirai, si profondément et si fort qu'elle se retourna vers moi.

— Il y a longtemps, j'ai fait quelque chose de mal... ce n'est pas au moment où j'ai été enceinte de toi que je fais allusion, Perle. Tu es trop belle, trop merveilleuse pour ne pas être entièrement bonne. Mais après ta naissance, nous avons vécu seules dans le bayou.

— Tu m'as déjà dit tout ça, maman. Tu n'as rien à m'expliquer.

— Mais je veux t'expliquer. J'en ai besoin. Si j'ai accepté d'épouser ton oncle Paul, ce n'est pas seulement parce que ton père menait une vie de plaisirs en Europe.

— Mais tu croyais qu'il était fiancé, que tu n'avais plus aucune chance de l'épouser, lui rappelai-je.

— Oui, c'est vrai, mais Paul était mon demi-frère. Nous ne l'avons appris qu'à notre adolescence, et nous étions déjà amoureux, c'est vrai aussi. Mais ce n'est pas une excuse.

— Une excuse pour quoi, maman ? Pense à l'existence que nous menions, dans le bayou. Pourquoi n'aurais-tu pas accepté de vivre à Bois Cyprès ? Tout le monde pensait que j'étais la fille de Paul, de toute façon. Tu me l'as dit.

— Les gens le croyaient, c'est juste. Et il n'a rien fait pour les détromper.

— Pourquoi me raconter à nouveau tout ça, maman ?

— Parce que j'ai cédé à Paul, que je l'ai laissé me

convaincre de l'épouser. Notre mariage a été béni par un prêtre.

— Mais c'était quand même un mariage blanc, non ? Tu m'as dit que vous viviez comme frère et sœur.

— Pas toujours, Perle. Un soir, nous avons fait semblant d'être d'autres personnes, des gens d'autrefois... et j'ai péché. Je n'ai pas fait pénitence. Je n'ai pas demandé l'absolution. J'ai fait comme si rien n'était arrivé. Mais mon péché s'attachait à moi comme une ombre, il m'a suivie jusqu'ici. Et peu à peu, cette ombre s'est étendue sur la maison, sur la famille, jusqu'à ce qu'elle s'empare de mon pauvre Jean.

— Oh, maman... non ! protestai-je avec une conviction sincère.

Cette confidence m'avait été pénible, mais je me refusais à croire que Dieu ait puni Jean pour les péchés de maman.

— Je suis fatiguée, soupira-t-elle en fermant les yeux, et pourtant je ne dors plus la nuit. Je vois sans cesse le visage de Jean, je vois Chris accourant du marais en portant notre enfant dans ses bras. Et derrière eux, je vois la mort qui me regarde avec un sourire triomphant.

Maman rouvrit les yeux et crispa les doigts sur les miens.

— Jean est toujours ici, parmi nous, dans cette maison. Je veux que tu retournes chez Nina, que tu dises à sa sœur ce qui est arrivé. Je veux que tu l'amènes ici pour accomplir le rituel.

— Maman, tu ne sais plus ce que tu dis ! Papa ne voudrait pas entendre parler de rituel ici, de toute façon.

— Tu dois le faire, Perle, insista-t-elle, les yeux hagards. Promets-le-moi.

Je compris qu'elle ne trouverait pas le repos tant qu'elle n'aurait pas ma promesse.

— C'est entendu, maman. Tu as ma parole.

— Bien, soupira-t-elle en refermant les yeux. Maintenant, je peux dormir.

Elle relâcha ma main, mais je restai encore un moment à ses côtés, jusqu'à ce que son souffle fût devenu lent et régulier. Puis je me levai sans bruit et quittai furtivement la chambre, en songeant au fardeau de culpabilité que maman avait gardé enfoui dans sa mémoire. Il avait dû peser sur elle, autrefois, mais elle avait réussi à faire comme s'il ne s'était rien passé. Elle avait dû se sentir seule, et terrifiée. Tous ceux qu'elle aimait l'avaient abandonnée, Paul excepté. Je ne pourrais jamais lui reprocher la moindre faute. Jamais.

Les jours suivants, elle vécut comme une invalide, ne quittant son lit que pour prendre son bain et changer de linge. Il n'était plus question pour moi de travailler pour le moment, et papa et moi rendîmes souvent visite à Pierre à l'hôpital, dans le service de psychiatrie. En dehors de cela, papa travaillait un peu, mais chaque soir il se retirait dans son bureau et buvait du bourbon jusqu'à ce qu'il trouve le sommeil.

Un après-midi, j'arrivai la première au chevet de Pierre et, comme je le faisais chaque jour, je lui racontai ce qui se passait à la maison. Qui avait téléphoné, lequel de leurs amis avait demandé de ses nouvelles, enfin toutes sortes de menus détails quotidiens. Je lui parlais sans me lasser, lui caressais les mains, l'embrassais sur les joues. J'étais en train de lui dire combien il manquait à maman quand l'aide-soignante apporta son jus de fruits et, comme à l'ordinaire, je m'efforçai de le lui faire boire. Je crus d'abord qu'il n'y arriverait pas, mais je le vis soudain entrouvrir les lèvres et desserrer les dents. Toute ragaillardie, j'entrepris de lui faire absorber le liquide par petites quantités. Il en prit un peu sur sa langue, l'avala, en prit un peu plus. Je l'encourageai vivement :

— Bravo, Pierre, c'est merveilleux ! Nous allons pouvoir te débarrasser de cette perfusion.

Je courus prévenir l'infirmière, qui appela aussitôt le Dr Lefèvre. Le temps que papa arrive, Pierre avait bu la moitié de son verre. Il ne parlait pas, ne bougeait pas non plus, mais au moins il s'était produit un petit changement.

Papa était fou de joie.

— Rentrons tout de suite prévenir Ruby ! Elle va

peut-être se lever, maintenant. Elle voudra venir le voir.

Nous ne perdîmes pas une seconde. Un rayon de soleil avait enfin percé la chape de nuages qui nous étouffait de son ombre.

Quand la voiture s'engagea dans l'allée, nous vîmes une femme grande et mince quitter la maison. Une Noire, en blouse blanche et jupe rouge, les pieds nus dans des sandales. Elle portait des bracelets en ossements d'animaux, et des boucles d'oreilles en argent ornées de pierres à l'aspect étrange : on aurait dit des yeux de chat. Elle nous jeta un regard en passant, mais sans s'arrêter. J'eus le temps de voir qu'elle avait une cicatrice à la joue droite. Une longue balafre couronnée d'une marque triangulaire, juste sur la pommette.

— Qui diable peut-elle bien être ? marmonna papa.

La femme franchit le portail et disparut. Nous nous précipitâmes à l'intérieur, puis à l'étage, vers la chambre de maman. Elle ne s'y trouvait pas mais, sur chacune des tables de nuit, du soufre brûlait dans une soucoupe. Son odeur âcre et pénétrante flottait dans toute la pièce.

— Qu'est-ce que… (Papa expulsa bruyamment l'air qu'il venait d'inspirer.) Où est ta mère ? Qu'est-ce qu'elle fabrique ?

— Ne te fâche pas contre elle, papa. Elle est…

— Inutile. Je sais parfaitement ce qu'elle fait ! vitupéra-t-il en tournant les talons.

Je le suivis au rez-de-chaussée. Maman n'était pas au salon, ni dans le bureau, ni dans la cuisine. Nous finîmes quand même par la trouver, dans son atelier. Elle dessinait devant un chevalet, une bougie bleue allumée de chaque côté.

— Ruby ?

Maman se retourna sans hâte.

— Bonjour, Chris.

— Qu'est-ce que cette femme faisait ici ? Pourquoi as-tu brûlé cette saleté dans notre chambre ? Et à quoi riment ces chandelles, on peut savoir ?

— Il fallait que j'obtienne un bon gri-gri pour contrer le sort, Chris. Ne sois pas fâché. Je me sens en sécurité, maintenant. Et tu vois, je vais recommencer à travailler.

Elle me sourit, mais je trouvai quelque chose de bizarre à ce sourire. On aurait dit qu'elle était ensorcelée. Cette femme était une *mambo*, j'en aurais mis ma main au feu. Tout comme papa, je me demandais ce qu'elle avait bien pu faire.

— Je n'arrive pas à le croire, Ruby ! Répandre cette puanteur dans notre chambre… (Brusquement, papa se rappela pourquoi nous étions revenus si vite.) En tout cas, nous avons de bonnes nouvelles pour toi. Perle a réussi à faire boire du jus de fruits à Pierre.

Maman se contenta de regarder fixement papa, son inquiétant sourire aux lèvres.

— Tu m'entends, Ruby ? Pierre a bu du jus de fruits. On va peut-être pouvoir lui enlever sa perfusion. C'est la lumière qui pointe au bout du tunnel, insista papa, froissé par l'indifférence de maman.

Elle se décida enfin à répondre.

— Bien sûr, Chris. Je le savais. C'est grâce à la *mambo* et à son rituel. Tu ne vois donc pas ? Nina va nous aider… de l'autre monde. Elle va nous aider.

— Mon Dieu ! s'exclama papa. Je n'en crois pas mes oreilles. Tu ne veux pas que je t'emmène tout de suite voir Pierre ?

— Pas encore, Chris. Je ne suis pas prête.

Papa leva les mains en signe d'impuissance.

— Alors là, j'abandonne. Parle-lui, Perle. Tu réussiras peut-être à la persuader d'aller voir son fils, au lieu de se conduire comme une détraquée !

Quand papa, furibond, eut quitté l'atelier, maman fit observer sans s'émouvoir :

— Chris a toujours été sceptique, mais il changera, tu verras.

Et elle se remit à dessiner.

— Maman, protestai-je en m'approchant d'elle, ce n'est pas le moment de te plonger dans toutes ces histoires de gris-gris et de rituels ! Il faut que tu viennes voir Pierre avec moi.

— Pas maintenant, Perle. J'ai d'autres choses à faire

avant, sinon je ne pourrai que lui porter malheur. Il comprendra... plus tard. Je saurai lui faire comprendre. Tu vois bien que j'ai raison, n'est-ce pas, ma chérie ?

Je ne répondis pas. J'avais les yeux fixés sur le chevalet de maman. Elle dessinait Jean, flottant à la surface du marais.

— Maman...

Elle continua son travail comme si je n'étais pas là. Au bout d'un moment, j'esquissai un mouvement de retraite, mais elle le sentit et me retint par le poignet.

— Il faut que tu fasses quelque chose avec moi, Perle. Ce soir. Mais ne dis rien à ton père, surtout, je sais qu'il essaierait de nous en empêcher. Il ne comprendrait pas.

— Quelle chose, maman ?

— Il faut que nous allions au cimetière à minuit. Mama Leela y sera aussi, avec un chat noir. Nous pourrons parler à Nina et saurons ce qu'il nous reste à faire.

— Oh, maman ! Nous ne pouvons pas...

— Il le faut, me coupa-t-elle avec un regard farouche, ses doigts crispés sur les miens.

— D'accord, maman. D'accord.

Elle se détendit et relâcha ma main.

— Promets de ne rien dire à ton père.

— Promis, capitulai-je à contrecœur.

Il me sembla que je venais de conclure un pacte avec le diable, mais maman sourit.

— Parfait, dit-elle en se retournant vers son chevalet.

Je l'observai quelques instants encore avant de quitter l'atelier. Je trouvai papa dans le bureau, installé sur le canapé, le verre à la main. Du bourbon, comme d'habitude.

— C'est incroyable ce qui arrive à ta mère ! explosa-t-il à mon entrée. Tu y comprends quelque chose, toi ?

— C'est sa façon à elle d'être déprimée, papa. Montrons-nous compréhensifs et indulgents, jusqu'à ce qu'elle retrouve ses esprits.

Il leva sur moi un regard désolé.

— Je croyais qu'elle se précipiterait à l'hôpital avec

moi, mais non. Elle brûle des cierges, dessine des choses atroces et marmonne de stupides histoires de sorts et de gris-gris ! Je n'ai plus qu'un ami, maintenant, soupira-t-il en levant son verre.

— Ce n'est pas tellement mieux que ce que fait maman, si tu veux mon avis. Tu devrais t'arrêter de boire.

— Je sais. Je vais m'arrêter... bientôt. En attendant, j'ai quelques problèmes à régler. Nous passerons voir Pierre après le dîner. Peut-être que Ruby sera sortie de sa crise et qu'elle voudra nous accompagner.

— On verra bien.

Je ne voulais pas le décourager, mais j'avais des doutes. Et maman ne vint pas à l'hôpital avec nous, naturellement.

L'infirmière nous annonça que Pierre avait mangé quelques cuillerées d'œuf à la coque et bu un peu de lait. Il ne parlait toujours pas, ne semblait pas non plus entendre qu'on parlait près de lui, mais c'était encourageant pour nous tous. Le moral de papa remonta. Il fut nettement plus communicatif au retour qu'à l'aller.

— Il faut absolument que tu viennes avec nous demain, Ruby, dit-il à maman qui lisait au salon en écoutant de la musique.

Elle me décocha un regard entendu.

— Très bien, Chris. Je viendrai.

— Tant mieux ! répondit-il avec entrain, visiblement persuadé que tout allait s'arranger. Alors, bonsoir tout le monde.

— Je te rejoins tout de suite, Chris, lança maman comme il quittait la pièce.

Restée seule avec elle, je lui fis part des progrès de Pierre.

— C'est bon signe, maman, mais il a besoin de te voir et de t'entendre lui parler, maintenant.

— Je sais, ma chérie, et tout ira bien si tu tiens ta promesse.

— Maman...

— A onze heures et demie, je viendrai frapper discrètement à ta porte. Sois prête.

Je la dévisageai quelques instants, ne sachant trop quel parti prendre, puis mon regard tomba sur son livre. Elle le tenait à l'envers ! Elle s'en servait uniquement comme paravent, afin de pouvoir s'absorber dans ses pensées aberrantes.

— Maman, c'est trop dangereux d'aller au cimetière la nuit. Papa serait très, très fâché, s'il savait ça, et surtout contre moi. Je t'en prie, maman, l'implorai-je.

Elle me regarda longuement, les yeux fixes.

— Très bien, Perle... Si tu ne veux pas venir, n'en parlons plus.

— Mais tu ne vas pas y aller non plus, n'est-ce pas, maman ? N'est-ce pas ?

— Je n'irai pas, dit-elle enfin, mais je n'en crus rien.

Je me jurai de ne pas m'endormir et de guetter le bruit de ses pas... au cas où.

7

Une incursion dans l'au-delà

Malgré mes bonnes résolutions, j'eus toutes les peines du monde à rester éveillée. J'essayai de lire, mais mon regard se brouillait, à tout instant je piquais du nez sur ma page. Je me dis qu'il serait plus facile d'attendre en me reposant dans le noir, mais à peine avais-je éteint la lumière et posé ma tête sur l'oreiller que mes yeux se fermèrent. Tout ce que je sais, après ça, c'est que je me réveillai en sursaut et consultai le cadran lumineux de ma pendulette. Il était presque minuit moins le quart. Si maman était venue frapper à ma porte ou était passée devant, je ne l'avais pas entendue. J'avais du mal à croire qu'elle ait pu se rendre toute seule dans un cimetière, en pleine nuit. Presque certaine de la trouver dans son lit, j'enfilai mon peignoir et mes pantoufles, me faufilai dans le couloir et gagnai la chambre de mes parents sur la pointe des pieds.

La porte était légèrement entrouverte ; je la poussai sans bruit et jetai un coup d'œil à l'intérieur. Dans la clarté pâle de la demi-lune, je distinguai les contours familiers des meubles et même la tête de papa, sur l'oreiller. Mais du côté de maman... personne. La panique me cloua au sol. Maman était sûrement dans la salle de bains, tentai-je de me raisonner. Mais j'eus beau tendre l'oreille et guetter, je n'enregistrai aucun son ni aucun signe de sa présence. Je frappai à la porte, m'attendant à voir papa lever la tête, mais non. Il ne fit pas un mouvement. Je m'avançai dans la chambre et chuchotai :

— Papa.

Un ronflement sonore fut sa seule réponse. Je m'approchai de lui et lui touchai doucement l'épaule. Je ne voulais pas l'effrayer en l'éveillant brusquement, il aurait pu croire qu'on avait appelé de l'hôpital au sujet de Pierre. Mais il ne répondit toujours pas et cette fois, je le secouai.

— Papa !

Il grogna, se retourna, mais n'ouvrit pas les yeux. Une forte odeur de bourbon me monta aux narines et, quand je vis le verre à whisky presque vide sur la table de nuit, je secouai mon père un peu plus rudement.

— Mm-ouais ? grommela-t-il en ouvrant des yeux papillotants.

— Réveille-toi, papa. Où est maman ?

Il grogna de plus belle, ferma les yeux et me tourna le dos. J'étais furieuse, mais trop inquiète au sujet de maman pour insister. Je quittai la chambre et courus au rez-de-chaussée. J'inspectai le salon, le séjour, le bureau, avant de songer à la cuisine. Maman était peut-être allée boire un verre de lait chaud ? J'allai vérifier, mais à la lueur des veilleuses je vis tout de suite que, là non plus, il n'y avait personne. Il ne restait plus que l'atelier.

Il était plongé dans l'obscurité mais je pouvais très bien imaginer maman assise là, toute seule. J'allumai la lumière. J'eus comme un coup au cœur en constatant que maman n'était pas là, mais son dernier tableau attira mon attention et je m'en approchai. Elle y avait ajouté quelques détails.

Le corps de Jean flottant à la surface du marais avait un aspect fantomatique, et pourtant on reconnaissait très bien ses traits. Mais au-dessous de lui, entre deux eaux, on distinguait le visage à peine esquissé d'un homme aux yeux hagards. J'étudiai le tableau avec attention et mon souffle se bloqua dans ma gorge. C'était ce visage que j'avais si souvent vu dans mes cauchemars, celui de Paul Tate, l'homme dont on disait qu'il s'était noyé par désespoir quand maman l'avait quitté pour papa. Un visage qui de toute évidence la hantait, elle aussi.

J'éteignis la lumière et courus au garage, où mes pires craintes se trouvèrent confirmées. La voiture de maman n'était plus là. Ma mère était allée retrouver la mama vaudoue au cimetière où était enterrée Nina Jackson. Mon père était en haut, plongé dans un sommeil d'ivrogne. Que fallait-il faire ?

Je m'habillai en hâte et partis pour le cimetière dans la voiture de papa. Les caveaux prenaient des teintes blafardes sous la lueur blanche de la lune, et l'ombre environnante n'en paraissait que plus profonde. Elle creusait autour des tombes de longues tranchées de noirceur, d'où seuls émergeaient les sommets des tombeaux, tels des rochers dans une mer d'encre.

Après un moment d'hésitation, je fis lentement le tour du cimetière. Au début, je ne vis rien, et j'espérai que maman s'était rendue dans un endroit moins effrayant. Mais en achevant ma ronde, j'aperçus sa voiture garée non loin d'une entrée latérale. Il n'y avait personne à l'intérieur.

Le cœur me manqua. Je me garai derrière la voiture de maman et fouillai fébrilement la boîte à gants pour y prendre la lampe torche. Puis je coupai le contact, éteignis les phares, et je me retrouvai plongée dans toute cette noirceur, moi aussi. Une vague d'angoisse déferla sur moi, m'imprégnant jusqu'aux os. Mes mains tremblèrent quand je manœuvrai la poignée pour sortir. Et pendant quelques instants, j'eus l'impression que le sol se changeait en sables mouvants sous mes pieds. Chaque pas vers la grille me coûta un effort inouï.

J'allumai ma torche et m'avançai dans l'allée qui se trouvait en face de moi, sans oser regarder ni à droite, ni à gauche, et encore moins derrière moi. Les yeux rivés au faisceau de lumière, je poursuivis mon chemin, l'oreille tendue, espérant trouver maman sans délai, l'emmener hors de cet endroit sinistre et rentrer chez nous.

Soudain, le miaulement aigu d'un chat me glaça le

sang dans les veines. Je m'arrêtai net et promenai le rayon de ma lampe sur les caveaux, balayant les statues, les inscriptions et les têtes de mort sculptées dans la pierre. Un second miaulement fut suivi par un grondement féroce, puis tout redevint silencieux.

— Maman! criai-je dans la nuit. (Je guettai une réponse, mais je n'entendis que mon cœur qui cognait comme un tambour.) Maman, où es-tu?

Un rire strident troua le silence, et ce ne semblait pas être celui de maman. Je reculai de quelques pas et, au moment où je pivotais sur moi-même, j'entendis un chuchotement rauque, tout près de moi.

— Maman, appelai-je. C'est moi! Où es-tu?

Le chuchotement cessa, et j'attendis encore, puis je tournai dans une autre allée. Quelques instants plus tard, la *mambo* que nous avions vue sortir de la maison traversa l'allée devant moi, un chat noir dans les bras. Elle ne regarda pas de mon côté. Elle marchait dans le noir comme si elle avait eu des lampes à la place des yeux et, aussi vite qu'elle était apparue, elle disparut. Presque aussitôt, maman sortit de l'ombre d'un pas lent de somnambule, tenant entre ses paumes arrondies une chandelle blanche. A la lueur de la flamme, ses prunelles étaient deux flaques d'eau grise et ses joues paraissaient briller. Je m'élançai vers elle.

— Maman!

— Tout va bien, Perle, dit-elle à voix basse.

Mais sans s'arrêter ni regarder vers moi, elle non plus. Apparemment, elle fixait non ce qu'elle voyait devant elle, mais ce dont elle se souvenait. On aurait dit qu'elle me prenait pour une apparition, moi aussi. Je touchai sa main et elle se retourna vers moi, les yeux toujours illuminés par la flamme.

— Nina m'a parlé. Je sais à présent ce que je dois faire.

— Maman, ça suffit avec ça. Tu me fais peur.

Je la secouai si brusquement que la bougie lui échappa des mains, et s'éteignit en touchant le sol. Maman regarda derrière elle avec effroi.

— Oh, non ! s'écria-t-elle en agrippant ma main pour m'entraîner à sa suite. Sortons d'ici, Perle. Vite !

Je ne me fis pas prier. Nous détalâmes à travers les allées obscures pour ne nous arrêter qu'une fois dans la rue, à bout de souffle. Il nous fallut quelques instants pour reprendre haleine.

— Pourquoi, maman ? demandai-je enfin. Pourquoi es-tu venue ici toute seule ?

— Il le fallait, Perle. Je devais le faire. Et maintenant, rentrons, tout est en ordre. Tu n'avais pas besoin de venir me chercher.

— Tu m'avais promis de ne pas aller au cimetière ! Je me suis endormie et quand je suis venue voir dans ta chambre, tu n'étais plus là. J'ai essayé de réveiller papa, mais il dormait à poings fermés.

Je parlais pour parler, j'avais besoin d'entendre le son de ma voix. Un nuage passait devant la lune, occultant le peu de clarté qu'elle diffusait autour de nous, et le silence du cimetière en devenait terrifiant.

— Tout va bien, me rassura maman. Tout va s'arranger.

— Tu pourras rentrer seule, maman ?

— Bien sûr, ma chérie. Allons-y. Et, j'y pense... inutile de dire à ton père où nous étions.

— Ne perdons pas de temps, maman. Rentrons, vite !

Elle monta dans sa voiture, et moi dans celle de papa. Elle roula lentement, prudemment, et nous arrivâmes sans encombre à la maison. Une fois les deux voitures au garage, nous nous glissâmes dans la maison sans bruit et j'attendis d'être à la porte de ma chambre pour demander :

— Qu'es-tu allée faire au cimetière avec cette femme, maman ?

— Ce qu'il fallait pour pouvoir parler avec Nina.

— Alors tu lui as parlé ?

Je n'en revenais pas qu'elle puisse croire une chose pareille.

— Oui, Perle. Et elle m'a répondu par l'intermédiaire du chat. Je sais ce qu'il me reste à faire.

— Qu'est-ce que c'est, maman? Que t'a-t-elle demandé?

— Je n'ai pas le droit de le dire, ma chérie. Mais sache bien ceci : je vous aime, tous les trois, plus que ma propre vie.

— Qu'as-tu en tête, maman? Tu me fais peur!

— Tu n'as aucune raison d'avoir peur, trésor. Plus maintenant. (Elle sourit et me serra dans ses bras.) Ma douce, ma chère petite Perle, murmura-t-elle en écartant une mèche de mon front. Tu es née sous un ciel bien sombre et tu méritais mieux. Mais bientôt, très bientôt, le soleil reviendra pour nous. Je te le promets.

— Je t'en prie, maman, dis-moi ce que tu as en tête. Je n'en parlerai pas à papa.

— Tout ira bien, Perle. Je sais que tu es une scientifique, mais certains phénomènes dépassent les lois de la science, et même celles de la nature. Tu dois croire à ce que tu ne peux pas voir, ma chérie, car au-delà des ténèbres il existe quelque chose, qui veille et qui attend. Crois en l'invisible et n'aie pas peur, dit encore maman, puis elle ferma les yeux.

— Maman...

— Demain, Perle. Je suis fatiguée. Je vais tâcher de me glisser à côté de papa sans l'éveiller. Va te reposer, ma chérie.

J'avais encore une foule de questions à poser, mais je me mordis la langue. Je regardai maman traverser le couloir et passer le seuil de sa chambre, d'une démarche étrangement légère. On aurait dit qu'elle flottait au-dessus du sol.

Mon cœur battit soudain plus vite. J'avais du mal à respirer; il arrivait trop de choses à la fois, et si vite! L'idée de trahir maman me révulsait, mais j'avais la conviction intime que papa devait savoir ce qui s'était passé cette nuit. Il fallait qu'il fasse plus attention à ce qu'elle pensait, à ce qu'elle disait, au lieu d'être en colère contre elle.

Je passai une nuit agitée, m'éveillant sans arrêt pour retomber peu après dans un sommeil de plomb, mais jamais pour bien longtemps. A l'aube, j'étais épuisée mais j'accueillis avec soulagement la première caresse du soleil sur mon visage. Je me levai, expédiai ma toilette et m'habillai sans traîner. J'avais tellement hâte d'entendre des voix rassurantes, de respirer les senteurs du matin ! Peu à peu, les souvenirs de la nuit s'estompèrent et j'en arrivai presque à croire que j'avais rêvé. Mais quand je voulus enfiler mes chaussures, j'y vis les traces de la boue du cimetière et un frisson me hérissa l'échine.

A ma grande surprise, je découvris que papa était déjà parti pour son bureau. Maman n'était pas encore descendue et je l'attendis un moment, puis je montai voir comment elle allait. Elle dormait toujours, si profondément que j'en fus attendrie. Pauvre maman, quels tourments elle endurait, comme elle devait être lasse ! Je refermai doucement la porte et regagnai la salle à manger.

Maman n'était toujours pas réveillée quand je remontai après le petit déjeuner ; mais cette fois, je m'approchai de son lit et restai un bon moment debout à son chevet, à regarder sa poitrine se soulever au rythme régulier de son souffle. J'étais sur le point de me retirer quand elle soupira, ouvrit les yeux et s'assit dans son lit.

— Bonjour, maman, la saluai-je en souriant.

Elle promena autour d'elle un regard embrumé ; on aurait dit qu'elle ne savait plus où elle se trouvait. Puis elle se frotta le front avec vigueur, comme pour chasser un rêve, et rejeta ses cheveux en arrière.

— Bonjour, ma chérie. Quelle heure est-il ? Oh mon Dieu ! s'exclama-t-elle en jetant un coup d'œil au réveil. J'espère que ton père ne m'attend pas pour le petit déjeuner.

— Non, maman. Il est déjà parti travailler.

— Travailler ? Tant mieux, il a besoin de ça pour s'occuper l'esprit. Toi aussi, ma chérie. Je tiens à ce que tu reprennes ton service à l'hôpital.

— Pas encore, maman. J'ai l'intention de consacrer le plus de temps possible à Pierre.

— Ne t'inquiète pas pour lui, répliqua-t-elle avec cet

étrange petit sourire que je lui avais vu à l'enterrement de Jean. Il est tiré d'affaire.

Déjà à mi-chemin de la porte, je revins aussitôt vers le lit.

— La nuit dernière, tu m'as dit que tu savais ce qu'il te restait à faire, mais… à quoi faisais-tu allusion ? De quoi s'agit-il exactement ? Que t'a conseillé cette mama vaudoue ?

— Oh, juste quelques incantations et rituels inoffensifs. Ne t'inquiète pas pour ça, Perle, et laisse-moi garder mes vieilles croyances. Elles ne font de mal à personne, et sait-on jamais ? Je t'ai appris à respecter les opinions des autres, rappelle-toi.

Maman cessa brusquement de sourire.

— Tu n'as parlé de rien à ton père, au moins ?

— Non, maman. Il était déjà parti quand je suis descendue.

— Tant mieux. Ne lui dis rien, ma chérie, s'il te plaît. Il est assez perturbé comme ça, cela risquerait d'être la goutte d'eau qui fait déborder le vase. Ce n'est pas ce que tu veux, n'est-ce pas ?

— Mais, maman… aller au cimetière en pleine nuit…

— Je n'irai plus, je te le promets. Viens plus près, ma chérie, et donne-moi ta main. (Je la lui tendis et elle la serra dans la sienne.) Nous avons toujours été bonnes amies, n'est-ce pas ? Nous nous sommes toujours fait confiance ?

— Oui, maman.

— Alors garde-moi ta confiance, Perle, implora-t-elle en levant sur moi un regard empli de tendresse.

— Bien sûr, maman. A condition que tu ne retournes pas là-bas.

— Accordé, répondit-elle aussitôt. Bon, et maintenant… si je m'habillais pour descendre ? Je meurs de faim, ce matin.

— Viendras-tu à l'hôpital avec moi aujourd'hui, maman ?

— Volontiers. J'ai juste quelques petites choses à faire avant. Tu n'auras qu'à partir la première, je te rejoindrai plus tard.

— Quand ça ?

— Après le déjeuner, ça te va ?

— Je ferais peut-être mieux de t'attendre, déclarai-je, pas très convaincue. Nous pourrions partir ensemble.

— Voyons, Perle, as-tu déjà oublié ce que je viens de te demander ? Fais-moi confiance, tu n'as pas à t'inquiéter pour moi. D'ailleurs... le temps que j'arrive, Pierre ira déjà beaucoup mieux, tu verras.

Là-dessus, maman se leva et passa dans la salle de bains.

Je m'attardai encore un peu, en me demandant si je ne devrais pas appeler papa et lui dire de rentrer tout de suite à la maison. Puis je m'avisai que maman avait vu juste. Papa aussi était vulnérable. S'il commençait à reprendre le dessus, je pourrais le déstabiliser. Que je le veuille ou non, c'était à moi qu'était échu le rôle de soutien, dans cette maison. Et en attendant, le temps passait ; il n'était pas question de laisser Pierre pendant une demi-journée sans voir quelqu'un de la famille.

Quand j'arrivai à l'hôpital, cependant, j'appris que papa était déjà passé le voir. Il lui avait apporté quelques-unes de ses bandes dessinées favorites et ses chocolats préférés, mais tout était resté sur la table, là où papa l'avait posé. Pierre était assis dans son lit, les mains posées sur les cuisses et les yeux fixes, à part le tressaillement réflexe de ses paupières. Quand je l'embrassai sur la joue, ses lèvres tremblèrent imperceptiblement. Je m'assis tout près de lui et pris une de ses mains dans la mienne.

— Maman va venir te voir tout à l'heure, Pierre. Tu ne veux pas essayer de parler, juste pour lui faire plaisir ? Elle a tellement besoin d'entendre ta voix.

Ses paupières continuèrent de battre au même rythme, la direction de son regard ne changea pas. La main que je tenais resta inerte et froide, les doigts repliés vers la paume.

— Nous nous sentons tous coupables, Pierre, murmurai-je, mais ce n'était pas notre faute.

Lentement, les doigts de mon frère commencèrent à se détendre, et je le vis d'abord tourner les yeux de mon côté, puis le visage. Ses lèvres se tendirent, dans l'effort qu'il faisait pour ouvrir la bouche, sa langue se souleva et vint s'appuyer sur ses dents, ses yeux s'agrandirent quand il se concentra pour essayer de produire un son intelligible. J'attendis, retenant mon souffle.

Et ses lèvres s'écartèrent, pour se refermer aussitôt avec un petit claquement. Je me levai, me penchai sur lui et lui caressai le front et les cheveux.

— Du calme, Pierre, je suis là. Qu'essayes-tu de me dire ?

Ses lèvres bougèrent plus vite, un son se forma dans sa gorge et devint un mot, le premier mot qu'il eût prononcé depuis l'accident. Un simple «je» qui m'émut jusqu'aux larmes.

— Oui, Pierre ? Continue, mon chéri.

— Je... cr... croyais...

J'approchai mon oreille de sa bouche.

— ... que c'était une branche, acheva-t-il en fermant les yeux.

Je le serrai avec fougue dans mes bras.

— Oh, Pierre ! Nous le savons, mon trésor, nous le savons. Personne ne te reproche quoi que ce soit. Personne, répétai-je en le berçant contre moi.

Quand je le lâchai enfin pour le reposer sur ses oreillers, il contemplait toujours le mur, les paupières agitées du même tressaillement mécanique.

— Et comment allons-nous ce matin ? fit une voix derrière moi.

Je me retournai pour accueillir le Dr Lefèvre.

— Il m'a parlé ! Difficilement, mais il a prononcé une phrase.

— Magnifique. Cette fois, sa guérison est en bonne voie. Je vais insister pour qu'on le laisse rentrer dans sa famille. Il lui faudra une infirmière, mais il n'aura plus besoin de perfusion, il pourra s'alimenter. Le reste n'est qu'une question de temps, d'attentions et de tendresse. Nous verrons plus tard quelle sorte de traitement lui conviendra le mieux.

— Oh, Pierre ! Tu entends ça ? Tu rentres à la maison. C'est merveilleux, non ?

Il ne réagit pas, ne bougea pas ; son expression resta la même. Le Dr Lefèvre prit sa tension et lui parla d'un ton ferme.

— Ta famille souhaite que tu rentres chez toi, Pierre. Que tu guérisses et redeviennes toi-même. Mais les tiens ne peuvent pas tout faire pour toi, tu dois t'aider toi-même. Nous avons déjà parlé de ça, tu t'en souviens ?

Il n'eut pas l'air d'entendre, et le Dr Lefèvre m'adressa un clin d'œil rassurant.

— C'est une simple question de temps, croyez-moi. De temps et de patience.

— Je vais tout de suite appeler mon père pour le prévenir, docteur.

— Bien. Je peux vous recommander quelques infirmières. Dites à M. Andréas de me rappeler d'ici une heure, à mon bureau. Mais au fait... je n'ai pas revu votre mère ici. Comment va-t-elle ?

— Pour le moment, pas très bien. Elle aussi se reproche ce qui est arrivé.

— C'est compréhensible, mais elle reprend le dessus, non ?

— Je crois.

— S'occuper de Pierre lui fera grand bien, vous verrez. Elle n'aura plus le temps de penser à elle-même et cessera de se sentir coupable. Et le travail vous serait salutaire, à vous aussi, ajouta le docteur avec sympathie. Tout le monde vous regrette, ici, sachez-le.

Je la remerciai avec chaleur et m'empressai d'aller téléphoner à papa, qui fut tout ému par la nouvelle.

— Ta mère est au courant ? voulut-il aussitôt savoir.

— Non. J'ai préféré t'appeler d'abord, pour que tu puisses prendre les dispositions nécessaires.

— Très bien. Je m'en occupe tout de suite et toi, tu la préviens. Elle dormait tellement bien ce matin que je n'ai même pas pu lui parler avant de partir.

— Je sais, papa. Je l'appelle tout de suite.

Je fus sur le point de lui dire pourquoi maman dormait ainsi, mais j'y renonçai. Elle aurait été dans tous ses états si j'avais trahi son secret.

Je téléphonai chez nous et ce fut Aubrey qui décrocha.

— Madame a quitté la maison, m'annonça-t-il.

Je consultai ma montre. Maman avait dit qu'elle viendrait après le déjeuner, pas avant. Pourquoi était-elle sortie si tôt ?

— A-t-elle dit où elle allait, Aubrey ?

— Non, mademoiselle. Elle a fait ses adieux à tout le monde avant de partir, c'est tout.

— Comment ça, ses adieux ?

— Elle a tenu à voir chacun des domestiques avant de quitter la maison, expliqua Aubrey, manifestement troublé par ce comportement.

Mon cœur battit soudain plus vite. Où était allée maman ? Que pouvait-elle bien faire ? Je n'aurais jamais dû la laisser seule, ni me lier par une promesse pareille, me reprochai-je avec sévérité.

— A-t-elle reçu des coups de téléphone ou des visites ce matin, Aubrey ?

— Pas à ma connaissance, mademoiselle.

— A-t-elle emporté quelque chose en partant ? (Aubrey était la discrétion même : je sentis son hésitation.) Vous pouvez parler, Aubrey. Maman n'est plus tout à fait elle-même, depuis l'accident. Il faut que je sache.

Il resta encore un instant silencieux, puis se décida.

— Si je suis au courant, c'est simplement parce que Margaret m'en a parlé, mademoiselle.

— Au courant de quoi, m'impatientai-je.

— Madame cherchait quelque chose dans la commode de votre frère Jean. Elle a renversé tous les tiroirs par terre. Puis elle a pris la photo des jumeaux qui se trouvait sur le bureau de M. Andréas, et…

— Et quoi ?

— Elle l'a déchirée en deux, pris la moitié où était votre frère Jean et laissé l'autre. Ensuite, elle a quitté la maison en n'emportant qu'un simple fourre-tout.

Aubrey se tut, mais je devinai qu'il n'avait pas tout dit et frissonnai d'appréhension.

— Quoi d'autre, Aubrey ?

— Elle n'a pas pris la voiture, mademoiselle. Elle est partie à pied.

— Personne n'est venu la chercher, un taxi par exemple ?

— Je n'ai vu personne, mademoiselle.

— Mais vous l'avez vue partir à pied ?

— Oui, mademoiselle, et elle ne s'est pas retournée. Y a-t-il quelque chose que je puisse faire pour vous ?

— Non, Aubrey, pas pour le moment, répondis-je en refoulant mes larmes. A tout de suite.

Quand j'eus raccroché, je restai quelques instants figée sur place, incapable de me servir de mes jambes. Où maman était-elle allée ? Quel étrange rituel avait-elle encore l'intention d'accomplir ? Le cœur soudain glacé d'effroi, j'étreignis frileusement mes épaules.

— Hello, Perle ! (Je sursautai à la voix de Sophie et me retournai vers elle.) Je viens d'aller voir ton frère et l'infirmière m'a annoncé la bonne nouvelle. Alors comme ça, il rentre à la maison ?

— Oui, proférai-je avec un sourire contraint, dont Sophie ne fut pas dupe un seul instant.

— Qu'y a-t-il ? On dirait que quelque chose te tracasse.

— Oh, Sophie ! m'écriai-je en me jetant dans ses bras, ce n'est pas mon frère… c'est ma mère.

Quand j'eus repris mes esprits, j'essayai de joindre papa mais il avait déjà quitté son bureau. Je rentrai donc à la maison, espérant contre tout espoir que maman serait revenue, mais la mine lugubre d'Aubrey me renseigna tout de suite. Sur son ordre, Margaret avait rangé la chambre de Jean, mais personne n'avait touché à celle de maman. Les tiroirs de sa commode étaient ouverts et complètement bouleversés. Mais aucun indice ne me permit de deviner ce qu'elle avait pu emporter, où elle était allée, ce qu'elle avait en tête, et la vue de la photo déchirée me fit froid dans le dos. Maman avait séparé Jean de Pierre, comme l'avait fait la mort. Et même si je savais qu'une photo ne change pas d'expression, je trouvai à Pierre un regard d'enfant abandonné.

Je redescendis pour me rendre à l'atelier de maman, et tombai en arrêt devant ce tableau sinistre que je l'avais vue commencer. Il était achevé, maintenant, et on croyait voir l'âme de Jean survoler le corps de l'oncle Paul. En y regardant de plus près, je vis qu'elle avait donné à ce corps flottant l'apparence d'un serpent. Un peu plus loin, à demi caché sous la mousse espagnole, on distinguait un petit visage qui ressemblait à celui de maman, et j'eus l'intuition que cette scène horrible sortait tout droit d'un de ses cauchemars. Je recouvris le tableau et retournai au salon. Là, Aubrey m'apprit que papa était rentré du bureau et, me croyant à l'étage, était monté pour me parler. Je courus aussitôt le rejoindre.

— Où est Ruby ? demanda-t-il en sortant de sa chambre.

— Oh, papa ! Aubrey ne t'a pas dit ?

— Dit quoi ?

— Maman a quitté la maison. Elle a pris quelque chose dans la commode de Jean, a déchiré la photo des jumeaux qui était sur ton bureau en laissant la moitié où était Pierre, et elle est partie en n'emportant qu'un petit sac.

— Pour aller où ?

— Je n'en sais rien, me lamentai-je en me laissant tomber sur une banquette du couloir.

— Qu'est-ce que tu me chantes là, Perle ? Que se passe-t-il ?

— Je n'ai pas pu t'en parler plus tôt, papa, tu étais déjà parti quand je suis descendue, mais maman est sortie cette nuit, pendant que tu dormais. Elle est allée sur la tombe de Nina Jackson, où elle a retrouvé cette mama vaudoue. Elle voulait que je l'accompagne, mais j'ai refusé, je lui ai même fait promettre de ne pas y aller. Mais elle y est allée quand même, je suis partie à sa recherche et je l'ai trouvée là-bas.

— Et tout ça s'est passé la nuit dernière ! s'exclama-t-il, tout effaré. Pourquoi ne m'as-tu...

— J'ai essayé de te réveiller, papa, je t'assure.

Il me jeta un long regard pensif.

— J'en suis certain, Perle. On dirait que j'arrive toujours trop tard, ces temps-ci.

— Elle m'a fait promettre de ne pas t'en parler, mais j'allais te le dire quand même, papa. Seulement... j'ai trop attendu. Quand je suis arrivée à l'hôpital et que j'ai vu les progrès de Pierre, j'étais si transportée que j'ai oublié. J'aurais dû t'en parler au téléphone.

— Ce n'est pas ta faute, me réconforta papa, soudain radouci. Je l'aurais entendue se lever si je n'avais pas autant bu, mais pour moi c'est le seul moyen de dormir. Nous n'avons pas la vie très drôle, ces temps-ci, et je sais que ta mère est un peu bizarre. Elle et ses sacrées superstitions ! grommela-t-il avec humeur. J'aurais dû être sur mes gardes. Où a-t-elle pu aller, à ton avis ?

Je réfléchis à la question.

— Peut-être chez la sœur de Nina ? C'est là que tout a commencé.

— C'est juste. Tu te souviens de l'adresse ?

— Oui.

— Parfait. Allons voir tout de suite.

J'eus un instant d'hésitation.

— Mais papa... et Pierre ?

— J'ai déjà engagé une infirmière, elle sera ici à cinq heures. Nous irons chercher Pierre dès que nous aurons retrouvé ta mère, décida-t-il. Allons-y.

— Je vais chercher des vêtements pour Pierre et j'arrive, papa.

Quelques minutes plus tard, nous roulions vers la maison de la sœur de Nina. Pendant le trajet, je mis papa au courant de ce qui s'était passé au cimetière. Je mentionnai d'abord le rituel accompli par maman, puis son insistance à répéter qu'elle savait désormais ce qui lui restait à faire.

— Elle affirmait que Nina lui avait parlé par l'intermédiaire du chat noir, papa.

— On devrait arrêter ces gens et les chasser de la ville ! s'exclama-t-il avec indignation. Ils sont plus dangereux que… enfin, ta mère a été élevée comme ça. Elle croit à la plupart de ces fadaises, les guérisseurs spirituels, les mauvais esprits, les chandelles et les statues de saints ! A l'âge de la télévision interactive, ces gens vivent toujours au quinzième siècle, conclut-il en haussant les épaules.

Et comme nous arrivions à destination, il laissa éclater sa fureur.

— Regarde-moi cet endroit ! Des ossements, des plumes, de la poudre sur les marches pour écarter les démons… Est-ce qu'on est au vingtième siècle, oui ou non ?

Je posai la main sur son épaule et, après avoir respiré un grand coup, il reprit le contrôle de lui-même.

— Allons chercher ta mère et rentrons, soupira-t-il d'un ton las.

Nous allâmes frapper à la porte du devant. La Rolls Royce de papa ne passait pas inaperçue dans ce quartier. Plusieurs voisins qui prenaient le frais sur leur galerie nous observaient. Papa frappa de nouveau, nettement plus fort, et finalement la sœur de Nina vint nous ouvrir. Vêtue d'une robe en guenilles, elle avait les pieds nus et les cheveux ruisselants d'eau. Papa en resta bouche bée.

— Bonjour, dis-je en toute hâte. Nous sommes désolés de vous déranger, mais peut-être vous souvenez-vous de moi ? Je suis…

— La fille de Ruby. Vous êtes venue ici voir Nina.

— En effet.

— Est-ce que mon épouse est là ? demanda papa.

La femme secoua la tête.

— Vous en êtes sûre ?

— Y a personne, ici. Je fais ce qu'y faut pour me protéger du mauvais sort : un bain aux herbes et au salpêtre, précisa la métisse avec orgueil. Y a des gens qui pensent que le fantôme de Nina est encore là, vous comprenez. Y disent qu'y sont hantés, alors y viennent jeter des poudres sur mes marches. Mais moi… (Elle rejeta les épaules en arrière.) J'arrête tout ça !

— Avez-vous vu ma femme ? s'impatienta papa.

— Pourquoi ? Ruby est partie ?

— Oui, répondis-je avant papa, et nous sommes très inquiets à son sujet.

La sœur de Nina réfléchit quelques instants.

— Si elle s'est sauvée, vous feriez mieux de brûler ses habits dans l'essence, avec de la crotte de poulet.

— Oh, pour l'amour du ciel ! gémit papa. Allons-nous-en d'ici.

Mais je voulais en avoir le cœur net et j'ajoutai très vite :

— Elle est allée au cimetière la nuit dernière, pour parler à Nina. Quelle raison aurait-elle eue de partir aujourd'hui ?

— Ça, c'est autre chose. Elle porte une malédiction, si ça se trouve, et Nina lui a dit comment dénouer le sort.

— Mais où irait-elle, dans ce cas ?

— Là où la malédiction a commencé, dit la sœur de Nina. Elle doit rencontrer le serviteur du diable chez elle, lui ouvrir et lui claquer la porte à la figure. C'est ce que Nina lui aurait dit.

— Satisfaite ? grogna papa. Nous voilà bien avancés ! Allez, viens, ma chérie.

— Attendez ! s'écria la sœur de Nina. Bougez pas d'ici.

Elle rentra dans la maison, revint presque aussitôt et me fourra quelque chose de dur dans la main. On aurait dit une bille enchâssée dans une coquille d'argent.

— Qu'est-ce que c'est ?

— Un œil de chat noir tué à minuit. Si vous vous perdez la nuit, il sera votre œil et vous montrera la lumière.

— C'est vraiment un œil ? demandai-je en ouvrant la main.

Mais elle replia aussitôt mes doigts sur ma paume.

— N'ayez pas peur. Allez chercher votre mère.

Je glissai l'œil dans ma poche, remerciai la sœur de Nina, puis nous retournâmes à la voiture.

— Ce n'était pas la peine de venir ici, marmonna-t-il en démarrant. Nous n'en savons pas plus qu'avant.

— Mais où peut-elle bien être, papa ?

— Je n'en sais rien, mais je suis sûr qu'elle va rentrer bientôt. Et quand elle trouvera Pierre à la maison, tout ce fatras lui sortira de la tête, elle aura bien autre chose à faire.

J'espérais qu'il avait raison, mais je n'y croyais pas trop.

Nous allâmes directement à l'hôpital chercher Pierre. S'il se rendit compte que nous le ramenions chez nous, il n'en laissa rien paraître. Raide comme un piquet, il regardait toujours fixement devant lui. Toutefois, l'infirmière nous apprit qu'il avait mangé davantage et commençait à boire du jus de fruits avec une paille.

— Magnifique ! s'exclama papa en s'approchant du lit. Alors, fiston, prêt à rentrer chez toi ?

Un battement de paupières fut la seule réponse qu'il obtint. Comme il l'avait déjà fait tant de fois, papa ébouriffa les cheveux de Pierre et, après l'avoir habillé, nous le transférâmes dans un fauteuil roulant. L'infirmière m'aida à le pousser hors de la chambre, puis jusqu'à la sortie, tandis que papa signait les papiers réglementaires. Il essaya de mettre Pierre debout, mais ses jambes étaient molles comme du beurre. Papa dut le porter à la voiture et l'installer sur le siège arrière. Je m'assis à côté de lui et nous prîmes le chemin du retour.

— Ça va te faire du bien de te retrouver dans ta chambre, Pierre, dis-je d'un ton encourageant. Et tu vas pouvoir te régaler avec la bonne cuisine de Milly.

— Et sortir, ajouta papa. Tous tes copains ont appelé pour avoir de tes nouvelles.

Pierre accueillit ces déclarations sans répondre, mais ses yeux remuèrent de droite à gauche et j'eus la certitude qu'il se demandait où était maman. Je pris sur moi d'affirmer :

— Maman meurt d'impatience de te revoir, Pierre. Elle est sortie faire des courses pour toi.

Papa ne fit aucun commentaire.

A la maison, Aubrey vint nous accueillir et nous présenta l'infirmière, Mme Hockingheimer. Une petite femme râblée d'environ cinquante ans, aux cheveux bruns et drus, si courts qu'on les aurait crus coupés au bol. Mais elle avait de beaux yeux verts, et un bon sourire chaleureux qui me mit tout de suite à l'aise. Sitôt les présentations faites, ma première question fut pour Aubrey :

— Maman est-elle de retour ?

Aubrey coula un regard vers papa et secoua la tête.

— A-t-elle téléphoné ?

— Non, mademoiselle.

— Conduisons d'abord Pierre à sa chambre, maugréa papa. Nous nous inquiéterons de ta mère plus tard.

Il porta Pierre à l'intérieur, puis à l'étage, Mme Hockingheimer sur ses talons. Sans perdre une minute, elle mit mon frère en pyjama et l'installa confortablement dans son lit. Elle avait déjà préparé une boisson fraîche à son intention, et j'eus l'impression qu'il se sentait en confiance avec elle. Il la laissa lui présenter le verre et dès qu'elle le lui demanda, il commença à boire. Mais ses yeux continuaient leur va-et-vient, allant de nos visages à la porte : il guettait l'arrivée de maman. Papa et moi échangeâmes un regard, puis il me fit signe de sortir.

— Nous lui avons bien dit que Pierre avait fait des progrès, me rappela-t-il. Pourquoi n'est-elle pas venue à l'hôpital aujourd'hui, au lieu de courir je ne sais où avec ces sorcières vaudoues ? Je ferais mieux de téléphoner à ses amis et relations, pour savoir si quelqu'un l'a vue, lança-t-il d'un ton rogue.

Et il descendit dans son bureau.

Peu de temps après, il revint m'annoncer que personne n'avait vu maman ou reçu la moindre nouvelle d'elle.

— C'est à croire qu'elle a disparu de la surface de la terre ! ajouta-t-il, mais beaucoup plus inquiet que fâché, cette fois-ci.

Il se faisait tard, le jardin s'emplissait d'ombres et, dans la rue, les premiers réverbères s'allumaient.

— Que faut-il faire, papa ? Crois-tu que nous devrions prévenir la police ?

— Et leur dire quoi ? Que ma femme est partie Dieu sait où, accomplir un de ces maudits rituels vaudous ? C'est une adulte, Perle. Je ne peux pas demander à la police de la chercher.

— Mais elle n'avait plus toute sa tête, papa. Elle est peut-être en train d'errer quelque part, complètement perdue.

Il tourna les yeux vers la fenêtre. Au-dehors, la nuit descendait, engloutissant le monde sous ses vagues de ténèbres.

— Peut-être qu'elle va retrouver ses esprits et rentrer bientôt, hasarda papa. Ou au moins nous appeler pour nous dire où elle est.

Il m'adressa un regard désolé, puis écarta les bras en un geste d'impuissance.

— Je ne sais plus à quel saint me vouer, ma chérie. Nous avons un petit garçon, là-haut, qui a désespérément besoin de sa mère, et elle ne sait même pas qu'il est revenu de l'hôpital !

— C'est peut-être là qu'elle est allée ? suggérai-je, pleine d'espoir. Dans ce cas, elle ne va pas tarder à rentrer.

— Possible, mais apparemment elle n'y est pas encore arrivée, commenta-t-il en tendant le bras vers sa bouteille de bourbon.

— Je t'en prie, papa, ne bois pas trop ce soir.

Il hésita, puis fit un signe d'acquiescement.

— Tu as raison, il faut que je garde les idées claires. Qui sait ce que le sort nous réserve ? ajouta-t-il, ravivant mes pires craintes.

Mon pouls s'accéléra, et j'eus l'impression que mes jambes se changeaient en pierre.

Une autre heure s'écoula. Mme Hockingheimer tenta de faire manger Pierre, mais il refusa d'ouvrir la bouche et je compris très bien pourquoi. Il voulait sa mère. Je n'osai pas rester dans sa chambre, ne sachant plus quel pauvre mensonge inventer.

Papa et moi passâmes à table, mais ni l'un ni l'autre n'avions grand appétit. Nous parlions pour tromper l'attente, fixant tour à tour la porte et la pendule, et chaque fois que la vieille horloge sonnait je ressentais comme un coup dans la poitrine. Après le dîner, nous allâmes rendre visite à Pierre. Mme Hockingheimer avait dû se demander où maman pouvait être, elle aussi, mais elle était trop polie pour poser la question. Elle quitta la chambre tandis que papa et moi nous efforcions de distraire Pierre en lui parlant de choses et d'autres. A tout instant, il tournait les yeux vers la porte, jusqu'au moment où une larme roula de sa paupière. Et soudain, ses lèvres commencèrent à remuer.

— Ma... maman, articula-t-il.

Papa bondit sur ses pieds.

— Mon Dieu ! explosa-t-il. Je ne peux plus supporter ça.

Sur ce, il courut à la porte et se précipita dans l'escalier. Je serrai doucement la main de mon petit frère.

— Maman est très perturbée par ce qui est arrivé, Pierre. Elle a du mal à comprendre et à accepter, mais elle t'aime infiniment, et elle veut faire quelque chose pour t'aider à guérir. Elle va rentrer bientôt, affirmai-je en l'embrassant sur la joue.

— Ma... maman, répéta-t-il en fermant les yeux.

Mme Hockingheimer revint, vit mon angoisse et alla examiner mon frère.

— C'est seulement de la fatigue, rassurez-vous. Il est très fragile. Dans son état, son transfert et son installation ici représentent un très grand effort.

Je hochai la tête et me levai, tandis qu'elle aidait Pierre à reprendre la position couchée. On aurait dit qu'il s'était endormi d'un seul coup. En tout cas, je l'espérais pour lui : c'était ce qui pouvait lui arriver de mieux.

Je descendis rejoindre papa et le trouvai en train d'arpenter son bureau, le verre à la main. Il ingurgitait coup sur coup de grandes goulées de bourbon en parlant tout seul.

— De quel droit se conduit-elle comme ça ? Qu'elle ne se soucie pas de moi, passe encore, mais elle pourrait penser à Pierre ! Et à Perle. Nous avons une famille à protéger, un petit garçon à soigner. Comment peut-elle faire ça ?

— Papa, ne...

Il s'interrompit net et me dévisagea en clignant des yeux. Et soudain, il inclina la tête sur l'épaule, comme surpris par un son qu'il eût été seul à entendre.

— Oh, Perle, chuchota-t-il, la voix rauque.

— Qu'y a-t-il, papa ?

— Je me demande...

— Eh bien, papa ? Qu'est-ce que tu te demandes ?

— Je me demande si elle reviendra jamais.

8

Une lettre

Je m'assis devant la fenêtre et attendis, scrutant la rue sans me lasser, dans l'espoir d'apercevoir maman. Les paroles de papa résonnaient en moi, inquiétantes et sinistres ; chaque pulsation de mon cœur me faisait mal. L'horloge du hall sonna. Aubrey éteignit les lumières. L'animation de la rue n'en devint que plus présente, mais je ne décelais toujours aucun signe de maman. Papa donna quelques autres coups de fil, sans résultat. De temps en temps, il faisait une apparition sur le seuil de la pièce et nous échangions un regard d'impuissance.

— Es-tu montée voir Pierre ? finit-il par me demander.

— Oui, papa. Il dort. Il n'a presque rien mangé.

Papa soupira, consulta sa montre et retourna dans son bureau, où je savais qu'il allait se remettre à boire. Et cela jusqu'à l'abrutissement total, à n'en pas douter.

Finalement, peu après la demie de neuf heures, je vis une silhouette traverser la rue et s'approcher de notre portail. Une femme. Elle s'avança dans la lumière et je vis alors que ce n'était pas maman. C'était une grande fille noire, très mince, en longue jupe noire et chandail gris. Quand elle marcha vers notre porte, je sautai sur mes pieds pour aller lui ouvrir, mais Aubrey m'avait devancée. Il devait être aussi inquiet que moi. Quant à papa, il n'avait pas dû entendre sonner, ou alors il vacillait déjà trop sur ses jambes pour aller ouvrir lui-même.

— Vous désirez ? s'enquit Aubrey.

— J'ai une lettre à déposer à cette adresse, monsieur, répondit la jeune fille avec un accent français. Je dois la remettre en mains propres à Mlle Perle ou à M. Andréas.

Aubrey tendit la main.

— Vous pouvez me la donner, mademoiselle. Je m'en charge.

— Je suis désolée, mais je ne dois la confier à personne d'autre, monsieur.

Aubrey s'apprêtait à répondre, mais j'intervins :

— C'est sans importance, Aubrey. Je m'en occupe. Je suis Mlle Perle, dis-je à l'intention de la messagère. Que puis-je pour vous ?

La jeune fille me dévisagea quelques instants, puis hocha la tête. Elle ne devait pas avoir beaucoup plus de quatorze ans, mais elle affichait une assurance au-dessus de son âge. Dans la lumière du hall, ses prunelles brillaient comme des éclats d'onyx.

— On m'a demandé de vous remettre ceci, dit-elle en me tendant la lettre.

Je m'en emparai vivement. L'enveloppe ne comportait aucun nom, et l'adresse de l'expéditeur n'y figurait pas non plus.

— C'est de la part de qui ?

— Tout est expliqué dans la lettre, mademoiselle.

La jeune fille attacha sur moi un regard grave, d'une telle intensité que je me sentis transpercée jusqu'à l'âme. Puis, avec un bref petit sourire, elle tourna les talons et s'en fut. Par le vitrage de la terrasse, je la suivis des yeux jusqu'à ce qu'elle disparaisse dans l'ombre d'où elle avait surgi.

Aubrey attendait, le visage marqué d'un soupçon d'inquiétude.

— Tout va bien, Aubrey. Vous pouvez disposer.

Rassuré, il se retira en refermant la porte derrière lui.

En regardant plus attentivement l'enveloppe, je remarquai une sorte de poudre rouge sur le rabat. Je m'empressai de l'ouvrir et vis qu'elle était de la main de maman, et adressée à papa et à moi.

Mon cœur manqua un battement, puis entama une sarabande effrénée. Sans même lire le premier mot, j'ouvris la grande porte en coup de vent, dégringolai les marches du perron et courus le long de l'allée, jusqu'au trottoir. La jeune fille marchait vraiment très vite. J'arrivai juste à temps pour la voir tourner le coin de la rue.

— Attendez ! vociférai-je, mais elle ne m'entendit pas et je m'élançai sur ses traces.

Quand j'arrivai au coin, elle se dirigeait vers l'arrêt du tramway. Je hurlai de plus belle :

— Attendez !

Le tramway arrivait en tintinnabulant : je pris le pas de course.

— S'il vous plaît, mademoiselle. Attendez...

Le pied sur la marche de la voiture, la fille se retourna, jeta un coup d'œil dans ma direction mais n'hésita pas une seconde. Elle monta et alla s'asseoir tout au fond, près d'une fenêtre ouverte. Voyant qu'elle regardait encore de mon côté, j'agitai la lettre, courant toujours.

— Où est-elle ? Où est ma mère ?

La jeune fille continua de me fixer sans rien dire.

— S'il vous plaît, l'implorai-je au moment où le tramway démarrait.

Brusquement, la jeune Noire jeta quelque chose par la fenêtre. L'objet rebondit devant moi et je fis halte pour reprendre haleine. Mon cœur battait si violemment que j'en avais mal. Haletante, je m'avançai pour voir ce que la fille avait jeté. Je n'avais aucune idée de ce que cela pouvait être, mais c'était enveloppé dans un petit sac de tissu. Je le ramassai, dénouai le cordon et relevai la tête pour suivre le tramway des yeux. Qu'est-ce que cette chose pouvait bien avoir à faire avec maman ?

Je sentis un objet dur sous mes doigts, et je le dégageai soigneusement du sachet. Mais à peine avais-je baissé les yeux sur lui que je le lâchai en hurlant. C'était une tête de serpent.

Cette fois, j'eus l'impression que mon cœur sautait dans ma poitrine. Mon souffle se bloqua dans ma gorge, le sang me monta aux joues, et pendant un instant je me crus plongée dans une fournaise. Les passants ralentissaient pour me regarder, je devais avoir l'air d'une folle à suffoquer ainsi, plantée sur le trottoir. Finalement, je parvins à me ressaisir, retournai à la maison et me rendis tout droit au cabinet de travail de papa.

Assis derrière son bureau, mais le dos tourné à la porte, il était plongé dans la contemplation d'un tableau qui le représentait aux côtés de maman, et qu'elle avait peint d'après une photographie. Il tenait un verre de bourbon à la main.

— Papa, m'écriai-je, maman a envoyé une lettre !

Il fit lentement pivoter son siège et je vis qu'il avait pleuré. Du revers de la main, il essuyait ses joues encore humides.

— Quoi !... Une lettre ?

— C'est une jeune fille qui vient de l'apporter. J'ai couru après elle pour essayer d'en savoir plus mais elle a sauté dans le tramway. Quand j'ai crié pour lui demander où était maman, elle m'a lancé une chose épouvantable par la fenêtre.

— Comment ça, une chose épouvantable ?

— Un sac avec une tête de serpent dedans, expliquai-je, au bord des larmes.

— Une tête de serpent, maintenant ! Répugnant.

— Et il y avait de la poudre rouge sur l'enveloppe, dis-je en la brandissant devant lui.

— De la poudre rouge. Encore ce satané vaudou ! commenta-t-il avec une moue écœurée. Où est ta mère ? Que dit la lettre ?

— Je n'en sais rien, je ne l'ai pas encore lue.

— Eh bien, lis-la, ordonna-t-il en se penchant sur le bureau.

J'allumai la lampe la plus proche de moi, dépliai la lettre et lus à haute voix :

« Chris, mon époux bien-aimé, ma très chère petite Perle,

« Quand vous lirez ceci, je serai loin. Je vous le dis

pour que vous ne me cherchiez pas dans toute la ville afin de me ramener à la maison. C'est pourquoi j'ai attendu jusqu'à maintenant pour vous faire parvenir cette lettre.

« Je sais que vous ne croyez pas autant que moi aux pouvoirs surnaturels, mais vous n'avez pas grandi dans un monde où ces choses font partie de la réalité. Je suis la petite-fille d'une authentique guérisseuse et, comme telle, j'ai une certaine intuition dans ce domaine. A présent, je le comprends mieux que jamais.

« La nuit dernière, j'ai parlé avec les morts. La voix de Nina était claire pour moi, son esprit m'habitait. Elle regrettait de ne pas avoir pu me parler avant notre malheur. Elle pense qu'il aurait pu être évité. »

— Et voilà où elle en est ! fulmina papa. Ma pauvre Ruby… Ces gens ont profité de son chagrin et de sa faiblesse pour la pervertir avec toutes leurs insanités. La prison, voilà ce qu'ils méritent !

Je retournai le feuillet d'une main tremblante.

— Ce n'est pas tout, papa.

— Continue, soupira-t-il en baissant la tête avec résignation.

J'affermis ma voix et repris ma lecture.

« Même si je n'ai pas su détourner le malheur de Jean, je peux encore empêcher le mauvais sort de frapper ceux que j'aime. Nina m'a donné des instructions spéciales pour chasser le mal de notre maison et de notre vie, ce mal qui est né de mes péchés.

« Pour cela, il faut que je quitte notre foyer, peut-être pour toujours. Le sort en décidera. Je ne voulais pas partir ainsi, brutalement, mais je savais que si je vous avertissais vous tenteriez de me retenir.

« Nous avons déjà pu constater le pouvoir des rituels. La santé de Pierre s'améliore, et il en sera ainsi tant que je poursuivrai la voie qui m'a été indiquée.

« Je vous supplie, tous les deux, de ne pas essayer de me retrouver ni de m'arrêter. Mais je veux que vous sachiez combien je vous aime et combien cette épreuve sera difficile pour moi.

« Perle, je compte sur toi pour avoir la force dont j'ai manqué. Reste auprès de ton frère et de ton père, aide-les, soutiens-les.

« Chris, mon bien-aimé, je te demande de me pardonner du fond du cœur et de croire en moi. Si j'ai ta confiance, je serai d'autant plus forte pour affronter les jours qui viennent et le combat qui m'attend. Si tu as foi en moi, je le saurai.

« Je ne pourrai plus vous écrire ni communiquer avec vous avant d'avoir mené à bien ma mission. Il m'est dur de m'éloigner de ceux que j'aime, et si je le fais c'est que vous m'êtes plus chers que moi-même. Ma souffrance ne compte pas, si je peux apporter aux miens le bonheur et la santé.

« Je vous aime,

« Ruby. »

Je pleurais à chaudes larmes en achevant cette lettre. Papa, lui, regardait dans le vague, et il resta un long moment ainsi, l'esprit ailleurs.

— Et voilà, dit-il enfin en se renversant dans son fauteuil, c'est exactement ce que je craignais. Qui sait où elle est, maintenant, et ce qu'elle va bien pouvoir faire ?

— Nous devons la retrouver, papa, et la ramener à la maison.

— La retrouver, répéta-t-il avec humeur. Ces gens resteront muets comme des tombes, ils refuseront de nous parler. Nous ne saurons rien.

Il saisit sa bouteille déjà aux trois quarts vide et se versa un autre verre.

— Peut-être qu'elle reprendra ses esprits et qu'elle nous appellera, grommela-t-il. Ou qu'elle reviendra.

— Papa, il faut prévenir la police. Maman n'est plus dans son état normal après tout ce qu'elle vient d'endurer. Ils comprendront et ils nous aideront.

— A quoi bon ? Ce serait du temps perdu.

— Mais non, voyons ! Je ne peux pas supporter de la

savoir sous l'influence de ces gens-là, papa. Et si tu n'appelles pas la police, je le ferai moi-même.

— Et qu'est-ce que tu leur raconteras ? objecta-t-il avec dédain. Que ta mère est quelque part dans la nature, en train de se livrer à je ne sais quelles simagrées vaudoues ?

— Oui.

— Ils te riront au nez, Perle. Ils ont des problèmes autrement plus urgents à résoudre, dans cette ville.

— On peut toujours essayer, papa.

Pour toute réponse, il avala une grande lampée de bourbon.

— Papa ! protestai-je, indignée. Tu ne peux pas te contenter de rester jour et nuit dans ton fauteuil, à t'anesthésier au whisky !

— Elle est partie. Elle est retournée là d'où elle vient et mon petit garçon est mort, débita-t-il d'un ton lugubre. J'ai perdu un fils et l'autre est dans un état catatonique. Qu'ai-je donc fait pour mériter ça ?

— Arrête de t'apitoyer sur toi-même, papa. Maman a besoin de nous.

Il baissa la tête, le menton sur la poitrine, et je sentis mon sang s'échauffer. Mes parents avaient supporté une terrible épreuve, d'accord. Mais si papa ne trouvait pas en lui assez d'énergie et de volonté, des choses encore bien plus terribles risquaient de se produire. Maman m'avait demandé d'être forte. Mais s'il fallait pour cela commencer par être cruelle, eh bien soit. Je le serais.

— C'est comme ça que tu résous tes problèmes ? attaquai-je avec ironie, en faisant l'autruche ? Est-ce pour cette raison que tu t'es sauvé en Europe quand maman était enceinte de moi ?

Papa me lança un regard aigu, le front plissé, comme si une douleur violente lui traversait la tête ou que mes paroles étaient des coups de couteau.

— Mais non, je...

— Tu l'as laissée toute seule affronter la colère et les représailles de sa belle-mère. Elle a rassemblé ses forces, est retournée dans le bayou et s'est débrouillée pour nous faire vivre, tandis que tu faisais la fête en Europe. Et maintenant qu'elle a une fois de plus besoin de toi, tu restes affalé dans un fauteuil à noyer ton chagrin dans le whisky !

— Perle, je t'en prie. Ce n'est pas ainsi que je me suis conduit, et maintenant non plus. Je ne suis pas comme ça.

— Alors, reprends-toi, et tâchons de la retrouver. Appelle la police, ordonnai-je d'un ton tranchant.

Il parut retrouver ses esprits comme par enchantement.

— Très bien, tu as sans doute raison. Nous commencerons par la police.

J'essuyai mes larmes, redressai les épaules et annonçai :

— Je vais voir comment va Pierre. C'est surtout pour lui que nous devons retrouver maman.

Et je m'empressai de quitter la pièce, pour que papa ne voie pas combien il m'en coûtait de lui parler si durement. Mais une fois en haut, je dus m'arrêter pour reprendre mon souffle et laisser à mon cœur le temps de se calmer.

Mme Hockingheimer somnolait dans son fauteuil quand j'entrai chez mon frère. Elle m'entendit et ouvrit aussitôt les yeux.

— Comment va-t-il ? m'informai-je à voix basse.

Mon frère semblait dormir, mais ses lèvres avaient un pli crispé ; il devait faire un cauchemar.

— Il a un sommeil très agité. Je n'ai pas réussi à le faire manger davantage, mais il a bu un peu d'eau. Je le trouve un peu chaud mais il n'a pas de fièvre.

— C'est toujours ça, commentai-je tristement.

Et j'allais m'en retourner quand Mme Hockingheimer me retint.

— Mademoiselle, il a murmuré quelque chose en dormant.

— Et quoi donc ?

— Il a appelé sa mère. Où est madame votre mère, si je puis me permettre ?

Je ne jugeai pas la question indiscrète. N'importe qui

se serait demandé pourquoi la mère de Pierre n'était pas à son chevet.

— Ma mère est très perturbée par le malheur qui nous a frappés, madame Hockingheimer. Elle s'en croit responsable et... elle a disparu. Il va falloir que nous appelions la police pour...

Je fus incapable d'aller plus loin. Les mots se bloquaient dans ma gorge. L'infirmière vit tout de suite ce qui se passait, se leva et s'approcha de moi.

— Ma pauvre petite, me consola-t-elle en me serrant dans ses bras. Je ne voulais pas vous faire de peine.

— Personne n'a vu maman, mon père et moi ne savons plus que penser. Nous allons téléphoner tout de suite à la police.

Mme Hockingheimer me tapota la main pour me réconforter.

— Allons, allons, mademoiselle, du courage. Ne vous faites pas de souci pour Pierre, je veillerai sur lui.

— Merci, madame Hockingheimer.

— Vous êtes forte, jeune fille, ajouta-t-elle en tamponnant mes joues encore mouillées. Vous trouverez un moyen d'aider votre mère, j'en suis sûre.

Je la remerciai encore et descendis rejoindre papa, pour être à ses côtés quand la police arriverait.

Un détective et deux hommes de patrouille en uniforme ne tardèrent pas à sonner à notre porte. Le détective, qui se présenta lui-même comme le lieutenant Ribocheaux, était presque aussi grand que papa et d'une carrure athlétique. Ses hommes et lui restèrent sur le seuil du bureau, écoutant avec attention papa leur décrire la situation dans son ensemble. Il leur montra la lettre de maman, puis je racontai la visite nocturne au cimetière. Je ne m'étais jamais étendue sur les détails, jusqu'ici. Et papa ouvrit des yeux ronds en m'entendant parler de miaulements, du chat noir, de maman qui marchait en portant un cierge et de chuchotements mystérieux.

— Cette jeune femme qui vous a remis la lettre, me

demanda le lieutenant Ribocheaux, l'aviez-vous déjà vue ? Etait-elle au cimetière, ou dans la maison où votre mère s'est rendue pour voir la morte ?

— Non, monsieur.

— Et quand vous avez couru derrière elle, vous dites qu'elle a jeté une tête de serpent par la fenêtre du tram ?

— Oui. Je l'ai laissée tomber. Il se peut qu'elle soit toujours au même endroit, je peux vous l'indiquer.

— C'est sans doute une de ces curiosités vaudoues qu'on vend comme souvenirs aux touristes, dans le quartier français.

— Peut-être, mais je ne pouvais pas rapporter ça ici.

— Je comprends, sourit le lieutenant, et il se tourna vers ses hommes. Ted et Billy, allez jeter un coup d'œil. Si cette chose est encore là-bas, elle nous fournira peut-être un indice.

Je compris sans peine qu'il ne disait cela que pour m'apaiser, mais je donnai quand même les précisions nécessaires et les deux hommes se retirèrent. Après quoi, le lieutenant s'adressa de nouveau à papa.

— Monsieur Andréas, votre femme était-elle suivie par un médecin ?

— Pas au sens que vous suggérez, si je vous comprends bien, mais elle prenait des sédatifs.

Le lieutenant tira son calepin de sa poche.

— Vous avez appelé tous ses amis et relations, je suppose ?

— Tous ceux qui nous sont venus à l'esprit, oui. Personne ne l'a vue ni n'a eu de ses nouvelles.

— Et votre famille ?

— Nous n'en avons aucune à La Nouvelle-Orléans pour le moment. Mes parents passent l'été en Europe.

— Et où habitent vos plus proches parents ?

— La famille de ma femme est originaire du bayou, du côté de Houma. Mais elle n'irait sûrement pas chez eux, ajouta papa. Nous ne nous entendons pas très bien.

— Sauf avec tante Jeanne, lui rappelai-je.

— C'est vrai, mais ça m'étonnerait qu'elle soit allée voir Jeanne.

— Bon, puis-je avoir l'adresse de ces gens ? (Le lieutenant nota rapidement mes indications dans son carnet.) Nous irons leur rendre une petite visite. En attendant, si vous pouviez nous donner une photo récente de Mme Andréas, ce serait parfait. J'aimerais également avoir un entretien avec le maître d'hôtel, pour qu'il me décrive en détail les vêtements qu'elle portait la dernière fois qu'il l'a vue.

Sur un signe de papa, je sortis chercher Aubrey. Il se fit prier pour décrire à la police l'étrange conduite de maman ; mais je lui expliquai la nécessité de se montrer coopératif et le lieutenant Ribocheaux ajouta les renseignements à ses notes.

Puis les hommes de patrouille revinrent. Ils avaient la tête de serpent, mais le détective ne lui trouva rien de particulier.

— C'est bien ce que je pensais, commenta-t-il. Cette chose ne diffère en rien de ce qu'on peut acheter au musée vaudou Marie-Laveau. Quelqu'un aura voulu se moquer de vous, mademoiselle.

— Si c'est le cas, c'est vraiment très cruel, répliquai-je avec indignation.

Les policiers partis, je me laissai tomber sur le canapé du bureau et papa me fit part de ses impressions.

— Je ne suis pas très optimiste, Perle. Ils vont envoyer une voiture de patrouille, très bien, mais à moins que maman ne surgisse en plein sous leur nez... Je connais ces pratiquants du vaudou. Ils sont persuadés d'accomplir une mission sacrée, bienfaisante. Et moi je veux qu'on retrouve maman et qu'on la ramène ici, ce qui pourrait briser un de leurs charmes.

— Nous devrions peut-être aller chez la sœur de Nina, nous aussi, suggérai-je. Et rester jusqu'à ce qu'elle nous dise la vérité.

— Nous n'en tirerons pas grand-chose de plus, tandis que la police, elle, impressionne les gens. Pourquoi ne pas aller te coucher, ma chérie ? Passer la nuit debout à nous faire du mauvais sang ne nous avancerait à rien, et il faut que tu sois en pleine forme pour les jours qui viennent, Perle. J'aurai besoin de toi.

— Et toi, papa ? Tu ne comptes pas rester toute la nuit ici ?

Je lorgnai la bouteille de bourbon et il suivit la direction de mon regard.

— Je ne boirai plus, je te le promets. Il faut que je garde la tête claire au cas où on aurait besoin de nous.

J'acquiesçai en silence, me levai pour aller le serrer dans mes bras, et il me retint contre lui un peu plus longtemps que d'habitude.

— Bonne nuit, papa.

— Bonne nuit, ma princesse. Merci de m'avoir aidé à retrouver un peu de bon sens, ajouta-t-il en souriant. Pendant un instant, j'ai vraiment cru voir ta mère quand elle avait ton âge.

Je l'embrassai une dernière fois avant de le laisser seul mais, arrivée à la porte, je me retournai. Il avait déjà fait pivoter son fauteuil et contemplait à nouveau le tableau. Et j'eus la certitude qu'il songeait aux temps heureux où il avait été peint, en se demandant s'ils reviendraient jamais.

Quand j'allai jeter un coup d'œil sur Pierre, je les trouvai profondément endormis, Mme Hockingheimer et lui. Je refermai la porte sans bruit et regagnai ma chambre. Juste au moment où j'allais me mettre au lit, le téléphone sonna : c'était Sophie. Je lui racontai tout ce qui venait d'arriver, sans oublier de mentionner la tête de serpent.

— Je ne connais pas grand-chose au vaudou, déclara-t-elle, mais nana, oui. (C'était sa grand-mère qu'elle appelait ainsi.) Je peux lui demander son avis, si tu veux ?

Je réfléchis à sa proposition, et compris le point de vue de papa. Plus nous nous mêlions de ces choses, plus nous perdions pied. Personnellement, je n'y gagnais que des idées noires et des cauchemars.

— Non, merci, répondis-je à Sophie. Je préfère ne pas savoir.

— Je peux faire un saut après le travail et t'aider dans tes recherches, si tu veux, proposa-t-elle encore.

— Tu es gentille, mais je ne sais même pas par où commencer. Attendons jusqu'à demain pour avoir l'avis des policiers.

— Peut-être que ta mère va rentrer ce soir, après tout.

— Peut-être.

— Je dirai une prière pour toi et pour ta famille.

Tristement, je songeai à l'ironie du sort. Quelques semaines plus tôt, Sophie m'avait adressé un signe d'adieu par la fenêtre du tramway, avec un regard envieux pour l'opulence de Garden District. A cet instant-là, j'en suis sûre, elle aurait donné n'importe quoi pour être à ma place. Et maintenant, j'étais l'objet de sa sympathie et de sa pitié. On avait bien raison de dire que l'argent ne fait pas le bonheur...

— Merci, Sophie, dis-je d'une voix mal assurée.

Cela me serrait le cœur de penser qu'aucune de mes soi-disant amies de classe n'avait pris la peine de m'appeler ou de venir me voir. Il fallait que ce fût Sophie, la plus récente et la plus pauvre de mes amies, qui offrît de m'aider.

Quand j'eus raccroché, je joignis les mains sous mon menton, fermai les yeux et formulai tout bas une prière. Je priai pour maman, pour Pierre, pour papa, et aussi pour avoir la force de les aider tous. Après quoi, j'essayai de m'endormir. Je me tournai et me retournai dans mon lit pendant des heures avant de m'assoupir ; et encore, ce fut un bien mauvais sommeil. Je m'éveillai plusieurs fois en sursaut, pour guetter le bruit de la porte d'entrée ou la sonnerie du téléphone. J'espérais tellement entendre la voix de maman résonner dans le hall ou dans les escaliers ! Mais j'avais beau tendre l'oreille, aucun bruit ne venait briser le silence mortel qui régnait dans la maison.

Papa dut passer une bien mauvaise nuit, lui aussi. A voir la mine qu'il avait le lendemain matin, ses cheveux en désordre et ses traits tirés, je devinai qu'il avait dormi sur le divan de son bureau... à supposer qu'il ait dormi ! Je veillai à ce qu'il absorbe un petit déjeuner substantiel et le persuadai de monter prendre une douche. Mme Hockingheimer fit la toilette de Pierre et réussit à le faire manger un peu, et même à se lever. Mais il avait toujours le regard vide, et quand j'entrai, il eut la même expression d'attente que la veille. Je lui parlai quelque temps et, quand je vis à nouveau trembler ses lèvres et qu'il prononça : « Maman », mon fragile vernis de courage craqua d'un seul coup. Je dus faire un effort pour contenir mes larmes.

Sur mes instances, papa téléphona au lieutenant Ribocheaux pour savoir si la police avait une piste, mais non. Papa raccrocha brutalement et tourna vers moi un visage défait, où je lus la fatigue et la déception.

— Je t'avais bien dit que la police ne pourrait rien ! Ils ne prennent pas ces histoires de vaudou au sérieux, et quand un adulte disparaît, ils ne se sentent pas vraiment concernés. Naturellement, ils ont promis de continuer les recherches.

— Je ne peux pas me contenter d'attendre comme ça, papa. Il faut faire quelque chose.

— Mais quoi, ma chérie ? Quadriller toute la ville en voiture ?

— Je ne crois pas qu'elle soit encore en ville, papa. C'est dans le bayou que nous devons la chercher.

Il eut un rire sans joie.

— Je nous vois d'ici, les deux petits malins de la ville essayant de dénicher quelqu'un dans les marais ! Nous n'avons déjà pas beaucoup d'espoir de retrouver ta mère ici, en terrain familier, alors je te laisse imaginer les chances que nous aurions là-bas. Je ne saurais même pas par où commencer.

Je réfléchis un instant, évoquant toutes les histoires que m'avait racontées maman, et levai sur papa des yeux brillants d'espoir.

— Nous commencerons par la cabane !

— La cabane ?

— La vieille cabane de son enfance, où elle est retournée quand elle a été enceinte de moi. Elle croit aux esprits. Elle espère sûrement que celui de sa grand-mère est toujours présent là-bas, ou même celui de sa mère.

— Tu me donnes une idée, Perle. Si nous allions jeter un coup d'œil à cette peinture qu'elle vient de finir ?

Une fois dans l'atelier de maman, papa se campa devant le tableau et le considéra d'un œil rêveur.

— A quoi penses-tu, papa ?

— Que nous a dit cette stupide vieille bonne femme, déjà ? Tu sais bien, la sœur de Nina ?... Que Ruby était partie là où le sort a commencé. Dans l'esprit de ta mère, cela peut très bien signifier le bayou, et cette peinture me le donne à croire. Je vais téléphoner à ta tante Jeanne.

Il retourna dans son bureau, et j'attendis à la porte tandis qu'il parlait à la sœur de Paul.

Tante Jeanne ignorait que Jean était mort, elle fut profondément bouleversée par la nouvelle. Et là-dessus papa lui annonça la disparition de maman. D'après le reste de la conversation, il devint vite clair pour moi que ni tante Jeanne ni aucune de ses connaissances n'avaient vu maman ou entendu parler d'elle. Papa reposa le récepteur d'un air résigné.

— En tout cas, nous savons qu'elle n'est pas encore arrivée dans le bayou, dit-il en se renversant dans son fauteuil.

— Nous devrions quand même aller y faire un tour, papa.

— Je ne sais pas trop.

— Ce sera toujours mieux que de rester ici à nous regarder dans les yeux. Je t'en prie, allons là-bas et faisons des recherches. Il se peut qu'elle vienne juste d'arriver, ou qu'elle soit dans un endroit que les Tate ne connaissent pas. Ils n'iront sûrement pas voir du côté de la vieille cabane.

Papa médita la question.

— D'accord, admit-il. C'est une chance à courir, et tu as raison. Ça ne peut nous faire aucun bien de rester assis à côté du téléphone en attendant qu'il sonne.

— Je monterai prévenir Mme Hockingheimer et

Pierre, papa, pour que le temps ne lui paraisse pas trop long.

— Bonne idée, ma chérie. Je vais chercher mes cartes du bayou. Cela fait un bon bout de temps que je n'y suis pas allé.

Avoir un plan de bataille et quelque chose de concret à faire nous rendit le courage et l'espoir. Je m'empressai de monter me changer, puis j'allai voir Pierre.

— J'allais justement descendre vous parler, à vous et à M. Andréas, m'annonça Mme Hockingheimer. Je n'aime pas la façon dont Pierre somnole sans cesse, et maintenant il refuse de boire, même un verre d'eau.

— Voyons, Pierre, dis-je en m'asseyant sur le bord de son lit, tu ne peux pas continuer à te faire du mal comme ça. (Je lui tapotai la main, mais ses yeux restèrent obstinément fixes, comme s'il contemplait le mur.)

« Il faut que tu reprennes des forces et que tu guérisses. Nous avons besoin de ton aide, maintenant que maman n'est plus là. Nous allons partir la chercher, papa et moi, mais il faut que tu manges pour être fort quand elle reviendra. Essaie, Pierre, je t'en prie.

Le battement de ses paupières s'accéléra et il inspira longuement, profondément. Je lui passai la main dans les cheveux.

— Tu feras un effort, Pierre ? Tu essaieras ?

Il ne répondit pas mais, si peu que ce fût, je crus voir son regard s'animer.

— Nous serons absents presque toute la journée, annonçai-je à l'infirmière, mais nous vous appellerons d'ici quelques heures.

— Je demanderai au médecin de passer en fin d'après-midi, me promit-elle.

— Parfait.

— Bonne chance, ma chère petite.

— Merci, madame Hockingheimer.

Comme j'allais sortir, je vis bouger les lèvres de Pierre. Je repris ma place à côté de lui et approchai mon oreille de sa bouche.

— Maman... chuchota-t-il. Maman est partie... chercher Jean.

J'eus soudain l'impression d'avoir un bloc de glace à la place du cœur. J'étais incapable d'articuler un son, ou même d'avaler ma salive. Il se passa quelques instants avant que je ne retrouve la parole.

— Oh, Pierre chéri! murmurai-je en fondant en larmes.

Je le pris dans mes bras, le berçai contre moi, le couvris de baisers. Puis j'essuyai mes joues ruisselantes et me précipitai hors de la chambre, en priant de toute mon âme pour que nous retrouvions maman et la ramenions chez nous.

9

Mon univers cajun

Comme nous quittions La Nouvelle-Orléans pour la paroisse de Terrebonne et Houma, où était née maman, une sorte d'engourdissement paralysant s'empara de moi. Je n'étais jamais retournée là-bas depuis ma petite enfance. Après le procès retentissant qui avait opposé mes parents à ceux de Paul Tate, et dont ma tutelle était l'enjeu, la tension qui régnait entre les deux familles avait dressé un véritable mur autour de cette partie du bayou. Les revenus du puits de pétrole que l'oncle Paul avait mis à mon nom avaient fructifié, m'assurant une respectable fortune. Mais je n'avais jamais vu ce fameux puits, situé sur les terres de Bois Cyprès, où ni maman ni papa n'avaient jamais eu le courage de revenir... Du moins jusqu'à ce jour.

Les chicaneries judiciaires au sujet de la propriété empêchaient qui que ce soit d'en jouir, mais apparemment personne n'y tenait, papa moins que personne. Maman devait y avoir trop de mauvais souvenirs, et c'était probablement la même chose pour Octavius et Gladys Tate. Pour ce que nous en savions, ils n'utilisaient pas la maison, et tante Jeanne disait que sa mère la conservait comme un mausolée à la mémoire de son fils.

Maman était sans doute retournée à la cabane où elle avait vécu avec sa grand-mère Catherine, et où j'étais née; mais à ma connaissance il y avait de longues années qu'elle n'y avait pas remis les pieds. A chaque fois que je l'interrogeais sur ses raisons, elle répondait toujours la même chose: les amies de grand-mère Catherine étaient mortes, il ne restait presque plus personne qu'elle eût aimé revoir.

Tout ce qu'elle me racontait sur son passé me fascinait, mais ces souvenirs semblaient aussi douloureux pour elle que passionnants pour moi. Et j'imaginais ce qu'il avait dû lui en coûter de revenir, si vraiment elle était revenue. Même si elle avait obéi à un ordre venu d'outre-tombe, cela n'avait pas dû être facile pour elle.

Pendant la première partie du trajet, ni papa ni moi ne parlâmes beaucoup, trop absorbés par nos pensées... ou par nos craintes. Le temps était plutôt maussade, avec de gros nuages gris, et lorsque l'un d'eux passait devant le soleil un voile d'ombre s'abattait soudain sur la campagne. Bientôt les restaurants du bord de route, les pompes à essence et les éventaires de marchands de légumes se firent plus rares. Des aigrettes neigeuses et des pélicans bruns apparurent sur les rives des canaux, et quelques vieux crevettiers se montrèrent çà et là, dans le fouillis des roseaux.

Puis les premières maisons sur pilotis se dessinèrent sur les berges, de plus en plus rapprochées. Des enfants jouaient dans les cours ouvertes, des femmes bavardaient sur les galeries de bois, en écossant des pois ou en tressant des paniers de palmes; et toutes levaient la tête à notre passage. Juste devant nous, trois pêcheurs à la longue barbe broussailleuse émergèrent d'un marécage, leur perche sur l'épaule.

Et tout à coup, je pris conscience de tout ce qui séparait le monde où ma mère avait grandi de celui qui était maintenant le nôtre. Elle était si jeune quand elle était partie! Elle avait dû faire un effort terrible, et avoir très peur en quittant cet univers familier pour entrer dans celui des gens riches et raffinés. Cela avait dû être aussi difficile que de s'expatrier, mais elle n'avait pas le choix. Elle fuyait son ivrogne de grand-père en espérant trouver du secours ailleurs. Et maintenant elle revenait à son pays cajun, en quêtant à nouveau du secours, et nous la suivions à la trace en espérant la sauver. Décidément, le chemin de la vie tournait en rond, méditai-je en soupirant. Et je me tournai vers papa, qui m'observait avec un sourire étrange.

— Qu'y a-t-il, papa? Pourquoi souris-tu comme ça?

— J'étais en train de me dire que ta mère avait vu juste, à ton sujet: tu deviens une jeune femme remarquable, énergique et décidée. A ton âge, une autre aurait pleurniché pour rentrer à la maison, mais pas toi. Tu dois tenir cette force de ton côté cajun.

— Et ta famille à toi, papa? Comment est-elle?

— Ma famille? Oh, de mon côté, nous sommes tous nés avec une cuiller en argent dans la bouche, comme on dit, et ce n'est pas ça qui m'a rendu meilleur. Il aurait mieux valu pour moi que je sois né cajun.

— Quand es-tu venu ici pour la dernière fois, papa?

— Au moment du procès, j'imagine. Avant ça, quand ta mère habitait Bois Cyprès, j'y suis venu une fois ou deux en visite. C'était un endroit magnifique, et j'en étais jaloux, avoua-t-il. Et aussi terrifié.

— Terrifié? Pourquoi donc?

— Je pensais que ta mère avait tout ce qu'on peut souhaiter, qu'elle ne me reviendrait jamais. Elle avait ce domaine somptueux, un atelier superbe, un homme qui l'adorait et ne jurait que par elle. Et moi, j'avais quoi? Gisèle, qui me déversait des jérémiades dans une oreille jusqu'à ce qu'elle déborde... et que je sois obligé de tendre l'autre! acheva-t-il en riant.

— Qu'est-ce qu'il y a de si drôle, papa?

— Oh, un souvenir. Une fois où nous étions venus en visite à Bois Cyprès, Gisèle et moi, ton oncle Paul nous a emmenés faire un tour dans les marais. Après ça, Gisèle a eu des cauchemars pendant des semaines!

— A propos de quoi?

— Des alligators, des insectes... Ruby et Gisèle étaient jumelles, d'accord, mais aussi différentes que le jour et la nuit.

— Maman a dû avoir beaucoup de mal à se faire passer pour sa sœur, alors?

Cette partie de la saga familiale m'avait toujours intriguée: l'encéphalite de Gisèle, l'échange d'identités entre les jumelles et maman jouant le rôle de sa sœur...

— Et comment ! C'était Dr Jekyll et Mr Hyde, toutes les deux. Ruby a dû singer le caractère de Gisèle, ses manières, tout. J'avais engagé de nouveaux domestiques, pour qu'elle puisse au moins être naturelle avec eux. Gisèle était toujours insultante envers ceux qu'elle considérait comme ses inférieurs, et Ruby aurait dû agir comme elle. Je sais qu'elle a été soulagée quand tout s'est découvert et qu'elle a pu redevenir elle-même.

« Bon, voyons... (Papa ralentit et se pencha en avant.) Je sais qu'il y a un tournant pas très loin, dit-il en s'arrêtant pour consulter sa carte.

Nous étions au cœur du bayou, à présent. Une végétation épaisse bordait les deux côtés de la route et, à travers les taillis dans les buissons, je pouvais voir miroiter les étangs. Quand je baissai ma glace, la symphonie des cigales et des grenouilles jaillit du marais. Puis, comme j'examinais les environs, une cabane que je n'avais pas vue d'abord m'apparut derrière un rideau de saules. La masure de bois terni était à demi enfouie sous les bananiers ; une carcasse de voiture et des pièces de machines encombraient sa cour, ou ce qu'il en restait. Derrière la maison, sur la berge, pointait l'avant d'une pirogue à moitié submergée. Qu'était-il arrivé à ceux qui vivaient là jadis ? me demandai-je avec stupeur. Se pouvait-il qu'ils aient été de ma famille ? Y avait-il vraiment eu là une jeune fille de mon âge, aussi curieuse de découvrir La Nouvelle-Orléans que je l'étais de connaître le bayou ?

— C'est bon, dit papa, maintenant je me souviens. On continue à gauche pendant deux petits kilomètres, puis encore à gauche et encore autant, et on y sera. La cabane est juste au bord de la route. Prête ?

— Oui, papa, murmurai-je en croisant les doigts.

Et nous repartîmes. A travers une brèche dans les feuillages touffus, j'entrevis un jeune homme poussant sa pirogue à la perche. Il pénétra dans un grand îlot de nénuphars, éveillant de leur sieste une douzaine de crapauds-buffles qui sautèrent à l'eau dans un bruyant gargouillis de bulles. Je ne jetai qu'un coup d'œil au rameur, mais ce fut assez. J'enregistrai la silhouette d'un garçon aux formes sculpturales, brun comme un pain d'épices, le visage éclairé d'un sourire de plaisir intense. Puis nous arrivâmes au second tournant et papa déclara :

— Nous y sommes.

Le rythme de mon cœur s'accéléra. Allions-nous trouver maman assise sur la galerie, rôdant autour de la cabane ou à l'intérieur ? J'espérais qu'elle serait surprise mais heureuse que nous soyons venus pour elle. Papa s'arrêta, coupa le contact, et pendant quelques instants nous ne fîmes rien d'autre que regarder.

Je n'étais pas préparée à ce que j'avais sous les yeux. Je suppose qu'avec les années, je m'étais créé de la cabane une image un peu romanesque. J'en conservais des souvenirs assez vagues, mais chaque fois que j'y pensais, j'imaginais une jolie maisonnette sur pilotis entourée d'herbe tendre et de belles fleurs sauvages. Je la voyais peinte de couleurs fraîches, son toit de tôle rutilant au soleil et le canal courant juste derrière elle. Des aigrettes et des pélicans planaient alentour, les brèmes sautaient pour happer les insectes et les alligators pointaient la tête hors de l'eau pour nous suivre d'un œil curieux.

Mais le spectacle qui s'offrait à nous était bien différent. Dans la cour du devant, les mauvaises herbes avaient poussé si dru qu'elles s'étouffaient elles-mêmes et mouraient sous le nombre. La maison penchait vers la gauche, la galerie vers la droite. Plusieurs planches s'étaient détachées, toutes les vitres avaient été brisées, probablement à coups de pierres. Des galopins avaient dû en faire la cible de leurs concours de tir.

D'autres souvenirs, pourtant, s'éveillaient dans ma mémoire. J'eus une vision fugitive de la galerie de mon enfance et je me sentis bercée dans un rocking-chair, au son d'une musique créole provenant du living-room. Maintenant, l'éventaire où maman vendait ses chapeaux tressés, ses paniers, ses confitures et son gombo gisait tout démantibulé au bord de la route, dans l'herbe haute.

— Apparemment, aucun être vivant marchant sur

deux pattes n'est venu ici depuis longtemps, fit observer papa.

— Nous ferions mieux de jeter un coup d'œil, non ?

Il hocha la tête, étreignit ma main et ouvrit la portière.

— Attention où tu mets les pieds, dit-il en passant devant moi.

Mais presque aussitôt, nous fîmes halte à l'entrée du sentier vaguement tracé devant la façade : on aurait dit que quelqu'un l'avait récemment foulé. Papa et moi échangeâmes un regard et nous avançâmes rapidement vers la galerie. Les marches d'abord, puis le plancher gémirent et craquèrent sous notre poids. Papa poussa la porte d'un coup sec. Elle grinça sur ses gonds et se rabattit en oscillant. Comme nous allions entrer, quelque chose détala dans la maison et je fis un bond en arrière.

— C'est sans doute un raton laveur, chuchota papa.

Mon cœur battait si fort que j'en perdais le souffle. Cela sentait l'humidité, des toiles d'araignées s'amassaient au plafond, mais les vieux meubles étaient toujours là. Nous jetâmes un regard circulaire dans la pièce, puis je baissai les yeux et tirai la manche de papa.

— Quelqu'un est venu ici récemment, observai-je. Tu vois ces traces de pas, dans la poussière ?

Il se baissa pour étudier les empreintes de plus près.

— De petits pieds, comme ceux de ta mère.

Nous reprîmes notre exploration en commençant par la cuisine : c'était un vrai désastre. La rouille avait rongé ce qui restait du vieux fourneau ; la porte de l'antique glacière était arrachée de ses gonds et gisait à terre, sauvagement piétinée. Les tiroirs avaient tous été sortis de leurs logements, on en avait fracassé plusieurs, et des trous béaient çà et là dans le sol éventré. Papa coula un regard vers l'escalier.

— Il vaut peut-être mieux que tu restes en bas, suggéra-t-il. Je ne sais pas si les marches sont sûres.

Elles craquèrent sous son poids, mais tinrent bon, et j'attendis sur place tandis qu'il visitait l'étage et la chambre à tisser. Il resta longtemps, et je m'abandonnai à la rêverie.

La cabane me semblait minuscule ; j'avais du mal à croire que nous y avions vécu toutes les deux, maman et moi. Et la voir ainsi délabrée me donnait la chair de poule. Les murs geignaient au moindre souffle de vent, des animaux couraient sous les planchers. Sur la table gauchie s'étalaient des taches sombres qui ressemblaient à du sang séché. J'imaginai mon arrière-grand-père en pleine crise d'ébriété, en train de tout casser dans sa rage, et j'en eus des frissons malgré la chaleur étouffante et humide. J'étreignis mes épaules et levai les yeux vers l'étage. Il y avait un bon moment que tout était silencieux, là-haut. J'appelai timidement :

— Papa ?

Je n'obtins pas de réponse.

— Papa ? répétai-je, déjà moins rassurée.

Quelques instants plus tard il redescendit à pas lents, tenant à la main la moitié de photo déchirée par maman, celle de Jean séparé de Pierre. Il me sembla y voir des gouttes de bougie fondue.

— Elle est venue ici, murmura papa, la voix rauque. Tu avais raison.

Stimulés par la découverte, nous parcourûmes les alentours pour y chercher d'autres traces de la présence de maman, sans résultat. Aucun indice, aucune piste : rien. Une végétation touffue avait envahi les terrains environnants, et papa estima que nous n'étions pas vêtus comme il fallait pour nous aventurer dans les marais.

— C'est trop dangereux, d'ailleurs elle non plus n'a pas pu passer par là, souligna-t-il.

— Mais où faut-il chercher, alors ?

— Je ne vois qu'un seul autre endroit possible. Bois Cyprès, proféra-t-il avec un soupir à fendre l'âme. Elle remonte dans son passé, un voyage que j'espérais ne pas avoir à faire.

Nous revînmes à la voiture, et papa resta un moment assis à réfléchir.

— Allons d'abord manger quelque chose en ville,

suggéra-t-il. Houma n'est pas loin, mais Bois Cyprès se trouve dans la direction opposée. Nous pourrions attendre des heures avant d'avoir une chance de trouver à manger ou à boire.

— Entendu, papa. Comme tu voudras.

J'étais loin d'avoir aussi faim que soif. Dans cette moiteur torride, notre visite à la cabane et aux alentours avait suffi pour nous mettre en nage. Nos vêtements nous collaient à la peau.

Parmi les masures que nous vîmes sur le chemin de la ville, quelques-unes semblaient désertes mais la plupart étaient bien entretenues, les jardins et les champs aussi. Nous nous garâmes sur le parking du premier restaurant qui se présenta, et qui annonçait « Crevettes à volonté ». Comme toujours en été, les touristes étaient rares. Presque tous les clients, à notre entrée, levèrent la tête de leurs grands bols de crevettes et nous observèrent, sans hostilité particulière mais avec un soupçon de méfiance. Une femme aux longs cheveux noirs et aux yeux sombres, gênée par son vis-à-vis, allongea le cou pour nous dévisager tout à son aise. Je lui souris et elle me répondit d'un signe de tête.

Un groupe d'hommes, tous vêtus de jeans et de T-shirts, chaussés de bottes hautes et les bras plus ou moins maculés de graisse noire, se leva de table et sortit en s'esclaffant bruyamment. Chacun d'eux nous jeta un regard au passage. Mais celui qui semblait le plus jeune me décocha un sourire chaleureux, presque tendre, et ses yeux noirs s'attardèrent longuement sur moi. En arrivant à ma hauteur, il toucha du doigt le bord de son chapeau et parut hésiter, comme s'il était sur le point de dire quelque chose.

— Amène-toi, Jack ! lança l'un des autres, c'est pas pour un gars comme toi, ce morceau-là. T'as pas les moyens !

Tout confus, le jeune homme se précipita au-dehors où l'accueillit un gros éclat de rire.

Nous nous assîmes à une table et une jeune fille en tablier rouge vint aussitôt prendre notre commande. Papa choisit du poulet avec un gombo aux fruits de mer, moi une *jambalaya*, puis je retins un instant la serveuse. Une affiche m'intriguait : elle annonçait un fais-dodo pour le samedi suivant, avec musique, par le *Trio du marais cajun*.

— Qu'est-ce qu'un fais-dodo, mademoiselle, s'il vous plaît ?

— Un bal avec un grand buffet, m'informa la jeune fille, le poing sur la hanche. Vous connaissez pas ça ?

— Non.

— D'où est-ce que vous êtes ?

— De La Nouvelle-Orléans.

— Oh ! Alors vous devriez venir. (Elle se pencha vers moi et ajouta, en louchant vers la porte :) Je connais quelques gars qui seraient bien contents de vous y voir.

— Nous ne pouvons pas rester, m'excusai-je aussitôt, ce qui eut l'air d'amuser papa.

Il rit et commanda encore une chope de bière pour lui et un thé glacé pour moi.

— Alors ? s'enquit-il quand nous fûmes seuls, comment trouves-tu le pays de ta mère ? Apparemment, tu ne t'en souviens pas beaucoup.

— Intéressant, soupirai-je, mais tellement différent…

Papa hocha la tête et sourit à ses souvenirs.

— La première fois que j'ai vu ta mère, je l'ai prise pour Gisèle. C'était pendant le mardi gras, et tout le monde se costumait pour la fête. J'ai rencontré Ruby devant la maison et j'ai cru que c'était Gisèle déguisée en paysanne pauvre. J'aurais dû savoir qu'elle n'aurait jamais voulu s'habiller comme ça, même pour un bal masqué. Comme j'ignorais que Gisèle avait une sœur jumelle, j'ai persisté dans mon erreur. Mais, ta mère continuant à protester, j'ai fini par comprendre qu'il s'agissait d'une autre et je l'ai regardée de plus près. Elle était naturelle, fraîche, timide, mais elle n'avait pas peur de dire ce qu'elle pensait…

« Parfois, reprit papa après un long silence, je me demande si elle n'aurait pas mieux fait de rester ici, dans son monde.

— Mais son grand-père, papa ? Et cet homme auquel il voulait la vendre ? C'est horrible, ça !

— Oui, c'est vrai. Il y a des problèmes partout, je suppose.

— Papa, tu ne crois pas que nous devrions appeler tante Jeanne, ou passer chez elle ?

— Quand nous aurons été voir à Bois Cyprès, peut-être... Je ne suis pas pressé de me retrouver en face de Gladys Tate.

— Pourquoi la mère de tante Jeanne nous déteste-t-elle à ce point, papa ? Est-ce seulement à cause du procès ?

— Non. Gladys en veut à ta mère pour ce qui est arrivé à son fils Paul. Après sa mort, elle a engagé cette bataille judiciaire tout en sachant que tu n'étais pas la fille de Paul. Elle l'a fait par vengeance. Elle ne voulait pas que Paul épouse ta mère, bien sûr. Et d'après ce que m'a raconté Ruby, elle ne s'est pas montrée spécialement aimable envers vous, après votre emménagement à Bois Cyprès.

Tout ça n'était pas très encourageant, mais j'insistai :

— Tante Jeanne m'a dit que sa mère était presque impotente, avec son arthrite, depuis quelque temps. Elle ne sort pratiquement plus.

— Oui. La haine peut vous travailler tellement de l'intérieur qu'elle finit par transparaître à sa façon, que ça vous plaise ou non. Mieux vaut éviter Gladys, crois-moi.

Pauvre maman, m'apitoyai-je. Elle avait connu des heures si sombres et si difficiles... Je comprenais pourquoi elle avait eu recours au vaudou et aux charmes, pourquoi elle se croyait poursuivie par le mauvais sort. Comme elle devait être malheureuse, en ce moment même ! J'en avais mal pour elle.

Le repas fut délicieux, mais ni papa ni moi n'avions grand appétit. Nous ne pouvions penser qu'à maman, lui et moi. De tout mon cœur, j'espérais que nous la retrouverions bientôt.

Le toit de la demeure que mon oncle Paul avait baptisée Bois Cyprès se dressait au-dessus de sycomores et de cyprès, de plus en plus hauts à mesure que nous remontions la grande allée. Le parc autrefois si beau n'était plus que broussailles. La mauvaise herbe avait étouffé les fleurs des parterres ; elle poussait à travers le plancher des pavillons de repos, et des détritus jonchaient les bassins asséchés des fontaines.

Sur la droite, du côté des marais et des canaux, une pirogue amarrée à la jetée s'inclinait en s'enfonçant dans l'eau. Une grande aigrette s'était perchée à la proue, bombant fièrement le jabot, comme pour revendiquer ses droits sur le bateau. Vers l'ouest j'aperçus les puits et les derricks, et aussitôt des visions fugitives de mon rêve récurrent s'imposèrent à ma mémoire. Pour moi, ce fut comme un mauvais présage. Rapidement, je me penchai pour toucher la pièce porte-bonheur que m'avait donnée maman.

— Tout va bien, Perle ? s'enquit papa, qui savait que les puits faisaient toujours partie de mon cauchemar.

— Oui, répondis-je après avoir inhalé une grande bouffée d'air.

Et je me retournai vers la maison.

On aurait dit un temple grec. Le long de la galerie supérieure courait une balustrade en fer forgé, à motifs en pointe de diamant. Des deux côtés du corps principal, deux ailes dont le style rappelait celui de la façade conféraient un bel équilibre à l'ensemble.

Papa se gara devant le perron et nous restâmes quelques instants assis dans la voiture, contemplant la galerie basse à laquelle menaient quelques marches d'ardoises. On avait cloué des planches aux fenêtres. La vigne vierge qui grimpait aux montants de ferronnerie était retournée à l'état sauvage et proliférait, faisant s'écrouler sous son poids les branches les plus faibles. De grands pans de feuillage et de bois mort drapaient les grilles ouvragées de sombres tentures brunes.

— On dirait que personne n'est venu là depuis des siècles, soupira papa, découragé.

Nous sortîmes de la voiture, gravîmes les quelques

marches et, passé les hauts piliers de pierre, papa tenta d'ouvrir la porte. Elle n'était pas fermée à clé, mais barrée par une chaîne, et il dut pousser brutalement pour forcer l'entrée. Nous fîmes halte dans le vestibule dallé de carreaux d'Espagne. Il avait été conçu pour provoquer l'admiration des visiteurs, c'était manifeste. Car il était non seulement très vaste, mais si haut de plafond que nos pas et nos voix y éveillaient des échos.

Au-dessus de nos têtes pendaient des lustres jadis étincelants, dont les larmes de cristal ressemblaient maintenant à de ternes petits cailloux. Des housses recouvraient les meubles, mais on n'avait pas fait le ménage depuis des années. D'immenses toiles d'araignées flottaient dans les encoignures, les miroirs étaient barbouillés de poussière et le sol parsemé de crottes de souris. Et par cet après-midi brûlant, l'odeur de moisi et de renfermé qui stagnait dans la maison vous prenait à la gorge.

Devant nous se dressait l'escalier circulaire, deux fois plus large et plus ouvragé que celui de la Maison Dumas. Nous nous avançâmes lentement dans le hall, jetant dans chaque pièce un coup d'œil au passage. Toutes étaient spacieuses, mais leurs tentures semblaient s'effondrer sous le poids de l'âge et de la saleté.

— J'avais oublié que c'était si grand, chuchota papa. Il n'y a personne ? appela-t-il, beaucoup plus fort cette fois.

Sa voix se répercuta sur les murs et alla mourir quelque part dans les profondeurs de la maison, portant sans doute jusqu'à la cuisine. Nous attendîmes quelques instants, puis papa décida de monter.

Il y avait des oiseaux dans l'ancienne chambre de Paul : ils étaient passés par une fenêtre ouverte et avaient fait leur nid sur le chevet du lit. A notre entrée, ils se mirent à voleter en tous sens avec frénésie, craignant pour leur couvée. Nous regardâmes dans la chambre adjacente, qui jadis avait été celle de maman, mais nous n'y décelâmes aucun signe de présence, ni du passage récent de qui que ce fût. Une à une, nous visitâmes les autres pièces avant de nous arrêter dans la nursery, mais là encore, nous ne trouvâmes aucune trace de maman.

— Tu te souviens de cette chambre ? voulut savoir papa.

— Pas très nettement. Mais je me rappelle qu'il y avait une boîte à musique sur la commode, avec une ballerine qui tournait sur elle-même. Maman ou oncle Paul la remontaient tous les soirs dès qu'on m'avait mise au lit.

— Je ne me souviens pas de ça. La boîte a dû rester ici, reprit papa en balayant la pièce du regard. Je ne vois plus qu'un endroit où chercher.

Je devinai à quel endroit il pensait. Nous rejoignîmes l'escalier du fond pour monter dans l'immense grenier aux poutres sculptées qui avait servi d'atelier à maman. Les grandes fenêtres donnaient sur les champs et les canaux, mais aucune n'avait vue sur les puits. Et les lucarnes du toit dispensaient encore assez de lumière pour éclairer la grande pièce.

Papa mettait tous ses espoirs en elle, je le savais. Si maman se cachait quelque part, c'était certainement là. Mais là non plus nous ne découvrîmes aucune trace de son passage. Nous vîmes bien quelques chevalets dressés, mais on aurait dit qu'ils étaient abandonnés depuis des lustres.

— Où peut-elle être, papa ? me lamentai-je.

Il secoua la tête, promenant toujours le même regard vague autour de lui ; et brusquement, une ombre de sourire flotta sur ses lèvres.

— Qu'y a-t-il, papa ? Pourquoi souris-tu ?

— On dirait que c'était hier, murmura-t-il.

— Quoi donc ?

— Quand Gisèle et moi sommes venus rendre visite à ta mère, Ruby m'a fait monter ici. Nous avons pris conscience que nous nous aimions toujours aussi fort qu'avant, et nous avons dressé des plans pour nous revoir à La Nouvelle-Orléans.

— Et si elle était retournée là-bas ? suggérai-je. Peut-être voulait-elle simplement revenir à la cabane et y laisser la photo de Jean ?

Le visage de papa s'éclaira.

— Possible. Je vais chercher une cabine téléphonique et appeler Jeanne. Je ne vois rien d'autre à faire ici.

Je le suivis dans le hall et là, au bas des marches, nous trouvâmes deux hommes qui nous attendaient. L'un d'eux, je le reconnus tout de suite, était le garçon qui m'avait dévisagée si intensément au restaurant. L'autre, vêtu d'une salopette sombre, était beaucoup plus âgé, plus trapu ; il avait le visage rougeaud et un peu bouffi. Tous deux portaient des casques blancs ; mais le plus jeune avait rejeté le sien en arrière, un peu de travers, à la façon d'un chapeau de cow-boy.

— Qui diable êtes-vous, on peut savoir ? demanda le plus âgé des deux.

— Je suis Chris Andréas, s'empressa de répondre papa. Et voici ma fille, Perle.

— Perle ! s'exclama le plus jeune. Le numéro vingt-deux.

— Pardon ?

— Le puits numéro vingt-deux, expliqua l'autre. Etes-vous la propriétaire, Perle Andréas ?

— Oui.

Le jeune homme siffla entre ses dents et me dévisagea de plus belle. Il était plus grand que son compagnon, et ses cheveux mi-longs lui descendaient sur la nuque. Une étincelle de malice dans ses yeux sombres, il arborait un curieux petit sourire. Malgré la force impressionnante qu'indiquaient sa poitrine robuste et ses bras musclés, ses traits laissaient deviner une sorte de douceur, de gentillesse, qui me mit tout de suite à l'aise.

— C'est à la famille Tate, cette maison, déclara son aîné. Personne m'a dit qu'y viendrait du monde aujourd'hui. Je voulais pas vous faire peur, mais ils nous ont chargés de garder l'œil dessus.

— Je comprends, dit papa. Nous pensions que ma femme était peut-être venue ici.

— Votre femme ? (Le plus âgé des deux hommes consulta du regard son compagnon, qui haussa les épaules.) On n'a vu personne, à part vous deux. Pas vrai, Jack ?

— Personne, confirma le plus jeune.

Papa enregistra l'information d'un hochement de tête.

— Il faut que je donne un coup de fil. Où se trouve le téléphone le plus proche ?

— Vous pouvez venir à la caravane et vous servir du nôtre. Je m'appelle Bart, je suis le contremaître, annonça le plus âgé en tendant la main à papa, qui la serra. Et voici Jack Clovis, un gars de l'équipe du vingt-deux.

A lui aussi, papa serra la main, mais c'est vers moi que Jack se tourna.

— Salut, dit-il en me tendant la sienne, ça fait plaisir de rencontrer enfin la propriétaire.

Ma main me parut toute petite, prise entre cette paume robuste et ces doigts solides. Je proférai un timide :

— Bonjour...

Sur quoi Jack annonça, non sans fierté :

— Votre puits produit toujours à plein rendement.

— Je ne sais même pas lequel c'est !

— Vraiment ? s'étonna-t-il en se tournant vers Bart.

— A quoi ça lui servirait de le savoir ? plaisanta le contremaître. Tout ce qu'elle a besoin de connaître, c'est le numéro du compte où on lui verse l'argent.

Je crus lire le désappointement sur les traits de Jack et m'empressai d'intervenir.

— Mais j'aimerais le voir, moi.

— Et moi, je serais heureux de vous le montrer, fit Jack, soudain rayonnant.

Papa eut l'air surpris de cet intérêt subit de ma part, puis il regarda Jack Clovis et sourit.

— Tu peux y aller si tu y tiens, ma chérie. Pendant ce temps-là, j'irai téléphoner à tante Jeanne à la maison.

— Je ne voudrais causer aucun dérangement.

— Ne vous en faites pas pour ça, se hâta d'affirmer Jack.

Et Bart éclata de rire.

— Depuis le temps que Jack attend l'occasion de parler de son cher puits !

— C'est celui de Mlle Andréas, je te rappelle.

— A la façon dont tu t'en vantes, on dirait pas !

Le teint hâlé de Jack Clovis vira au cramoisi.

— J'aimerais vraiment le voir, insistai-je.

Et, retrouvant tout son aplomb, il annonça en bombant le torse :

— Par ici, mam'selle.

— Je viens te rechercher, dit papa en quittant la maison avec Bart. A tout de suite.

A mon tour, je sortis avec Jack, qui pointa le doigt en direction du puits.

— Le vôtre, c'est le quatrième à partir de la gauche, là-bas. Vous ne connaissez vraiment rien au pétrole, alors ?

— Rien, sauf qu'il arrive dans des bidons, répondis-je, sur quoi il manqua s'étouffer de rire.

— Il n'arrive pas dans des bidons, mam'selle.

— Je vous en prie, appelez-moi Perle.

— Le pétrole brut se trouve dans des gisements souterrains, à de très grandes profondeurs, Perle. Il lui faut des millions d'années pour se former, précisa Jack avec une sorte de respect. Vous savez d'où il vient, non ?

Je secouai la tête, ayant compris au moins ceci : tant que je serais disposée à écouter, Jack ne demanderait qu'à parler.

— Des plantes et des animaux morts enterrés dans les roches sédimentaires, poursuivit-il. Comme vous voyez, ça prend du temps avant qu'il n'arrive dans le bidon.

— Et tous ces puits fournissent du pétrole ?

— Ceux que vous voyez d'ici sont appelés puits d'exploitation, car ce terrain est renommé pour sa richesse. Mais malgré tout, certains sont secs, ceux qu'on appelle tocards en jargon du métier.

« Une fois le brut pompé, reprit Jack, on le met dans un réservoir métallique pour le séparer du gaz naturel et de l'eau. Puis il est stocké dans ces grandes cuves, là-bas, et envoyé à la raffinerie où il devient l'essence que vous achetez à la pompe.

— Et il y a longtemps que vous faites ce travail ?

— Depuis l'âge de douze ans. Vous habitez La Nouvelle-Orléans, pas vrai ?

— Oui.

— On raconte des choses sur vous et votre famille, par ici. Mais rien de bien précis, s'empressa d'ajouter Jack en évitant mon regard.

— Quel genre de choses ?

— Qu'avant, vous habitiez ici avec une femme qui n'était pas votre mère, et M. Tate qui n'était pas votre père. Et que maintenant vous vivez quelque part ailleurs, dans une grande maison de riches, sans rien faire d'autre que compter votre argent.

— D'abord, commençai-je, cette femme *était* ma mère.

— Oh ! Eh bien c'est qu'on raconte des bobards, voilà tout.

— Et ensuite, repris-je avec une pointe d'aigreur, nous ne nous contentons pas de compter notre argent. Ce n'est pas du tout notre genre.

— Je ne voulais pas vous faire offense, mam'selle. Vous avez demandé, j'ai répondu, c'est tout.

— Mon père travaille dur, ma mère est artiste peintre et je vais rentrer à l'université, pour devenir médecin.

Jack Clovis siffla entre ses dents.

— Médecin ? Wouaouh ! En tout cas, voilà votre puits. Vous ne saviez vraiment pas lequel c'était ?

— J'étais toute petite quand nous vivions ici, et les machines me faisaient peur. Elles ressemblaient vraiment trop à des monstres mécaniques. Quand on m'amenait trop près d'elles, je hurlais.

Jack hocha la tête d'un air songeur.

— Ça ne m'étonne pas qu'une petite fille puisse les prendre pour des créatures bizarres. Pour moi, elles sont vivantes.

— Comme de grosses abeilles qui butineraient le pétrole ?

— Pas exactement, s'esclaffa-t-il. C'est comme ça que vous les voyez ?

— Parfois, dans mes cauchemars.

— Oh, je suis désolé. Mais c'est vraiment un travail intéressant. Ça me fascine de penser que nous retirons des entrailles de la terre quelque chose qui s'est formé il y a si longtemps, même avant que les hommes n'existent.

Il était sincère, je n'en doutai pas un instant.

— Bien sûr, reprit-il en baissant la voix, je ne parle pas de mon travail comme ça aux copains.

— Est-ce toujours dangereux ? m'enquis-je en souriant.

— Vaut mieux pas se trouver à côté quand ça explose.

— Quand ça explose ?

— Quelquefois, on tombe sur une poche de gaz sous pression et… boum ! acheva Jack en écartant les bras.

— Oh ! (Malgré moi, je fis un pas en arrière.)

— Pas de panique. Votre puits a fait ses preuves. Il est aussi doux que… que vous semblez l'être. (Cette fois, ce fut à mon tour de rougir.) Alors comme ça, vous cherchiez votre mère dans la vieille maison ? Personne ne s'en sert plus, du moins pour ce que j'en sais.

— Nous pensions que… qu'elle aurait pu revenir ici.

Jack vit trembler mes lèvres et s'alarma aussitôt.

— Quelque chose qui ne va pas ? Je ne voudrais pas être indiscret, mais si je peux faire quelque chose pour vous aider… Ça va peut-être vous sembler bizarre, mais à force de m'occuper de votre puits, j'ai l'impression de vous connaître.

Du revers de la main, j'essuyai les larmes qui me brouillaient la vue.

— Un de mes frères s'est fait mordre par un serpent venimeux et il en est mort. Maman ne s'en est toujours pas remise, avouai-je. Elle a quitté la maison sans prévenir.

— Navré de l'apprendre, c'est vraiment terrible. Mais pourquoi serait-elle venue ici ?

— Elle a été élevée dans le bayou et, comme je vous l'ai dit, nous avons habité cette maison, autrefois. Nous ignorons ce qu'elle cherche ici ou ce qu'elle espère y faire, mais nous savons qu'elle est quelque part dans la région. Elle n'a plus l'esprit très clair, elle pourrait être allée n'importe où. Nous sommes très inquiets à son sujet.

— Nous ne l'avons pas vue, mais je vais faire attention, me promit Jack.

J'ouvris mon sac, tirai une photo de maman de mon portefeuille et la lui tendis.

— Tenez, c'est elle.

— Très jolie femme, commenta-t-il. Vous lui ressemblez vraiment beaucoup.

— Si vous la voyez, vous m'appellerez ?

— Bien sûr. Laissez-moi votre numéro.

Il extirpa un stylo à bille de sa poche de chemise et, sous ma dictée, nota notre numéro dans sa paume.

— Je le recopierai plus tard sur un papier... à moins que je n'arrête de me laver pour qu'il ne s'efface plus, acheva-t-il avec un sourire ensorceleur.

Une voix masculine interrompit brutalement notre dialogue :

— Hé, Jack ! appela un ouvrier, tu diriges des visites privées, maintenant ?

Un gros rire suivit la question, et Jack lança un regard furibond à son camarade.

— Je ne veux pas vous distraire de votre travail, m'excusai-je, prête à repartir vers la maison.

— Pas de danger, c'est l'heure de ma pause. Ne vous occupez pas de lui. Mes copains adorent plaisanter, mais comme équipiers je ne connais pas de meilleurs gars que ceux-là. On se serre les coudes, sur les champs de pétrole, ajouta-t-il pour me rassurer.

Sur quoi, nous reprîmes le chemin de la maison et je me risquai à questionner mon compagnon.

— Votre père travaille-t-il encore, Jack ?

— Non. Il a pris sa retraite, mais il vit toujours dans le bayou. Il passe le plus clair de son temps dans sa pirogue, à pêcher. Je n'ai été que deux fois à La Nouvelle-Orléans, vous savez ? La première quand j'avais douze ans, l'autre pour l'anniversaire de mes vingt et un ans.

« Ça fait déjà cinq ans. On y est tous allés, mes parents, mes deux sœurs et moi. Sûr qu'à la ville, on ne vit pas comme chez nous. Il y a tout ce vacarme, d'abord, et puis faut se démancher le cou pour voir le soleil et les étoiles !

J'éclatai de rire.

— Le quartier où nous vivons n'est pas si mal.

— Chez vous, c'est aussi grand qu'ici ? demanda-t-il en pointant le menton vers la maison.

— Pas tout à fait, dus-je admettre, mais grand quand même.

— Mon père dit qu'il y a une bonne raison si les gens de la ville ont des maisons si grandes. C'est que les rues sont tellement dégoûtantes qu'ils préfèrent rester chez eux.

Cette fois encore, je ris de bon cœur.

— Nous avons un très beau jardin. Le quartier s'appelle Garden District et on n'a pas vraiment l'impression de vivre en ville.

— Ça c'est bien, mais quand même. Je ne pourrais pas me passer du ciel libre, des animaux... de toute cette nature, quoi !

— Je reconnais que c'est très beau, et je sais que tout cela manque à ma mère.

Jack fit halte et mit sa main en visière sur ses yeux.

— Regardez, votre père vous fait signe. Par là.

Je suivis la direction de son regard. Papa se tenait près de la caravane, l'air si préoccupé que je courus aussitôt le retrouver. Peut-être avait-il appris quelque chose au sujet de maman ?

— Jeanne n'a aucune nouvelle, m'annonça-t-il aussitôt. Il faut rentrer tout de suite. J'ai téléphoné à la maison...

— Et... ?

— L'état de Pierre s'est aggravé. Le médecin veut qu'il retourne à l'hôpital immédiatement.

— Oh, papa ! m'écriai-je en me jetant dans ses bras.

Un peu à l'écart, Jack nous observait, le casque à la main.

— Je suis désolé pour tout ce qui vous arrive, dit-il quand je m'approchai pour prendre congé de lui.

— Mon autre frère est très affecté par la perte de son jumeau, vous comprenez. Il est en état de choc et refuse de manger ou de boire.

— Et avec tout ça, vous avez ce problème avec votre mère. Je voudrais tellement pouvoir vous aider !

— Gardez les yeux ouverts, chuchotai-je. Au cas où...

— Comptez sur moi. Au revoir.

Je rejoignis papa dans la voiture. Pendant un long moment, il se contenta de regarder la vieille maison, puis je l'entendis murmurer :

— Jeanne a raison, ce n'est plus qu'un tombeau gigantesque. Ils devraient la remettre en état ou la faire abattre, ajouta-t-il avec colère.

Et là-dessus, il remit le moteur en marche.

Comme nous redescendions la grande allée, je me retournai : Jack Clovis était toujours là et nous regardait partir.

Dans les champs, sur la gauche, mon puits continuait à pomper, comme s'il avait une vie propre et un cœur qui battait, lui aussi. C'était bien la première fois que je ne songeais pas aux puits comme à des monstres. Allais-je être enfin délivrée de mon cauchemar ? Peut-être. A moins que...

A moins qu'un autre ne me guettât, tout prêt à le remplacer !

10

Une flamme dans le vent

Pendant tout le trajet du retour, papa marmonna pour lui-même des mots qui disaient son espoir, et qui parfois se changeaient en prière.

— Peut-être qu'elle est rentrée. Peut-être qu'elle voulait simplement déposer cette photo dans la cabane, pour un de ses rituels, par exemple ? Alors... nous avons très bien pu la croiser à l'aller, si elle était déjà en route pour revenir, non ? C'est très possible. Et si elle est arrivée avant nous, elle sait déjà, pour Pierre. Elle l'aura forcément accompagné à l'hôpital. C'est ce qu'elle ferait, si elle était là, et ça aiderait notre petit bonhomme à s'en sortir, pas vrai ?

— Oui, papa, glissai-je quand il dut s'interrompre pour reprendre haleine.

Il conduisait si vite, à présent, que mon cœur cognait comme un moteur emballé sous mes côtes. J'étais vraiment inquiète, car il semblait s'occuper beaucoup plus de ses pensées que de la route.

— Personne ne l'a vue là-bas, elle n'a donc pas pu aller ailleurs qu'à la cabane et elle n'y était plus à notre arrivée, d'accord ? Où aurait-elle pu se rendre ? Sûrement pas chez les Tate. Non, elle est rentrée chez nous, forcément. Oui, c'est ça : elle est à la maison. Elle a retrouvé ses esprits juste à temps et nous allons pouvoir aider Pierre, maintenant. N'est-ce pas, Perle ?

— Bien sûr que nous allons l'aider, papa. Tu ne crois pas que tu conduis trop vite ?

— Comment ? (Son regard se posa sur moi, puis sur

le compteur.) Oh, je ne me rendais pas compte ! Une chance que nous n'ayons pas eu de contravention !

— Veux-tu que je prenne le volant, papa ?

— Non, ça va très bien. Je vais faire attention.

Il abaissa les épaules et reprit, un peu détendu :

— C'est dommage qu'ils laissent cette belle maison pourrir dans les marais, tu ne trouves pas ? Vraiment lamentable. Tu t'en souvenais bien ?

— Non.

Papa préférait oublier que j'avais jadis vécu là-bas, maman me l'avait dit. Elle n'avait gardé que très peu de photos de nous prises à Bois Cyprès, et les rares qu'elle possédait encore étaient enfouies dans ses tiroirs.

— En tout cas, les puits marchent toujours, et les Tate continuent d'entasser les millions. Ils étaient déjà riches avant le pétrole, alors maintenant ! La fortune est aveugle, malheureusement, ajouta papa d'un ton amer. Ça ne doit vraiment pas être drôle de travailler pour Gladys Tate. Mais ces ouvriers du pétrole sont plutôt de braves gens, et pas n'importe qui non plus. Ils forment un clan à part et n'en sont pas peu fiers.

— Je l'ai trouvé plutôt sympathique.

— Qui ça ? Oh, oui, approuva papa en souriant. Oui, bien sûr. Quel effet cela t'a-t-il fait de voir ton puits ? Gladys doit se ronger les sangs de ne pas pouvoir t'empêcher de toucher les revenus.

— Il ne m'a pas paru différent des autres, en fait. Mais Jack m'a expliqué des tas de choses à son sujet.

Le sourire de papa reparut.

— Il passait de la pommade à la patronne, on dirait. Je ne peux pas l'en blâmer, surtout quand la patronne est aussi jolie que toi.

— Il ne cherchait pas à me flatter, papa, protestai-je en me détournant pour lui cacher ma rougeur subite. Il voulait juste être poli et me renseigner.

Le temps d'un éclair, je revis les beaux yeux bruns de Jack et son sourire plein de douceur. Pour autant que je m'en souvinsse, je n'avais jamais rencontré de garçon comme lui, à ce point rayonnant d'assurance et de force, en même temps que de gentillesse et de compassion. Je m'étais sentie à l'aise avec lui, et en sécurité. Il travaillait avec ses mains et ses muscles, d'accord, mais l'amour qu'il éprouvait pour son métier avait quelque chose de poétique.

— Sois prudente avec tes nouvelles relations, Perle, me recommanda papa, reprenant soudain son sérieux. Si un jeune homme apprend à quel point tu es riche, il va aussitôt s'intéresser à toi, mais... pas de la façon que tu pourrais espérer. Tu comprends ce que j'essaie de te dire ? Je ne suis pas aussi doué que ta mère pour ces choses, je le sais bien.

— Je comprends, papa.

— J'en suis certain, Perle, et je ne me fais pas de souci pour toi. Oh non, pas pour toi !

Cela dit, papa replongea dans le silence, jusqu'au moment où il se remit à parler tout seul.

— Elle doit être à la maison, maintenant. Il faut qu'elle y soit. Elle a dû retrouver son bon sens. Elle aime trop sa famille pour ne pas revenir.

Comme nous approchions de La Nouvelle-Orléans, le temps changea. Les nuages comblèrent les éclaircies de bleu jusqu'à ne plus former qu'une épaisse couche d'un gris menaçant. Quand nous franchîmes le pont pour nous engager dans les rues de la ville, les premières gouttes de pluie frappèrent le pare-brise. Le vent avait forci, lui aussi. Les parapluies s'envolaient, les gens couraient en tous sens pour chercher un abri. Avant que nous ayons atteint Garden District, l'averse commença, si violente que les essuie-glaces n'arrivaient plus à balayer l'eau assez vite. On n'y voyait presque plus rien.

— Il ne manquait plus que ça ! gémit papa, contraint de s'arrêter un moment au bord du trottoir.

La pluie se déversait en nappes, maintenant, tambourinant à grand bruit sur le toit et sur les vitres. Mais ce n'était qu'un bref orage d'été. Il s'apaisa, le vent tomba, et papa remit le cap sur la maison. Quand nous remontâmes la grande allée du parc, le soleil perçait les derniers nuages et jetait sur les camélias et les magnolias de chauds rayons d'espoir.

Papa sauta si vite de la voiture que je ne parvins pas

à le suivre. Il escalada les marches du perron et entra dans la maison en coup de vent. Aubrey, qui se tenait dans le hall et parlait à une femme de chambre, se retourna vivement. Quand j'arrivai, dans le sillage de papa, le maître d'hôtel se remettait à peine de sa surprise.

— Monsieur Andréas, dit-il en s'avançant.

— Ma femme, haleta papa. Est-ce qu'elle est rentrée ?

Le regard d'Aubrey se troubla, glissa sur moi puis chercha la femme de chambre, mais elle avait tourné les talons.

— Non, monsieur.

— A-t-elle appelé ? Quelqu'un l'a-t-il avertie de l'état de Pierre ?

Le visage tendu de papa implorait un « oui », mais Aubrey se vit forcé de le décevoir.

— Pas à ma connaissance, monsieur.

— Où est Mme Hockingheimer ?

— A l'hôpital avec Pierre, monsieur. Une ambulance est venue les chercher.

— Une ambulance ?

Papa laissa échapper un gémissement à peine audible et se tourna vers moi. Ses yeux trahissaient un désarroi si pathétique, une telle tristesse, une telle souffrance que j'en eus le cœur serré.

— Où est-elle ? Où a-t-elle pu aller ? cria-t-il à l'adresse du maître d'hôtel.

Aubrey resta coi, ne sachant que faire ni que dire, et je tirai la manche de papa.

— Papa ?

— Quoi ? Oh, oui. L'hôpital. Allons-y tout de suite. Appelez-moi si vous avez des nouvelles de Mme Andréas, Aubrey. Téléphonez immédiatement à Broadmoor.

— Bien, monsieur.

Nous nous précipitâmes au-dehors.

— Elle a dû appeler le docteur d'abord et partir directement pour l'hôpital, rêva tout haut papa.

Mon silence le ramena sur terre, et il accomplit le trajet jusqu'à Broadmoor en un temps record. A la réception, la vieille dame à qui il demanda où se trouvait Pierre lui parut trop lente : il tapa sur le comptoir.

— Vite, madame, je vous en prie.

— Voilà, dit-elle enfin. Pierre Andréas, c'est ça. Il est aux soins intensifs.

Papa eut une petite grimace pitoyable.

— Aux soins intensifs...

— C'est sans doute une simple précaution, dis-je pour le rassurer, tout en priant pour que ce fût vrai.

Nous courûmes vers l'ascenseur et, moins d'une minute plus tard, nous débouchions dans la salle d'attente du service. Mme Hockingheimer vint aussitôt à notre rencontre.

— Que se passe-t-il ? questionnai-je le souffle court. Qu'est-il arrivé à Pierre ?

— Il est entré dans un coma plus profond, la psychiatre est très inquiète. C'est une rechute alarmante, à son avis.

— Une rechute ? répéta papa. Il est retombé au point où il en était ?

— C'est encore plus grave, reconnut l'infirmière en fondant en larmes.

Papa devint livide. Je sentis mon cœur s'arrêter de battre, puis s'emballer. J'étais littéralement clouée au sol. Mes jambes étaient si faibles, tout à coup, que je doutais de pouvoir mettre un pied devant l'autre.

— Où est le Dr Lefèvre ? demanda finalement papa.

— Dans la chambre de Pierre, avec un confrère qu'elle est allée chercher. Un urologue, précisa Mme Hockingheimer.

Je tentai vainement d'avaler ma salive. Les épaules de papa s'affaissèrent. La nausée s'emparait de moi, mais je réussis à affermir ma voix.

— Allons parler au Dr Lefèvre, papa.

Redoutant le pire, nous nous dirigeâmes vers la porte du service, mais nous n'eûmes pas le temps de l'atteindre. le Dr Lefèvre l'ouvrit elle même. Elle nous dévisagea quelques instants, une expression de gêne et d'intense déception dans le regard.

— Qu'arrive-t-il à mon fils ? s'informa papa d'une voix éteinte.

— Un spécialiste est en train de l'examiner, monsieur Andréas. Il souffre d'une défaillance rénale sévère.

— Qu'est-ce que ça signifie ?

Papa s'était tourné vers moi. Je savais qu'il comprenait, mais que l'angoisse l'empêchait de réfléchir.

— Ce sont ses reins, papa.

— Ses reins ne filtrent plus les déchets, monsieur. Ils sont bloqués.

— Pourquoi ? Comment cela peut-il se produire ?

— J'ai déjà rencontré ce cas au cours de comas prolongés, beaucoup plus sérieux que celui de votre fils. Mais son état, que nous croyions en voie d'amélioration, s'est subitement aggravé. Il se retire en lui-même.

« C'est psychologique, monsieur, reprit le Dr Lefèvre après un silence. Votre fils essaie de rejoindre son frère.

— Rejoindre… (La voix de papa se fêla.) Mais… Jean est mort.

— Je sais, monsieur. Et votre fils Pierre veut mourir.

Ces mots nous frappèrent comme la foudre.

— Mais comment quelqu'un peut-il… commença papa, les yeux hagards. Ce n'est sûrement pas possible, docteur ?

— L'esprit est beaucoup plus puissant qu'on ne se l'imagine, monsieur. Il existe des maladies psychosomatiques. Certaines personnes sont incapables de voir, alors que leurs yeux sont physiologiquement indemnes. D'autres sont incapables de marcher, alors que leurs jambes sont en parfait état. Excusez-moi, monsieur Andréas, mais… où est votre femme ?

Papa secoua la tête et deux larmes roulèrent sur ses joues.

— Ma mère a disparu, répondis-je à sa place. Elle a quitté la maison et nous a envoyé une lettre. Elle s'estime responsable de ce qui est arrivé. Nous pensions qu'elle était retournée dans sa maison du bayou et nous avons été là-bas, où nous avons bien découvert des traces de son passage. Mais elle est restée introuvable et, quand nous avons appris ce qui se passait pour Pierre, nous sommes revenus tout de suite.

— Je vois. Eh bien... je n'en suis pas sûre, mais à mon avis Pierre croit que sa mère lui reproche la mort de son frère. Il se la reproche lui-même, et comme sa mère est partie au moment où il avait besoin d'elle... Bref, vous voyez combien tout ceci peut compliquer les choses, monsieur.

— Oui, en effet, je vois. Que pouvons-nous faire ?

— Voyons d'abord quel traitement va recommander le Dr Lasky, dit la psychiatre, au moment où un petit homme chauve émergeait du couloir.

Il avait des traits délicats, des yeux noirs en boutons de bottine et ressemblait beaucoup plus à un banquier qu'à un médecin, avec son complet-cravate.

— Voici le père et la sœur du garçon, présenta le Dr Lefèvre. Monsieur Andréas, docteur Lasky.

Le praticien alla droit au but.

— Monsieur, bonjour. J'ai peur que votre fils ne soit dans un état critique. Il a éliminé moins de cinquante millilitres d'urine en vingt-quatre heures, d'après votre infirmière. C'est de l'anurie, et cela entraîne une accumulation de déchets dans l'organisme.

« Comme je le disais au Dr Lefèvre, ses fonctions rénales sont bloquées, ce qui peut se produire après une blessure grave ou avoir une cause sous-jacente inaperçue. Elle m'a exposé le problème psychologique, et je suis entièrement d'accord avec son diagnostic.

— Que pouvons-nous faire ? ne put que répéter papa.

— Eh bien, jusqu'à ce que la cause initiale soit traitée, nous devons d'abord songer aux risques physiques. J'ai prescrit un diurétique, mais si un changement ne survient pas sous peu, je pense qu'une dialyse s'imposera. Il faut attendre, tout peut encore rentrer dans l'ordre.

— Pouvons-nous le voir ? demandai-je.

— Naturellement.

— Mais va-t-il se rétablir ? voulut savoir papa.

— Dans la plupart des cas, la guérison peut être complète, mais celui-ci est différent, monsieur, à cause des implications psychologiques. Je crains de ne pouvoir faire de pronostic plus précis.

— Autrement dit ?

— S'il ne réagit pas au traitement et ne parvient pas à uriner, nous le mettrons en dialyse. Mais s'il est capable de bloquer le fonctionnement d'un organe...

— Je suis certain qu'il va sortir de son coma, déclara papa au Dr Lefèvre, qui garda le silence. Il en sortira, n'est-ce pas, Perle ?

— Oui, papa, m'entendis-je répondre, sans bien savoir où j'en avais trouvé la force. Viens, allons le voir.

— D'accord.

Refusant d'envisager les possibilités sinistres que pressentaient les deux médecins, papa se dirigeait déjà vers les soins intensifs quand le Dr Lefèvre le retint par le poignet.

— Le mieux serait que votre femme revienne au plus tôt, monsieur.

Papa l'approuva d'un signe de tête, et j'eus un choc lorsqu'il se retourna vers moi : on aurait dit qu'il avait vieilli de vingt ans. Nous entrâmes dans le service où on nous conduisit à Pierre. Il était sous perfusion, le liquide s'écoulait goutte à goutte dans son bras. Il avait les yeux clos, le teint cireux, et les lèvres si décolorées qu'elles paraissaient blanches. C'est à peine si l'on voyait sa poitrine se soulever et s'abaisser sous le drap, qu'on avait tiré jusqu'à son menton. Réprimant un gémissement, papa saisit la main de son fils.

— Salut, garçon. Nous sommes revenus. Nous sommes là, Pierre. Perle est près de moi. Allons, fiston, ouvre les yeux et regarde-nous.

Il caressa doucement la main de Pierre et attendit, mais ce fut comme s'il se heurtait à un mur. Pierre demeura immobile, sans réaction ; il n'eut pas même un battement de paupières.

— Mais qu'est-ce qui nous arrive ? se lamenta papa. Ruby a sans doute raison, c'est peut-être une malédiction. D'horreur en horreur, le sort nous assène ses coups l'un après l'autre pour nous soumettre et nous détruire, il nous punit d'avoir osé être heureux.

— Ne pense pas des choses pareilles, papa. Il faut garder l'espoir, ne serait-ce que pour Pierre. Il a besoin de notre force.

Papa m'adressa un petit signe d'approbation, mais sans grande conviction. Les yeux fixés sur Pierre, il observa un moment le mouvement presque imperceptible de sa poitrine, exhala un soupir et courba la tête. Quand il la releva enfin, le bleu de ses yeux semblait avoir foncé, tellement ils étaient tristes.

— Je vais chercher une tasse de café, annonça-t-il d'une voix morne. Je reviens tout de suite. Tu veux quelque chose ?

— Non, papa, je n'ai besoin de rien. Vas-y.

Il se leva et sortit, les épaules fléchies comme sous un poids trop lourd, et je pris sa place aux côtés de mon frère.

— Pierre, murmurai-je en lui tenant la main, nous avons désespérément besoin de toi. Maman s'accuse de ce qui est arrivé. Elle est partie, et ne reviendra pas tant que tu n'iras pas mieux. Je t'en prie, l'implorai-je, aide-nous.

« Combats ton désir de sommeil, reviens vers nous, vers maman. Pense à ce qu'elle éprouve. S'il te plaît, Pierre.

Les larmes sillonnaient mes joues, mon cœur pesait comme un plomb dans ma poitrine. Sans lâcher la main de Pierre, je me mis à prier.

Si seulement maman pouvait entrer par cette porte ! Pourquoi les esprits qui lui parlaient à l'oreille ne lui soufflaient-ils pas qu'elle devait rentrer ? Ils auraient dû. A moins, bien sûr, qu'il ne s'agisse d'esprits mauvais.

Le cri de souffrance d'un autre malade traversa la salle et me rendit à la réalité. Combien de temps avais-je passé ainsi, à rêver, à prier ? Je n'en avais pas la moindre idée.

— Je regrette, mais dans le service nous n'autorisons que des visites brèves, dit l'infirmière en s'approchant de moi. Votre père et vous pourrez revenir dans une heure, si vous voulez.

J'acquiesçai en silence et regardai Pierre, mais juste comme j'allais me lever je sentis son index tressaillir. J'eus l'impression de recevoir une décharge électrique dans le bras.

— Il a bougé ! m'exclamai-je.

— Quoi ?

— Son doigt. Il a bougé dans ma main.

L'infirmière observait Pierre, dont les yeux restaient obstinément fermés.

— C'est sans doute une réaction nerveuse, sans plus.

— Non. Il a tendu le doigt et l'a replié. Je vous en prie, laissez-moi rester un peu. Il faut que je lui parle.

— Veuillez baisser la voix, mademoiselle. Nous avons d'autres malades, ici, et tous dans un état critique.

— Excusez-moi.

— Le règlement de notre service prévoit une visite de cinq à dix minutes par heure, et pour les proches seulement, récita l'infirmière d'un débit mécanique.

Je ne me laissai pas intimider.

— Allez chercher le docteur, ordonnai-je. J'ai senti bouger le doigt de mon frère, je suis formelle.

— Mais...

— Allez-y, insistai-je, l'air si résolu qu'elle capitula. Domptée, elle s'éloigna d'un pas rageur vers le poste des infirmières. Je repris ma place aux côtés de mon frère et recommençai aussitôt à lui parler.

— Je sais que tu peux nous revenir, Pierre. Je sais que tu ne tiens pas à rester plus qu'il ne faut dans cette horrible salle d'hôpital, avec ces gens désagréables. Ecoute-moi. Nous avons besoin de toi. Il faut que tu te réveilles, pour que maman revienne à la maison. Si tu ouvres les yeux, je te promets qu'en sortant d'ici je pars à sa recherche. Essaie, Pierre. Jean désire que tu aides maman, j'en suis sûre.

Je me levai pour écarter les mèches qui lui tombaient sur le front, comme le faisait toujours maman. Puis, me penchant sur lui, je lui fredonnai à l'oreille la vieille berceuse cajun que maman leur avait si souvent chantée à tous les deux, quand ils étaient petits. Je chantais encore lorsqu'un bruit de pas se fit entendre derrière moi.

— Mademoiselle ?

Je pivotai sur moi-même, pour me trouver face à face avec le Dr Lasky.

— Il va falloir vous plier au règlement, commença-t-il. J'apprends que vous travaillez dans cet hôpital comme aide-soignante. Vous savez donc, comme nous tous, à quel point il est important de…

— Pierre a remué le doigt, docteur. Je l'ai senti. Si je pouvais lui parler encore un peu…

— … de laisser les infirmières accomplir leur tâche et…

Pierre poussa un léger cri, ses doigts bougèrent à nouveau dans ma main. Quand je me retournai vers lui, je vis cligner ses paupières.

— Pierre, montre-leur. Montre-leur !

Le battement de ses cils s'accentua et ses yeux, comme s'ils étaient restés fermés durant des siècles, s'ouvrirent avec lenteur.

— Allez chercher le Dr Lefèvre, ordonna le médecin.

L'infirmière s'empressa d'obéir et je continuai à implorer Pierre, tout en lui caressant la main.

— Allons, Pierre. Tu y es, continue. Reviens-nous, essaie !

Il n'avait toujours pas fermé les yeux.

— C'est bon signe, fit la voix du Dr Lasky derrière moi.

— Bonjour, Pierre, insistai-je. Est-ce que tu te sens mieux ? Tu aimerais rentrer bientôt à la maison ?

Lentement, il tourna la tête vers moi et je vis bouger ses lèvres. Je me penchai sur lui et tendis l'oreille. Il respirait si faiblement que son souffle était à peine audible.

— Va chercher maman, chuchota-t-il. Ramène-la chez nous.

— Oh oui, Pierre ! m'écriai-je en le serrant dans mes bras. Oui, j'irai. Docteur, il m'a parlé !

— Excellent, commenta l'urologue.

Et il se retourna pour accueillir le Dr Lefèvre, qui se précipitait vers nous. Je m'éloignai du lit pour laisser les deux médecins examiner mon frère, puis je décidai d'aller chercher papa. Je le trouvai à la cafétéria, tristement penché sur sa tasse. Quand je lui annonçai la nouvelle, ses yeux s'illuminèrent, un peu de couleur lui revint aux joues, et nous repartîmes instantanément vers la salle de soins intensifs. Quelques minutes plus tard, debout dans le couloir entre papa et le Dr Lasky, je répétais au Dr Lefèvre tout ce qui s'était passé avec Pierre.

— Arrangez-vous pour que votre mère rentre au plus vite, commenta-t-elle. Sinon, il risque de rechuter… et je crains fort qu'à chaque rechute il ne se retire de plus en plus profondément en lui-même, jusqu'à ce qu'il soit irrécupérable. M'avez-vous bien comprise ?

— Oui, acquiesçai-je en regardant papa.

Il se contenta de hocher la tête, les yeux agrandis de terreur.

— Les diurétiques ont fait leur effet, déclara le Dr Lasky. La menace de défaillance rénale est écartée, pour le moment du moins. Mais ce qui s'est produit une fois peut se reproduire, je vous préviens.

Les paroles des deux médecins étaient réalistes, mais elles faisaient mal. Ni l'un ni l'autre ne voulaient nous donner de faux espoirs. Papa et moi retournâmes auprès de Pierre pour lui répéter, une fois de plus, que nous allions nous efforcer de retrouver maman et de la lui amener au plus tôt.

Il nous écouta, ferma les yeux, mais cette fois ce fut pour s'endormir. L'effort qu'il avait fourni pour s'arracher au tombeau que son esprit érigeait autour de lui l'avait épuisé. Nous le laissâmes se reposer tranquillement.

— Et si Ruby ne rentrait pas, Perle ? s'alarma papa quand nous eûmes repris le chemin de la maison. Si elle ne revenait jamais ?

— Elle reviendra. Il le faut.

— Pourquoi ? Elle ne sait même pas ce qui se passe. Nous ne savons pas où elle est, nous ne pouvons pas communiquer avec elle. Si elle ne revient pas, gémit papa, pauvre Pierre…

— Nous allons réfléchir calmement à ce qu'il convient de faire, papa. Nous la trouverons, affirmai-je, bien que je n'eusse pas la moindre idée sur la façon de nous y prendre.

Les paroles des médecins me hantaient, sombres nuages lourds d'orage sur le point de crever sur nos têtes. Pierre était au bord de l'abîme et nous ne pouvions rien pour lui.

Maman n'était pas à la maison. Il n'y avait pas de message de sa part, ni aucun autre émanant du bayou. Papa appela tante Jeanne et lui exposa la situation. Elle promit d'envoyer le plus de monde possible aux nouvelles, et de se renseigner elle-même par téléphone auprès de tous les gens de la région qu'elle pourrait joindre. Elle offrit également de recourir à la police locale, en notre nom. Pour moi, je ne voyais qu'une chose à faire.

— Si nous n'avons pas de nouvelles ce soir ou demain matin, il faudra reprendre les recherches, papa.

— Et chercher où ? Nous avons été à la cabane, à Bois Cyprès. En dehors de ça, je ne vois pas où elle pourrait bien être. Cette partie de sa vie est un mystère, pour moi. Il y a des gens et des lieux dont elle ne m'a jamais parlé, ou si elle l'a fait, je ne m'en souviens pas. Les amies de sa grand-mère sont mortes, tu le sais comme moi. Que pourrions-nous faire ? Parcourir les chemins de terre ? Fouiller les marais ?

— Ce serait toujours mieux que de rester assis dans un fauteuil, non ?

Papa secoua la tête, l'air dubitatif.

— Je n'en sais rien, Perle. Je n'en sais rien. Et si nous nous perdons sur ces petites routes et qu'elle appelle, pendant ce temps-là ? Non, il vaut mieux attendre, crois-moi.

Ni papa ni moi n'eûmes beaucoup d'appétit, ce soir-là, mais nous nous forçâmes à grignoter. Les domestiques se taisaient, tous les visages exprimaient l'inquiétude. La maison était en deuil. Chacun veillait à refermer les portes sans bruit, tout le monde marchait sur la pointe des pieds. On n'entendait plus de musique, ni la radio, ni la télévision. Rien que le tic-tac de l'horloge, ponctué de funèbres coups de gong annonçant que le temps passait, que les minutes s'égrenaient sans apporter la moindre nouvelle de maman. Quand nous échangions un regard, papa et moi, nous n'avions pas besoin de parler pour savoir que nous pensions à la même chose. Là-bas, à Broadmoor, Pierre attendait, vacillant au bord d'un gouffre près de l'engloutir et de l'enfermer pour toujours dans les ténèbres de l'inconscience... puis dans la mort. J'étais certaine que pour lui, la mort était une porte derrière laquelle se tenait Jean, l'attendant lui aussi.

Que pourrions-nous lui dire à notre prochaine visite? Il ouvrirait des yeux pleins d'espoir, ne verrait pas maman et les refermerait, peut-être pour toujours. L'idée de courir ce risque nous terrorisait, mais il eût été trop dur de ne pas aller le voir. Plus nous tarderions à venir, plus ses doutes grandiraient.

Papa s'enferma une partie de la soirée dans son bureau, téléphonant à ses amis pour leur demander conseil. Aucun n'eut mieux à proposer que ce que nous avions déjà fait. Personne ne s'expliquait le départ de maman mais bien peu d'entre eux, sinon aucun, savaient quelque chose de son passé, et pourquoi elle s'estimait responsable de nos malheurs.

Je voulais veiller aussi tard que possible ce soir-là, guetter la sonnerie du téléphone et tenir compagnie à papa, mais la fatigue eut raison de moi. Dès que ma tête eut touché le dossier du canapé, mes yeux se fermèrent et le sommeil s'abattit sur moi. La première chose dont j'eus conscience, après cela, fut que le gong de l'horloge annonçait trois heures du matin.

Je me redressai lentement et tendis l'oreille. Un silence de mort pesait sur la maison, les lampes du hall étaient en veilleuse. Je m'étonnai que papa ne m'eût pas réveillée pour m'envoyer au lit.

Je me frottai les yeux et me levai pour aller voir comment il allait. Il y avait de la lumière dans son bureau, mais il ne s'y trouvait pas. Il avait bu, je le vis tout de suite. La bouteille de bourbon était débouchée, à côté d'un verre à demi plein. Supposant qu'il était allé se coucher, je montai à l'étage. J'avais les jambes lourdes, chaque marche me coûtait un effort. Du palier, je vis que la porte de papa était ouverte et m'approchai pour jeter un coup d'œil dans la chambre.

Le lit était vide, la lampe de chevet allumée. La porte de la salle de bains était grande ouverte, elle aussi, mais l'obscurité régnait à l'intérieur. J'appelai calmement :

— Papa ? Tu es là ?

Pas de réponse. J'allai visiter les autres chambres, n'y trouvai personne et redescendis pour explorer le rez-de-chaussée. Personne à la cuisine non plus. Au garage, aucune voiture ne manquait. Je retraversai la maison et me rendis à l'atelier de maman.

Il était plongé dans le noir et j'allais remonter, craignant que papa ne soit tombé dans son ivresse. Il pouvait s'être endormi sur le plancher, ou s'être évanoui à côté de son lit… J'étais sur le point de m'en retourner quand je perçus un relent de bourbon. Je m'arrêtai net.

Au début, je ne vis rien dans tout ce noir. Puis, quand mes yeux se furent habitués à l'obscurité, je distinguai une silhouette sur une chaise longue. Je m'en approchai lentement.

Papa était vautré sur les coussins, couvert en tout et pour tout d'une serviette de toilette. Apparemment, il dormait profondément. Qu'est-ce qu'il lui prenait ? Pourquoi s'était-il déshabillé pour venir se coucher ici ? Un instant, je fus tentée de l'éveiller, puis je décidai de le laisser dormir. Je battais déjà en retraite quand je l'entendis prononcer le nom de maman. Je revins sur mes pas pour mieux entendre.

— Ruby, marmonna papa dans son sommeil. Allez, vas-y. Fais-le, voyons. Tu es une artiste, non ? Ça ne devrait pas être un problème pour toi, de faire mon portrait. Je veux que tu le fasses. Allez, commence ! insista-t-il. Prête ? (Il eut un petit rire, ôta sa serviette et la posa sur le dossier de la chaise longue.) Dessine avec passion, ma chérie. Dessine.

Je restai figée sur place, trop effrayée pour bouger. Si papa découvrait que c'était moi qui me tenais là, et non ma mère, il serait affreusement gêné. Au bout d'un moment, il se courba vers les coussins, murmura quelque chose que je ne compris pas, puis il ne dit plus rien. Je m'esquivai sur la pointe des pieds, refermai doucement la porte, et laissai papa revivre je ne sais quel épisode intime de son roman d'amour avec maman.

J'étais très troublée, mais aussi très lasse. Je m'endormis dès que j'eus posé la tête sur l'oreiller, soulagée de n'avoir plus la force de réfléchir davantage.

Je me réveillai en sursaut : une colombe en mal d'amour lançait sa plainte mélancolique juste sous ma fenêtre. De gros nuages interceptaient la douce chaleur du soleil, plongeant le monde environnant dans une ombre livide et sinistre. La pluie menaçait. Je consultai ma pendulette et m'aperçus qu'il était près de neuf heures. Rappelée au souvenir de tout ce qui s'était passé pendant la nuit, je me levai d'un bond, fis ma toilette et m'habillai. Papa était levé, lui aussi. En descendant, je le trouvai au téléphone, dans son bureau : il était en communication avec la police de Houma. Je m'immobilisai sur le seuil pour l'écouter.

— Donc, vous avez visité la cabane et inspecté soigneusement les environs ? demanda-t-il en me jetant un coup d'œil désolé. Je vois. J'apprécie votre aide, monsieur. Vous avez mon numéro, et si tout ceci occasionne des frais... je veux dire, s'il y a un imprévu auquel vous ne puissiez faire face... bien sûr. Merci, monsieur. Nous vous sommes très reconnaissants.

Papa raccrocha et se renversa dans son fauteuil. Il avait les cheveux en bataille et le visage cendreux, il n'était pas rasé. Et il portait encore son costume de la veille, maintenant tout froissé. J'en conclus qu'il avait dormi dans l'atelier de maman et qu'il était venu directement à son bureau.

— Rien, m'annonça-t-il. Pas même une trace de pas. C'est à croire qu'un alligator l'a dévorée.

— Ne dis pas des choses pareilles, papa !

— Et que veux-tu que je dise ?

— Tu as téléphoné à Broadmoor ?

— Pas encore. (Il exhala un long soupir.) Qu'allons-nous faire à présent, Perle ?

— Elle va revenir ou téléphoner, affirmai-je. (Il ne réagit même pas.) J'en suis sûre, papa. Tu as pris ton petit déjeuner ?

— Juste un café, je n'ai pas faim. Mais toi, va manger un morceau. Ça ne sert à rien de rester tous les deux à nous tourmenter comme ça. D'ici vingt minutes, j'appellerai Jeanne. Les gens vont bientôt en avoir assez que nous soyons pendus à leurs basques !

— Sûrement pas. Ils comprendront.

— Tant mieux, parce que moi je n'y comprends rien, lança-t-il avec amertume.

Et voilà, il recommençait à s'apitoyer sur lui-même ! Sachant que je n'aurais pas la patience de supporter ça, j'estimai le moment venu d'aller me mettre quelque chose sous la dent. Et dès que j'eus expédié mon petit déjeuner, je revins annoncer à papa que nous partions pour l'hôpital.

— Je ne peux pas, Perle. Je ne peux pas le regarder en face et lui promettre ce qui n'arrivera peut-être jamais.

— Mais nous ne pouvons pas ne pas y aller, papa. Notre présence, c'est tout ce qui lui reste, maintenant. Il faut y aller, ordonnai-je. Lève-toi.

Ses yeux s'arrondirent de surprise, mais il céda. Et, après avoir laissé des instructions pour nous joindre, au cas où quelqu'un aurait des informations, il prit — bon gré, mal gré — le chemin de l'hôpital Broadmoor.

Nous rencontrâmes le Dr Lefèvre au moment où elle quittait la salle de soins intensifs. Elle se rembrunit en nous voyant seuls.

— Toujours pas de nouvelles de votre femme, monsieur ?

— J'ai bien peur que non.

— Comment va Pierre, docteur ? demandai-je aussitôt.

— Il revient à lui et replonge dans l'inconscience, alternativement. Chaque fois qu'il récupère, il s'attend à trouver sa mère à côté de lui. Et quand il voit qu'elle n'est pas là, il retombe dans un état de sommeil profond. Vous n'avez aucune idée de l'endroit où elle peut être ?

— Si, vaguement, mais on n'y a trouvé aucune trace de sa présence, gémit papa.

Le Dr Lefèvre ne cacha pas son mécontentement, ce qui n'arrangea rien. Le moral de papa tomba en flèche.

— Nous nous efforçons de la retrouver, docteur, annonçai-je. La police fait des recherches et des amis à nous aussi.

— Très bien. Nous verrons ce qu'on peut faire, répliqua-t-elle, sur un ton qui laissait entendre que cela ne suffirait pas.

Pendant tout le temps que nous passâmes à ses côtés, Pierre dormit. Ses doigts ne frémirent même pas quand je lui caressai la main. C'était la voix de maman qu'il guettait, pas la nôtre. Le silence de son fils, la douleur de le voir ainsi furent insupportables à papa, et il quitta la salle avant moi. Je le retrouvai en train d'arpenter le couloir.

— Rentrons, Perle. Quelqu'un a peut-être appelé en notre absence.

Personne n'avait appelé. La journée parut ne devoir jamais finir. Chaque heure qui sonnait nous arrachait un soupir, comme si un poids nouveau nous oppressait le cœur. Au déjeuner, papa mangea un peu, mais l'après-midi n'était pas achevé qu'il se remit à boire. Au début de la soirée, il était ivre mort, et je restai seule à guetter la sonnerie du téléphone ou le carillon de la porte. Les nouvelles se faisaient attendre.

Et puis, juste avant neuf heures, le téléphone sonna et Aubrey vint m'avertir qu'un certain M. Clovis me demandait.

— Clovis ? répétai-je, ne voyant pas d'abord qui cela pouvait bien être.

— Il a dit Jack Clovis, mademoiselle.

— Oh, Jack !

Je sautai sur mes pieds pour courir au téléphone.

— Désolé si j'appelle trop tard...

— Non, pas du tout, Jack. De quoi s'agit-il ?

— Je ne sais pas si c'est important, Perle. Mais ce soir, juste avant de quitter le chantier, j'ai vu de la lumière à une fenêtre de la grande maison. Ça ne pouvait pas être le reflet de la lune ou d'une étoile, parce que le ciel est très couvert, expliqua-t-il. Ça m'a semblé être une bougie.

— Etes-vous allé voir ?

— J'y suis allé, à cause de ce que vous m'avez dit à propos de votre mère, et tout ça. J'ai pris une torche et je suis entré, j'ai écouté mais je n'ai rien entendu. Pourtant j'ai bien vu une bougie, ça c'est sûr. Je n'ai plus rien vu en rentrant et je ne vois plus rien maintenant, mais quelqu'un se promenait dans la maison ce soir. Je suis prêt à le jurer sur une pile de bibles.

Je pris le temps de réfléchir. Il y avait environ deux heures de route d'ici à Houma, mais cette nouvelle était le tout premier rayon d'espoir.

— Nous serons là-bas dans deux heures, Jack.

— Vraiment ? Je ne sais pas si c'est une bonne idée, Perle. Je n'ai rien trouvé. Ça pourrait être un rôdeur, et je ne peux pas dire que j'aie vu une femme. Je serais fâché que vous fassiez tout ce chemin en pleine nuit pour rien.

— Pas pour rien, Jack. Nous arrivons. Mais ne vous croyez pas obligé de nous attendre.

— Oh pour ça, pas de problème. Je trouverai un coin pour m'allonger dans la caravane qui sert de bureau. Si je me suis endormi, vous n'aurez qu'à frapper. Bon sang, j'espère que je ne vous fais pas venir pour rien !

— Ne vous en faites pas pour ça, le rassurai-je.

Dès que j'eus raccroché, je me mis à la recherche de papa. A mon grand désappointement, je le trouvai vautré sur le divan de son bureau, un bras pendant sur le côté, la main crispée sur le goulot de la bouteille de bourbon. Je ne fis qu'un bond jusqu'à lui et le secouai sans ménagement.

— Papa ! (Il ouvrit les yeux, grogna, les referma.) Papa, Jack a appelé de Bois Cyprès. Quelqu'un marchait dans la maison avec une bougie. C'est peut-être maman ! Il faut y aller, papa.

Je le secouai de plus belle et cette fois il lâcha la bouteille qui roula sur le sol en répandant son contenu, m'aspergeant les pieds par la même occasion.

— Papa !

— Qu'est-ce que... Ruby ?

— Oh, non ! m'écriai-je, consternée. Papa !

Je l'observai quelques instants, puis je compris l'inutilité de mes efforts. Il était incapable de conduire dans cet état, et il allait sûrement passer le reste de la nuit à dormir, de toute façon. J'allai à son bureau et griffonnai un mot rapide pour lui expliquer la situation.

Puis, pour être bien sûre qu'il le lirait, je l'épinglai à sa chemise et quittai la pièce, le laissant cuver son bourbon.

Je n'avais jamais conduit pendant un trajet aussi long, et encore moins la nuit. J'eus un instant l'idée de me faire accompagner par quelqu'un et pensai à Catherine, mais elle était en vacances. Appeler Claude ou un de ses amis était hors de question, et d'ailleurs... qui voudrait partir pour le bayou à une heure pareille ? Non, je devais agir seule, et tout de suite.

Imaginer ces petites routes obscures en plein marais n'était pas rassurant, cette pensée me coupait les jambes.

Mes doigts tremblaient quand je me glissai derrière le volant et tournai la clé de contact. Je respirai à fond, vérifiai le niveau d'essence et, laissant papa et la maison derrière moi, j'entamai prudemment la traversée de la ville en direction de l'autoroute.

Quelque part devant moi, dans la nuit, maman attendait. Du moins je l'espérais, priant le ciel que ce fût vrai. Quand le doute m'étreignait, il me suffisait d'évoquer l'image de Pierre et son regard torturé.

— Va chercher maman, m'avait-il demandé. Ramène-la chez nous.

Et, avec cette seule idée en tête, je me ruai vers l'autoroute et vers la nuit.

11

Un baiser

J'avais quitté la ville depuis dix minutes quand le ciel menaçant se déchira, libérant l'averse. Fouettée par un vent furieux, la pluie venait s'écraser lourdement sur le pare-brise, en flaques énormes que les essuie-glaces avaient peine à balayer. Ils grinçaient sous l'effort, et les phares des véhicules que je croisais n'étaient plus que des taches de lumière brouillées. On se serait cru en pleine mousson. A chaque tournant, je retenais mon souffle. Mon cœur battait comme un tambour. Et soudain, je sentis la voiture déraper.

Prise de panique, je freinai si violemment que je l'envoyai sur le bas-côté. Je hurlai quand elle heurta un arbre et que je sentis l'arrière chasser. En un éclair, je me retrouvai en travers de la route et les roues avant dans le fossé. Les autres voitures me dépassaient à toute allure, leurs conducteurs klaxonnant furieusement au passage, craignant sans doute que je ne recule et ne me mette en travers de leur chemin. Mais tout ce que je pus faire fut de rester assise, immobile, les mains crispées sur le volant. J'étais incapable de remuer un muscle. Mon cœur affolé sautait contre mes côtes comme un animal en cage et de grosses larmes roulaient sur mes joues, jusqu'à mon menton.

Je repris le contrôle de mon souffle et m'efforçai de me calmer. Les essuie-glaces fonctionnaient toujours, bien que le moteur eût calé. Une main géante pianotait sur le toit. D'autres klaxons retentirent, et soudain deux énormes phares surgirent devant moi, éblouissants. Ils étaient haut placés, je me dis que ce devait être ceux d'un camion-remorque et qu'il allait me rentrer dedans. Mais le chauffeur stoppa quelques mètres avant d'arriver à mon niveau, sauta de la cabine et s'approcha en courant pour ouvrir ma portière. Brun, grand et mince, vêtu d'un jean et d'un T-shirt délavés, il arborait une petite moustache soigneusement taillée.

— Est-ce que ça va ? s'informa-t-il.

J'essuyai rapidement mes larmes.

— Je crois. Enfin... oui, ça va.

— Votre arrière est en travers de la route, vous allez vous faire emboutir, c'est sûr ! Avez-vous essayé de faire marche arrière et de redresser ?

— Non, monsieur.

Il était en train de se faire tremper, mais cela n'avait pas l'air de le déranger.

— Alors allez-y. Vérifiez si elle démarre.

Je tournai la clé de contact. Le moteur gronda et je le laissai tourner, mais la voiture ne bougea pas.

— Il va falloir appeler une dépanneuse, grommela le chauffeur entre ses dents.

— Oh non, monsieur ! Je dois être à Houma ce soir.

Il réfléchit, mordillant sa moustache.

— Bon, voyons ce que je peux faire. Le moteur est noyé, si ça se trouve.

Je me glissai sur le siège voisin et il prit ma place au volant, remit le contact et enfonça l'accélérateur. Le moteur tourna un moment, sans résultat, puis émit un crachotement bruyant et démarra. Mon sauveteur passa en marche arrière.

— Voyons jusqu'où vous êtes enfoncée dans cette gadoue, annonça-t-il en accélérant.

La voiture se souleva, retomba, se souleva et retomba encore. Le camionneur eut une moue perplexe.

— Je ne sais pas s'il faut forcer ; nous pourrions casser quelque chose.

— Mais il faut que j'aille à Houma, monsieur. C'est une question de vie ou de mort.

— Comme toujours, grogna-t-il en me dévisageant

avec attention. Vous êtes sûre que vous avez l'âge de conduire ?

— Oh, oui. Je peux vous montrer mon permis, dis-je en fouillant fébrilement dans mon sac.

— Inutile, je ne suis pas flic ! Votre famille sait que vous êtes dehors par ce temps ?

— J'essaie de retrouver ma mère, monsieur.

— Bon, je vais essayer autre chose. J'ai une chaîne, dans le camion. Donnez-moi cinq minutes pour l'accrocher à votre voiture et je verrai si je peux vous sortir de ce fossé.

— Merci, monsieur. Merci beaucoup.

Il sourit, secoua la tête et s'éloigna en soupirant :

— Ah, les femmes au volant !

J'attendis et le vis revenir, puis se mettre au travail sous la pluie battante, apparemment indifférent à la douche qu'il recevait. J'étais sûre qu'il était trempé jusqu'aux os. Finalement, il frappa à ma vitre.

— Tenez bien le volant, c'est tout ce que je vous demande. Si la voiture se soulève, braquez à droite et ça la redressera. Compris ?

— Oui, monsieur. Merci.

— Ne me remerciez pas encore, lança-t-il en courant vers son camion.

J'attendis encore, puis j'entendis la chaîne se tendre et sentis la voiture reculer petit à petit. Quand elle se souleva, j'exécutai scrupuleusement les ordres que j'avais reçus et quelques instants plus tard, j'étais tirée d'affaire. Mon cœur sauta de joie dans ma poitrine.

— Okay, dit mon sauveur en revenant à la fenêtre. Vous en êtes sortie ! Si vous tenez vraiment à continuer sous cet orage, conduisez doucement, d'accord ?

— Oui, monsieur. Comment puis-je vous remercier ?

— Envoyez-moi une carte postale ! cria-t-il pardessus son épaule en courant vers son camion.

— Mais, monsieur...

Il grimpa dans la cabine et démarra, cornant bruyamment quand il passa près de moi. Et voilà ! Je ne saurais jamais son nom...

Quelques instants plus tard, j'étais à nouveau sur l'autoroute, conduisant avec des précautions exagérées en attendant que la pluie cesse. Elle se calma, se changea en bruine et, aussi subitement qu'elle avait commencé, elle s'arrêta. Je pris le risque d'accélérer, retrouvant ma confiance en moi à mesure que défilaient les kilomètres et que le bitume s'asséchait. Il n'empêche que je voyageais seule sur l'autoroute, avec tous ces véhicules qui passaient en sifflant, et que les maisons étaient rares : je n'étais pas rassurée. S'il m'arrivait quelque chose, maman ne serait pas prévenue et Pierre ne guérirait jamais. Papa resterait seul et il en mourrait sûrement, lui aussi. J'avais les larmes aux yeux rien que d'y penser.

Environ une demi-heure après que j'eus repris la route, je m'aperçus que les nuages se dispersaient. Les étoiles se montraient, scintillant comme autant de signes favorables. Cela me réchauffa le cœur et accrut encore ma confiance. Le désastreux accident qui avait marqué le début de mon voyage n'était déjà plus qu'un souvenir. Mais aux abords de Houma, tout changea. Je découvris que j'avais oublié quel chemin avait suivi papa pour se rendre à Bois Cyprès.

Je ralentis et étudiai les différentes routes, mais toutes me paraissaient semblables, à présent. En désespoir de cause, je décidai de m'arrêter à la première cabane où je verrais de la lumière. Ce voyage qui était censé durer deux heures en avait déjà pris presque trois. Quand une maison se profila sur ma droite — enfin ! —, je ralentis à nouveau et m'engageai dans le petit chemin qui y menait.

A peine avais-je mis pied à terre que deux écureuils gris s'élançaient dans un cyprès, m'arrachant une exclamation de surprise. Du haut de leur perchoir, juste au-dessus de ma tête, ils m'épièrent un instant à travers les branches. Amusée par leur curiosité, je leur adressai un sourire de plaisir et m'engageai sur le chemin gravillonné qui menait à la galerie de la cabane.

C'était une pauvre baraque en bois nu, avec des stores orange assez sales aux fenêtres, dont plusieurs avaient perdu leurs volets. La cour était jonchée de carcasses de voitures, de machines à laver hors d'usage et de pirogues défoncées. Les piliers mal équarris de la galerie soutenaient à peine le toit de tôle, et la première marche du petit escalier était cassée. Je n'avais pas choisi la meilleure adresse, pour demander des renseignements. Mais j'ignorais à quelle distance pouvait se trouver la prochaine habitation, et j'étais déjà suffisamment perdue comme ça. Je me rapprochai de la maison.

De la musique s'échappait de l'intérieur, et par l'ouverture d'un volet j'aperçus les musiciens. Trois hommes, dont l'un jouait de l'harmonica, l'autre de la planche à laver, et le dernier du violon. Un rire de femme retentit, une voix hurla une chanson cajun. Puis les rires et les cris redoublèrent et un bruit de pas ébranla le plancher. On dansait. D'où j'étais, je pouvais sentir le fumet d'un gombo.

J'hésitais à interrompre les festivités, mais un coup d'œil autour de moi me fit changer d'avis. Les noirs cyprès drapés de mousse espagnole ressemblaient à des fantômes, des lucioles trouaient la nuit comme des étincelles, l'endroit était affreusement désert : je n'avais pas le choix. Je m'avançai jusqu'à la porte et frappai, trop légèrement sans doute car on ne m'entendit pas. Je frappai plus fort.

Quelqu'un cria. La musique cessa. Je frappai encore. Quelques secondes plus tard, un homme sommairement vêtu d'un pantalon et d'une paire de bretelles vint ouvrir la porte. Ses pieds nus laissaient voir de longs orteils simiesques et une ligne de poils descendait sur sa poitrine blême, semée de taches de rousseur. Il avait le menton bleui de barbe, les cheveux sales, et de longues mèches noires lui pendaient devant la figure. Il resta planté là, sans rien faire d'autre que me dévisager, jusqu'au moment où une voix de femme demanda :

— Y a quelqu'un, Thomas ?

— Ouais.

Subitement, deux fillettes apparurent derrière lui, vêtues de robes en toile de sac et aussi hirsutes l'une que l'autre. Apparemment, leur tignasse n'avait jamais été coupée : elle leur descendait jusqu'au milieu du dos.

Elles aussi me fixaient, leurs grands yeux noirs écarquillés. Puis un homme courtaud surgit à son tour, et enfin une robuste matrone aux bras énormes et au visage bouffi, agrémenté d'un double menton. Elle se campa entre les deux hommes.

— Eh ben quoi, qu'est-ce que vous regardez, vous autres ? C'est juste une fille. Qu'est-ce que vous voulez, mam'selle ?

— Je me suis perdue, et si vous pouviez me fournir quelques indications...

— Perdue, hein ? Regarde un peu ce qui nous arrive, Jimbo ! cria-t-elle en bousculant le plus petit des deux hommes, pour laisser place à un vieillard aux cheveux blancs. Elle dit qu'elle est perdue.

Le troisième homme — c'était le joueur de planche — se joignit à cette bizarre assemblée.

— Où que vous allez, comme ça ?

— Je cherche un endroit qui s'appelle Bois Cyprès.

— Bois Cyprès ! fit l'homme aux bretelles, avec un sourire qui révéla des gencives édentées.

— Z'êtes une parente aux Tate ? s'enquit le dénommé Jimbo.

— Non, monsieur.

— Eh ben, Bois Cyprès, c'est chez eux, répliqua-t-il en m'examinant d'un œil soupçonneux.

Sur quoi, le groupe s'accrut de deux spécimens mâles, d'une femme, de trois adolescentes et d'un garçonnet.

— Vous cherchez un des gars du pétrole, alors ? suggéra la femme d'un ton désapprobateur.

— Pas exactement.

— Pas exactement. Ça veut dire quoi, ça, pas exactement ?

— Je ne suis pas venue pour rencontrer un homme, précisai-je. Mais quelqu'un qui travaille au chantier détient une information qui m'intéresse.

— Ben voyons !

Elle ne semblait pas me croire. Mais pourquoi tenaient-ils tant à tout savoir avant de m'indiquer mon chemin ?

— Les Tate habitent par là, si c'est eux que vous cherchez, déclara le vieux Jimbo.

Je compris que si je ne satisfaisais pas leur curiosité, je n'en tirerais rien.

— Ecoutez, commençai-je avec un soupir excédé, je ne suis pas venue voir les Tate. J'ai vécu là-bas, autrefois. Mais je ne suis pas une parente des Tate.

Jimbo et la femme échangèrent un regard, et elle plissa les paupières.

— Vécu là-bas ? Vous êtes parente avec la vieille guérisseuse ?

— Elle est trop jeune pour être la fille de Catherine Landry, observa Jimbo d'un ton sagace.

— Vous seriez pas son arrière-petite-fille ?

— Si, madame. En effet.

— Eh ben ça ! C'est vrai qu'elle a qué'que chose des Landry, tu trouves pas, Jimbo ?

— Pour sûr. Y z'étaient tous beaux. C'est Buster qui va être content de savoir ça. Depuis le temps qu'y rumine c't'affaire !

— Pouvez-vous m'indiquer le chemin de Bois Cyprès ? insistai-je sans chercher à cacher mon impatience.

— Pour sûr. Vous continuez pendant une centaine de mètres, et vous prenez à gauche, voyez ? Après ça, vous suivez la route jusqu'au premier croisement, vous tournez encore à gauche et c'est tout droit. Ça vous mènera à Bois Cyprès. Z'avez saisi ?

— Oui, monsieur. Merci beaucoup.

— Buster voudra jamais croire ça, dit la matrone. C'est tout le portrait de sa mère, pas vrai ?

— Buster voudra jamais croire ça, opina Jimbo en écho.

La façon dont ils me regardaient, tous, me donna l'impression d'être un fantôme et je me hâtai de regagner la voiture. Quand je me retournai, ils étaient toujours plantés sur le seuil, les yeux ronds comme des billes. Faisant des vœux pour que leurs indications fussent bonnes, je repartis en roulant prudemment. Ces petites routes secondaires étaient encore bien plus sombres que celle qui m'avait amenée près de Houma. Les hauts cyprès tendaient vers moi leurs bras tordus, prenant parfois d'inquiétantes allures de squelettes à la lumière de mes phares. Quelque chose de poilu traversa le chemin en courant. Et juste après le dernier tournant, un hibou s'envola devant moi, ouvrant des ailes d'une telle envergure que j'en eus le souffle coupé. Le cœur palpitant, je m'engageai sur la voie carrossable qui menait à Bois Cyprès et aux forages. Il y avait bien trois heures et demie que j'avais parlé à Jack Clovis, maintenant. Je me demandais s'il était toujours là.

Puis la grande maison surgit des ténèbres, avec ses fenêtres obscures dont certaines reflétaient le mouvement des branchages. Il en émanait une terrible impression de vide. Tout était silencieux autour d'elle, hormis le vent qui bruissait sur le toit et faisait de temps en temps battre un volet, ou chuchoter les hautes herbes et les ronces. Privée de la lumière du jour, elle paraissait plus solitaire et plus abandonnée que jamais. Elle n'était plus habitée que par des ombres.

Le cœur serré, je contemplai la vaste demeure où avaient jadis retenti les chants et les rires, où la table était toujours mise pour les amis, ce lieu autrefois plein de vie et de joie où ma mère avait créé tant de chefs-d'œuvre. Les voix s'étaient tues, maintenant. Bois Cyprès n'était plus qu'un tombeau vide.

Toutes les frayeurs de mon enfance reprirent soudain leur pouvoir sur moi. Je n'osais pas tourner la tête vers les puits. Mon cœur manqua un battement, puis repartit à un rythme accéléré : entre la maison et les marais, quelque chose avait bougé. Une lumière se propageait en vagues dans les ténèbres, apparaissant et disparaissant tour à tour. Peut-être n'était-ce qu'un reflet, mais pendant un instant je crus y reconnaître le visage de mes cauchemars. J'eus un hoquet de terreur quand elle se rapprocha, paraissant flotter vers moi.

— Non ! m'écriai-je en accélérant brusquement, pour gagner au plus vite la caravane-bureau du chantier.

Une ampoule brûlait au-dessus de la porte, et les fenêtres laissaient filtrer un peu de lumière. Je freinai brutalement et descendis, m'étreignant les épaules. Il ne faisait pas froid, pourtant, et même loin de là. J'aurais dû transpirer dans l'air humide et chaud, mais un frisson glacé me courut le long du dos et se propagea jusqu'à mon cœur. J'escaladai les quelques marches menant à la porte et frappai. Il n'y eut pas de réponse.

Oh, non, pensai-je avec désespoir. Jack a renoncé à m'attendre et je me retrouve ici, dehors, toute seule...

Tout près de moi, quelque chose fit craquer l'herbe et un animal détala sur le gravier du chemin. Quand je me retournai vers la maison, je crus voir un voile diaphane descendre en flottant de la galerie supérieure. Quoi que ce fût, cela disparut aussitôt et je frappai à nouveau, plus fort cette fois-ci. Puis, ne recevant toujours pas de réponse, je fis jouer la poignée, pour découvrir que la porte n'était pas fermée. J'entrai dans la caravane.

Je vis d'abord, sur ma droite, un bureau couvert de papiers avec un téléphone et une photocopieuse, suivi d'un petit coin cuisine. Le côté gauche était apparemment réservé au séjour. Et là, étalé sur le canapé avec une jambe sur l'accoudoir, Jack Clovis dormait à poings fermés. Je refermai la porte et restai un moment immobile, ne sachant trop que faire, mais heureusement pour moi, quelque chose avertit Jack de ma présence. Ses paupières battirent, il ouvrit les yeux. Et à la seconde même où il m'aperçut, il se dressa sur son séant.

— Oh, je vous demande pardon, s'excusa-t-il en se frottant vigoureusement les joues. J'ai dû m'endormir.

— C'est moi qui devrais m'excuser d'arriver si tard, au contraire. J'ai eu un accident juste à la sortie de La Nouvelle-Orléans et ça m'a fait perdre beaucoup de temps.

Jack sauta sur ses pieds tout en reboutonnant sa chemise.

— Un accident ? Vous allez bien, au moins ?

— Oui, tout à fait. J'ai dérapé dans un fossé, mais un routier m'a dépannée.

— Tant mieux. Mais... (Jack regarda derrière moi.) Votre père n'est pas avec vous ?

— Non. Je suis venue seule.

— Seule ? Ah bon, fit Jack, sans me questionner davantage.

Ce fut moi qui l'interrogeai.

— Vous n'avez rien vu d'autre depuis notre conversation ?

— Non, mais j'ai surveillé la maison pendant près de deux heures. Je n'ai pas vu de voitures. Et je ne vois pas comment on pourrait venir ici autrement, sinon...

— Sinon ?

— Sinon par les canaux, bien sûr. Il faisait trop noir pour que j'aille y voir. Vous voulez boire quelque chose ? proposa-t-il en se dirigeant vers la cuisine. De l'eau fraîche, un jus de fruits ?

— Non, merci. J'aimerais aller tout de suite à la maison, et jeter un coup d'œil là où vous avez vu cette lumière.

— Entendu. Laissez-moi le temps de prendre des lampes électriques, dit-il en allant ouvrir un placard. Je n'avais pas l'intention de vous faire venir à cette heure-ci, ça pouvait sûrement attendre à demain. Votre père sait que vous êtes là ?

— Pas encore, mais je lui ai laissé un mot. Ne vous inquiétez pas, tout va bien.

Jack parut sceptique et je m'empressai d'expliquer :

— Il faut que je retrouve ma mère au plus vite, mon frère a terriblement besoin d'elle.

— Je comprends, dit-il en ouvrant la porte devant moi. Bon, allons-y. Je crois que nous ferions mieux de prendre votre voiture, ajouta-t-il quand nous nous retrouvâmes dehors.

Je repris donc le volant et, tout en conduisant, je lui décrivis l'averse que j'avais essuyée au début de mon voyage.

— Il n'a pas plu beaucoup ici, fit-il observer, mais avec la pluie c'est toujours comme ça. Quand on en a besoin, elle ne vient pas, et vice versa.

Il alluma sa torche en sortant de la voiture et j'en fis autant, puis, précédés par les deux faisceaux de lumière, nous gravîmes les marches du perron. Mon

Dieu, suppliai-je en pénétrant dans la maison, s'il vous plaît, faites que maman soit là ! Si nous avions la chance de la trouver, en quelques heures nous pourrions être aux côtés de Pierre.

Etirées par les minces rayons de nos lampes, les ombres faisaient paraître les couloirs encore plus longs qu'ils ne l'étaient, les pièces encore plus vastes. Sous leurs housses, les meubles avaient l'air d'esprits attendant d'être rappelés à la vie. Et les silhouettes engendrées par la lueur des torches dansaient sur les murs et les plafonds une sarabande fantomatique. Les planchers craquaient sous nos pas, et quand nous marchions sur les dalles, le peu de bruit que nous faisions se répercutait dans la maison vide, amplifié par l'écho.

— La lumière venait d'en haut, me rappela Jack. Soyez prudente.

Il me précéda dans le grand escalier, qui gémit, et je sentis ma nuque se hérisser comme si quelqu'un marchait derrière moi. Cette impression fut si forte que je m'arrêtai net et me retournai : les ténèbres, un instant repoussées par le rayon des lampes, se refermaient derrière nous. Je résolus de me tenir aussi près que possible de Jack. Quand nous atteignîmes le palier il m'entraîna sur la droite, vers la chambre qui, je le savais, avait été celle de mon oncle Paul.

— Je peux me tromper, commença-t-il, mais je suis pratiquement certain que la lumière venait d'ici. J'ai compté les fenêtres à partir du coin. Il y avait quelqu'un dans cette pièce, et cette personne se tenait là, près de cette fenêtre.

« La bougie est restée un moment à cet endroit, puis elle a paru diminuer. A mon avis, la personne qui la tenait s'est éloignée vers l'intérieur de la maison. J'ai appelé plusieurs fois, mais nul n'a répondu. Cela aurait très bien pu être un rôdeur ou un cambrioleur, conclut Jack.

— Il n'y a pourtant pas grand-chose à voler, vous ne croyez pas ?

— Pardon, il y a des meubles précieux, des œuvres d'art, un tas de bibelots, des ustensiles de cuisine… un beau butin, tout de même, surtout pour ces pirates du marais. Nous n'avons pas de criminels comme à la grande ville, ici, d'accord. Mais il y a tout un tas de gens louches qui vagabondent sur les canaux et pillent les cabanes. Cette maison est trop loin de tout pour être facile à dévaliser, mais les gens désespérés sont capables de tout.

Nous échangeâmes un regard à la lueur des lampes, qui jetaient sur nos visages une lumière jaunâtre. On aurait dit celle d'une bougie.

— Pourquoi votre mère viendrait-elle toute seule ici en pleine nuit ? s'étonna Jack. Vous deviez être sûre de la trouver, sinon vous ne seriez pas là. Je ne voudrais pas fourrer mon nez dans vos affaires, notez bien !

Je me mordis la lèvre. Si maman était dans la maison, elle avait dû nous entendre, mais je n'étais pas sûre qu'elle tienne à se montrer. Je n'arrivais pas à imaginer dans quel état d'esprit elle pouvait être en ce moment.

— Je vous ai parlé de la mort de mon frère et du chagrin de maman, mais je ne vous ai pas dit qu'elle se croyait coupable de ce qui est arrivé. Elle est allée consulter une mama vaudoue et après ça, elle a disparu. Tout ce que nous savons, c'est qu'elle s'est mis en tête d'accomplir un rituel mystérieux. Elle nous a fait parvenir une lettre disant qu'elle partait pour un certain temps, sinon pour toujours. Nous pensons qu'elle est revenue dans le bayou chercher quelque chose qu'elle a laissé dans la cabane, là où elle vivait avec sa grand-mère, autrefois.

— Et après son mariage avec Paul Tate, compléta Jack, elle est venue habiter cette maison.

— Oui.

— Et d'après vous, elle y est revenue pour y pratiquer une sorte de cérémonie vaudoue ?

Devant son intérêt sincère, je n'hésitai pas à me confier.

— Elle revient là où elle croit avoir fait quelque chose... qui pourrait avoir attiré le mauvais sort sur nous. Je suis sûre qu'elle doit pratiquer un rituel pour chasser les esprits mauvais.

— Je parie que vous n'y croyez pas, je me trompe ?

— Non.

— Je suis vraiment désolé d'apprendre tout ça, Perle. Ça doit être très dur pour vous.

— Oui, et ça ne s'arrange pas. L'état de mon petit frère s'est aggravé. D'après la psychiatre qui le soigne, il s'imagine que maman lui reproche la mort de son jumeau et qu'elle ne veut pas le voir. Il ne veut plus vivre, ajoutai-je avec tristesse.

— Ça, c'est vraiment affreux.

— Alors vous comprenez pourquoi c'est si important pour moi de trouver maman et de la ramener chez nous.

— Oui, je comprends. Je regrette de ne pas l'avoir cherchée mieux. Vous voulez qu'on fasse un tour dans la maison ?

— Oui.

Il saisit ma main et la serra fermement.

— Alors, soyons prudents. Cet endroit est abandonné depuis longtemps, je ne sais pas trop à quoi m'attendre.

Je n'hésitai pas un instant à lui laisser ma main. Sentir sa force me rassurait. Pièce par pièce, nous explorâmes le premier étage, sans oublier les salles de bains et cabinets de toilette, les penderies et les placards. Partout où nous allions, j'appelais maman et l'implorais.

— Pierre a besoin de toi, maman. Si tu es là, réponds-nous, s'il te plaît.

Mais la seule réponse à mes appels était l'écho, puis le silence, et nous retournâmes à l'ancienne chambre de maman. Le lit avait gardé son matelas et ses oreillers, mais à nu, sans draps ni taies ni couvertures. Nous promenâmes le faisceau de nos torches sur le plancher, les murs et même sous le lit, mais nous ne découvrîmes aucune trace d'occupation récente.

— J'ai dû rêver, observa Jack d'une voix morne, et je vous ai fait venir ici sur de faux espoirs. Le marais peut vous jouer de drôles de tours, et on ne sait plus si on doit se fier à ses sens. Vous avez déjà vu des émanations de gaz des marais ? On dirait des petits nuages de brume, quelquefois. Ou des feux follets.

— J'ai dû voir quelque chose comme ça en arrivant, tout à l'heure. Je ne me rappelle pas grand-chose du bayou, j'étais trop petite quand je suis partie, mais j'avoue qu'il paraît fascinant.

— Je ne voudrais pas vivre ailleurs, affirma Jack avec élan. N'en soyez pas froissée, Perle, mais je vous l'ai dit : je ne suis pas fait pour la ville.

Pour la première fois depuis des heures, je souris, mais Jack s'en aperçut-il ? Impossible à savoir, dans cette obscurité. Il resta quelques instants pensif, puis déclara :

— Si vous voulez revenir à la caravane avec moi, pas de problème. Je peux nous préparer une boisson fraîche et j'ai des melons d'eau dans le réfrigérateur. A moins que vous ne soyez trop fatiguée, bien sûr.

J'avais été trop inquiète jusque-là, trop tendue pour seulement prendre conscience de ma fatigue. Mais après ce bref instant de repos, elle se faisait enfin sentir et réclamait ses droits. J'avais des jambes de plomb.

— Je suis un peu fatiguée, c'est vrai, mais ça ira.

— Et qu'avez-vous décidé ? Vous comptez rentrer en ville tout de suite ?

— Oh, non. Je reste ici.

— Ici ? Vous voulez dire... dans cette maison ?

— Oui. Si ma mère y est venue, elle peut revenir. Et si elle se cache, elle va peut-être finir par se montrer. Je ne vois rien d'autre à faire.

— Mais la maison est vide ! protesta Jack. Vous n'avez aucun parent chez qui aller ? Je veux dire... il y a peut-être des bêtes, par ici, des araignées, des serpents, des...

— Arrêtez ! Vous me faites peur et il faut que je reste.

— Désolé. Si c'est vraiment ce que vous voulez...

— Oui.

Devant ma détermination, il capitula.

— D'accord, on retourne à la caravane. Il y a

quelques provisions et je nous trouverai bien quelques couvertures.

— Vous *nous* trouverez ?

— Vous ne pensez pas que je vais vous laisser là toute seule, quand même ? Je ne pourrais pas fermer l'œil tellement je me tracasserais pour vous ! Cette bougie… C'était peut-être un rôdeur, après tout.

— Vous n'êtes pas obligé de faire ça, insistai-je, même si mes genoux tremblaient comme des castagnettes.

Mais lui aussi insista, et très fermement.

— Je prends soin de votre puits, non ? Eh bien, je prendrai soin de vous aussi, c'est comme ça.

Sa générosité m'alla droit au cœur. Une fois de plus, je souris dans l'ombre.

— Merci, Jack.

— Inutile de me remercier, allons tout de suite chercher ce qu'il nous faut, répliqua-t-il simplement.

Et nous quittâmes la grande maison.

Le melon d'eau glacé fut très rafraîchissant. Quand j'en eus mangé un peu, je laissai Jack rassembler le nécessaire pendant que j'utilisais les toilettes, puis nous repartîmes d'où nous venions. Cette fois, il s'était muni d'une lampe à pétrole.

— Où allons-nous dormir ? demanda-t-il en entrant.

— Là-haut. Dans l'ancienne chambre de ma mère.

La lampe projetait des flaques de lumière jaune sur les murs tandis que nous montions, et nos ombres dansaient derrière nous. En voyant que je les regardais, Jack brandit sa lampe à bout de bras, s'amusant à les faire changer de taille et de forme.

— Nous sommes des géants, dit-il en riant. Tous les fantômes qui se cachent dans les petits coins vont avoir peur de nous.

— Vous croyez aux fantômes, Jack ?

— Bien sûr. J'en ai vu, quelquefois.

— Arrêtez de parler de ça !

Il s'immobilisa sur le palier pour se tourner vers moi.

— Mais j'en ai vu, c'est vrai. Dans les marais, la nuit, flottant sur l'eau. Des fantômes d'Indiens, j'imagine.

— C'étaient peut-être ces émanations de gaz, hasardai-je.

— Vous ne croyez pas au surnaturel, pas vrai ?

— Je crois en Dieu, mais pas aux gobelins, aux revenants ni aux esprits vaudous. Je suis une scientifique, affirmai-je. Je crois que tout ce qui existe a une cause logique. Nous ne la connaissons pas forcément mais il y en a une.

— D'accord, concéda-t-il avec un petit sourire supérieur.

— Vous croyez pouvoir me prouver le contraire, c'est ça ?

— Je n'en sais rien, mais je sais ce que j'ai vu, dit-il avec assurance en repartant vers la chambre.

Elle nous parut plus grande, cette fois-ci, à la lumière de la lampe à pétrole. Jack s'apprêtait à la poser sur la coiffeuse quand je poussai un cri.

— Attendez ! Approchez la lampe du lit, s'il vous plaît.

Il me suivit et, tout comme moi, fixa l'espace étroit entre les deux oreillers.

— Qu'est-ce que c'est que ce truc ? Je ne l'avais pas vu la première fois, et vous ?

— Non, dis-je en prenant lentement l'objet. C'est un *mojo*.

— Un quoi ?

— La patte gauche d'un chat noir tué à minuit. Un puissant gri-gri. Maintenant, je suis sûre que ma mère est venue ici ! Ou bien cette chose était déjà là et nous ne l'avons pas vue, ou maman est venue pendant que nous étions à la caravane.

Quand je me retournai, Jack était bouche bée.

— La patte d'un chat noir ?

— C'est l'ancienne cuisinière de ma mère qui lui a donné ce *mojo*. Celle qui est morte et qui est revenue de l'au-delà, pour transmettre à ma mère un avertissement qu'elle n'a jamais reçu. Elle était au vernissage de son exposition et n'a pas pu arriver à temps. C'est pour ça qu'elle s'accuse de la mort de Jean, expliquai-je.

Jack me dévisagea comme si j'avais perdu la tête.

— Cette femme est revenue d'entre les morts ?

— Je ne crois pas vraiment à tout ça, vous savez. Je vous ai dit que ma mère faisait une sorte de dépression nerveuse.

— Vous êtes sûre de vouloir passer la nuit ici? demanda-t-il encore, et j'aurais pu jurer que sa voix tremblait.

— Tout à fait. Ma mère pourrait revenir.

— Et si elle est partie ailleurs, pour y pratiquer je ne sais quel rituel bizarre ?

— Le meilleur moyen d'en être sûrs est d'attendre ici, décrétai-je, plus résolue que jamais.

Et cette fois, Jack renonça à me faire changer d'avis.

— D'accord. Vous voulez dormir sur ce matelas ? Il est un peu poussiéreux, mais si vous mettez cette couverture dessus, et celle-ci sur l'oreiller...

— Ça ira très bien, je vous remercie.

— Je vais m'installer juste à côté, dit-il en désignant le canapé.

Puis il prépara nos deux lits, en commençant par le mien, et déposa la lampe entre nous deux.

— Vous êtes bien ? s'informa-t-il en se glissant sous sa couverture.

— Oui. C'est vraiment gentil de m'aider comme ça, Jack.

— Pas de problème.

— Quel âge ont vos deux sœurs, au fait ?

Maintenant que j'étais couchée là, dans cette maison vide, et que l'obscurité se refermait sur nous, j'éprouvais le besoin de rompre le silence. D'ailleurs, mon intérêt pour la vie de Jack n'était pas feint, loin de là.

— Daisy a trente-deux ans et Suzanne vingt-neuf. Elle est mariée, elle a deux enfants, un garçon de trois ans et une fille de quatre. Son mari est gérant d'une plantation de canne à sucre.

— Et Daisy, que fait-elle ?

— Elle vient de finir ses études à Baton Rouge et de se fiancer. Elle se marie dans deux mois avec un gars de Prairie, le fils d'un marchand de meubles. Ils se sont connus en fac.

— Et vous, Jack ? Vous avez fait des études ?

— Moi ? Non. A peine sorti de terminale, j'ai travaillé aux derricks avec mon père.

— Mais vous disiez que vous aviez commencé à douze ans ?

— C'est vrai, mais je n'avais pas droit à un salaire. Comment se fait-il que vous vous souveniez de ça ?

— Oh, par hasard... dis-je évasivement, heureuse qu'il ne puisse pas me voir rougir.

— Moi, c'est sur le chantier que j'ai fait mes études, reprit-il. Et j'ai beaucoup lu. Nous avions plein de temps libre.

— Qu'est-ce que vous lisiez, de préférence ?

— Des livres sur la nature, surtout. Les copains m'appelaient Einstein, parce que j'avais toujours le nez dans un gros bouquin. Je trouve ça super que vous vouliez devenir médecin. Moi je n'ai jamais été en voir un vrai, bien sûr. Juste une guérisseuse.

— Mon arrière-grand-mère était guérisseuse.

— Je sais. Catherine Landry est une sorte de légende, par ici. Vous aussi vous avez la main magique ? Oh, pardon, j'oubliais ! s'esclaffa Jack. Vous ne croyez qu'à la logique.

— Il arrive que les gens guérissent parce qu'ils croient fortement en quelqu'un, vous savez. Ça aussi c'est logique.

Il réfléchit un moment.

— Bien possible. Vous êtes très intelligente, pas vrai ?

— J'avais d'assez bons résultats.

— Par exemple ?

— J'étais major de ma promotion.

— Pas possible ? Je me doutais que vous étiez brillante, notez bien... mais je n'étais pas sûr.

Cette fois, ce fut moi qui ris.

— Ah bon ! Et pourquoi ?

— Eh bien, les seules filles intelligentes que j'ai connues étaient...

— Etaient quoi ?

— Pas vraiment laides, mais pas très jolies non plus.

Un ange passa. Ni l'un ni l'autre ne savions plus quoi dire. Finalement, ce fut moi qui repris la parole :

— C'est idiot, ça, Jack. La beauté n'a rien à voir avec les capacités intellectuelles.

— Vous avez raison, c'était juste des mots en l'air. Je suis fatigué, j'imagine.

— Alors dormons. Bonne nuit, Jack, et encore merci.

— Bonne nuit. J'éteins la lampe ou je la laisse allumée ?

— Allumée, je préfère.

Il se tut quelques instants et laissa tomber :

— Pas très logique.

Sur quoi, j'éclatai franchement de rire.

— Vous êtes quelqu'un de bien, Jack. Je suis contente que ce soit vous qui vous occupiez de mon puits.

— Merci. Oh, Perle ?

— Oui ?

— Qu'est-ce que vous avez fait de cet os de chat ?

— Il est toujours sur le lit, répondis-je. Là où ma mère voulait qu'il soit.

Jack ne dit plus rien. Le vent qui s'infiltrait par les ouvertures de la maison errait dans les pièces du bas, sifflant sa plainte. Les bois craquaient, un volet battait avec une régularité monotone. Je crus reconnaître un bruit d'ailes et j'imaginai des chauves-souris tapies quelque part, sous les chevrons du toit, mais je savais qu'elles n'étaient pas dangereuses.

La nuit avait été longue, fertile en émotions ; et maintenant que j'étais couchée là, il me semblait que mon corps harassé voulait s'enfoncer dans le matelas. J'essayai de rester éveillée pour guetter le pas de ma mère, ou sa voix, mais ce fut impossible. Le temps de cligner les paupières, je dormais déjà.

Mon sommeil fut peuplé de visages, ceux des gens que j'avais rencontrés dans le bayou et qui m'avaient indiqué mon chemin. Ils étaient sortis de la cabane, m'avaient suivie à Bois Cyprès et marmonnaient tout bas dans l'ombre. Ils se rapprochaient de la maison, y pénétraient, montaient les escaliers, la matrone aux gros bras en avant du groupe et les enfants derrière. Je les vis entrer dans la chambre et sentis leur présence autour de moi. Ils avaient de gros yeux saillants et leur visage liquide se déformait sans cesse, passant de l'ovale au rond et inversement, sans arrêt.

Puis je perçus le contact d'une main sur ma joue, trop réel pour appartenir à mon rêve, mais je ne parvins pas à m'éveiller. Je gémis et me débattis contre les invisibles liens qui m'enserraient. J'essayai d'ouvrir la bouche, mais ma mâchoire était comme soudée. Au prix d'un effort inouï, je parvins à remuer la langue et, finalement, je criai.

En un instant, Jack fut auprès de moi et je m'assis pour l'entourer de mes bras.

— Que se passe-t-il, Perle ? Qu'est-ce qui ne va pas ?

Il m'étreignit avec vigueur et je posai la tête sur son épaule, blottie dans sa force rassurante.

— Tenez-moi dans vos bras, Jack. Serrez-moi très fort.

— Tout va bien, murmura-t-il en effleurant mes cheveux, du bout des doigts d'abord et bientôt des lèvres. Vous êtes en sécurité, Perle, tout va bien...

Mon cœur battait si fort que Jack devait le sentir contre sa poitrine, j'en étais sûre.

— Pauvre petite fille, chuchota-t-il. Quelle sacrée malchance, tout de même. Quelle sacrée malchance !

Ses lèvres descendirent sur mon front et je fermai les yeux, savourant la chaleur et le réconfort de sa caresse. Il continuait à m'inonder de baisers, promenant ses lèvres sur mes paupières, sur mes joues... et quand elles se posèrent sur ma bouche, je ne résistai pas. Nous nous embrassâmes longuement, mais avec une infinie douceur. Et aussitôt après, Jack s'écarta de moi.

— Désolé, je ne voulais pas...

— Ce n'est rien, Jack, dis-je d'une voix alanguie.

Et je soupirai quand il relâcha son étreinte.

— Mais que s'est-il passé, Perle ?

— J'ai senti une main sur ma joue.

— Un rêve, j'imagine. Moi aussi je faisais des cauchemars, ajouta-t-il en me prenant la main. Vous allez bien, maintenant ?

— Oui, merci.

— Ne croyez surtout pas que je cherchais à profiter de la situation, ou n'importe quoi. Je voulais juste…

— Je suis heureuse que vous m'ayez embrassée, Jack.

— C'est vrai ?

— Oui. C'était très réconfortant.

— Tant mieux. Bon, eh bien… si on essayait de dormir encore un peu ?

— Je vous demande pardon. Je sais que vous devez vous lever tôt pour travailler.

— Oh, ça ira ! Ne vous inquiétez pas pour moi.

Il me jeta un long regard, fit un geste pour se lever, puis, après une brève hésitation, il se pencha pour m'embrasser encore.

— Juste pour être sûr… souffla-t-il en se relevant.

Je surpris son petit sourire en coin, et ce fut comme si un feu de joie s'allumait dans ma poitrine : je n'avais jamais eu si chaud au cœur.

Je me sentis vraiment triste quand il s'éloigna pour se recoucher. Je l'entendis s'installer, me retournai vers lui, et pendant un long moment nous ne fîmes rien d'autre que nous regarder, dans la lueur mouvante de la lampe.

— Bonne nuit, dit-il enfin.

— Bonne nuit, Jack.

Je lui tournai le dos et m'absorbai dans mes pensées, jusqu'au moment où une inquiétude subite m'en tira. Je tapotai le lit d'une main fébrile.

— Que se passe-t-il, s'alarma Jack en m'entendant tâtonner. Perle ?

— Jack… Le *mojo*.

— Eh bien quoi, le *mojo* ?

— Il a disparu.

12

La haine est un poison qui tue lentement

Si maman s'était trouvée dans la maison pendant la nuit, elle n'y était plus le lendemain matin, ou bien elle se cachait. Jack et moi visitâmes l'atelier, la cuisine et jusqu'aux penderies encore plus soigneusement que la veille. Mais nous ne trouvâmes pas trace de la présence de maman, et mes appels insistants pour la supplier de se montrer n'obtinrent pas de réponse.

— Elle n'est pas là, c'est tout, conclut Jack. Elle a dû partir pendant la nuit. Vous ne voyez pas du tout où elle aurait pu aller ?

— Les seules personnes que je connaisse par ici sont ma tante Jeanne et mon oncle James. Ma mère aime beaucoup tante Jeanne. Elles sont restées en contact.

— Alors c'est peut-être chez eux qu'elle est, finalement, suggéra Jack. Vous pourriez leur téléphoner.

— Non, je passerai les voir. Mais d'abord, il faut que j'appelle papa.

— Et que vous preniez un petit déjeuner, sinon vous ne tiendrez pas le coup. Vous n'avez rien dans l'estomac.

— Je le prendrai en ville, avant de...

— Non, pas question. Allons à la caravane.

La plupart des employés se trouvaient déjà sur place à notre arrivée là-bas. Les têtes pivotèrent et les yeux s'arrondirent quand je descendis de la voiture.

— T'as embauché un extra, Jack ? cria une voix, déclenchant un immense éclat de rire.

— Ignorez-les, grommela-t-il en regardant droit devant lui, la nuque raide comme un piquet.

Bart Lacroix, le chef d'équipe, était assis à la petite table de cuisine, devant un café fumant et un beignet. Un autre employé du chantier lui tenait compagnie, un homme d'environ son âge mais nettement plus grand, aux abondants cheveux bruns tout bouclés. A notre entrée, le contremaître leva la tête.

— Que se passe-t-il ? Un problème ? demanda-t-il, tout surpris par mon apparition.

— Mlle Andréas est toujours à la recherche de sa mère, expliqua Jack, c'est pour ça qu'elle est revenue. Il semble que Mme Andréas était ici cette nuit.

— Qu'est-ce que tu racontes ? Ce n'est pas un endroit pour se promener la nuit !

— Personne ne se promenait non plus, grommela Jack entre ses dents.

Bart grogna, lampa une gorgée de café et engloutit le reste de son beignet.

— Billy dit qu'on a un problème de cric à la pompe trente-trois. Passe y jeter un coup d'œil, tu veux bien ?

— Tout de suite. Un peu de café, Perle ?

— Volontiers, acquiesçai-je. (Et l'homme aux cheveux bouclés se leva aussitôt pour m'offrir sa chaise.) Merci.

— Votre père est là aussi ? s'informa Bart.

— Non, monsieur.

Le contremaître haussa les sourcils et regarda son équipier, qui attendait toujours les présentations.

— Au fait, Lefty, voici Mlle Andréas. Perle. Le vingt-deux.

— Le vingt-deux ? Oooh ! s'exclama Lefty, impressionné.

Je m'assis, et Bart proposa aussitôt :

— Un beignet ? Ils sont tout frais, je les ai achetés en route. On a un fameux boulanger, dans le coin. Je parie que vous n'avez pas mieux au Café du Monde.

— En effet, approuvai-je après avoir goûté la pâte moelleuse, le Café du Monde est battu d'une longueur.

— Bon, faudrait peut-être qu'on se remue et qu'on aille voir cette pompe, Lefty, déclara Bart en lorgnant Jack, occupé à me verser du café.

Il fit mine de ne pas entendre et les deux autres, après s'être coiffés de leurs casques, quittèrent la caravane.

— Un peu de crème, Perle ?

— S'il vous plaît. Je ne vous ai pas mis dans l'embarras vis-à-vis de vos camarades, au moins ? J'en ai bien peur.

— Oubliez tout ça. Certains sont un peu jaloux, c'est tout. Je vous fais des œufs brouillés ?

— Merci, ce beignet me suffit pour le moment. Il est vraiment délicieux.

— Un jus d'orange, alors ? Ou des céréales ?

— Non, j'ai ce qu'il me faut, Jack, je vous assure. Asseyez-vous et buvez votre café. Je ne voudrais pas vous détourner une minute de plus de votre travail.

Il me sourit et s'assit en face de moi.

— Plutôt fort, ce café, non ? C'est comme ça que les hommes l'aiment. Bart dit qu'il lui arrache les papilles. Il a l'air un peu rude mais c'est un brave gars. Il travaillait avec mon père et pense qu'il doit s'occuper de moi.

— C'est bon d'avoir quelqu'un qui prend soin de vous, dis-je avec conviction. Mais, j'y pense… il faut que j'appelle mon père.

— Allez-y, le téléphone est juste là, m'indiqua Jack en pointant le doigt vers le bureau.

Aubrey répondit à la première sonnerie, ce qui me fit frémir d'appréhension. On aurait dit qu'il guettait mon appel.

— M. Andréas dort, mademoiselle, annonça-t-il à voix basse, comme s'il craignait d'être entendu des autres domestiques. Il a eu un petit accident la nuit dernière.

— Quel accident, Aubrey ? Que s'est-il passé ?

Papa était-il parti à ma recherche ? Avait-il percuté un obstacle, par cette pluie torrentielle ?

— J'ignore à quelle heure M. Andréas est monté se coucher, mais il a eu un étourdissement et s'est cassé la jambe droite, juste au-dessous du genou. La fracture est sans gravité, mais le médecin lui a posé un plâtre et l'a mis sous sédatifs. C'est pourquoi il dort en ce moment, mademoiselle.

Je devinai qu'Aubrey voulait me ménager en parlant d'étourdissement. Papa devait être soûl quand il s'était engagé dans l'escalier.

— Sait-il où je suis ?

— Oui, mademoiselle. Il a lu votre mot, il était toujours épinglé à sa veste quand il est tombé. J'ai entendu le choc et je l'ai trouvé là. Nous avons immédiatement téléphoné au docteur, et il a décidé que Monsieur pouvait rester à la maison. J'ai pris la liberté d'appeler Mme Hockingheimer et nous l'attendons d'un moment à l'autre.

— C'est parfait, Aubrey. Quand mon père s'éveillera, dites-lui que j'ai téléphoné et que je rappellerai un peu plus tard. Dites-lui aussi... que ma mère est toujours ici et que j'espère la retrouver bientôt. Nous reviendrons ensemble.

— Très bien, mademoiselle.

— Au revoir, Aubrey.

Je raccrochai lentement et, rencontrant le regard interrogateur de Jack, je le mis au courant de la situation.

— Ça fait beaucoup pour vous toute seule, Perle. Vous êtes certaine de vouloir rester ?

— Il faut que je retrouve ma mère, mais d'abord je dois téléphoner à l'hôpital pour avoir des nouvelles de Pierre. Je peux ?

— Naturellement.

L'infirmière des soins intensifs me répondit avec sécheresse. Mon frère était toujours plongé dans une torpeur comateuse, d'où il émergeait par intervalles. Sa dernière période de sommeil avait duré huit heures, et il n'était resté conscient qu'une demi-heure à peine. Les médecins ne l'avaient pas encore vu ce matin, ajouta-t-elle. Et elle me conseilla de rappeler dans l'après-midi.

Rongée d'inquiétude, je retournai m'asseoir à côté de Jack et lui résumai l'entretien.

— Puis-je faire quoi que ce soit d'autre pour vous ? s'informa-t-il avec sympathie.

— Non, il vaut mieux que vous retourniez travailler. Je vais passer voir ma tante Jeanne et je reviendrai ici.

Je lui dis où habitait tante Jeanne et il m'indiqua comment m'y rendre, complétant ses explications en traçant un plan sur une serviette en papier. Puis il y ajouta le numéro de téléphone de la caravane.

— Si vous avez le moindre ennui ou si vous avez besoin de quoi que ce soit, Perle, n'hésitez pas. Appelez ici.

— Merci, Jack.

— On dirait que vous avez besoin de réconfort, non ?

Là-dessus, sans me laisser le temps de protester — ce que je n'aurais d'ailleurs pas songé à faire —, il m'attira contre lui et je laissai aller ma tête sur son épaule.

— Tout va s'arranger, Perle, dit-il en m'étreignant avec chaleur, vous verrez.

Ses paroles eurent un effet magique : le sourire dont je ne me croyais plus capable fleurit tout seul sur mes lèvres. Je me levai, un peu ragaillardie, et quittai la caravane.

Les indications de Jack étaient parfaitement claires ; environ une demi-heure plus tard, j'arrivais chez tante Jeanne. Son mari, l'avocat James Pitot, avait réussi dans sa carrière et de toute façon, les Tate étaient une des plus riches familles de la région. La maison de tante Jeanne, bien que moins somptueuse que celle de ses parents, n'en était pas moins impressionnante.

J'entrai dans la propriété par une large allée de cèdres et de chênes, dont les frondaisons dispensaient une ombre fraîche. J'avais l'impression d'être dans un tunnel qui menait à un autre monde. Des hectares de gazon et de jardins entouraient la demeure comme un écrin et, un peu à l'écart sur ma gauche, je vis une petite pièce d'eau où flottait un îlot de nénuphars. La maison elle-même était une longue bâtisse sans étage, bordée sur toute la façade et sur un côté par une galerie. Des grandes pièces du devant, on accédait à cette galerie par des portes-fenêtres à la française.

En descendant de la voiture, j'entendis le ronronnement des tondeuses derrière la maison et, sur ma droite, non loin d'une petite fontaine, j'aperçus un jardinier au travail entre les hibiscus et les parterres d'hortensias bleus et roses. Des écureuils bondissaient hardiment autour du jardinier, certains s'aventurant si près de lui qu'il aurait pu les toucher et les caresser. Il leva le regard sur moi mais, comme si des yeux invisibles le surveillaient, il se replongea aussitôt dans son travail.

De longues traînées de nuages, pareilles à des écharpes de brume, flottaient dans le bleu léger du ciel matinal, mais de sourds grondements d'orage montaient du golfe. Il devait pleuvoir à La Nouvelle-Orléans, pensai-je en m'avançant vers la maison. Deux cardinaux qui se pavanaient sur le toit de la galerie interrompirent leur parade pour observer mon approche, et j'en restai un instant tout émerveillée. Tante Jeanne vivait dans un endroit vraiment ravissant, paisible, magique… un vrai paradis, soupirai-je avec nostalgie. Je montai vivement les marches, soulevai le marteau de cuivre et heurtai à la porte. Un instant plus tard, elle s'ouvrit devant le maître d'hôtel, un homme brun et mince aux yeux noisette, nettement plus jeune qu'Aubrey. Entre trente-cinq et quarante ans, estimai-je. Son nez pointu surmontait une bouche étroite.

— Je viens voir Mme Pitot, dis-je simplement.

— Et qui dois-je annoncer, mademoiselle ?

— Perle Andréas.

Il hocha la tête, s'effaça pour me laisser entrer et referma la porte derrière moi.

— Un moment, s'il vous plaît.

Je balayai du regard le grand hall clair. Le soleil baignait le plancher de cyprès et les murs coquille d'œuf, décorés de scènes typiques du bayou, montrant des pêcheurs sur les canaux. Devant moi se dressait une vieille horloge de chêne, juste en face d'un éventail en ivoire décoré à la feuille d'or. J'en contemplais le motif, de jolies Espagnoles en robe de bal, quand le glissement léger d'un pas me fit lever la tête. Un instant plus tard, en kimono japonais rose vif et mules assorties, tante Jeanne s'avançait vers moi, le visage rayonnant. Ses longs cheveux tombaient en cascade sur ses épaules.

— Perle ! s'exclama-t-elle en me tendant les bras pour me donner l'accolade, quelle bonne surprise ! Ton père est avec toi ?

— Non, tante Jeanne.

Elle eut une mimique désolée.

— Et ta mère n'est toujours pas rentrée ? (Je fis signe que non.) Comme cela doit être dur à vivre pour vous tous, après tout ce qui vient déjà d'arriver ! Comment va Pierre ?

— Pas très bien. Très mal, même, c'est pourquoi je suis ici. Pierre a besoin d'elle, j'espérais que tu saurais quelque chose.

— Strictement rien, hélas. Personne ne l'a vue, personne n'a entendu parler d'elle. Mais elle va se montrer, j'en suis sûre, affirma tante Jeanne en reprenant ma main. Allez, viens, maman et moi étions justement en train de prendre un petit déjeuner tardif. Tu as faim ?

— Non.

Je ne m'étais pas attendue à rencontrer Mme Tate, et cette seule perspective me coupait les jambes.

— Comment trouves-tu la maison ?

— Magnifique, et tellement paisible...

— C'est vrai. J'adore partager ce que j'aime avec les gens que j'aime. Il faut que tu dormes ici ce soir, promets-le-moi.

— Je ne peux pas, tante Jeanne. Mais peut-être un autre soir, me hâtai-je d'ajouter en voyant sa mine s'allonger.

— Bon, mais il faut me le promettre, sinon je ne te laisse pas repartir. Viens, que je te présente à ma mère.

Je la suivis et jetai un coup d'œil au passage dans la première pièce, un ravissant salon tendu de bleu porcelaine.

— Tous nos meubles sont d'époque, m'expliqua-t-elle. James adore restaurer les antiquités, c'est son violon d'Ingres. Il se passionne plus pour une vieillerie dénichée dans une ferme que pour une plaidoirie. Dans son bureau, il a une table de travail en bois de rose et en noyer, du plus pur style créole, qui vient d'une ancienne plantation française. Et si tu voyais ses murs... ils sont couverts de dagues, de casques et d'épées datant de l'occupation espagnole en Louisiane. Ah, soupira-t-elle en me serrant une fois de plus dans ses bras, si tu savais comme je suis heureuse de te voir enfin chez moi, malgré ces tristes circonstances !

— Merci, tante Jeanne.

Nous arrivions à la porte du salon, et je pris une longue inspiration avant d'entrer.

Mme Tate nous tournait le dos. Assise à table dans un fauteuil roulant, elle mâchait lentement une tranche de pain grillé. Tante Jeanne m'amena devant son fauteuil pour qu'elle n'ait pas à tourner la tête.

— Regarde qui est là, mère.

La tête de Gladys Tate semblait s'être enfoncée dans ses épaules, sous l'effet de l'arthrite ; et ses cheveux gris coupés court étaient si clairsemés que, par endroits, on voyait son crâne au travers. Des rides lui ravinaient le visage et le front, cernant de sillons ses yeux larmoyants, et la robe de chambre bleu et rose qui flottait sur elle accentuait sa maigreur. Immédiatement, mon regard se porta sur ses mains noueuses, aux doigts recourbés comme des serres. Les soins manifestes qu'elle prodiguait à ses ongles paraissaient incongrus, tout comme le reste de son maquillage. Ses joues poudrées à outrance et ses lèvres enduites d'une épaisse couche de rouge lui donnaient une apparence clownesque. Un artifice pour cacher sa pâleur maladive, supposai-je.

Elle ne sourit pas. Ses yeux d'une dureté minérale se rivèrent aux miens, un rictus sardonique étira ses lèvres. D'un geste lent, elle reposa le toast sur son assiette, avala une gorgée de café puis, enfin, elle parla.

— C'est elle, n'est-ce pas ?

— Elle est ravissante, tu ne trouves pas, mère ?

Gladys Tate jeta un regard de reproche à tante Jeanne. Puis elle reprit son inspection de ma personne, dardant sur moi ses yeux perçants, terriblement scrutateurs. J'eus l'impression d'être observée au microscope.

— Elle est assez jolie. Elle tient plus de son père que des Landry. Une chance pour vous, ajouta-t-elle à mon adresse.

Le regard que je lui rendis fut aussi appuyé que le sien.

— Ma mère est considérée comme une des plus belles femmes, et une des artistes les plus douées de La Nouvelle-Orléans, rétorquai-je sans me démonter. Si je lui ressemble, j'en suis très heureuse et très fière.

— Hmm ! grogna-t-elle en portant son toast à sa bouche d'une main mal affermie.

Je notai qu'elle avait peine à serrer les doigts pour le tenir. Elle mastiqua lentement, chaque bouchée lui coûtant un effort visible. Chez elle, l'âge ne semblait pas une conséquence naturelle du temps qui passe, mais une maladie.

— Assieds-toi et mange quelque chose, Perle, insista tante Jeanne.

Je ne me fis pas prier pour obéir. La femme de chambre me versa aussitôt du café, puis tante Jeanne me désigna le plat qui trônait au milieu de la table.

— C'est de la confiture maison, sers-toi.

— Merci.

Les petits pains disposés près du plat semblaient très bons. Tandis que j'en tartinais un de confiture, tante Jeanne me posa d'autres questions sur Pierre et je lui fournis de plus amples détails sur son état. Mme Tate ne perdit aucun de mes gestes ni aucune de mes paroles.

— Quel âge avez-vous ? lança-t-elle tout à coup, apparemment indifférente à notre malheur.

— Bientôt dix-huit ans, madame.

— Elle vient de passer son baccalauréat, tu te souviens, mère ? Elle a obtenu des notes brillantes et va entrer en faculté de médecine.

Gladys Tate ricana, ce qui accentua ses rides.

— Votre père était censé devenir médecin, lui aussi. Et ne soyez pas surprise que j'en sache aussi long sur vos parents, s'empressa-t-elle d'ajouter. Vous avez été élevée ici, vous savez ? Ou tout au moins, vous auriez dû l'être.

— Voyons, maman... tu avais promis de ne plus parler de ça !

Le regard gris et froid de Gladys Tate se posa sur sa fille, étincelant de haine.

— Promis ? Et que valent les promesses ? Est-ce que les gens les tiennent ? Les promesses ne sont que des mensonges habiles ! fulmina-t-elle.

Je notai que seul un coin de sa bouche remuait, l'autre restant figé. Peut-être avait-elle souffert récemment d'une légère attaque cérébrale ? Son œil droit était un peu plus fermé que le gauche, lui aussi.

— Je ne sais pas de quoi vous parlez, madame Tate, mais je deviendrai médecin, affirmai-je.

Pendant un moment, elle parut domptée, puis elle se remit à grignoter son toast.

— Vous savez, mon fils Paul aurait été un bon père pour vous. Je n'avais pas envie qu'il devienne votre père, bien sûr, mais elle lui a jeté un sort.

— Mère !

— Tais-toi. Je m'y connais en sorts, moi. La plupart des gens d'ici pensent que votre grand-mère était une guérisseuse spirituelle, une sainte personne, mais c'est faux. C'était une sorcière, et je l'ai dit à Paul. Je l'ai supplié de se tenir à l'écart de cette cabane, cette maison du diable, mais il était ensorcelé.

— Mère, si tu continues, je vais être obligée d'emmener Perle manger ailleurs. Elle n'est pas responsable du passé.

— Et qui est responsable, alors ? Moi ? Regarde-moi ! s'écria Gladys Tate en tendant ses mains tordues. Regarde ce que m'a fait cette femme. Elle m'a jeté un sort, et pourquoi ? Pour avoir voulu sauver mon fils. Mon fils, répéta-t-elle en gémissant.

— Je suis désolée, Perle, s'excusa tante Jeanne.

— Ce n'est rien. La douleur trouble la raison des gens. Je suis navrée que vous souffriez de cette arthrite, madame Tate, mais cela n'a rien à voir avec un sort.

Prenez-vous des médicaments, des anti-inflammatoires en particulier ?

— Des médicaments ! Mes armoires sont pleines de médicaments, marmonna-t-elle. Aucun ne m'a jamais guérie.

— Peut-être devriez-vous consulter un spécialiste, à La Nouvelle-Orléans ?

— J'ai déjà vu, des spécialistes, pour le bien que ça m'a fait ! C'est un sort, je vous dis. Aucun traitement ne peut m'aider.

— Ce n'est pas vrai, madame Tate. Je pense que...

— Vous pensez ? Ecoute-la, Jeanne. Elle *pense*. Quelle prétention ! Vous êtes déjà médecin ?

— Non, mais...

— Mais rien du tout. Jeanne, donne-moi une de ces pilules, au moins elles m'empêchent de souffrir.

— Tout de suite, mère.

Jeanne m'adressa un regard entendu, se leva et quitta la pièce. A l'instant où elle passa la porte, sa mère parut animée d'un regain d'énergie. Elle se pencha en avant, les yeux brillants.

— Racontez-moi ce qui est arrivé à votre mère. Vite.

Une fois de plus, j'expliquai pourquoi maman était revenue dans le bayou, ce qui parut plaire à Gladys Tate. Elle sourit.

— C'est vrai, dit-elle en se carrant dans son fauteuil, elle est responsable, et il arrivera d'autres malheurs jusqu'à ce qu'elle...

— Jusqu'à ce qu'elle quoi ?

— Jusqu'à ce qu'elle se noie, comme mon fils, acheva-t-elle amèrement.

Sous mes yeux, son visage parut se flétrir, rendu hagard et comme racorni par la haine. Cette métamorphose subite me fit l'effet d'un électrochoc. J'affrontai le regard de Gladys.

— C'est vraiment une chose horrible à dire, madame. Ce n'est pas seulement votre corps qui est malade, c'est votre esprit. Papa voyait juste : vous êtes difforme à l'intérieur, et votre haine vous a transformée en cette... créature ! m'écriai-je en me levant.

— Je ne dis que la vérité, grommela-t-elle. Donnez-moi cette pilule.

Je me ruai hors de la pièce, le cœur en tumulte et le visage enflammé de colère et d'effroi. Tante Jeanne me rattrapa sur les marches de la galerie.

— Perle, attends ! S'il te plaît ! Il ne faut pas l'écouter, ma chérie. Elle ne va pas bien.

— Non, elle ne va pas bien. Elle est trop méchante et remplie de haine, et c'est ce qui la dévore. J'espérais que maman serait venue ici, je priais pour que ce soit vrai. Elle t'a toujours aimée, tante Jeanne, mais je comprends pourquoi elle évitait de venir te voir, lançai-je par-dessus mon épaule.

— Elle peut quand même téléphoner, Perle.

Sur le point de monter en voiture, je revins sur mes pas.

— Je retourne à Bois Cyprès. C'est là qu'elle est allée en dernier.

— A Bois Cyprès ? Ô mon Dieu ! J'espère que tout ira bien pour elle. Pauvre Ruby ! Rien n'est plus terrible que de perdre un enfant. Regarde ce qu'est devenue ma mère, ajouta tante Jeanne, si tristement que je me radoucis.

Elle avait raison. Rien n'excusait la perversité de Gladys Tate, mais son amertume était compréhensible.

— Reviens, Perle. Elle va se calmer et aller se coucher, nous pourrons parler tranquillement.

— Merci, tante Jeanne, mais je ne tiendrais pas en place. Je suis trop inquiète pour Pierre, pour papa et pour maman.

— Mais que peux-tu faire, à Bois Cyprès ?

— Attendre, espérer, continuer à chercher. J'irai à la cabane voir si elle y est passée, puis je retournerai à Bois Cyprès.

— J'aimerais t'aider dans tes recherches, mais je ne peux pas quitter ma mère en ce moment, crut devoir expliquer tante Jeanne.

— Tout ira bien, je t'assure.

— Ma mère rentre chez elle demain, tu pourras t'installer chez moi, d'accord? J'irai faire des recherches avec toi, si tu veux.

Demain! Je fis des vœux pour ne pas être obligée de m'attarder jusque-là.

— Je te remercie, tante Jeanne. On verra.

Nous nous embrassâmes une dernière fois, puis je regagnai ma voiture et démarrai. Je n'étais pas venue pour rien, oh non! Je comprenais un peu mieux, maintenant, les tourments qu'avait endurés maman quand elle faisait partie de la famille Tate.

Au premier coup d'œil, rien ne semblait changé à la cabane. J'eus d'abord l'impression que l'herbe du chemin avait été foulée, mais je n'en étais pas sûre. Puis je vis la porte: elle était toute de travers, on avait arraché le gond d'en haut. Et quand j'entrai dans le séjour, j'eus un hoquet de stupéfaction. Ce qui restait des vieux meubles était complètement sens dessus dessous, les pieds du canapé cassés, les bras du rocking-chair aussi. Il y avait des éraflures sur le mur, là où on avait lancé une chaise pour la fracasser.

Dans la cuisine, c'était pire. La table était retournée, le plancher de cyprès fendu et tout hérissé d'éclats. Le poêle à bois avait été arraché du mur, et les étagères qui le surmontaient réduites en miettes.

Saisie d'épouvante, je coulai un regard vers l'escalier. Cette destruction ne pouvait pas être l'œuvre de maman, c'était impensable. Même dans un accès de rage, elle n'en aurait pas eu la force. Mais qui avait bien pu faire ça, et pourquoi?

J'hésitais à monter, mais ma curiosité fut la plus forte. Les marches grincèrent bruyamment, à croire qu'elles allaient se briser sous moi, et je m'arrêtai sur le seuil de la première chambre, figée de stupeur. Quelqu'un avait lacéré le matelas, dont la bourre jonchait la pièce, et là aussi des entailles balafraient les murs.

Subitement, un coup sourd se fit entendre et j'eus l'impression que mon cœur se décrochait. Mon premier réflexe fut de redescendre quatre à quatre, mais la panique me clouait au sol. Le bruit se répéta. On aurait dit qu'il venait d'en bas, de derrière la maison. Je rassemblai mon courage et revins lentement sur mes pas, évitant de faire craquer les marches et l'oreille tendue.

Je n'entendis plus rien, mais j'étais sûre que je n'avais pas imaginé ces coups. Le silence était encore plus effrayant. Le cœur battant à se rompre, je m'aventurai hors de la cabane pour examiner les environs. Soudain, je sursautai. Perché dans un gros sycomore, un busard des marais m'observait avec méfiance. Il s'agita sur sa branche, ouvrit les ailes et s'envola, passant au-dessus de ma tête avant de s'éloigner.

Je retournai à la cabane. Un bruissement dans l'herbe sèche me fit dresser l'oreille et je m'arrêtai net : devant moi, une vipère enroulée sur un caillou plat se chauffait au soleil. Je fus incapable d'avaler ma salive, et je me gardai bien de faire le moindre bruit. J'avais trop peur.

Puis j'entendis un bruit d'éclaboussures et je courus rapidement jusqu'au coin de la maison. J'arrivai juste à temps pour voir quelqu'un disparaître au détour du canal, manœuvrant une pirogue à la perche. Je me retournai lentement vers la cabane. Je n'étais pas au bout de mes surprises : on avait jeté de gros paquets de boue sur le mur. Mais qui ? Un vandale ? Que signifiait cette rage destructrice ?

Je revins avec précaution devant la cabane, et de là je courus jusqu'à la voiture où je m'assis pour réfléchir. J'avais la gorge sèche comme du papier de verre, un rafraîchissement aurait été le bienvenu. Je décidai de faire un tour en ville avant de retourner à Bois Cyprès.

Je me garai devant un petit restaurant baptisé sans façon « La Cuisine de Grand-Mère », au décor aussi simple que le nom. Un comptoir en Formica blanc, une dizaine de tabourets de bar et autant de tables pliantes, avec des chaises en bois. Un fumet de gombo, de *jambalaya* et de crevettes me fit venir l'eau à la bouche, et je m'aperçus que toutes ces émotions m'avaient creusé l'appétit. Je mourais de faim.

Un petit homme chauve siégeait derrière le comptoir, aux côtés d'une brune rondelette au sourire engageant. Les patrons, de toute évidence. Trois des tables étaient occupées, dont une par un groupe de femmes d'un certain âge qui m'observaient avec une franche curiosité. Un tableau noir annonçait le plat du jour : du crabe à l'étouffée.

— Bonjour, ma belle, m'apostropha la brune bien en chair, c'est pour déjeuner ?

— Oui, s'il vous plaît, dis-je en choisissant la table la plus proche.

L'hôtesse contourna rapidement le comptoir.

— Nous n'avons pas de menus imprimés, faites excuse, mais on a toujours de la tourte aux crevettes, des sandwichs légumes-viande et la *jambalaya* spéciale de Billy. (L'homme du comptoir inclina la tête en souriant.) Tout est servi avec du riz brun du pays.

— Je prendrai la *jambalaya* et une limonade, s'il vous plaît.

— T'as entendu, Billy ?

— Ouais, lança le dénommé Billy. C'est parti !

La belle brune s'attarda près de ma table.

— Vous êtes de passage ?

— Oui, me contentai-je de répondre. (Et comme elle semblait attendre la suite, j'ajoutai :) Ma mère a vécu ici. Elle y est revenue et je la... je cherche à la joindre.

— J'ai passé toute ma vie dans le coin, moi. C'est comment, le nom de votre mère ?

— Ruby.

— Ruby ? Pas Ruby Landry ? (Je hochai la tête.) Vous êtes la fille de Ruby Landry ?

— Oui.

— Ecoutez ça, vous autres ! clama-t-elle à la cantonade. C'est la fille de Ruby Landry.

Tout le monde s'arrêta de manger pour me regarder.

— Moi, je suis Ella Thibodeau, annonça la patronne. Ma grand-mère et la vôtre étaient amies. Où est votre mère ? Je serais drôlement contente de la revoir, ça oui ! On a été à l'école ensemble. Elle arrive bientôt ?

— Je n'en sais rien. Et elle ne sait même pas que je la cherche.

— Ah bon, fit Ella, un peu déconcertée mais pas au

point de se taire. Ça fait un bon bout de temps qu'elle est partie, Ruby. Paraît que c'est une artiste célèbre à La Nouvelle-Orléans, maintenant. Elle est venue pour faire des tableaux ?

— Oui, mentis-je en me hâtant de détourner les yeux.

Papa disait toujours qu'on lisait en moi à livre ouvert : je ne savais rien cacher.

— Ruby a dû aller à Bois Cyprès, alors. Quel dommage de voir cette belle maison s'abîmer comme ça ! J'espère qu'elle va la retaper. Cette tordue de Gladys Tate ne veut pas qu'on y mette les pieds, même pour réparer un volet pourri. Et cette propriété... une merveille, que c'était.

Ella fit claquer sa langue d'un air de regret.

— Quel malheur ! Une vraie pitié. Pauvre Paul Tate ! On avait toutes le béguin pour lui, vous savez, mais nous, on comptait pas. Il voyait que votre mère. On savait que Mme Tate aimait pas Ruby, vous pensez bien. Mme Tate et ses grands airs... Personne était assez bien pour les Tate.

« Alors, quand ils ont filé se marier en douce, on a tous été bien contents pour eux. Vous étiez un vrai petit ange, poursuivit Ella, intarissable. Votre mère était sacrément courageuse. Pensez donc, une fille si jeune. Rester toute seule avec vous dans cette cabane et s'échiner à gagner votre vie, à toutes les deux... L'en a fallu du temps, à Paul Tate, pour faire son devoir ! Mais une fois qu'y s'est décidé, il a bâti un palais pour Ruby.

« Une vraie pitié, répéta-t-elle. A mon avis, c'était un mauvais sort. Si votre grand-mère avait vécu, sûr que ça serait jamais arrivé. Elle faisait des miracles, Catherine Landry. Surtout pour guérir les gens. Je me souviens...

— Ella, tu parles trop ! glapit Billy. La demoiselle attend sa limonade.

— Oh, toi, la ferme ! riposta vertement Ella.

Mais elle s'empressa d'aller chercher ma limonade.

— Qu'est-ce que je disais, déjà ? Ah oui ! Je me souviens qu'une fois j'ai eu mal aux dents... quelque chose d'atroce. Je pouvais plus dormir de ce côté-là. Je suis allée voir Catherine, elle a soufflé de la fumée dans mon oreille et elle l'a recouverte avec sa main. Le lendemain, mon mal de dents s'était envolé. Un remède tout simple, mais y a qu'une vraie guérisseuse qui sait comment y faire, voyez ?

— C'est ce qu'on m'a dit, approuvai-je en souriant.

— Vous allez encore à l'école ?

— Je rentre à l'université cet automne.

— Eh ben dites donc !

— La *jambalaya* de la demoiselle ! vociféra Billy. Tu lui amènes ou t'attends qu'elle gèle ?

Elle leva les yeux au ciel et m'apporta mon déjeuner.

— Billy n'est pas du coin, il est de Beaumont, dans le Texas, déclara-t-elle en posant le plat sur la table, comme si cela expliquait tout.

Tout en attaquant ma *jambalaya*, je m'informai :

— Veniez-vous nous voir à Bois Cyprès, quelquefois ?

— Moi ? Non. Votre mère ne sortait pas beaucoup, dans ce temps-là, et elle ne venait pas souvent à Houma. C'est Paul qui faisait tout pour elle. Pour ce qui est de s'occuper d'une femme, j'ai jamais vu un homme comme lui. Ceux de Beaumont feraient bien d'en prendre de la graine, ajouta Ella, assez haut pour que Billy l'entende.

— Laisse cette fille tranquille, tu vas la rendre sourde !

Ce rappel à l'ordre ne découragea pas la commère.

— Ce procès a mis tout le pays sens dessus dessous, poursuivit-elle. A l'heure qu'il est, tout le monde croit toujours que vous êtes la fille de Paul, et laissez-moi vous dire une chose. Chaque fois que je vous voyais dans ses bras, ça me faisait fondre le cœur. Qu'y soit votre père ou pas, il aurait pas pu vous aimer plus. Quelle pitié, Seigneur ! Alors vous m'amènerez votre mère, hein ? Elle devrait pas oublier les amis, maintenant qu'elle est célèbre.

Je fis un signe d'assentiment, sur quoi Ella regagna son comptoir, et tout en mangeant, je réfléchis à ses paroles. A une certaine époque au moins, maman avait dû mener une existence idyllique à Bois Cyprès. Elle vivait dans un château, avec un homme qui la traitait comme une reine. Son art était son seul contact avec le monde extérieur. De quoi rêver...

La *jambalaya* était délicieuse, mais mon estomac se contracta dès que j'eus commencé à manger. Il me fut impossible de la terminer. Quand Ella eut débarrassé la table, j'allai au téléphone à pièces placé dans un coin de la salle pour appeler papa. Et cette fois, il était réveillé.

— Je ne te facilite pas les choses, s'accusa-t-il d'un ton geignard. Je devrais être avec toi en train de chercher Ruby.

— Je me débrouille, papa. Est-ce que tu souffres beaucoup ?

— C'est tout ce que je mérite, répliqua-t-il. Ecoute, Perle, ça ne me dit rien qui vaille de te savoir toute seule là-bas. C'est trop dangereux. Rentre à la maison. Je serai d'aplomb d'ici un jour ou deux et alors, nous aviserons.

— Tout va bien, papa. Maintenant je sais où est maman, je ne peux pas rentrer sans elle. Et Jack Clovis m'aide.

— Ah ! Au moins quelqu'un qui se rend utile, observa-t-il, recommençant à s'apitoyer sur lui-même. Bon, tiens-moi au courant, d'accord ?

— Promis. Dès que je trouve maman, je t'appelle.

— Maintenant je ne peux même plus aller voir Pierre à l'hôpital, gémit-il, et sa voix se brisa dans un sanglot. Je gâche tout.

Je mis son humeur larmoyante sur le compte de son état et m'efforçai de le réconforter, puis je raccrochai pour appeler l'hôpital. Cette fois, je tombai sur le Dr Lefèvre.

— Je crains que les choses ne s'arrangent pas, m'annonça-t-elle. Le Dr Lasky a mis Pierre en dialyse. Ses périodes d'inconscience sont de plus en plus longues, et je n'obtiens plus aucune réaction de sa part. Qu'avez-vous appris au sujet de votre mère ?

— J'essaie de la retrouver. Je suis à Houma.

— Le temps joue contre nous, sachez-le. La tension de Pierre baisse de façon alarmante.

Quand j'eus raccroché, mon expression soucieuse attira l'attention d'Ella et elle fut aussitôt à mes côtés.

— Des ennuis, ma toute belle ?

— Non, madame, répondis-je d'une voix chevrotante.

Et de grosses larmes roulèrent sur mes joues.

— En tout cas, si vous avez besoin de quoi que ce soit, appelez-nous. On se serre les coudes, chez les cajuns.

Je la remerciai, réglai l'addition et sortis, puis je repris le chemin de Bois Cyprès.

Conduire fut une diversion salutaire, je retrouvai mon sang-froid. Je comprenais mieux ce qu'avait pu être la vie à Bois Cyprès, maintenant, et je me demandais ce que maman avait ressenti en y revenant. Une dépression plus grande encore... ou l'illusion de retrouver la douceur du passé ? Sa mémoire l'avait-elle ramenée aux jours heureux où le parc foisonnait de fleurs et résonnait de chants d'oiseaux, temps bénis où tout n'était que musique et beauté, aisance et sécurité ?

Compte tenu de tout ce qui était arrivé, je n'aurais pas été surprise qu'elle ait voulu fuir Bois Cyprès et le monde où elle avait été si protégée. Par l'amour et l'argent de Paul, bien sûr, mais aussi par la magie de grand-mère Catherine.

Où était la magie, à présent ? me désolai-je. Qu'était-elle devenue, maintenant que nous en avions si grand besoin ?

13

Retour aux sources

Toute la journée, le front orageux avait lentement progressé dans notre direction. Le temps que j'arrive à Bois Cyprès il grondait sur le bayou, annonçant à grand fracas la pluie et la tempête. Je me rendis tout droit à la maison. Mais au moment où je me garais un nuage creva, et j'attendis un moment dans la voiture. Puis, voyant que l'averse risquait d'empirer au lieu de se calmer, Je remontai ma veste sur ma tête, sautai à terre et grimpai quatre à quatre les marches du perron. Mais j'avais le vent contre moi, et j'arrivai sur la galerie le visage ruisselant.

Je m'engouffrai à l'intérieur et claquai la porte pour me protéger de la bourrasque, mais je me retrouvai dans le hall humide et sombre, suffoquant dans l'air confiné. Un frisson glacé me parcourut, je levai les yeux vers l'escalier rempli d'ombres et appelai à pleine voix :

— Maman, tu es là ?

Comme par dérision, l'écho me renvoya mes paroles, amplifiant mon accent désespéré :

— Maman, tu es là ?

Il s'éteignit dans un silence de mort, rompu seulement par le craquement lugubre des charpentes et des planchers. Des volets battirent. L'averse redoubla. Se pouvait-il que maman fût en train d'errer au-dehors, dans cet orage ? me demandai-je avec effroi. Des larmes roulèrent sur mes joues, de plus en plus denses à mesure que la pluie fouettait les fenêtres. Un autre frisson me secoua, au point que j'en claquai des dents. Il fallait que je trouve un endroit plus chaud.

Je me précipitai dans le salon et arrachai la housse d'un canapé. Elle était poussiéreuse, mais tant pis. Je m'en servis comme d'une couverture et me blottis contre l'accoudoir, les bras noués autour de mes genoux relevés.

Le vent semblait faire le siège de la maison, pénétrant par toutes les ouvertures, même les plus petites fentes, tourbillonnant en sifflant à travers les pièces, agitant les rideaux dans une danse macabre et imprimant aux lustres un balancement périlleux. La violence de la tempête s'amplifiait. J'avais entendu dire que les orages d'été, dans le bayou, étaient souvent plus redoutables qu'à La Nouvelle-Orléans. Celui-ci semblait de taille à soulever la grande maison de ses fondations et à l'emporter dans les marais. Je gémissais de terreur.

— Maman, chuchotai-je, où peux-tu bien être dans tout ça ? Es-tu à l'abri, au moins ?

Etait-elle en haut, recroquevillée dans un coin, exactement comme moi dans le mien ? Je levai les yeux au plafond, souhaitant que — même pour un instant — le pouvoir me fût donné de voir à travers les murs.

Une assiette ancienne dégringola du dressoir et se brisa sur le plancher, m'arrachant un cri d'effroi. Le vent forcit et devint plus rageur. Les lustres cliquetaient comme des ossements. Dans une pièce du fond, un autre objet de porcelaine ou de verre tomba, éclatant comme un coup de fusil. De grosses gouttes mitraillaient les fenêtres en zigzaguant, tels des ongles pointus griffant les vitres, et le vent qui errait librement dans la maison soulevait des nuages de poussière. J'enfouis mon visage dans mes mains en toussant, et tombai peu à peu dans un état bizarre. Je tremblais de froid et frissonnais de fièvre, alternativement. Et la tempête hurlait toujours, de plus en plus fort, à croire qu'elle ne finirait jamais. Il me semblait que les murs eux-mêmes allaient s'écrouler sur moi. Il fit bientôt si sombre que je ne voyais plus ma main, et soudain, la porte d'entrée s'ouvrit en claquant.

Puis, tout aussi bruyamment, elle se referma.

— Perle ! cria Jack. Perle, où êtes-vous ?

Je n'avais jamais été aussi heureuse d'entendre une voix. Et surtout la sienne.

— Ici, Jack !

Il se rua dans le salon, en caban ciré noir, chapeau de pluie et bottes montantes. Il avait un baluchon sous le bras et une torche à la main.

— Ça va ? demanda-t-il en accourant vers moi.

Il posa la torche, ôta son chapeau et chassa la pluie qui lui coulait dans le cou.

— Quel orage épouvantable, et il est arrivé si vite ! me lamentai-je en claquant des dents.

— Il prend de la force en traversant le pays. La radio a diffusé une mise en garde : il va y avoir un ouragan, annonça Jack en ouvrant son baluchon.

Il contenait une couverture et une lampe tempête à pétrole, qu'il déposa sur une table.

— Je vous ai vue passer en voiture et je vous ai fait signe de venir à la caravane, mais vous, vous ne m'avez pas vu.

Jack se débarrassa de son ciré dégoulinant et le lança sur une chaise, juste au moment où une rafale ébranlait la maison. Un petit cri m'échappa. Instantanément, Jack fut près de moi, me serra contre lui, et j'éprouvai un délicieux bien-être à me blottir dans sa chaleur.

— Pauvre petite fille, vous êtes gelée, dit-il en me frictionnant vigoureusement les épaules et les bras.

Mes dents cessèrent enfin de claquer.

— Oh, Jack ! Qu'allons-nous faire ?

— Attendre que ça s'arrête, mais tout ce qui peut bouger va être emporté. Il faut que j'allume cette lanterne.

Je me dégageai pour lui permettre de se lever, et sitôt la lampe allumée il reprit sa place et moi la mienne. La flamme vacillante créait des silhouettes difformes, qui gesticulaient sur le mur. On aurait dit des pantins menant la sarabande, leurs mouvements grotesques rythmés par les assauts du vent.

— Vous vous réchauffez ? demanda Jack.

— Oui, merci. Comment se fait-il que personne n'ait parlé de cet ouragan ?

— Ils peuvent vous tomber dessus sans crier gare, parfois. C'est ce qui rend la vie si passionnante chez nous.

— Je peux me passer de ce genre de sensations fortes, merci.

Jack éclata de rire, mais retrouva aussitôt son sérieux.

— Votre mère a-t-elle pris contact avec votre tante ? Evidemment pas, déduisit-il, sinon vous ne seriez pas là.

— Non, et je suis sûre qu'elle n'en fera rien. Mais j'ai rencontré la mère de ma tante, ajoutai-je avec une grimace.

— Gladys Tate ? (Je confirmai d'un signe.) Je ne l'ai jamais vue, mais je sais qu'elle n'est pas commode. Les gars disent que c'est elle qui porte la culotte, dans la famille. Quand M. Tate vient faire un tour au chantier, on dirait un chien battu. Ça n'est pas mes oignons, d'ailleurs. Je prends les choses comme elles viennent et c'est très bien comme ça.

— Justement, Jack. Il y a encore autre chose. Je suis retournée à la cabane de ma grand-mère et vous savez quoi ? Quelqu'un l'a complètement démolie.

— Comment ça, démolie ?

Je lui décrivis les ravages et achevai, perplexe :

— Qui a bien pu vouloir s'en prendre à une vieille maison abandonnée ?

— Je n'en sais rien mais c'est bizarre. (Il réfléchit un moment, l'air préoccupé, puis haussa les épaules.) Vous avez mangé, au moins, ou bu quelque chose ?

— J'ai déjeuné à Houma, à La Cuisine de Grand-Mère.

— Chez Ella ? Fameux comme restaurant, non ?

— Elle est allée en classe avec ma mère. Je ne lui ai pas dit la vraie raison de ma visite, en fait. Ni parlé de la cabane.

— N'empêche que ça ne va pas tarder à faire le tour du pays. Mon père dit que le téléphone est une dépense inutile, dans le bayou. Si quelqu'un dit quelque chose à quelqu'un d'autre, il n'a pas fini de parler que tout le monde est au courant.

— Les cajuns sont très solidaires, n'est-ce pas ?

— Comme une seule grande famille, répondit Jack avec orgueil. Avec ses petites disputes, forcément. Tout le monde en a.

— Je suis à moitié cajun moi-même, et pourtant... j'ai l'impression d'être en pays étranger.

— Ma grand-mère disait qu'il y a seulement trois façons d'être cajun : par la naissance, par le mariage... ou par la main gauche. Vous, je dirais que c'est par le courage. Toutes ces belles demoiselles de La Nouvelle-Orléans, tenez, il n'y en a sûrement pas beaucoup qui seraient venues ici toutes seules, même pour une raison grave.

— Mais je ne sais plus quoi faire, Jack. Ma mère a quitté la maison, l'état de mon frère s'aggrave, mon père s'est cassé la jambe...

Je pris soudain conscience que l'orage était passé. Un calme impressionnant régnait dans la maison. Le vent était tombé.

— C'est fini ! soupirai-je avec soulagement.

Mais Jack secoua la tête.

— Nous sommes dans l'œil du cyclone. Le pire est à venir.

Il n'avait que trop raison. Quelques instants plus tard, les éléments se déchaînaient. Le vent reprit sa course effrénée à travers la maison, les volets claquèrent de plus belle, la pluie crépita sur les vitres. Au premier étage, une fenêtre arrachée à son châssis atterrit sur le plancher, explosant dans un fracas retentissant.

Je rentrai la tête dans les épaules et Jack m'attira contre lui.

— Tout va bien, me rassura-t-il, tout va bien...

Ce fut bon de sentir ses lèvres sur mes cheveux, son souffle chaud contre ma joue. La terreur que m'inspirait l'ouragan, la tristesse qui pesait sur nous depuis si longtemps, notre situation désespérée, tout cela devenait soudain trop lourd. Et le calme, la sécurité dont j'avais tant besoin, je les trouvais dans les bras de Jack.

Il était si doux, si sensible, si tendre... Incapable de retenir mes larmes, je pressai mon visage contre son épaule.

Il me laissa sangloter tout mon soûl, me serra contre lui, me prodigua des paroles de réconfort. Nous ne nous connaissions pas depuis longtemps, mais sa sincérité nous avait rapprochés. C'était comme si nous étions amis de toujours.

Le vent hurlait, la pluie cinglait la maison. D'autres objets tombèrent et se brisèrent, une autre fenêtre vola en éclats. On aurait dit que la terre s'ouvrait en deux pour nous engloutir. Le ciel vira au pourpre sombre et la flamme de la lanterne chancela dangereusement.

— Woh! siffla Jack, et je sus que même lui, un enfant du bayou, était impressionné par la violence du cyclone. La maison tremblait, toutes les portes tressautaient sur leurs gonds. Nous nous cramponnions l'un à l'autre, comme des naufragés s'accrochant à un radeau dans une mer démontée. Le vent s'enflait et retombait, envoyant vague après vague la pluie gifler la maison.

Puis, aussi soudainement qu'il avait commencé, l'ouragan cessa. Les forces de la nature se détournaient de nous, poursuivant leur chemin vers le nord, pour aller faire sentir à d'autres leur puissance et le respect qui leur était dû. Jack desserra son étreinte et, d'un même souffle, nous libérâmes un long soupir de soulagement.

— C'est fini, cette fois? demandai-je, n'osant y croire.

— Oui, confirma Jack, c'est fini. Mais je n'ose pas penser au gâchis qu'on va trouver en sortant demain, au grand jour. Vous allez bien?

Je fis signe que oui, mais je restai blottie contre lui. La faiblesse que j'avais ressentie dans les jambes un peu plus tôt ne m'avait pas quittée, j'aurais été incapable de me tenir debout. Et j'étais si bien... Jack me caressait doucement les cheveux.

— Combien de tempêtes pareilles avez-vous déjà subies, Jack?

— Quelques-unes, mais celle-là, c'était le bouquet!

— Je suis née pendant un ouragan, vous savez? Ma

mère m'a raconté comment mon oncle Paul m'avait aidée à venir au monde.

— C'est donc ça ! s'exclama-t-il. Maintenant, je comprends.

— Qu'est-ce que vous comprenez ?

— D'où vous tenez cette force combative. L'ouragan a imprimé sa marque dans votre cœur. Vous devez être terrible quand vous vous mettez en colère.

— Non, enfin... peut-être.

Jack éclata de rire.

— Je n'ai pas l'intention de vérifier, Dieu m'en garde ! Mais j'aimerais savoir ce que vous comptez faire, maintenant.

— Rien. Attendre ici, c'est tout.

— Vous ne pensez quand même pas que votre mère va revenir ?

— Si. Elle sait que je suis venue. Elle reviendra forcément.

Jack médita un instant mes paroles.

— Bon, d'accord. Allons à ma caravane. Le temps de prendre différentes choses et de constater les dégâts, et on revient.

— Non, objectai-je. Je veux rester ici. J'allais explorer la maison quand l'orage a commencé. Peut-être que maman est là, qu'elle se cache quelque part.

— Pour ce qui est de l'obstination, vous êtes une vraie cajun, ça oui. Quand vous avez une idée en tête, elle y reste ! Très bien, alors, attendez-moi ici. Nous reprendrons les recherches ensemble. J'apporterai de quoi dîner.

— Je n'ai pas faim.

— Ça viendra, faites-moi confiance. Je vous laisse la torche mais promettez-moi de m'attendre avant de repartir en expédition.

— Je vous le promets.

Il me dévisagea longuement puis il sourit, de ce tendre petit sourire qui commençait à me devenir si cher. Je lui souris en retour. Et quand il se pencha sur moi, mes lèvres s'entrouvraient déjà pour l'inviter à m'embrasser. Ce qu'il fit.

Puis il se releva, enfila son caban et remit son chapeau.

— Je reviens tout de suite. Ne bougez pas de là.

— Pas de danger, répliquai-je, et il s'en alla en riant.

Une fois seule, je balayai la pièce du regard. Dans ma terreur de l'ouragan, je m'étais précipitée vers le premier abri venu sans vraiment y prêter attention. Maintenant, un peu calmée, je levai les yeux sur un grand tableau représentant une anse du canal. Il faisait trop sombre pour distinguer les détails. Mais j'eus la vision fugitive d'un héron gros-bec plongeant vers l'eau, et un déclic joua dans ma mémoire, éveillant une foule de souvenirs.

Je me revis en haut de l'escalier, qui alors me paraissait immense, épiant ce qui se passait en bas. J'entendis résonner des rires, et un entre tous, profond et chaud : celui de mon oncle Paul, dont le visage s'illuminait quand il me découvrait là-haut. Je le sentis me soulever, m'emporter sur ses épaules. Des arômes délicieux chatouillèrent mes narines et je vis notre cuisinière à ses fourneaux, donnant ses ordres à son assistante. Tous les personnages qui revivaient dans ma mémoire prenaient des proportions gigantesques.

Et la magie du souvenir opérait toujours. La maison à présent si effrayante et si sombre ressuscitait dans sa splendeur étincelante, pleine de chaleur et de vie. Oncle Paul accrochait un tableau de maman et j'étais debout à côté d'elle, m'émerveillant du pouvoir de ses doigts. D'un coup de pinceau, elle faisait vivre un visage, s'envoler un oiseau ou sauter un poisson hors de l'eau... et pour moi tout cela tenait du miracle.

Il y avait des gens et de l'animation partout, pas une seule pièce ni un seul coin de la maison ne me paraissait vide, triste ou froid. Et par une fenêtre, celle de ma chambre sans doute, je voyais les jardins en fleurs, rutilant de toutes les couleurs de l'arc-en-ciel.

Il me semblait qu'un jour, ma mère et moi nous étions enfuies de cette maison. Un départ si rapide et si définitif que tous mes souvenirs s'étaient engloutis d'un seul coup dans les profondeurs de mon esprit, comme dans un gouffre. C'était presque comme si j'avais peur de les voir en sortir, traînant derrière eux quelque affreux cauchemar.

Les pompes haletaient sourdement dans la nuit. Des créatures des marais glissaient le long des berges. Et l'eau prenait une hideuse couleur d'encre, cachant le visage près d'émerger dans la lumière jaunâtre de la lune, un visage qu'il me restait encore à découvrir.

Je clignai des yeux et tous mes souvenirs s'abolirent d'un coup, aussi vite qu'ils avaient surgi. Je réintégrai le présent. J'étais à nouveau dans cette maison humide et sombre, cherchant maman et espérant la retrouver avant qu'il ne fût trop tard pour nous tous.

Je ne bougeai pas jusqu'au retour de Jack, et il sourit en voyant que j'étais toujours à la même place. Il apportait un carton empli de victuailles et de boissons.

— On n'y voit pas grand-chose, annonça-t-il, mais pour ce qu'il y a à voir! Des arbres abattus, des branches cassées dans tous les coins, de l'eau partout. La caravane a tenu le coup, mais le téléphone est coupé. Je ne vais pas pouvoir inspecter les machines avant demain.

« Bon, si j'allais poser ça dans la salle à manger? reprit-il en désignant le carton. Prenez la lampe et montrez-moi le chemin.

Je me levai d'un bond et le précédai dans le hall. Le ciel était toujours aussi couvert et il faisait presque noir dans la maison. La lanterne projetait un halo tremblant sur le sol et sur les murs, mais l'obscurité se refermait aussitôt derrière nous, comme pour nous happer. Des campagnols détalèrent à notre passage, se faufilant dans des trous minuscules, et j'entendis des grattements provenant d'une autre pièce. D'autres animaux qui s'étaient réfugiés là pendant l'orage, probablement.

La housse qui recouvrait la table de la salle à manger avait jauni, et elle était couverte de poussière. Je la retirai, Jack posa son carton et je promenai le halo de la lampe sur les murs, le plafond, le lustre et les hautes fenêtres. Des souvenirs imprécis me revenaient à l'esprit, cherchant à faire surface. Cette table m'avait paru si longue autrefois, quand j'étais petite. L'image de l'oncle Paul assis tout au bout m'apparut un instant, vague fantôme dans les ténèbres, et j'étouffai un cri d'angoisse.

— Qu'y a-t-il ? s'alarma Jack.

— Rien... ça va.

— Vous voulez refaire un tour dans la maison ?

— S'il vous plaît, je préfère.

Il me débarrassa de la lanterne, saisit ma main, et nous explorâmes à nouveau le rez-de-chaussée dans ses moindres recoins, avant de monter à l'étage. Au premier, par la fenêtre du fond du couloir, je vis un éclair zébrer le ciel. Je serrai plus fort la main de Jack, écrasant ses doigts sous les miens, mais il ne parut pas s'en apercevoir.

Sans oublier un placard ni un recoin, nous visitâmes l'ancienne nursery, les chambres d'amis, celle de Paul et celle de ma mère. Mais sans découvrir la moindre trace d'elle.

— Où peut-elle être allée par une tempête pareille ? me demandai-je à haute voix.

— Peut-être chez quelqu'un dont elle n'a jamais parlé, hasarda Jack. Ou dans une vieille cabane abandonnée, ou dans un motel. Il n'y a pas grand-chose à faire ce soir, Perle. Le téléphone est coupé, les routes doivent l'être un peu partout. Autant vous reposer pendant que vous le pouvez.

— Oui, dus-je admettre. Vous avez sûrement raison.

Je poussai un soupir et découvris que j'avais la gorge horriblement sèche.

— J'ai soif, avouai-je piteusement. On dirait que ma langue est en papier de verre.

— J'ai apporté de l'eau et du vin de myrtilles maison, dit Jack en m'entraînant vers l'escalier. Comme dîner je n'ai que des restes de celui d'hier soir, mais c'est moi qui l'ai préparé.

Sa fierté de cuisinier me fit sourire.

— Et qu'avez-vous préparé hier soir ?

— De la brème au court-bouillon. Bart et Lefty étaient censés dîner avec moi, mais ils sont partis à un fais-dodo, m'annonça-t-il tandis que nous descendions les marches.

— Pourquoi ne les avez-vous pas accompagnés ?

— Je n'étais pas d'humeur à ça.

— Jack… commençai-je, et j'hésitai un instant… Vous avez une petite amie ?

Je ne pus distinguer ses traits quand il se tourna vers moi, mais j'eus l'impression qu'il souriait.

— J'en ai eu quelques-unes, mais jamais rien de sérieux.

— Et pourquoi ?

— Parce que, c'est tout. La plupart des filles que j'ai connues étaient…

— Oui ? Etaient quoi ?

— Des têtes de linotte, acheva-t-il, et je pouffai de rire.

« Bart dit qu'une femme n'a pas besoin d'avoir grand-chose dans le crâne pour plaire à un homme, mais moi… ce n'est pas ce genre de femme que je veux, voilà.

Sur ce, nous retournâmes dans la salle à manger. Jack posa la lanterne sur la table et déballa ses provisions, soigneusement enveloppées dans du papier d'aluminium, puis il me versa un verre d'eau. Elle était délicieusement fraîche et je la bus d'un trait.

— Merci, Jack.

— Encore un peu ?

— Non merci, ça ira pour l'instant, dis-je en l'observant avec attention.

Ses traits prenaient une douceur singulière à la lueur de la flamme, et son reflet doré dansait dans ses yeux.

— Quelle sorte de femme voulez-vous, Jack ?

— Quelqu'un avec qui je puisse parler de choses intéressantes, et pas seulement une…

— Seulement une quoi ?

— Seulement une femme, répliqua-t-il en se retournant vers son carton. J'ai apporté un réchaud à alcool pour réchauffer la sauce. La recette de ma grand-mère, annonça-t-il. Trois tasses de mayonnaise maison, six gouttes de Tabasco, quatre cuillerées à soupe de jus de citron, une demi-tasse de crème de câpres et deux cuillerées de moutarde.

— Ça paraît génial. Je ne suis pas très douée pour la cuisine, j'en ai peur. Nous avons une cuisinière, et à ma connaissance nous l'avons toujours eue. (J'attendis un commentaire, qui ne vint pas.) Vous pensez que je suis une enfant gâtée, c'est ça ?

— Vous n'en avez pas l'air. J'ai connu ce genre de filles, des têtes de linotte gâtées-pourries. Vous n'avez rien de commun avec elles.

— Merci. Puis-je me rendre utile ?

— Vous pouvez. Prenez ça, dit-il en tirant du carton une nappe, des serviettes, de la vaisselle et des couverts. Mettez la table.

— Oui, monseigneur.

Jack dénicha une desserte et s'en servit pour préparer notre dîner. De son inépuisable carton, il tira deux bougies bleues et leurs chandeliers, les installa au milieu de la table et les alluma. Cela n'augmenta pas beaucoup l'éclairage mais l'ambiance devint nettement plus chaleureuse. Je dressai le couvert et Jack produisit son fameux vin de myrtilles.

— Et voilà, mademoiselle, vous pouvez vous asseoir. (Ce que je fis.) Grand cru 1950, annonça-t-il en remplissant nos verres. J'espère que cela répond à l'attente de Mademoiselle.

Je souris et goûtai le vin.

— Excellent, monsieur. Mes compliments.

— Merci, mademoiselle. Et maintenant, le clou de la soirée.

Il garnit nos deux assiettes, vint s'asseoir près de moi, et je vis qu'il avait ajouté au poisson un mélange de haricots verts et du maïs.

— Je regrette qu'il n'y ait pas de pain, s'excusa-t-il.

— Nous nous en passerons.

— Si nous portions un toast ? proposa Jack en levant son verre. A l'orage...

— L'orage ?

— Auquel nous devons de dîner ensemble ce soir,

poursuivit Jack en trinquant avec moi. Ce qui prouve que les vieux dictons ne mentent pas. A quelque chose malheur est bon, et toute peine mérite salaire.

J'éprouvais une agréable sensation de chaleur, en partie due au vin, sans doute... mais elle irradiait tout autant mon cœur.

— Attaquons! déclara Jack.

Peut-être était-ce la tension, l'émotion, l'épuisement, mais j'avais une faim de loup. Je ne m'étais pas régalée ainsi depuis longtemps, et tout en mangeant, Jack me parla plus longuement de lui et de sa famille. Sa mère, atteinte d'un diabète grave, avait été malade pendant presque toute sa vie d'adulte et c'était sa grand-mère qui faisait la cuisine et le ménage. Elevé dans le bayou, il ne l'avait quitté qu'à trois reprises, et jamais longtemps. Une fois pour aller à La Nouvelle-Orléans, une autre fois pour rendre visite à des parents de Dallas, et une troisième pour des vacances familiales à Clearwater, en Floride.

— Ma vie doit vous paraître bien simple à côté de tout ce que vous avez déjà pu faire et voir, Perle. Et je suppose que vous en diriez autant de moi. Je ne suis pas quelqu'un de très raffiné, j'en ai peur.

— Votre vie est peut-être simple, Jack, mais je ne dirais pas ça de vous. Bien des jeunes gens soi-disant raffinés que j'ai connus ne vous arrivent pas à la cheville, ajoutai-je.

Avec un peu trop d'énergie, sans doute, mais après trois verres de vin de myrtilles — fabrication maison —, j'avais tendance à parler sans contrainte. Et malgré le peu de lumière, je vis Jack rougir de plaisir. Il rayonnait.

Nous achevâmes lentement de dîner, savourant chaque bouchée. Chaque fois que je levais les yeux, je rencontrais le regard de Jack et m'interrogeais. N'était-ce rien de plus que la flamme de la lampe qui les faisait briller autant ?

— Je regrette de n'avoir ni dessert ni café à vous offrir, Perle.

— C'est très bien comme ça. J'ai mangé plus qu'à ma faim.

— On dirait bien, sourit-il en lorgnant mon assiette vide.

— Voilà qui n'est pas très élégant, commentai-je en secouant la tête. Une vraie dame laisse toujours quelque chose dans son assiette.

— Oh, vous croyez ? railla-t-il en outrant son accent cajun. C'est que je n'ai jamais connu de vraie dame, moi.

Et avec la voix typique du « rat des marais », il acheva :

— Mais j'en ai connu qui mangeaient même l'assiette !

J'éclatai de rire en même temps que lui, et je dus m'appuyer au dossier de ma chaise. Quand je me redressai pour reprendre haleine, je me penchai en avant et, à la même seconde, Jack en fit autant. Nos fronts se touchèrent et il m'embrassa légèrement le bout du nez. A nouveau, nos regards se soudèrent. Mon cœur battait tranquillement, et pourtant je sentis une onde chaude se répandre sur mes joues, gagner mon cou… Non, ce n'était pas le vin.

— Si nous faisions la vaisselle ? proposai-je.

— La vaisselle ? Oh non, mademoiselle. Les domestiques s'en chargeront. Laissez-moi vous conduire au salon, dit Jack en se levant pour m'offrir son bras.

Et quand je me fus levée à mon tour, il ajouta, saisissant d'une main le goulot de la bouteille et nos deux verres :

— Peut-être devrions-nous emporter notre vin maison ?

Puis il souffla les bougies, je pris la lanterne et nous retournâmes au salon.

L'ouragan avait laissé derrière lui une petite pluie fine, mais au loin l'orage palpitait encore. Des éclairs zébraient l'horizon, et pendant une fraction de seconde le ciel couleur de poix s'embrasait de reflets rougeoyants.

— J'espère que tout va bien à La Nouvelle-Orléans, soupirai-je.

— Ne perdez pas espoir, Perle, dit Jack en me tendant mon verre.

Je bus mon vin à petites gorgées, ce qui m'apporta une certaine détente, et je me laissai aller contre le dossier du canapé. Jack était toujours debout, les yeux rivés sur moi. Quand nos regards se croisèrent, ce ne fut pas seulement la sympathie ou la sollicitude que je lus dans le sien, et ce que je vis me fit battre le cœur. Se pouvait-il qu'elle existât vraiment, cette chose qu'on appelait coup de foudre ? Le désir si flagrant de Jack me fit prendre conscience du mien, avec une telle acuité que je me sentis coupable. J'avalai péniblement ma salive et fermai les yeux. Quand je les rouvris, Jack était près de moi et me tenait la main.

— Tout va bien, Perle ?

— Oh, je suis un peu fatiguée, je suppose.

— Pas étonnant, après tout ce que vous avez enduré. Si vous tenez vraiment à passer une nouvelle nuit ici, mieux vaut monter tout de suite. Les couvertures que j'ai apportées sont toujours là-haut.

J'acquiesçai d'un signe, et Jack me débarrassa de mon verre pour le poser sur la table. Puis il m'aida à me lever, prit la lanterne et, traversant le hall ténébreux jusqu'à l'escalier, nous commençâmes à monter en silence. Jack m'entourait de son bras et j'avais posé la tête sur son épaule. Les yeux fermés, je me laissais guider par lui, quand soudain j'entendis quelque chose en bas et m'arrêtai net.

— Qu'est-ce que c'est ?

— Quoi donc ?

— Un bruit, en bas... Maman ! appelai-je en scrutant l'obscurité. Maman, c'est toi ?

Silence.

— Ce devait être une souris, suggéra Jack.

J'écoutai encore un instant, la tête toujours inclinée sur son épaule, puis je le laissai me conduire jusqu'à l'ancienne chambre de maman.

— Nous y sommes, annonça-t-il en posant la lanterne sur la table de nuit.

J'ôtai mes chaussures et m'étendis sur le lit, mais

Jack ne bougea pas. Il se contenta de me regarder sans rien dire. Puis, lentement, je lui tendis la main et il la porta à ses lèvres. J'attendis, le cœur battant, et pendant un moment Jack parut attendre, lui aussi. Puis il libéra ma main, tourna le dos et marcha vers le canapé.

— Jack, m'entendis-je prononcer, comme si ma voix échappait au contrôle de ma volonté.

Je n'avais même pas eu le temps de me demander clairement ce que je voulais, mais qu'importait après tout ? Jack savait.

Il revint sur ses pas, s'agenouilla près du lit pour embrasser ma main, puis il se pencha et sa bouche effleura la mienne.

— Perle, chuchota-t-il.

Je tentai de raisonner, de réfléchir à ce qui se passait, comme je l'avais toujours fait en embrassant un garçon. Mais cette fois mon esprit scientifique me fit défaut ; la part de moi-même qui analysait toujours tout brillait par son absence, et ce n'était pas seulement à cause du vin. Dans les bras de Jack, je me sentais en sécurité, protégée, entourée. J'avais conscience de compter pour lui, d'être l'objet de sa ferveur et de sa tendresse. Ce qu'il souhaitait en ce moment même, il le souhaitait pour nous deux.

Son approche fut totalement dépourvue d'égoïsme, c'est d'abord à moi qu'il pensait, à mon bien-être, et non à son seul plaisir. Et au lieu d'avoir peur et de me raidir, j'accueillis sans réserve le flot d'émotions qui m'assaillaient, tel un raz de marée, souhaitant de tout mon être m'abandonner à sa furie. Je m'offris à toutes les caresses de Jack, provoquai ses baisers. Je renversai la tête pour que ses lèvres viennent se nicher dans mon cou et l'embrassai avec fougue, sur le front, sur les joues, sur les paupières. Quand il se releva, je m'écartai pour lui faire place à mes côtés.

— Perle, souffla-t-il, et jamais mon nom ne m'avait semblé si doux à entendre.

Ses mains se posèrent sur ma poitrine. Nos vêtements parurent s'envoler d'eux-mêmes, comme si nos corps avaient hâte d'être nus l'un contre l'autre. Chaque fois que Jack retenait un geste ou montrait une hésitation, je l'embrassais avec plus d'ardeur encore, chassant toute réticence et lui répétant que je partageais son attente. Comme lui, je n'avais plus qu'un désir : suivre jusqu'au bout ce chemin brûlant jusqu'à l'ultime embrasement et m'y livrer, corps et âme.

— Tu es sûre ? murmura-t-il une dernière fois.

— Oh oui, Jack ! Oui !

A chaque effleurement de ses mains, de ses lèvres, j'avais l'impression d'être traversée par un courant de sensualité pure, et je m'en étonnai. Je n'étais pas une espèce de monstre scientifique, finalement... J'étais une femme.

Et même une femme assez volcanique, semblait-il. Dans la frénésie qui nous reprit, je mordis l'oreille de Jack, si fort que je crus sentir le goût de son sang. Mais il ne se plaignit pas. Il me retint tout contre lui et ses baisers se firent de plus en plus doux, plus légers, tandis que nos cœurs s'apaisaient peu à peu. Il m'étreignait comme s'il ne voulait plus jamais me laisser partir.

— Tu es bien ? demanda-t-il quand j'en arrivai à retenir mon souffle, tant il me serrait.

Je murmurai un « oui » presque inaudible et il relâcha son étreinte, puis il s'étendit à mes côtés. Pendant de longues secondes, aucun de nous deux ne parla.

— Perle, dit-il enfin, ne t'imagine pas que...

— Non, l'arrêtai-je en lui posant un doigt sur la bouche. Tu ne me dois pas d'explications. Je ne regrette rien.

Il sourit, m'embrassa, et un élan nouveau nous jeta l'un vers l'autre. Nous nous y livrâmes avec passion, sûrs de ce que nous voulions tous les deux, sans hésitation ni réserve. Une houle nous emporta, telle une lame de fond dont la force croissait sans cesse, montant de plus en plus haut jusqu'à ce qu'elle se brise et se soulève encore, et encore, et encore, appelant à chaque reprise un nouveau consentement.

Un peu plus tard, exténués, nous nous séparâmes et nous étendîmes l'un près de l'autre, silencieux et hors d'haleine. Mon corps irradiait une délicieuse sensation de chaleur. C'était bon, j'étais bien. Je fermai les yeux.

Puis la main de Jack chercha la mienne.

— Il n'y a pas de doute, tu es née pendant un ouragan, dit-il en riant tout bas.

Et je joignis mon rire au sien.

Mais à mesure que mon émoi physique s'apaisait, la logique et la raison revenaient en force, avec leur cortège de remords. Comment avais-je pu me conduire aussi légèrement? méditais-je avec consternation. Je savais que si je me confiais à Jack, au premier mot il se ferait des reproches, lui aussi. Et je ne voulais pas qu'il se sente coupable.

Etait-ce mal d'avoir éprouvé tant de plaisir alors que nous vivions un pareil drame de famille? Vraiment si mal? Ruminant mon angoisse, je me mordis la lèvre et tournai le dos à Jack, mais on aurait dit qu'il lisait dans mes pensées.

— Tu n'as rien fait de mal, déclara-t-il. Tout ça ne veut pas dire que tu ne te soucies pas de ta famille, tu fais même tout ce que tu peux pour l'aider. Mais tu ne peux pas te surmener comme ça sans recharger tes batteries! Tu es humaine, Perle, j'ai l'impression que tu l'oublies de temps en temps.

Je me retournai lentement et lui souris.

— Je ne l'oublierai plus, Jack.

Il me rendit mon sourire, m'embrassa encore et m'attira dans ses bras, où je me blottis en fermant les yeux.

Le sommeil s'abattit sur moi aussi vite que le vent d'orage, et avec la même force implacable. En quelques secondes, je coulai dans une bienheureuse inconscience.

Quand je rouvris les yeux, le soleil entrait à flots par les fenêtres. C'était difficile d'imaginer que nous avions essuyé une tempête aussi violente, et pas plus tard que la veille. Pendant un instant, je me demandai si je n'avais pas rêvé. Le reste de la nuit aussi semblait un rêve. Avions-nous vraiment partagé ce romantique dîner aux chandelles, Jack et moi? Avions-nous réellement fait l'amour ? Je me retournai vers lui... pour découvrir qu'il était déjà parti. Il avait laissé un mot sur l'oreiller.

« Je n'ai pas eu le cœur de t'éveiller. Tu dormais comme un ange. J'ai dû partir très tôt à cause de l'ouragan. Dès que tu seras levée, viens à la caravane, je te préparerai un petit déjeuner cajun.

« Tendresses,

« Jack. »

Je m'assis et consultai ma montre : j'avais dormi presque dix heures. Alors que j'aurais dû me lever tôt pour aller téléphoner, prendre des nouvelles de Pierre et de papa...

Je sautai du lit, passai dans la salle de bains et, à tout hasard, tournai le robinet du lavabo. A ma grande surprise, il en jaillit quelques filets d'un liquide brunâtre, qui se changea bientôt en eau claire. Froide, sans doute, mais au moins je pus me débarbouiller, puis utiliser les toilettes. Je m'habillai en hâte, glissai le billet dans ma poche et descendis. Jack avait fait disparaître les traces de notre dîner, mais les dégâts causés par l'ouragan étaient bien visibles, eux. Vaisselle brisée, fenêtres fracassées, rideaux et planchers détrempés... un vrai désastre.

Quel dommage que les Tate aient laissé cette belle maison se délabrer, pensai-je en soupirant. Pourquoi fallait-il que ceux qui avaient tout soient si pervers et si destructeurs ? Quelle joie vengeresse pouvait éprouver Gladys Tate à voir se dégrader ce qui avait été la joie et l'orgueil de son fils ? Voulait-elle s'assurer que personne d'autre ne profiterait de Bois Cyprès ? Je me souvenais à peine de l'oncle Paul. Mais d'après ces rares souvenirs, et le peu que maman m'avait dit de lui, je savais qu'il n'aurait jamais voulu cela.

J'allais sortir quand j'entendis marcher derrière moi.

— Jack, c'est toi ?

Je n'obtins pas de réponse mais, dans le corridor, une lame de parquet grinça. Je me retournai lentement. Maman, pensai-je. Maman était revenue, finalement ! Le cœur dilaté de joie, je m'élançai dans le couloir qui menait à la cuisine. J'étais sûre de la trouver là, assise, en train de m'attendre.

— Maman ! m'écriai-je en franchissant la porte en trombe.

Mais au lieu de voir maman, je me trouvai face à face avec une espèce de géant. Un grand et gros homme au visage bouffi, aux narines épatées, avec des bajoues pendantes et une épaisse bouche d'un rouge violacé. Il ne devait pas s'être rasé depuis une semaine, à en juger par la broussaille poivre et sel qui couvrait son triple menton. Sa bouche entrouverte découvrait des gencives édentées où pointaient encore quelques chicots, tout jaunis de nicotine.

Ses vêtements n'étaient guère plus alléchants que sa personne. Des bottes de pêcheur, un jean déchiré, un T-shirt en loques et d'une couleur douteuse, à croire qu'il faisait sa lessive dans un bidon rouillé.

Et ce personnage sourit. Ses grosses lèvres molles s'étirèrent entre ses joues adipeuses, où ses petits yeux noirs parurent s'enfoncer davantage, devenant presque invisibles sous son front bas plissé de rides.

— Qui êtes-vous ? demandai-je, la première stupeur passée.

— Alors c'est vrai. Vous êtes la fille à Ruby, c'est ça ?

— Je suis la fille de Ruby Dumas, oui. Et vous ? Qui êtes-vous ? répétai-je avec un peu plus d'insistance.

— Mon nom c'est Trahaw. Buster Trahaw. Je suis un ami de votre mère. J'ai su que vous la cherchiez par ici, alors je suis venu voir moi-même.

— Vous avez vu maman ?

Je ne me souvenais pas de l'avoir entendue mentionner un Trahaw, et j'imaginais mal qu'elle pût avoir des amis pareils. Mais comme Jack l'avait dit la veille, elle pouvait connaître des gens dont elle n'avait jamais parlé et pouvait même se trouver chez eux en ce moment, surtout si elle s'était fait surprendre par l'orage.

— Sûr que je l'ai vue, affirma Buster. Sinon pourquoi je serais là ?

— Où est-elle ? Comment va-t-elle ?

— Elle, euh… elle va pas fort. Elle est malade comme un chien. Quand on a su que vous étiez là : « Va la chercher », qu'elle m'a dit. « Ramène-la vite. » Alors je suis venu.

— Mais où est-elle ?

— Chez ma mère. Elle est guérisseuse, ma mère.

— Ah, fis-je en réfléchissant rapidement, pour conclure que c'était plausible. Pouvez-vous me conduire à elle, s'il vous plaît ?

— Sûr que oui, mais faut faire vite. J'ai du boulot et je peux pas m'attarder trop longtemps.

— Allons-y, alors. Ma voiture est devant le perron.

— On peut pas y aller en voiture, objecta Buster sans faire mine de bouger. C'est dans le marais, je suis venu en pirogue. Suivez-moi, m'indiqua-t-il en s'ébranlant pour gagner la porte. Par ici.

— Mais…

— Vous venez ou quoi, mam'selle ? J'ai du boulot, moi, je vous l'ai déjà dit.

J'hésitai. Je savais qu'il fallait prévenir Jack. Je tirai sa lettre de ma poche, la retournai, puis je griffonnai précipitamment mon propre message au dos.

« Cher Jack,

Je suis partie avec Buster Trahaw, il dit que ma mère est chez lui. A très bientôt, je t'aime,

« Perle. »

Je déposai le feuillet sur le comptoir et courus derrière Buster Trahaw, qui avait déjà quitté la maison. Il pointa le menton en direction de la jetée.

— Ma pirogue est juste là, tenez.

Je le suivis et ne me retournai qu'une fois, regrettant de n'avoir pas le temps de voir Jack. Mais avec un peu de chance, je serais revenue avec maman avant même qu'il ait trouvé mon mot, alors pourquoi m'inquiéter ? J'allongeai le pas, pleine d'espoir. Buster Trahaw ne m'avait pas attendue. Il courut pratiquement d'une traite jusqu'au ponton et embarqua aussitôt. Pour la seconde fois, j'eus un moment d'hésitation. Je me souvenais à peine d'être jamais montée dans une pirogue, ou d'avoir navigué sur les canaux. Finalement, Buster me tendit les bras et je le rejoignis à bord.

— Enfin ! s'exclama-t-il. Pas trop tôt !

Il sourit, planta sa perche dans l'eau et s'éloigna vivement de la jetée, nous entraînant vers les marais. Je tombai rudement sur le banc et ne bougeai plus. J'observais Buster avec inquiétude. Il ne me quittait pas des yeux, et pas un instant il n'avait cessé de sourire.

14

Pour solde de tout compte

La pirogue de Buster Trahaw était si vieille et si pourrie que je tremblais de la voir s'ouvrir en deux, nous laissant choir dans l'eau vaseuse. Buster peinait sur sa perche, grognant et soufflant. De grosses gouttes de sueur ne tardèrent pas à rouler de son front bas, pour aller se perdre dans les plis de son menton hirsute.

— C'est loin, là où vous m'emmenez ? demandai-je en baissant la tête pour échapper à son regard insistant.

Le mien se posa sur les appâts desséchés, les vers, les mégots, les bouteilles vides et les boîtes de bière écrasées qui jonchaient le fond du canot.

— Mais non, mais non, se hâta de répondre Buster.

Je me retournai instinctivement vers la jetée, prête à demander à Buster de m'y ramener. La tentation fut presque irrésistible, mais un doute me retint. Buster disait peut-être la vérité, après tout. Maman pouvait avoir besoin de moi. N'empêche que je me serais sentie beaucoup plus rassurée si j'avais pu parler à Jack avant de partir. Il pouvait très bien ne pas trouver mon mot tout de suite... ou ne pas le trouver du tout. Cette perspective me fit frémir. Je n'aurais jamais dû me sauver comme ça.

— Vous en faites pas, lança Buster, son sourire béat toujours vissé aux lèvres. Ça va pas être long. Y en a pas un qui peut battre Buster à la perche, dans tout le bayou.

Je m'adossai au bordage et observai les alentours. Je

ne me souvenais pas vraiment d'avoir navigué en pirogue dans ma petite enfance, et pourtant, certains détails du paysage me donnaient une impression de déjà-vu. Entre les îlots flottants de nénuphars, des brèmes happaient au vol les insectes qui tournoyaient en surface. Les festons de mousse espagnole suspendus aux branches des cyprès se soulevaient et retombaient, mollement balancés par la brise. Des essaims de libellules rasaient l'eau, changeant brusquement de direction pour aller voir ailleurs, en formation si serrée qu'on croyait voir une seule grande créature ailée.

Buster vira légèrement sur la gauche et s'engagea dans un canal plus étroit, traversant un rideau de branches de saules, et quand je me retournai j'eus l'impression qu'une porte verte venait de se refermer sur nous. Puis, à mesure que nous avancions, la voûte de feuillage s'épaissit tellement que, par endroits, le soleil ne parvenait plus à la percer. J'aperçus un alligator endormi, près d'un tronc d'arbre pourrissant. Et un autre croisa notre route, levant sur nous des yeux soupçonneux et tout luisants de convoitise.

— Ayez pas peur, gloussa Buster en me voyant tressaillir. Je leur tords le cou pour m'amuser, à ces bestioles ! C'est que vous êtes une grande dame, maintenant. Vous vous rappelez même plus que vous avez habité ici, je parie ?

— Non, mais je ne suis pas une grande dame, répliquai-je. Où allons-nous, exactement ?

— Par là-bas, indiqua-t-il en pointant le menton vers la gauche. Juste après le tournant.

Les mains sur les yeux, j'examinai la rive couverte de chèvrefeuille en fleur. Deux aigrettes blanches paradaient sur un rocher, des crapauds-buffles sautaient alentour, mais je ne vis ni habitation ni habitants.

Le calme des lieux me frappa. A part la plainte d'un ramier ou le cri d'un busard, je n'entendais que les grognements de Buster et le clapotement régulier de sa perche. Non loin de nous, un couple de loutres s'enfuit vers son abri d'herbes sèches, sur la berge. Un cerf leva la tête à notre approche, nous observa un instant, puis il fit demi-tour et détala en montrant sa queue blanche. Toutes les créatures du marais semblaient savoir qu'il fallait se méfier de Buster Trahaw.

— Que faites-vous, au juste ? demandai-je tout à trac. Il n'avait pas fait beaucoup d'efforts pour amorcer la conversation, et je ne savais rien de lui.

— Comment ça, ce que je fais ?

— Etes-vous pêcheur d'huîtres, par exemple, ou charpentier ?

— Je suis pas avocat, ça c'est sûr, fit-il avec un gros rire. Je pêche un peu, je chasse, des trucs comme ça. Je vends de la mousse espagnole aux marchands de meubles, pour faire de la bourre. Tous les petits boulots qui se présentent, quoi !

« Mon vieux m'a laissé une petite somme, en plus. Sûr qu'il en reste pas beaucoup, vu que j'en ai bu pas mal, ajouta-t-il en gloussant de plus belle.

Et comme nous franchissions le dernier coude, Buster s'activa sur sa perche avec une frénésie soudaine qui raviva ma méfiance. On aurait dit qu'il redoutait d'être suivi.

— Comment ma mère est-elle arrivée ici, au fait ?

— Par l'autre côté, répondit précipitamment Buster.

— Quel autre côté ?

— Arrêtez de poser des questions, bon sang ! Je peux pas pousser cette perche et bavasser en même temps.

Mon cœur battit soudain plus vite. Je pivotai sur moi-même et regardai dans la direction d'où nous venions : Bois Cyprès devait être à des kilomètres derrière nous, maintenant. Nous pénétrâmes dans un autre canal, si étroit celui-ci qu'en étendant les bras j'aurais pu en toucher les rives. Les moustiques semblaient plus gros en cet endroit, plus nombreux, et l'eau n'avait plus la même couleur. Elle était plus sombre. Quelque chose fila en ondulant d'un rocher, glissa dans le canal et cette fois encore, je frissonnai.

— Je n'aime pas ça, déclarai-je. Nous n'allons nulle part. Ramenez-moi là-bas, je trouverai quelqu'un pour me conduire… par l'autre côté.

Pas de réponse. Buster ne ralentit pas sa cadence.

— Monsieur Trahaw...

Il jeta un bref regard par-dessus son épaule.

— On y est ! annonça-t-il au moment où nous sortions du canal pour déboucher dans un étang.

Droit devant nous, dominant l'eau d'environ un mètre cinquante, se dressait une hutte de trappeur sur pilotis. Les planches des murs semblaient ne tenir que par miracle, certaines pendaient de travers au-dessus des fenêtres. A l'une des extrémités de la galerie, la rambarde s'était effondrée, rongée par la pourriture, et même à cette distance je pouvais voir des trous béants dans le plancher. Que serait venue faire maman dans un endroit pareil ?

— Ma mère ne serait jamais venue ici, monsieur Trahaw.

— Ah non ? Vous savez ce que c'était que cette cabane ? fit Buster avec un sourire torve. C'était celle de votre arrière-grand-père, mam'selle. C'est de là que votre famille est sortie, alors prenez pas vos grands airs, vu ?

— La cabane de mon arrière-grand-père ?

— Parfaitement. Jack Landry. Un bon trappeur et le meilleur guide de chasse du pays. Maintenant c'est moi, bien sûr !

Buster accéléra l'allure et je concentrai mon attention sur la cabane, cherchant à détecter la présence de maman.

— Où est-elle ?

— Là-dedans, au lit. Malade comme un chien, je vous ai dit. Alors, contente d'être venue ?

Je ne répondis pas. J'attendis, sur mes gardes, qu'il arrive au ponton et y amarre la pirogue. Là, il posa un pied sur l'escalier branlant qui menait à la galerie et tendit le bras vers moi.

— Allez-y, mam'selle. Je vais vous aider.

Je me levai avec précaution, mais la pirogue vacilla et je manquai passer par-dessus bord. Je poussai un cri de frayeur qui fit s'esclaffer Buster.

— Allez, votre main !

Je la lui tendis avec répugnance, et il la tira si brutalement que je perdis l'équilibre et tombai dans ses bras. Repris d'un accès de rire, il me garda un instant contre lui, puis me souleva comme si je ne pesais pas plus qu'une plume. Je pris pied du mieux que je pus sur les marches et me dépêchai de monter, Buster sur mes talons.

La galerie était un véritable dépotoir. Filets de pêche, paquets de mousse, bouteilles vides, bols encroûtés de gombo séché s'y entassaient pêle-mêle, en compagnie d'un meuble unique. Un vieux rocking-chair bancal privé d'un de ses accoudoirs.

A la vue du plancher défoncé, je m'arrêtai net.

— Allez, m'intima rudement Buster. Entrez là-dedans.

D'un pas prudent, je franchis la porte de ce qui avait été, selon Buster Trahaw, la cabane de mon arrière-grand-père.

Elle se réduisait à une pièce, au mobilier rudimentaire. Juste en face de nous, une table en bois blanc couverte d'assiettes sales, de canettes de bière et de bouteilles de whisky vides. Sur la droite, un lit aux draps souillés et déchirés, dont la couverture grise et crasseuse avait glissé par terre en tas informe. Des peaux et des fourrures pendaient le long des murs, accrochées à des clous. Et sur une longue étagère, près de la table, s'amoncelaient des bocaux à conserves où voisinaient des grenouilles marinées, des serpents, et la plus hideuse espèce d'insectes d'eau que j'eusse jamais vue. Où que je portasse mon regard, je voyais des vêtements et des sacs éparpillés sur le sol. Et les deux fenêtres étaient si encrassées, elles aussi, qu'elles laissaient à peine filtrer le jour.

— Où est ma mère ? demandai-je, rien moins que rassurée.

— Ben… On dirait qu'elle vient de filer, pouffa Buster derrière moi, même qu'elle a pas pris le temps de nettoyer.

Un cliquetis métallique me fit pivoter vers la porte. Buster se tenait dans l'embrasure, une longue chaîne à la main.

— Je veux rentrer ! m'écriai-je. Immédiatement.

Un nouveau rire secoua le corps massif de Buster Trahaw.

— Ça, c'est pas très gentil, ma petite. Après tout ce que j'ai fait pour votre mère !

— Immédiatement, répétai-je en marchant vers la porte.

Riant toujours, Buster me souleva dans ses bras énormes et m'emporta, hurlante, jusqu'au lit où il me laissa tomber comme un paquet. Puis, si vite que je n'eus pas la moindre chance de résister, il enroula la chaîne autour de ma cheville, la fixa au pied du lit par un cadenas et brandit la clé.

— Et v'là où je la mets, s'esclaffa-t-il en la fourrant dans la poche de son pantalon.

Je m'assis, prête à protester, mais il n'eut qu'à lever sa grosse patte calleuse et m'en menacer pour que j'y renonce.

— Mais qu'est-ce que vous faites, à la fin ?

— Je prends ce qui me revient, grogna-t-il en reculant sans lâcher la chaîne.

Et, à l'aide d'un second cadenas, il l'attacha à un gros piquet de métal qui devait provenir d'une traverse de chemin de fer, solidement planté dans une lame du plancher.

— Mais qu'est-ce qui vous prend ? balbutiai-je, épouvantée. Qu'est-ce que vous voulez ?

— Une femme, pardi ! Dans le temps, j'ai payé pour une Landry et elle m'a filé entre les doigts. Quand elle est revenue et que j'ai réclamé mon dû, elle m'a fait mettre à l'ombre. J'ai passé des années au trou, à cause d'elle, mais Buster Trahaw n'oublie jamais ce qu'on lui doit, non, mam'selle.

Il s'interrompit, le temps de happer une bouteille où ne restait qu'un fond de bière éventée.

— Quand des parents à moi m'ont dit que vous étiez là, je suis allé voir et ma foi, vous y étiez. C'est pas grave si j'ai pas la Landry que j'ai payée, du moment que j'ai mon dû.

Buster porta le goulot à sa bouche lippue, aspira bruyamment le résidu de bière et jeta la bouteille à travers la pièce. Elle ne se brisa pas mais rebondit contre le mur, avant d'aller rouler sur le plancher.

— Je pourrais réclamer la cabane, vu que je me suis fait avoir, mais c'est rien à côté de ce qu'on me doit, dit Buster avec un affreux sourire. Je me paierai sur la bête.

— Que voulez-vous de moi, monsieur Trahaw ?

— Ce que je veux ? fit-il, éberlué. Une femme, tiens ! Je veux que vous fassiez tout ce qu'une femme doit faire, voilà ce que je veux. Pour commencer, nettoyez-moi tout ça. Je laisserai assez de mou à la chaîne pour que vous puissiez aller partout. Ça, c'est le pot de chambre, dit-il en tendant le doigt vers un bidon rouillé placé dans un coin. Y a des vieux journaux à côté, débrouillez-vous avec.

— Vous ne pouvez pas faire ça, m'indignai-je. C'est du kidnapping !

— Bien sûr que je peux. C'est juste mon dû, et chez nous dans le marais, on paie ses dettes. Compris ?

Je fondis en larmes. Buster m'observa un moment, puis il se leva, s'approcha de moi d'un air menaçant et je me recroquevillai contre le mur.

— Je veux pas de pleurnicheries, je veux pas de rouspétances. Je veux une petite femme bien douce qui obéit au doigt et à l'œil, comme les deux que mon père a eues. Et je vais vous trouver de quoi vous mettre sur le dos, à la place de ces fringues de luxe. Vous êtes une femme du marais, maintenant.

Il se pencha pour fouiller sous le lit et en ramena ce qui ressemblait à un autre sac.

— Mettez ça. Tout de suite ! vociféra-t-il en m'aspergeant de postillons.

Je fus incapable de bouger, je tremblais de tous mes membres. Buster m'empoigna le bras, juste au-dessous du coude, et le serra si fort que je hurlai. Puis sa main libre claqua sur ma joue avec une telle violence que ma tête partit en arrière. Pour moi, le choc fut pire que la douleur. Il me fut impossible d'articuler un son ou même d'avaler ma salive. Buster planta les doigts dans mes cheveux, les tira brutalement et me remit de force sur mes pieds. Suffoquant de terreur, je me mis à sangloter sans bruit.

— Enlève-moi ces trucs de minette, aboya-t-il. Allez !

Ce changement de ton m'en dit plus long que tout le reste. Mes mains tremblaient quand je commençai à déboutonner ma blouse, et je pleurai tout au long de l'opération. Quand je fis glisser ma jupe, Buster eut un sourire satisfait.

— Le reste aussi, ordonna-t-il. Balance-moi toutes ces fanfreluches, je veux voir la marchandise.

Je crus que j'allais m'évanouir. L'air de la cabane était étouffant. Des ondes de panique se propageaient en moi comme des bouffées de chaleur, ma peau en devenait toute rouge. Voyant que je ne bougeais pas, Buster se pencha pour tâtonner dans l'amas de vêtements épars et en tira une large ceinture de cuir noir, dont il enroula une extrémité dans son poing. Mes yeux s'agrandirent de frayeur quand il s'approcha, la main levée. Je me protégeai de mes bras et Buster fit tournoyer la ceinture qui s'abattit en claquant sur ma cuisse. J'en eus le souffle coupé.

Et cette fois, au lieu d'empoigner mes cheveux, Buster introduisit ses gros doigts sous mon soutien-gorge, l'arracha d'un coup sec et le jeta par-dessus son épaule. Je tombai sur le lit en criant et la ceinture siffla encore, cinglant mon autre jambe. Je sentis mes yeux rouler en arrière... et tout devint noir.

Quand je revins à moi, j'étais étendue sur le lit, vêtue en tout et pour tout d'un sac de toile. Je me gardai de faire le moindre mouvement. La douleur cuisante qui montait le long de mes cuisses me rappelait cruellement ce qui venait de se passer. Je m'aperçus que ma pièce porte-bonheur avait disparu, elle aussi, et tout d'abord je n'osai pas me retourner. Mais quand je risquai un coup d'œil sur ma droite, je pus voir que Buster n'était pas là. Je pris une grande inspiration et m'assis, pour vérifier si mon geôlier n'était pas caché dans un coin, ou couché par terre, à mes pieds. La cabane était vide.

Un peu d'espoir me revint au cœur et je me levai, mais si j'avais pu un instant oublier la chaîne, elle était toujours là. Je tentai de la faire glisser par-dessus ma cheville. Impossible, elle était trop serrée. Peut-être aurais-je plus de chance avec l'autre extrémité ? J'étais prête à la traîner pendant des kilomètres pour m'échapper.

Comme je traversais la pièce, un grand papier cloué sur la porte attira mon attention. Une lettre, apparemment écrite avec un morceau de bois brûlé. Je la déchiffrai d'un coup d'œil : « Je vais cherché du whisky et à mangé, tu fera la cuisine. Nettoi la cabane avant que je rentre. Ton mari, Buster. »

Prise de panique, je courus au piquet de fer et m'efforçai d'en détacher la chaîne, mais de ce côté-là aussi elle tenait bon. Rien à faire. J'ouvris la porte et m'avançai sur la galerie. Buster avait également pris ma montre, mais je sus qu'il s'était écoulé un certain temps depuis mon arrivée à la cabane. Le soleil s'abaissait vers les cyprès, jetant des ombres allongées sur le canal. Pas de Buster en vue. Personne d'autre non plus, hélas, mais cela ne m'empêcha pas de tenter ma chance.

— Au secours, quelqu'un ! appelai-je à pleine voix. Aidez-moi, s'il vous plaît !

L'écho de ma voix se répercuta sur l'étang et s'éteignit. Une aigrette jaillit d'un bouquet d'arbres, monta en flèche au-dessus de l'eau et fila le long du canal. Sur ma gauche, le ciel se couvrait. De lourds nuages d'un gris cendreux occultaient lentement l'horizon couleur de turquoise, et le vent commençait à siffler à travers les marais. Je dirigeai mon regard vers l'autre extrémité de la galerie. Etait-ce un bruit qui m'avait alertée ? Une vipère s'était faufilée entre les lattes de cyprès, et en m'apercevant elle se dressa sur sa queue raidie. Je retins mon souffle. Puis, très lentement, je regagnai l'intérieur de la cabane et claquai la porte sur moi.

Buster Trahaw pouvait s'absenter l'esprit tranquille, je ne risquais pas de me sauver. J'étais non seulement enchaînée, mais gardée par toutes les créatures du marais. Qu'allais-je devenir ? Terrifiée à l'idée de ce que ferait Buster si je n'avais pas nettoyé la cabane, j'entrepris d'y remettre un peu d'ordre. Je ramassai tous les vêtements — nauséabonds pour la plupart — et les pliai. Je rassemblai les assiettes et les casseroles et les mis dans l'évier. L'eau était trouble et ferrugineuse, mais je lavai la vaisselle de mon mieux. Quand j'eus terminé, je récurai la table, rangeai les rares meubles de la pièce et fis le lit. J'avais repéré un balai dans un coin de la cabane. Aux trois quarts dégarni, mais tant pis : ce qu'il lui restait de crin me permit de balayer le plancher. Puis, avec un chiffon mouillé, je décrassai les vitres. Mais j'eus beau fouiller partout, mes vêtements restèrent introuvables. Buster avait dû les jeter à l'eau, avec ma montre et mon talisman.

Dans le recoin le plus sombre de la pièce, je découvris une petite boîte en bois. Se pouvait-il qu'elle contienne un outil, quelque chose qui me permette de forcer un cadenas ? Je pourrais toujours me libérer de ma chaîne, même si je ne savais pas quoi faire ensuite. Il n'y avait pas d'autre canot à l'extérieur, et je n'allais sûrement pas m'enfuir à la nage, avec tous ces serpents et ces alligators à l'affût. De plus, à supposer que j'atteigne la rive, je n'avais pas de chaussures. Je me voyais mal courant pieds nus dans l'herbe haute.

Il n'y avait pas d'outils dans la boîte, juste une nappe en toile fine brodée d'oiseaux ravissants. Mais sous la nappe, je découvris quelques vieilles photographies. Celles d'une jolie jeune femme, pieds nus dans l'herbe folle devant la maison de mon arrière-grand-mère Catherine. En étudiant de plus près son visage, je lui trouvai une certaine ressemblance avec maman. Buster ne prétendait-il pas que cette hutte appartenait à mon arrière-grand-père, le trappeur Jack Landry ? La jeune femme devait être ma grand-mère, Gabrielle.

Si seulement son esprit était encore ici, pensai-je alors, espérant la seule chose qui pouvait me sauver… un miracle. D'autres photos montraient un couple, mes arrière-grands-parents probablement, Catherine et Jack Landry. Sur l'une d'elles, Catherine tenait un bébé dans les bras, qui ne pouvait être que maman. Contempler ces visages en sachant qui je regardais me réchauffa le cœur et me rendit l'espoir. Il fallait que je sorte de ce piège et j'en sortirais, coûte que coûte. Je ne savais pas encore comment, mais j'y arriverais.

Je rangeai les photographies et refermai la boîte, puis je parcourus la pièce du regard. Où pourrais-je me cacher ? Avec quoi pourrais-je me défendre ? J'avisai un long couteau de chasse accroché au mur et m'en saisis. Je n'aurais jamais imaginé poignarder quelqu'un, même un Buster Trahaw. Mais dans un cas désespéré comme le mien, l'individu a recours à des ressources ignorées de lui-même et trouve la force nécessaire pour agir. J'en avais la certitude.

Un rire strident me fit tressaillir, puis j'entendis Buster appeler sa femme à grands cris. Je remis vivement le couteau en place, le réservant pour une meilleure occasion, et courus entrouvrir la porte. Buster s'approchait sur l'étang, lâchant de temps en temps sa perche pour lamper une gorgée d'alcool.

— Femme ! Sors voir un peu pour saluer ton petit mari. Et magne-toi le train ou je t'arrache la peau, compris ? Dehors !

Trop effrayée pour désobéir, je m'exécutai. Il faut croire que la vipère avait entendu Buster, elle aussi ; en tout cas elle n'était plus là.

— Mieux que ça, un vrai salut. Allez, salue !

Je levai la main et l'agitai mollement, déclenchant un nouvel accès d'hilarité chez Buster. Il pagaya fébrilement jusqu'au ponton et toute la cabane trembla quand il monta les marches. Il chancela un moment sur la galerie, puis me tendit un sac rempli de provisions.

— Occupe-toi de notre dîner de noces, et sois pas regardante pour la boisson. Buster va fêter son mariage, finalement. Allez, prends ça.

Je m'empressai de le décharger du sac et rentrai dans la cabane, mais Buster s'arrêta sur le seuil, bouche bée.

— Eh ben ça c'est une femme ! Je le savais. Je savais qu'une Landry me laisserait pas tomber. Brave petite femme. On va avoir la bonne vie, tous les deux.

— Qu'est-ce que c'est ? demandai-je en déballant le contenu du sac.

— Des pieds de cochon, du gésier, avec tout ce qu'y

faut pour un gombo. Tu sais faire un roux ? (Je secouai la tête.) Quoi ! Tu sais sûrement faire ça, femme. Au boulot et sans traîner. Je vais m'installer tranquillement et boire un coup de tord-boyaux en regardant ma petite femme travailler.

« Allez, au trot ! Et si c'est pas bon, gare à ta peau. Une jolie peau que t'as là, je dois dire.

Il plaqua sa large main sur mes reins, la fit glisser jusqu'à mes fesses et les pinça, si brutalement que je poussai un cri. Ce qui le fit rire de plus belle.

— D'abord, on mange et ensuite, on consomme le mariage, annonça-t-il d'une voix graillonneuse.

Sa bouche touchait presque mon oreille et son haleine empestait comme un rat mort. Mon estomac se révulsa, je sentis mes jambes faiblir mais je me raidis et parvins à rester debout. Si je m'évanouissais, ce serait encore pire.

J'avais déjà vu travailler notre cuisinière. Je tripotai maladroitement les ingrédients, essayant désespérément de me rappeler comment elle s'y prenait. Un roux n'était qu'une sauce au beurre, mais chaque femme cajun avait sa recette personnelle. J'espérais seulement que Buster serait trop soûl pour apprécier le goût de la nourriture. En attendant, il fallait simplement que j'aie l'air de savoir ce que je faisais, de la façon la plus convaincante possible. J'entrepris donc de préparer ce qui pour Buster Trahaw était un dîner de fête, mais qui pour moi ressemblait fort au dernier repas du condamné.

Buster s'affala sur le lit et quand je me retournai, après avoir travaillé un moment en silence, je vis qu'il s'était endormi. Je levai les yeux sur le couteau et le contemplai fixement. Le décrocher du mur, m'approcher sans bruit de Buster et ensuite... Serais-je capable de faire ça ? Bien sûr que oui. J'avais déjà disséqué des grenouilles et des vers. Je savais où appliquer la lame, mais je n'avais jamais tué délibérément la moindre créature. Quand il m'arrivait par hasard d'écraser une sauterelle, j'en pleurais presque. Mais je savais que si je ne me décidais pas à agir, d'une façon ou d'une autre, Buster ferait de moi ce qu'il voudrait.

Mais peut-être me suffirait-il de l'effrayer pour qu'il me donne la clé du cadenas, finalement. Je pouvais l'y obliger en lui mettant le couteau sur la gorge. Ou l'assommer d'un bon coup de poêle à frire. Toutes ces possibilités défilaient dans ma tête et je tremblais comme une feuille.

Buster grogna puis se mit à ronfler, tourné vers le mur. C'était le moment de m'emparer du couteau. Je posai doucement la cuiller en bois et marchai tout aussi doucement vers le mur, soulevant la chaîne pour qu'elle ne racle pas le plancher.

Buster grogna encore et je m'immobilisai, retenant ma respiration. Il souffla bruyamment, gonflant ses grosses lèvres, éternua et se remit à ronfler. Je m'approchai du couteau sur la pointe des pieds, faillis le laisser tomber en le décrochant de son clou et le serrai contre ma poitrine. Puis, avec la même lenteur précautionneuse, je revins près du lit. Quand je ne fus plus qu'à un pas de Buster, je fermai les yeux et priai le ciel de me donner la force d'agir.

Maman pourrait le faire s'il le fallait, m'exhortai-je. Papa et mon pauvre Pierre attendaient que je la trouve et la ramène à la maison. Je ne pouvais pas rester prisonnière dans cette cabane. Et tout ce qui s'interposait entre moi et la liberté, c'était ce gros homme cruel qui ne méritait pas une once de pitié. Je laissai passer quelques instants, durcissant mon cœur contre lui, jusqu'à ce que j'aie la certitude d'avoir le courage nécessaire pour faire ce qui devait être fait. Puis je franchis le dernier pas, levai le couteau et l'appliquai sur la hideuse pomme d'Adam de Buster Trahaw. Il sursauta et ouvrit des yeux papillotants.

— Qu'est-ce que...

— Ne bougez pas ou je vous saigne comme un porc, dis-je en appuyant sur la lame.

— Hé là, doucement ! Il est affûté, ce couteau-là.

— Alors ne bougez pas avant que je vous l'ordonne.

— Je bouge pas, je bouge pas, bafouilla Buster, émergeant brutalement de son ivresse. En voilà des façons de traiter son mari !

— Je ne suis pas votre femme et je ne le serai jamais, j'aimerais mieux mourir. Alors ne croyez pas que je ne pourrais pas vous couper la gorge, le menaçai-je, avec une âpreté qui me surprit moi-même. Je tiens un couteau sur votre jugulaire, vous pourrez voir votre sang éclabousser ce mur que vous fixez avec des yeux ronds.

Ça, c'était bien vrai. Ses gros yeux saillaient de leurs orbites tandis qu'il imaginait la scène.

— Du calme, voyons. Je vais pas te faire de mal, t'es ma petite femme.

— Je ne suis pas votre femme, je vous le répète. Et maintenant, mettez lentement la main dans votre poche et donnez-moi la clé de ce cadenas, celui que vous m'avez mis à la cheville. Allez-y, mais lentement. Lentement ! répétai-je en augmentant la pression du couteau sur sa gorge.

— Voilà, voilà ! s'affola-t-il en glissant la main dans sa poche pour en tirer la clé.

Je m'en saisis en toute hâte.

— Remettez la main dans votre poche et ne bougez plus. Allez ! m'impatientai-je, et il s'empressa d'obéir. Non sans quelques contorsions délicates, je posai le pied sur le lit, introduisis la clé dans le cadenas et la tournai. Il s'ouvrit d'un coup sec et je l'arrachai de la chaîne, pour faire aussitôt glisser mon pied hors des anneaux qui l'enserraient. J'étais libre... de mes mouvements, du moins.

Mais les problèmes ne faisaient que commencer. Quand j'aurais ôté le couteau de sa gorge, qu'est-ce qui empêcherait Buster de remettre la main sur moi ? Je réfléchis à toute vitesse et la solution m'apparut : j'allais lui rendre la monnaie de sa pièce. Je soulevai la chaîne et la posai sur sa jambe.

— Qu'est-ce que tu fabriques ?

— Levez cette jambe ! criai-je en appuyant sur le couteau.

Buster s'exécuta et j'enroulai la chaîne autour de son

mollet, bien serrée, je glissai le cadenas dans les maillons exactement comme il l'avait fait pour moi et le verrouillai. Puis je respirai profondément pour que le rythme de mon cœur s'apaise.

— T'es complètement folle, femme. Tu peux pas faire ça à Buster Trahaw.

Je comptai jusqu'à trois, relevai le couteau et reculai d'un bond, une seconde avant que Buster ne sorte la main de sa poche pour saisir mon poignet. Quelques centimètres à peine nous séparaient, mais c'était suffisant. Je me ruai vers la porte tandis qu'il se retournait en gigotant lourdement.

La chaîne était assez longue pour lui permettre de faire quelques pas sur la galerie, aussi devais-je atteindre la pirogue avant lui. Je faillis tomber à l'eau en dégringolant les marches et me raccrochai de justesse à la rampe. Elle craqua, mais elle tint bon, et je réussis à rétablir mon équilibre. Devant la porte, Buster agitait un poing aussi gros qu'une enclume en vociférant des menaces.

— Reviens ici tout de suite et enlève-moi ce cadenas, t'as compris ? Dépêche, ou gare à toi !

Je lançai la clé en l'air et elle retomba dans l'eau avec un petit bruit d'éclaboussures. Les yeux de Buster lui jaillirent de la tête, sa face bouffie vira au pourpre. Tous les vaisseaux sanguins de ses joues et de son front se gonflèrent, à croire qu'ils allaient éclater. Incapable d'articuler des mots sensés, il bégayait de fureur en gesticulant, abattant son gros poing sur sa cuisse. Puis il se mit à secouer sa chaîne, avec une telle violence que les veines de son cou saillirent sous sa peau. Heureusement pour moi, il ne parvint pas à libérer son genou, mais l'effort et la douleur augmentèrent sa rage. Il bouillonnait de frustration.

Je n'attendis pas de voir ce qu'il allait faire ensuite. Je sautai dans la pirogue, détachai l'amarre, pris la perche en mains et, du même geste que j'avais observé chez Buster, je poussai pour m'éloigner du ponton.

— T'oserais pas faire ça ! rugit-il. On laisse pas tomber Buster Trahaw, t'entends ?

Je pesai sur la perche qui s'enfonça, si profondément que je crus ne jamais atteindre le fond. Un peu plus et je passais pardessus bord. Sous le choc, ajouté à mes efforts pour me rétablir, la pirogue oscilla dangereusement. Terrifiée à l'idée de tomber dans cette eau bourbeuse, je m'assis sur le banc de nage et attendis que le balancement se calme. Buster tempêtait toujours, et ses beuglements faisaient fuir les oiseaux des branches. Même les poissons prenaient le large.

Je me relevai lentement et, avec précaution cette fois, je plantai la perche dans l'eau jusqu'à ce que je rencontre quelque chose de solide. Puis je poussai un bon coup, imprimant assez d'élan à la pirogue pour qu'elle avance. Un autre coup, et elle acquit de la vitesse. Prenant peu à peu confiance en moi, je répétai l'opération, pour m'apercevoir juste à temps que je courais droit sur un amas de cyprès abattus. Je changeai promptement ma perche de bord et poussai dans la direction opposée, puis je risquai un coup d'œil du côté de la cabane.

Apparemment calmé, Buster m'observait avec une surprise incrédule. Puis, quand il vit que je poursuivais mon chemin sans encombre, sa colère se réveilla. Il entra dans une véritable rage. Il recula dans la cabane et en ressortit en chargeant comme un taureau, arrachant le pieu de sa planche et libérant la chaîne. Sur quoi, entraîné par son élan, il fracassa la rambarde et plongea dans l'étang, faisant jaillir une gerbe d'eau vaseuse.

Je contemplai fixement l'endroit où il avait disparu, jusqu'au moment où il refit surface et se mit à nager vigoureusement à ma poursuite, chaîne et piquet en remorque. Je poussai ma perche avec frénésie, mais la terreur m'ôtait le contrôle de mes gestes. Le canot dériva un peu trop sur la droite, heurta un roc et rebondit, puis fila vers la gauche et faillit se prendre dans un fouillis d'herbes. Je redoublai d'efforts.

Buster se rapprochait de plus en plus. Son corps puissant fendait l'eau du marais avec la rapidité d'un alligator... enfin, presque. Je voyais grossir son visage à chaque brasse. Je me démenais comme une possédée avec ma perche, l'abaissant et la relevant de plus en plus vite, sanglotant d'effroi dans ma lutte éperdue pour garder un peu d'avance sur Buster.

— Je t'aurai, va, et gare à la correction ! rugit-il.

Il s'arrêta de nager pour me menacer du poing et j'en profitai pour godiller de plus belle. Il fallait que j'atteigne le tournant, puis l'étroite ouverture par laquelle ce petit canal débouchait dans un plus grand. Pendant un moment, Buster fut hors de vue et j'adoptai un rythme plus lent, naviguant avec plus d'attention, mais une mauvaise surprise m'attendait. Je ne m'étais pas rendu compte qu'à l'endroit du tournant le canal n'avait presque pas de fond. Quand Buster y parvint, il enroula sa chaîne et se hissa sur la berge. Et juste au moment où je me croyais assez loin pour qu'il lui fût impossible de me rattraper, il apparut à quelques mètres de moi.

J'accélérai la cadence avec l'énergie du désespoir. Buster fit quelques pas vers moi en pataugeant dans l'eau puis il s'y jeta de nouveau, tenant la chaîne sur un bras et nageant de l'autre. Sa force et sa détermination étaient effrayantes à voir. Il n'allait pas tarder à me rattraper, j'en étais sûre, et mon châtiment serait terrible.

Quand l'eau devint plus profonde, Buster lâcha la chaîne et se mit à nager des deux bras. Il n'était plus qu'à deux mètres du canot, même pas, et je n'avais plus que quelques secondes de liberté. J'envisageai de me jeter à l'eau si ses grosses mains se posaient sur le plat-bord, mais ce ne serait peut-être pas la peine. Un geste lui suffirait pour retourner l'embarcation et m'envoyer barboter dans le canal.

Et j'étais si lasse… Mes coups de perche se faisaient de plus en plus brefs, de plus en plus espacés. J'avais les paumes des mains cuisantes, elles se couvraient de cloques et saignaient. Mes épaules me faisaient mal. Et j'avais l'impression d'avoir avalé une pierre qui s'était coincée dans ma poitrine, juste au-dessous de mon cœur affolé.

— Laissez-moi tranquille ! m'écriai-je quand Buster

fut assez proche pour que je voie sa grimace de triomphe.

Plus résolu que jamais, il accéléra et soudain, dans un soubresaut, il s'arrêta.

— Qu'est-ce que... bafouilla-t-il en s'étranglant de surprise. Bon sang de bois ! Je suis pris dans quéque chose !

Je le vis s'enfoncer, tirer sur la chaîne et brasser l'eau, dans ses efforts pour se dégager.

J'hésitai, relevai ma perche et pendant quelque temps la pirogue courut sur son erre. Buster pouvait très bien simuler, mais je n'en étais pas si sûre. Il avait vraiment eu l'air stupéfait.

— Aide-moi ! hurla-t-il. Tu peux pas me laisser là, reviens !

Sur ma droite, quelque chose plongea.

— Un alligator ! beugla Buster.

Que faire ? Si je me portais à son secours, je risquais fort de m'en repentir, mais pouvais-je l'abandonner là, sans défense ? Peut-être serait-il trop reconnaissant et trop fatigué pour se venger, du moins je l'espérais. Mais le laisser... non, décidai-je. C'était impossible.

Une voix en moi me criait des avertissements tandis que je me démenais pour arrêter la pirogue et la faire changer de cap. Cela me coûta plus d'efforts que je ne l'aurais cru, mais j'y parvins. La proue pivota lentement vers Buster. J'avais mis une certaine distance entre nous et je le vis de loin qui faisait des signaux de détresse, criant toujours. Rassemblant mes forces, je pesai sur ma perche et l'impulsion fut suffisante pour que la pirogue reparte en sens inverse.

— Brave petite femme ! hurla Buster. Brave petite femme, ton mari te battra plus jamais. Tu pourras faire ce que tu voudras mais sors-moi de là ! Vas-y, c'est ça, plus vite ! Bien !

Je redoublai d'efforts. Et soudain j'entendis des clapotements frénétiques, puis à nouveau des cris.

— Fiche le camp de là, toi ! Allez, ouste !

Je vis Buster lever dans sa main une longue vipère verte et la jeter loin de lui, puis il cria encore, d'une voix beaucoup plus aiguë cette fois. La raison de ces cris ne tarda pas à m'apparaître, sous forme d'une queue d'alligator battant l'eau, bientôt suivie d'une autre, et d'une autre encore. Buster pirouettait sur lui-même en repoussant furieusement les assaillants, et brusquement il s'enfonça sous la surface.

— Ô mon Dieu ! murmurai-je, atterrée.

La tête de Buster émergea, je le vis hoqueter pour chercher un peu d'air et replonger aussitôt. Il réapparut encore, mais cette fois il ne nageait plus. Son corps était tout flasque. Il flotta encore un moment puis s'enfonça et ne remonta plus. Des bulles se formèrent là où j'avais vu sa tête, puis elles crevèrent une à une et tout redevint calme.

J'attendis un moment, les yeux fixes. Mon estomac se contractait de façon spasmodique, je dus m'asseoir pour lutter contre la nausée. Je respirais un grand coup, retenais l'air un instant avant d'expirer, puis je recommençais. Inspiration, rétention, expir... Finalement, ma nausée se calma, mais pour faire place à une vague de fatigue qui me laissa sans forces, les jambes lourdes comme du plomb.

J'avais les mains tout éraflées, des élancements dans les épaules et les bras, mais je me relevai quand même et repris ma perche. Il fallait repartir, coûte que coûte. Et je me remis à godiller, lentement, méthodiquement, consciente de glisser peu à peu dans un état second. Je n'osais pas penser à ce qui pourrait m'arriver si je perdais connaissance au beau milieu du marécage.

Un canal s'ouvrait devant moi, mais il en croisait tant d'autres le long de ma route... Lequel prendre pour revenir à Bois Cyprès ? Ils se ressemblaient tous. La végétation, les rochers, les cyprès abattus me semblaient identiques à ceux que j'avais pu voir en naviguant vers la cabane avec Buster. Pour moi, tous les canaux étaient pareils. Prise de panique, j'en choisis un au hasard, pour découvrir qu'il menait à une mare peu profonde, cernée de broussailles et sans issue. Il me fallut revenir en arrière.

Mon estomac criait famine, et la tête commençait à

me tourner. Il y avait de quoi, d'ailleurs. Moi, une fille de Garden District, élevée dans tous les raffinements du luxe et choyée par des parents aimants... je me retrouvais fagotée dans un sac à patates, pilotant un canot pourri dans un marais fourmillant d'insectes, d'alligators, de serpents venimeux et de tortues carnivores. Et en plus, j'étais perdue !

Je m'aperçus que je riais. C'était une réaction hystérique, je le savais, mais je ne pouvais pas m'en empêcher. Mon rire se répercuta un instant sur l'eau, puis se mua en sanglots. Je pagayais toujours. Mais quand je débouchai dans un canal encore plus grand, je reposai ma perche et me laissai tomber sur le banc. J'avais la gorge sèche, la langue râpeuse comme si j'avais mangé du sable. Je promenai autour de moi un regard impuissant. Comment faisaient donc les gens du bayou pour se retrouver dans un pareil labyrinthe ?

Epuisée, accablée, je me renversai en arrière, laissant la pirogue se balancer au fil de l'eau. Deux aigrettes planèrent un instant au-dessus de moi, m'observèrent d'un œil curieux et s'en furent à tire-d'aile, bientôt suivies par un cardinal. Plus téméraire, il se percha sur la proue et entama un petit pas de danse, les yeux constamment fixés sur moi.

— Tu sais comment sortir d'ici ? lui murmurai-je.

Comme s'il haussait les épaules, il souleva ses ailes et prit son vol dans le sillage des aigrettes.

Je fermai les yeux et m'appuyai au bordage, trop fatiguée pour réfléchir. Je dus m'endormir un moment et dériver, car lorsque je rouvris les yeux, la pirogue tressautait doucement contre un tronc de cyprès tombé en travers du courant. Une famille de rats musqués s'était aventurée jusqu'à moi et m'épiait en reniflant, mais au premier mouvement que je fis, toute la compagnie détala dans les fourrés. Je me redressai, trempai mes mains dans l'eau et me frottai vigoureusement la figure pour me réveiller. Puis je me relevai, pris appui sur les branches et dégageai la pirogue.

Juste au moment où j'allais plonger ma perche dans l'eau, j'entendis le ronronnement d'un bateau à moteur.

Il n'était pas facile de repérer de quel endroit il provenait, mais j'attendis, et il devint plus net. Quand je fus certaine qu'il venait de ma droite, je pagayai dans cette direction et un moment plus tard, le bateau fut en vue. Ce n'était qu'un petit dinghy... mais piloté par Jack! Mon cœur sauta de joie dans ma poitrine.

— Jack! appelai-je.

Le bruit du moteur couvrait ma voix. Jack me dépassa sans m'entendre et j'appelai encore, mais il disparut au tournant du canal.

J'en aurais pleuré. Pourtant, ce fut ce sentiment de frustration qui me fit repartir sur les traces de Jack, mais cet élan désespéré ne dura pas. Je finis par abandonner la lutte et retombai sur mon banc, accablée par le sentiment de ma défaite. L'eau clapotait contre les flancs du canot, le ciel devenait orageux, laissant présager le vent et la pluie. Que deviendrais-je si un autre ouragan éclatait sur le bayou?

Je serrai l'une contre l'autre mes paumes douloureuses, fermai les yeux et priai.

Mon Dieu, demandai-je du fond du cœur. Je sais que je n'ai pas été aussi pieuse que j'aurais dû l'être, j'avoue que j'ai du mal à croire aux miracles, mais j'espère que Tu m'entendras et que Tu auras pitié de moi.

Je me balançai d'avant en arrière et j'entonnai un cantique, puis je m'étendis au fond de la pirogue et laissai mes pensées suivre leur cours. Peut-être cette chose qu'on appelait destin existait-elle vraiment, après tout. Et maman n'avait sans doute pas tort de croire que nous ne pouvions pas échapper au nôtre. Pour des raisons qui resteraient à jamais un mystère, il était écrit que je reviendrais dans ces marais, qu'ils me réclameraient un jour, et que tous mes efforts pour devenir médecin, pour être autre, n'avaient finalement aucun sens. Quelqu'un devait posséder un gri-gri plus puissant que celui de maman, et ce quelqu'un nous avait jeté un sort que nous ne pouvions pas détourner. Je commençais à comprendre ce qui avait poussé maman à fuir: elle tentait de sauver sa famille du désastre qu'elle croyait suspendu sur nos têtes.

Je fus bientôt trop lasse pour pleurer. Tout ce que je pouvais faire c'était rester couchée là, impuissante, à attendre que quelque chose de terrible se produise. J'attendis. Et c'est alors que le ronronnement lointain du dinghy à moteur se fit à nouveau entendre. Il devint plus fort. Je me redressai et m'assis. Quelques instants plus tard, je revis le dinghy, et cette fois-ci, Jack aussi m'aperçut. Il accéléra pour me rejoindre, coupa le moteur et vint se placer bord à bord avec ma pirogue. Pendant un moment, secoué par le choc, il fut incapable d'émettre un son et se contenta de me dévorer des yeux, exactement comme je le regardais moi-même. Je n'étais pas encore très sûre de ne pas rêver.

— Perle, dit-il enfin. J'étais fou d'angoisse, je t'ai cherchée partout. Qu'est-ce que tu fais dans ce canot ? Et pourquoi es-tu habillée avec un... un sac ?

Je ne tentai même pas de répondre, je fondis en larmes. Jack me tendit les bras, me souleva d'un geste et, en quelques secondes, je me retrouvai à bord de son dinghy.

— Regarde-moi ça, tu es dans un état ! Et tes mains... Mais que s'est-il passé ?

— Oh, Jack ! Buster Trahaw m'a... m'a menti pour que je le suive et il m'a emmenée dans le marais. Il m'a enchaînée dans une cabane et il a dit que j'étais sa femme. Je me suis sauvée mais il m'a poursuivie et il s'est noyé ou... il s'est fait manger par les alligators et...

J'en restai là, trop exténuée pour aller plus loin.

— Mon Dieu, murmura Jack en me serrant dans ses bras. Ne crains rien, tu es en sécurité maintenant. Il ne t'arrivera plus rien, je suis là. Je vais te ramener à Bois Cyprès.

Il m'embrassa sur la joue, remit le moteur en marche et le dinghy fila sur le canal. Je ne me retournai qu'une fois vers la pirogue qui dansait dans les remous, le temps d'y jeter un dernier regard. A son bord, j'avais fait un voyage en enfer et j'en étais revenue.

15

Dans l'œil du cyclone

Quand nous accostâmes, Jack m'aida à sortir du dinghy et dès que je pris pied sur le ponton, le choc en retour de ces heures d'épreuve me frappa de plein fouet. Pendant quelques instants, je dus m'appuyer contre Jack, les jambes flageolantes. Il s'était remis à pleuvoir mais c'est à peine si j'y prêtais attention, et lui pas plus que moi. Il m'enleva dans ses bras robustes comme il eût soulevé un enfant.

— Jack, tu n'as pas besoin de me porter, protestai-je.

— J'ai porté des bidons plus lourds que ça, crois-moi !

Il sourit, et ce fut sans effort apparent qu'il m'emmena ainsi jusqu'à sa caravane. Nous étions trempés, tous les deux, et surtout moi. La guenille que Buster m'avait forcée à endosser ne m'offrait qu'une protection dérisoire. Quelques foreurs accoururent aux nouvelles, mais Jack ne s'attarda pas à leur fournir des explications. Il me garda dans ses bras jusqu'à ce que nous fussions dans sa caravane.

— Ici, au moins, tu vas pouvoir prendre une douche. Enlève ce sac, je vais te trouver quelque chose à te mettre et j'appellerai la police.

— Et moi j'appellerai papa, dis-je en repoussant les cheveux emmêlés qui me tombaient sur les yeux. Oh, désolée ! (Je venais de voir la petite mare qui s'était formée à mes pieds.) Je suis en train de faire un beau gâchis.

— Ne t'en fais pas pour ça, c'est sans importance. Mais qu'est-ce que…

Jack aperçut les marques de ceinture sur mes jambes et fronça les sourcils.

— Je ferais peut-être bien de t'emmener chez un médecin ou chez un guérisseur. Tu es dans un bel état !

— Ce n'est pas grave, la peau n'est pas entamée. Je mettrai un peu de glace sur les ecchymoses et ça ira.

— C'est vrai, j'oubliais que tu voulais devenir médecin ! Ça tombe rudement bien, vu les circonstances, non ?

Je me sentais si sale après cette aventure que je passai un temps interminable sous la douche, au point que Jack finit par s'inquiéter.

— Perle ? appela-t-il en frappant à la cloison. Ça va ?

— Tout à fait, rassure-toi. C'est juste que… c'est tellement bon de me prélasser sous l'eau chaude !

— Je t'ai trouvé des habits ! cria-t-il pour couvrir le bruit de l'eau. Je les mets dans la cabine.

J'entendis s'ouvrir la porte, fermai le robinet, puis j'écartai légèrement le rideau. Jack m'avait apporté une de ses salopettes, une chemise écossaise, des grosses chaussettes et des pantoufles. J'éclatai de rire.

— Tiens, ça te servira de ceinture, dit-il en me lançant un morceau de corde. Désolé, mais je n'ai pas de jupe à t'offrir.

— Ça ira pour l'instant, merci. Je me sens beaucoup mieux.

— Il y a un thé bien chaud qui t'attend, avec des gâteaux secs et de la confiture.

— Merci, Jack.

Quand je me fus bien frictionnée, je mis les vêtements de Jack et me fis un turban d'une serviette-éponge.

— J'ai l'impression d'être quelqu'un d'autre, annonçai-je en émergeant de la cabine. Je dois avoir l'air plutôt ridicule, non ?

J'avais roulé les jambes de la salopette pour la raccourcir, mais elle était quand même trop large et la chemise aussi. Je flottais dedans.

— Je te trouve fantastique, affirma Jack en souriant jusqu'aux oreilles. Je n'aurais jamais cru que mes vêtements puissent avoir autant d'allure. Et maintenant... (Son sourire s'effaça et fit place à une expression sévère.) Assieds-toi !

Sa colère me prit par surprise. Je m'empressai d'obéir.

— Qu'est-ce qui ne va pas, Jack ?

— Comment as-tu osé partir avec un individu pareil en me laissant un simple petit mot ? Est-ce que tu sais que j'ai failli ne pas le voir ? Il s'en est fallu de ça, dit-il en approchant le pouce de l'index. Et quand j'ai lu le nom de Trahaw, j'ai failli avoir une attaque. Je n'arrive pas à croire que tu aies suivi une pareille canaille dans le marais !

— Il disait qu'il savait où était ma mère, Jack, et j'ai...

— Pour une femme soi-disant si brillante, ce n'était vraiment pas très malin.

Je baissai la tête, le menton tremblant.

— Excuse-moi de te parler sur ce ton, Perle, mais quand j'ai vu que tu étais partie, et quand j'ai compris avec qui, j'ai vraiment perdu les pédales. J'ai cru que je ne te reverrais jamais.

Je sentis qu'il était sincère, et je levai sur lui des yeux pleins de larmes.

— Je suis désolée, Jack. J'ai agi comme une idiote. J'aurais dû te téléphoner d'abord.

— Oh, ça, c'est à voir. Il aurait cherché à t'en empêcher, et ça aurait pu être pire, admit-il, un peu radouci.

— Je ne vois pas comment ça aurait pu être pire, Jack.

Le sifflement de la bouilloire électrique lui évita de répondre. Il me servit une tasse de thé fumant, m'apporta la confiture et les gâteaux secs, et je découvris brusquement que j'avais un appétit d'ogre. Le premier biscuit englouti, j'en croquai aussitôt un deuxième.

— Cette équipée en pirogue m'a creusée, dis-je en manière d'excuse. Je ne m'en étais pas rendu compte.

— D'accord, sourit Jack en me tendant un troisième

gâteau. Finis le paquet avant de manger la table, mais maintenant raconte-moi tout.

Il s'assit en face de moi, écouta mon récit de bout en bout sans piper mot, et quand j'eus terminé, son expression avait changé. Elle était presque admirative.

— Je retire ce que j'ai dit, Perle. Tu as eu beaucoup de présence d'esprit, même pour une fille de la ville.

Il eut à nouveau ce lumineux sourire qui me remuait le cœur, et me donnait le sentiment que je n'aurais plus jamais froid. Ses yeux rayonnants, la douceur de ses lèvres me disaient que j'étais en sécurité près de lui. Là était ma place, désignée depuis toujours. Combien de fois n'avais-je pas questionné maman sur la magie de l'amour ? Je voulais savoir si deux êtres pouvaient réellement être attirés l'un vers l'autre par cette mystérieuse force qui échappait à toute analyse. Je voulais y croire, mais je restais sceptique... jusqu'à ce que cela m'arrive, à moi aussi. Et maintenant, tous mes doutes s'évaporaient sous le regard chaleureux de Jack.

— Il serait temps que je téléphone à la maison, déclarai-je, d'une voix qui laissait un peu trop percer mon trouble.

— Entendu. Et ensuite, j'appellerai la police. Il faudra que tu leur racontes tout, et que tu leur indiques où Buster s'est noyé, ou à peu près.

— Je n'en sais vraiment rien, Jack. Pour moi tous les endroits se ressemblent, dans le marais.

— Ne te tracasse pas pour si peu. Ça m'étonnerait qu'on verse beaucoup de larmes sur cette ordure, de toute façon.

A la maison, ce fut Aubrey qui répondit, pour m'apprendre que papa dormait.

— Mais Monsieur a demandé très souvent si vous aviez donné des nouvelles, ajouta-t-il.

— Dites-lui que je rappellerai dès que possible, Aubrey. Dites-lui aussi que tout va bien, et que...

— Oui, mademoiselle ?

— Non, rien. C'est sans importance. A plus tard, Aubrey.

A quoi bon annoncer les mauvaises nouvelles à papa

tout de suite ? Je n'avais pas retrouvé maman. J'avais échappé de justesse à un piège, et qui sait, à la mort. Et je ne pouvais rien pour Pierre.

— Ne jette pas la patate trop vite, dit Jack en me voyant raccrocher d'un air lugubre.

Je ne pus m'empêcher de sourire. Maman aussi employait cette expression cajun quand elle voyait l'un de nous sur le point de baisser les bras.

— Tout n'est pas perdu, insista Jack avec une détermination farouche.

Une fois encore, je parvins à sourire, mais j'avais abandonné tout espoir. Je n'avais plus rien à faire ici. Je pouvais aussi bien rentrer à la maison.

Jack appela le poste de police et, moins d'une heure plus tard, une voiture de patrouille arriva. Les deux officiers de l'équipe écoutèrent mon récit avec une stupeur incrédule.

— Nous allons envoyer deux vedettes sur le canal pour voir s'il reste quelque chose de cette brute, m'annonça l'un d'eux. Nous savons que votre mère a disparu. Votre père s'est entretenu par téléphone avec le commissaire, et Mme Pitot nous a déjà appelés plusieurs fois. Nous avons une description détaillée de votre mère et nous ouvrirons l'œil.

Je les remerciai, puis Jack les suivit au-dehors pour que je n'entende pas ce qu'il avait à dire. Par la fenêtre, je les vis secouer la tête avec commisération, puis Jack échangea une poignée de main avec eux et ils remontèrent en voiture. Mais dès qu'ils eurent démarré, les foreurs accoururent pour entendre l'histoire de la bouche de Jack et, sans grand enthousiasme, il dut raconter les événements par le menu. Après quoi, tous m'appelèrent et je me montrai sur le seuil, où je fus accueillie par leurs cris de colère.

Ils étaient indignés. Tous voulaient faire quelque chose pour moi. L'un d'eux se proposa pour aller m'acheter des vêtements à Houma. Les autres suggérèrent d'organiser une battue dans les marais pour chercher maman, mais Jack leur expliqua pourquoi il ne jugeait pas cela souhaitable. Ces braves garçons ne savaient comment me rassurer.

— Vous en faites pas, mam'selle, aucun Trahaw ne mettra plus les pieds dans cette propriété.

— Parce qu'il y en a d'autres ? m'effarai-je en me tournant vers Jack.

— Des cousins, mais ils habitent assez loin, se hâta-t-il de répondre en foudroyant les foreurs du regard. Elle va bien, les gars, retournez travailler.

Sur ce, il m'entraîna dans la caravane.

— Il est temps que je rentre à La Nouvelle-Orléans, déclarai-je dès que nous fûmes seuls. Je ferais mieux de me préparer tout de suite.

— Ça ne m'emballe pas de te voir partir sur les routes après ce que tu viens d'endurer, Perle. Une bonne nuit de sommeil ne te ferait pas de mal, et tu n'es pas à quelques heures près. Allonge-toi sur ce canapé pour faire un somme, pendant que je retourne aux puits. Je termine mon travail et je reviens nous préparer un bon petit dîner, d'accord ?

— Je ne sais pas, Jack. Papa a besoin de moi, et cela fait déjà trop longtemps que je n'ai pas été voir Pierre.

— Entendu, acquiesça-t-il après quelques instants de réflexion. Tu te reposes, on dîne tranquillement et je te ramène à La Nouvelle-Orléans. Bart me fera remplacer par Jimmy Wilson, pas de problème. Et je rentrerai en car.

— Je ne peux pas te demander de faire ça pour moi, Jack !

— Tu ne me demandes rien, c'est moi qui décide, répliqua-t-il. Tu es en pays cajun, maintenant, et chez nous quand un homme parle…

— Oui, Jack ?

— *Il arrive* qu'une femme l'écoute, acheva-t-il, et j'éclatai de rire en même temps que lui.

Mais il avait raison, j'étais recrue de fatigue. Je bâillais sans cesse et j'avais le plus grand mal à garder les yeux ouverts.

— Allonge-toi ici et dors, tu m'entends ?

— Oui, monseigneur, acquiesçai-je en m'inclinant.

Je m'étendis docilement sur le canapé, fermai les yeux et soupirai d'aise, vaguement consciente d'entendre Jack faire la vaisselle. Quand il quitta la caravane, je dormais déjà, et je ne m'éveillai que bien après son retour, alors qu'il avait déjà préparé le repas et mis la table. J'éprouvai un choc en constatant que la nuit était tombée. Jack alluma une bougie et demeura un instant immobile à contempler la flamme, ignorant que je l'observais. La lueur mouvante éclairait doucement son visage, et quand il se retourna elle se refléta dans ses yeux.

— Alors, demanda-t-il en voyant que j'étais réveillée, comment te sens-tu ?

— Un peu cotonneuse... J'ai dormi longtemps ?

— Un bon petit bout de temps, oui.

— Tu avais raison. J'étais beaucoup plus fatiguée que je ne le croyais.

— Tu as faim ? (Je hochai la tête. Le fumet de sa cuisine me faisait saliver.) Tant mieux, ce soir j'ai préparé un vrai festin cajun. Tortue farcie à la sauce aux huîtres.

— Comment es-tu devenu aussi bon cuisinier ? m'étonnai-je.

— En voilà une question ! Je suis cajun, non ? Tu ne sais donc pas que nous pouvons manger tout ce que nous attrapons, et en faire un plat délicieux, en plus.

— J'ai entendu dire ça, en effet. Est-ce que je peux t'aider ?

— Tu peux t'asseoir et manger. Tout est prêt.

Je me levai, allai me rafraîchir le visage et rejoignis Jack à table. Il nous versa du vin blanc et j'y avais à peine goûté que mon appétit dévorant se réveilla : je me jetai littéralement sur la nourriture. Et Jack me regarda engloutir son savoureux dîner, un petit sourire au coin des lèvres.

— Jack Clovis, dis-je entre deux bouchées, c'est tout simplement divin. C'est vraiment toi qui as préparé tout ça ?

— Eh bien...

— Ah, je me disais aussi ! Où as-tu trouvé ce régal ?

— Dans un restaurant, je n'ai eu qu'à le réchauffer. Mais tu as bien marché, avoue ?

— Bien sûr, parce que j'avais confiance en toi.

Il cessa de sourire et me saisit la main.

— Si jamais il m'arrive de te mentir, Perle, dans la seconde qui suivra tu sauras la vérité, je te le jure. Et je ne dirai jamais rien qui puisse te blesser.

— C'est bon, Jack, je ne t'en veux pas. J'aime trop ta cuisine pour me fâcher, ajoutai-je, lui rendant le sourire.

Il mit un disque de musique créole, et nous achevâmes le dîner sur un généreux café cajun et une tarte aux framboises.

— Et maintenant, vas-tu m'écouter, commença Jack, et accepter de passer la nuit ici ?

La perspective d'un long trajet nocturne ne m'enchantait guère.

— Je crois que oui, mais à une condition : je partirai demain à la première heure.

— Marché conclu.

— Et je tiens à faire la vaisselle.

— Ce n'est pas moi qui t'en empêcherai, riposta-t-il.

Je lui envoyai une bourrade, qu'il fit semblant de me rendre, et nous nous jetâmes en riant dans les bras l'un de l'autre. C'était si bon de me sentir libre et de me laisser aller à l'insouciance, après le cauchemar que je venais de vivre ! Le seul fait d'être en compagnie de Jack me remplissait d'allégresse.

Pendant que je lavais les assiettes et les rinçais, il s'approcha de moi par-derrière et m'embrassa légèrement dans le cou. J'interrompis ma vaisselle. Puis je sentis ses bras m'enlacer la taille et me laissai aller contre lui, les yeux fermés, m'offrant aux baisers qu'il faisait pleuvoir sur ma nuque, mes joues, et lorsque enfin je me retournai vers lui, sur mes lèvres.

— Laisse tout ça, chuchota-t-il, et pour la seconde fois il me souleva dans ses bras.

Toujours avec autant d'aisance, il me porta ainsi jusqu'à sa chambre et me remit doucement sur mes pieds.

La pluie avait cessé, de larges échancrures s'ouvraient dans les nuages, et quelques pâles rayons de lune découpaient nos silhouettes sur le carré de la fenêtre. Sans échanger un mot, nous nous déshabillâmes avec une lenteur tranquille. Et quand nous fûmes tous deux nus, étendus l'un contre l'autre sur la couverture, Jack reprit tendrement ma bouche qui s'ouvrit d'elle-même sous ses baisers.

Il fut très doux, très attentif à mon plaisir. Ses lèvres m'effleuraient avec la légèreté d'un souffle, descendant lentement de ma gorge à mon ventre et remontant jusqu'à mes seins, jusqu'au moment où je m'entendis gémir, et quand il entra en moi, nos mouvements restèrent harmonieux et lents, nous portant dans un affolant crescendo à des hauteurs qui me coupaient le souffle. Bientôt, je fus au bord de l'éblouissement, la tête me tournait, j'étais tout étourdie mais ce vertige était grisant. J'avais l'impression de tomber en arrière mais sans courir de danger. C'était une merveilleuse sensation de chute libre, un lent vol à travers l'extase.

Les mots d'amour que me chuchotait Jack se mêlaient aux battements de mon propre cœur et j'y répondais, moi aussi, dans un flux de paroles murmurées tout bas. Toutes les émotions si longtemps bridées par mon scepticisme se libéraient d'un coup, déchaînant une véritable tornade sensuelle qui nous entraînait tous deux dans sa furie. Je m'accrochais à Jack comme une liane enlace un arbre, demandant toujours plus, et répondant à ses baisers avec une ardeur toujours plus grande.

J'avais longtemps douté d'être faite pour l'amour mais quand Jack eut un rire étouffé qui me révéla sa surprise et sa joie, quand il m'implora tendrement de le laisser respirer, toutes mes craintes s'envolèrent. J'étais l'éclair dans la tempête, la foudre qui jaillit quand les éléments dont elle a besoin pour éclater sont réunis. Et ce qui m'était nécessaire, c'était la présence d'un être que j'aime et qui m'aime, sincèrement et totalement.

— Pitié ! soupira Jack en se laissant retomber sur le dos, et je ne pus m'empêcher de rire.

Il se passa un long moment avant que notre souffle

s'apaise. Quand notre pouls eut repris son rythme normal, Jack porta ma main à ses lèvres, m'embrassa le bout des doigts, puis il plaqua ma paume sur sa poitrine.

— Tu sens mon cœur, Perle ? Il est fou de joie, c'est pour toi qu'il bat comme ça.

— Le mien aussi, dis-je en prenant sa main pour la poser sur mon sein nu.

Nous étions sous le charme, encore tout étourdis d'avoir découvert la puissance de notre amour. C'était comme si nous étions dans l'œil du cyclone, ce calme soudain qui survient au cœur de la tourmente. Jack m'avait dit que je portais en moi l'ouragan, et j'inclinais à le croire. Dans les affres de tous ces événements tragiques, j'avais trouvé son amour, et avec lui la force d'affronter les orages encore à venir.

Je fermai les yeux et glissai dans un sommeil paisible. Mais au beau milieu de la nuit je m'éveillai en sursaut, comme si quelqu'un avait posé la main sur mon épaule, et pendant quelques instants je me demandai où j'étais. Puis je perçus la respiration régulière de Jack et me détendis. Je m'étirai, me tournai vers la fenêtre et laissai mon regard dériver du côté de Bois Cyprès. Brusquement, je sentis mon cœur s'emballer. Je me dressai sur mon séant comme sous l'effet d'un ressort.

— Jack !

— Mm-moui ? Qu'est-ce qui se passe ?

Je tendis le bras en direction de la maison.

— Regarde.

Derrière une fenêtre d'angle sous les combles, donc dans l'atelier de maman, vacillait une lueur incertaine.

Jack s'assit, étudia la grande bâtisse qui se découpait dans la nuit violette et se retourna vers moi.

— Il y a quelqu'un là-bas, chuchota-t-il. Aucun doute.

Nous nous habillâmes en un tournemain, puis Jack alla chercher une torche et un fusil de chasse.

— Au cas où ce serait un cambrioleur, expliqua-t-il en voyant mon regard étonné.

J'espérais contre tout espoir que ce serait maman, mais une autre éventualité me traversa l'esprit.

— Ou… les cousins de Buster Trahaw ? hasardai-je.

Jack fit la grimace mais n'écarta pas cette possibilité, au contraire. Il fouilla dans le tiroir et prit une poignée de cartouches supplémentaires.

Nous montâmes dans ma voiture et partîmes pour Bois Cyprès. Le ciel nocturne était d'une inquiétante couleur pourpre, et par les rares échancrures qui s'ouvraient entre les nuages on voyait çà et là clignoter les étoiles. Une brise assez rude balançait les saules et les cyprès, qui s'inclinaient vers nous de façon menaçante. Des ombres semblaient parcourir les jardins en flottant au-dessus du sol, agitées de grands mouvements fous, et quand nous descendîmes de la voiture j'entendis le cri d'un héron. Il ouvrit brusquement ses ailes, s'envola au-dessus des champs et s'éloigna du côté des marais. Je levai les yeux : la bougie brillait toujours à la fenêtre.

Jack saisit ma main, m'entraîna rapidement vers l'escalier latéral et, arrivé en bas, il s'arrêta.

— Laisse-moi passer devant, souffla-t-il, et tâchons de ne pas faire de bruit.

J'eus le temps de penser que, si cambrioleur il y avait, il aurait pu entendre les battements de mon cœur. Je retins ma respiration. Très lentement, nous commençâmes à gravir les marches qui menaient à l'atelier, mais malgré toutes nos précautions elles grincèrent assez bruyamment pour annoncer notre approche. Sur le palier, Jack vérifia son fusil, se plaça devant moi et, d'une seule poussée brutale, ouvrit la porte.

Apparemment, il n'y avait personne. Au fond de l'atelier, quelques bougies blanches brûlaient autour d'un chevalet, sur lequel était posée une toile vierge. Puis une silhouette sortit de l'ombre, elle-même pareille à une ombre… C'était bien elle, enfin.

— Maman ! m'écriai-je, le cœur dilaté de joie.

Jack abaissa son fusil et je le dépassai en courant, mais à mi-chemin je m'arrêtai court. Maman ne semblait pas nous voir ni nous entendre. Elle avait les cheveux en désordre, le visage strié de traînées douteuses et une tache noire sur le menton. Sa robe sale et froissée donnait l'impression qu'elle avait dormi tout habillée depuis sa fuite, et même dormi dehors. Elle tenait à la main une espèce de chiffon et un crayon fusain.

— Maman, répétai-je. C'est moi, Perle.

Sans paraître m'entendre, elle me tourna le dos et contempla fixement la toile maculée de poussière. A mes côtés, Jack l'observait lui aussi, intrigué tout autant que moi.

— Maman? Tu m'entends? (Je n'obtins pas de réponse et me tournai vers Jack.) Mais qu'est-ce qu'elle a, d'après toi?

— On dirait qu'elle est en transe. Ne la brusquons pas, surtout.

Nous nous rapprochâmes de maman et je lui touchai légèrement l'épaule. Elle posa sa main sur la mienne et la tapota distraitement.

— Tout va bien, dit-elle d'une voix lointaine qui me fit froid dans le dos. Tout ce que j'ai à faire, c'est de dessiner son visage tel que je l'ai conservé dans mon cœur. Il est prisonnier, tu comprends? A cause de moi.

« Mais il ne faut pas le blâmer. Personne n'a le droit de le blâmer, même pas l'Eglise. Il n'avait plus tous ses esprits, j'aurais dû savoir que ce serait trop pour lui. Je n'aurais pas dû accepter son sacrifice aussi vite. Nous étions tout pour lui, tu sais?

« Oh, bien sûr, il avait cette maison superbe, cette propriété avec tous ces puits, la fortune... Mais l'argent ne signifiait rien pour lui si ceux qu'il aimait n'étaient pas près de lui, s'il ne pouvait pas le dépenser pour eux.

Jack et moi échangeâmes un regard, je posai un doigt sur mes lèvres et il me répondit d'un hochement de tête. L'étrange monologue de maman ne devait pas être interrompu.

— Il a tellement souffert, poursuivit-elle de sa voix désincarnée, il a souffert jusqu'à la limite de ses forces. Il est parti dans les marais pour se souvenir de nous, pour évoquer les jours heureux où nous étions jeunes, innocents, amoureux. Le temps béni où nous croyions à l'avenir, ignorant que des monstres rôdaient autour de nous, et qu'ils pouvaient même se tapir au plus profond de notre cœur.

« Il endurait un tel tourment qu'il s'est mis à boire, à pleurer sur lui-même et à maudire son sort. Puis il a décidé qu'il n'avait pas assez d'une demi-vie pour survivre et il s'est jeté à l'eau. Il a nagé en cercle jusqu'à ce que ses forces l'abandonnent. Et puis, tout suffocant, il a traîné son pauvre corps sur la berge et il est mort sous les étoiles qu'il avait tant aimées jadis, quand il n'y voyait que d'éblouissantes promesses.

« Et ce fut en grande partie ma faute. J'avais accepté son aide et son amour. Mais quand celui que j'aimais vraiment m'est revenu, j'ai agi en égoïste. J'ai délibérément fermé les yeux sur la souffrance de Paul et accepté sa générosité, une fois de plus. J'avais une nouvelle existence auprès de l'homme que j'aimais, il partageait chaque instant de ma vie. Mais Paul n'avait plus qu'un grand vide et rien pour le peupler, sinon ses rêves. Ce n'était pas assez.

« Je lui ai fait souffrir l'enfer. J'ai fait semblant de refuser son sacrifice, j'ai soulevé des objections. Mais j'ai fini par me rendre à ses arguments et je l'ai laissé se perdre lui-même. Mais le plus grave, c'est que je lui ai permis d'aimer Perle comme si elle était sa fille et de se faire passer pour son père. Je l'ai laissé entretenir cette illusion... et ensuite je l'ai arrachée de son cœur.

« Il avait perdu tout ce qui comptait pour lui, et c'était en grande partie de ma faute.

Maman se tut, et je ressentais si vivement sa souffrance que les larmes ruisselèrent sur mes joues, jaillies du plus profond de mon être.

— Maman...

Cette fois encore elle me tapota la main, mais sans quitter des yeux la toile vierge.

— Non, il ne sert à rien de le nier, grand-mère Catherine avait raison. Chaque fois que nous entretenons une mauvaise pensée ou que nous commettons une mauvaise action, un autre esprit malin est lâché dans le monde pour combattre les bons. Les esprits mauvais que j'ai libérés ont atteint leur but, finalement.

Ils ont trouvé le chemin de ma maison. Je dois faire ce qui doit être fait.

— Que dois-tu faire, maman ? demandai-je à voix basse tremblant d'entendre la réponse à ma question.

— Grand-mère Catherine me l'a dit la nuit dernière. J'ai dormi sur sa tombe, afin que ses paroles de sagesse pénètrent en moi. Je dois dessiner le visage de Paul tel que je l'ai gardé dans mon cœur.

Elle s'interrompit, essuya d'un coup de chiffon la poussière qui souillait la toile et acheva :

— Ensuite, je dois déposer le tableau sur sa tombe et le brûler, afin que son esprit tourmenté lui soit rendu et qu'il puisse être libéré des limbes.

— Maman, dis-je à travers mes larmes, il faut que tu rentres à la maison avec moi. Je suis là, maintenant, près de toi. C'est moi, Perle. Regarde-moi, je t'en prie, écoute-moi. Nous avons besoin de toi. Pierre a besoin de toi. J'ai besoin de toi, et papa aussi.

Maman ne tourna même pas la tête. Elle éleva son crayon fusain et commença à dessiner un visage.

— Maman !

— Attends, chuchota Jack en posant la main sur mon épaule. Laisse-la d'abord faire ça.

— La laisser faire ? Mais elle a perdu la tête, Jack ! Il faut que je la sorte de cette folie.

— Tu n'y arriveras pas, et il n'en sortira aucun bien, ni pour ton frère ni pour toi. J'ai déjà vu des gens dans cet état, avoua-t-il. A des cérémonies religieuses où un guérisseur essayait de libérer quelqu'un d'une obsession. Quelquefois ça marchait, quelquefois non, mais tu dois la laisser faire ce qu'elle croit devoir faire.

— Mais c'est comme de la magie noire, Jack, ou du vaudou. Ça ne mène à rien.

— Ce n'est pas à toi d'en décider, Perle. Tu n'as pas besoin d'y croire. L'important, c'est qu'*elle* y croie. Je ne suis pas psychiatre, mais je connais le pouvoir de l'esprit quand il s'agit de ce genre de choses. Chez nous, la religion et la superstition se sont mêlées pour former toutes sortes de croyances, et tu n'as pas été élevée dans le bayou. Mais ta mère, oui. Laisse-la tranquille un moment, ça vaudra mieux.

Je me retournai vers maman. Elle avait déjà tracé les contours du visage et dessinait les yeux et le nez. Puis, tout en travaillant, elle se mit à chantonner tout bas. Je n'avais jamais entendu cet air, mais lorsque je la vis sourire je devinai qu'il éveillait en elle des souvenirs heureux.

Le don miraculeux de maman ne m'avait jamais paru aussi évident qu'en ce moment même : en quelques minutes, le visage esquissé sur cette vieille toile prit vie. Je discernai une étincelle dans les yeux, je perçus le léger rictus des lèvres et je crus presque sentir un souffle. Les mains de maman volaient sur la toile, comme animées d'un mouvement propre, comme si le tableau naissait de lui-même sous ses doigts. Il était déjà assez détaillé pour que je reconnaisse l'oncle Paul, mais l'expression de ses traits me terrifia. Je les avais déjà vus d'innombrables fois. C'était le visage de l'homme de mes mauvais rêves. L'homme dans l'eau.

J'étouffai un cri et me jetai dans les bras de Jack.

— Elle le représente comme je l'ai vu dans des centaines de cauchemars...

— Ce doit être son cauchemar, à elle aussi, murmura-t-il.

Finalement, maman abaissa le bras, fit un pas en arrière et prononça tout bas :

— Je regrette, Paul.

Puis elle jeta le fusain et saisit les bords de la toile. Jack s'avança aussitôt vers elle.

— Laissez-moi vous aider, madame Andréas.

Elle le regarda, hocha la tête en souriant et il souleva le portrait du chevalet.

— Et maintenant, Jack ? demandai-je. Qu'est-ce qu'on fait ?

— Nous ferons ce qu'elle voudra. Aide-la.

Je pris doucement maman par le coude et la guidai vers la porte.

— Merci, ma chérie, dit-elle avec gentillesse.

Mais elle garda les yeux fixés devant elle pendant que

nous suivions Jack à travers l'atelier, puis jusqu'au bas de l'escalier, marchant avec la lenteur d'un cortège funèbre.

— Je sais où est enterré Paul Tate, me souffla Jack.

Nous avançâmes jusqu'à l'angle du mur et le contournâmes, précédés par le faisceau de la torche qui nous ouvrait un chemin dans la nuit. Et quand nous parvînmes à la grille du petit cimetière, qui ne contenait qu'une seule sépulture, le rayon de la lampe jeta une lueur sinistre sur la pierre tombale : on aurait dit qu'elle était jaune. Le nom de Paul et les dates de sa naissance et de sa mort étaient gravés dans le granite, au-dessus de son épitaphe laconique : « Tragiquement disparu, mais pas oublié ».

A l'entrée de l'enclos, maman fit halte et se tourna vers nous :

— Je vous remercie, mais je dois être seule, maintenant.

— Je comprends, madame, dit Jack en lui tendant le portrait.

C'était vrai, il comprenait maman d'instinct. Bien mieux que moi en l'occurrence. Le tact et la sensibilité dont il faisait preuve m'impressionnaient au plus haut point.

Maman saisit la toile, pénétra dans le petit cimetière et Jack me prit la main, puis nous attendîmes sans quitter maman des yeux.

Elle s'agenouilla au pied de la tombe, inclina la tête et pria en silence ; puis elle posa le portrait sur la pierre et leva les yeux vers les étoiles, secouée de sanglots muets. Pendant quelques instants encore, elle parut rassembler ses forces. Puis elle tira de sa poche une pochette d'allumettes.

Elle en fit craquer une, l'approcha du coin du châssis et pendant un moment il ne se passa rien. Mais finalement, la flamme lécha l'étoffe sèche, trembla, grandit. Et elle courut le long de la toile jusqu'au portrait de l'oncle Paul.

Maman n'avait pas bougé. Elle regardait fixement les flammes. Une volute de fumée s'éleva, tout droit pour commencer, jusqu'à ce que la brise s'en empare et la disperse dans la nuit. Alors la toile prit feu et brûla pour de bon. L'éclat des flammes illumina la tombe, les alentours et maman elle-même. On aurait pu croire qu'elle brûlait, elle aussi. Puis, aussi vite qu'il avait pris, le feu vacilla et baissa. La toile s'effondra, réduite en cendres. Une pluie d'étincelles s'éparpilla sur la pierre.

Alors Jack lâcha ma main, entra le premier dans le cimetière, s'agenouilla près de maman et l'aida à se relever.

— Il est temps de partir, madame. C'est fini.

— Oui, acquiesça-t-elle à voix basse. Oui, c'est fini.

— Maman ?

Comme si elle émergeait d'un profond sommeil, elle se retourna lentement, me dévisagea, et le sourire qui fleurit sur ses lèvres m'apprit qu'elle m'avait reconnue.

— Perle, ma chérie, ma petite fille...

— Maman ! m'écriai-je en me jetant dans ses bras.

Nous restâmes un long moment l'une contre l'autre. Je sanglotais sur son épaule, et elle me caressait doucement les cheveux en déposant de petits baisers sur mon front. Puis je me redressai, balayai les larmes qui roulaient sur mes joues et je lui souris.

— Tu vas bien ?

— Oui, ma chérie. Tout à fait bien.

— Il faut rentrer à la maison, maman. Papa t'attend, et Pierre a terriblement besoin de toi. Il croit que tu lui reproches ce qui est arrivé à Jean, et les médecins pensent que c'est la cause de son état.

Maman resta quelques instants toute songeuse. Puis elle regarda Jack et, pour la première fois, elle parut prendre vraiment conscience de sa présence.

— C'est Jack Clovis, maman. Il nous a aidées, toi et moi.

— Merci, dit-elle simplement.

— Laissez-moi continuer à vous aider, madame. Venez dans ma caravane, vous pourrez vous rafraîchir et vous reposer avant de reprendre la route.

— C'est très aimable à vous, monsieur.

Maman jeta un regard vers la tombe où les dernières braises achevaient de s'éteindre. Elle exhala un profond soupir, avança d'un pas, le visage éclairé d'un sourire paisible... et s'évanouit dans les bras de Jack. Elle serait tombée, s'il ne s'était pas précipité pour la recevoir.

— Ce n'est rien, me rassura-t-il en la soulevant avec cette aisance qui m'étonnait encore. Elle est épuisée, c'est tout. Emmenons-la chez moi.

Il porta maman dans la voiture, l'installa sur le siège avant et je m'assis à côté d'elle. Je gardai sa tête sur mon épaule pendant tout le trajet. Quand nous la transportâmes dans la caravane elle reprenait déjà ses sens, et nous l'étendîmes aussitôt sur le canapé.

Je posai un linge humide sur son front et Jack lui apporta un peu d'eau. Ses paupières battaient, ses yeux se refermaient sans cesse. Finalement elle parvint à les garder ouverts, mais elle ne semblait pas encore très bien savoir ce qui lui arrivait.

— Tout va bien, maman. Tu es en sécurité, maintenant.

Elle promena autour d'elle un regard incertain.

— Où suis-je ?

Je le lui expliquai, puis je lui fis boire un peu d'eau.

— Je ne sais même pas quel jour nous sommes, avoua-t-elle. J'ai complètement perdu la notion du temps.

— A quand remonte votre dernier repas, madame Andréas ? lui demanda Jack.

Elle ne s'en souvenait plus, aussi Jack s'empressa-t-il de lui préparer des toasts et du thé. Quand elle eut bu et mangé, ses forces commencèrent à lui revenir et, à mon grand soulagement, sa mémoire aussi.

— Je savais que tu étais venue me chercher, Perle. Je t'ai vue dans la maison, un soir, mais je ne pouvais pas te laisser me trouver. Je n'avais pas encore obtenu la réponse de grand-mère Catherine.

— Mais où étais-tu pendant tout ce temps-là, maman ? Nous t'avons cherchée partout !

— Je suis d'abord allée à Bois Cyprès, commença-t-elle, et j'eus l'explication de la lueur aperçue par Jack. (C'était bien une bougie, finalement.) Ensuite j'ai passé quelque temps dans la vieille cabane, mais un homme épouvantable est venu la fouiller, comme s'il savait que j'étais revenue. Je me suis cachée, mais il a fait un massacre dans la maison et l'a complètement démolie. J'ai dû me réfugier dans une cabane inhabitée.

— C'était Buster Trahaw, maman.

— Oui. Comment le sais-tu ?

Je lui résumai mon aventure, en omettant les détails les plus scabreux, mais elle parut bouleversée.

— Combien de mal et de souffrances aurai-je causés, gémit-elle, les lèvres tremblantes.

— Non, maman. On n'est pas coupable quand on n'a pas l'intention de nuire, ce n'était pas ta faute. Si les autres se complaisent à faire le mal, tu n'y peux rien. Buster Trahaw était un être immonde, il aurait maltraité quelqu'un d'autre s'il en avait eu l'occasion.

— Il l'a probablement déjà fait, commenta Jack. Et plutôt dix fois qu'une.

— Sans doute, mais si je ne m'étais pas sauvée comme ça, Perle n'aurait pas été obligée de me chercher ici, et…

— Oublions tout ça, maman, c'est déjà du passé. Nous avons des problèmes plus importants à résoudre, et sans traîner.

En quelques mots, je la mis au courant de l'état de Pierre et de l'accident de papa, et sa réaction fut immédiate.

— Rentrons tout de suite, décida-t-elle en s'efforçant de se lever. Ils ont besoin de nous.

— Je crois que vous devriez dormir un peu, madame, intervint Jack. Le matin n'est pas loin, et vous pourrez partir dès votre réveil. Vous ne serez pas d'une grande utilité pour qui que ce soit, dans cet état de fatigue.

Maman me regarda en souriant.

— Tu as trouvé un garçon plein de sagesse, Perle.

— Je sais, répliquai-je.

Et j'eus exactement le même sourire que le sien, mais le mien s'adressait à Jack. Maman n'en perdit rien. Ses yeux allaient de moi à lui, de lui à moi, avec une attention extrême. Puis elle hocha la tête, se renversa sur les coussins... et en quelques secondes, elle s'endormit. Jack se rapprocha de moi, m'entoura de son bras et nous restâmes ainsi quelques instants, à regarder maman.

— Je crois qu'elle arrive au bout de ses peines, observa-t-il. Le passé est mort et enterré. Tout est fini.

— Mais l'avenir, Jack ? Qu'est-ce qui nous attend ?

— Ça, je n'en sais rien. Personne ne peut le savoir. Contentons-nous de faire de notre mieux et d'espérer.

J'inclinai la tête sur son épaule.

— Je ne m'en serais jamais sortie sans toi, Jack. Merci.

— Tu n'as pas besoin de me remercier, dit-il en se penchant pour m'embrasser le bout du nez. Maintenant, allons dormir, sinon nous ne serons bons à rien demain matin.

Ce que nous fîmes, après nous être assurés que maman était bien couverte, et une fois au lit je me blottis dans les bras de Jack. Un long moment tranquille s'écoula, puis je rompis le silence.

— Jack... Tu crois aux mêmes choses que maman ? Tu penses vraiment qu'elle a entendu la voix de mon arrière-grand-mère Catherine sur sa tombe ?

— Au risque de baisser dans ton estime, Perle, c'est oui. J'y crois.

Je restai quelques instants songeuse.

— Tu n'as pas baissé dans mon estime, Jack.

— Tant mieux. Et tu n'as pas non plus baissé dans la mienne parce que tu n'y crois pas, rétorqua-t-il, et je pouffai de rire.

Puis il resserra son étreinte et les mots devinrent inutiles. Nos corps et nos mains se parlaient en silence. Je fermai les yeux, déjà triste à l'idée que, la nuit suivante, je ne serais plus en sécurité dans les bras de Jack. Je me demandais avec appréhension ce qui m'attendait le lendemain, à La Nouvelle-Orléans. Moins optimiste que Jack, je n'étais pas si sûre que le pire fût derrière nous.

16

Pourquoi serait-ce un rêve ?

Malgré son extrême fatigue, ce fut maman qui se leva la première. Nous l'entendîmes aller et venir un moment, puis elle m'appela. Je sautai du lit, courus à elle, et son expression un peu égarée me frappa. Elle ne semblait pas encore très bien savoir où elle en était.

— J'ai l'impression de sortir d'un interminable cauchemar, dit-elle d'un air absent comme si elle s'éveillait d'un long sommeil. Et maintenant, reprit-elle au moment où Jack sortait de la chambre, il est temps de rentrer chez nous.

— Bonjour, madame Andréas.

Maman me jeta un long regard perplexe.

— Tu te souviens de Jack, maman ?

— Oui, bien sûr. Désolée. C'est juste que... je me sens un peu perdue, ce matin. Bonjour.

— Avez-vous bien dormi sur ce canapé, madame ? s'enquit Jack en souriant. Il est très confortable. Je me suis souvent endormi dessus sans le faire exprès.

Maman se détendit un peu.

— J'ai dormi dans des endroits nettement moins douillets, ces jours-ci, vous savez.

— Que diriez-vous d'un petit déjeuner ? Je m'occupe du café.

— Il faut que nous partions, chuchota maman de manière à n'être entendue que de moi.

Mais Jack l'entendit quand même et insista :

— Pas avant d'avoir mangé quelque chose, madame Andréas. Vous allez avoir besoin de toutes vos forces.

— Oui, reconnut-elle. Nous en aurons besoin.

Elle fut très silencieuse pendant le petit déjeuner. Elle but son café, mangea un fruit et grignota quelques toasts, mais sans nous quitter des yeux. Elle suivait chacun des mouvements de Jack et dès que nous échangions un regard, nous sentions le sien peser sur nous.

— Maman, finis-je par demander, tu ne crois pas que nous devrions appeler papa et le prévenir que nous rentrons ?

— Pardon ? Oh oui, bien sûr. C'est juste que... je n'arrive pas encore à réfléchir très clairement, excuse-moi. J'ai l'impression d'avoir du brouillard dans la tête.

Je me chargeai d'appeler à la maison, et Aubrey se hâta d'aller prévenir papa qui se mit aussitôt en ligne.

— Tu l'as retrouvée ! s'exclama-t-il. Oh, merci, mon Dieu ! Et merci à toi, ma chérie. Passe-la-moi, je t'en prie.

Je tendis le récepteur à maman.

— Bonjour, Chris, commença-t-elle après une légère hésitation. Je vais bien, maintenant.

Elle écouta pendant quelques instants, puis se mit à pleurer sans bruit, et quand elle voulut parler sa voix se fêla.

— Je suis désolée, Chris... je regrette tellement...

Maman me rendit le combiné, incapable de dire un mot de plus.

— Ruby ? appelait papa. Ruby...

— Elle va bien, papa, rassure-toi. Elle est à bout de nerfs, c'est tout. Nous prenons la route dès que nous avons fini notre petit déjeuner.

— Rentrez vite, mais sois prudente au volant, surtout.

Maman était retournée s'asseoir, et je baissai la voix pour demander à papa si l'état de Pierre s'était amélioré. Il n'y avait aucun changement, m'annonça-t-il avec tristesse. Je lui promis que nous arrivions bientôt et, dès que j'eus raccroché, je revins m'asseoir aux côtés de maman. Elle pleurait toujours, à petits sanglots silencieux.

— Quoi que je fasse, je... je cause du tort à quelqu'un, hoqueta-t-elle. Je gâche toujours tout.

— Cesse de t'accuser, maman. Ce qui arrive n'est pas de ta faute, et tu ne peux pas porter tout le blâme sur tes épaules. Nous sommes tous responsables de nos actes.

— Allons-y, soupira-t-elle en repoussant sa tasse et son assiette. Je ne pourrais pas avaler une bouchée de plus.

— Vous êtes sûres de vouloir voyager seules ? s'inquiéta Jack.

— Oui, certaines, le rassurai-je. Dès que nous serons en route, tout ira bien.

Il nous suivit au-dehors, alla ouvrir la portière du côté de maman et l'aida à s'installer.

— Prenez bien soin de vous, madame Andréas. Je dirai une prière pour vous.

— Merci, murmura-t-elle, et je pus lire une certaine surprise dans son regard.

Puis Jack contourna la voiture pour me dire au revoir, et nous nous attardâmes un instant dehors avant que je n'ouvre ma porte.

— Je reviendrai chercher mes vêtements, me taquina-t-il.

— Et moi je ne suis pas sûre de te les rendre, ripostai-je sur le même ton. Ils commencent à me plaire beaucoup.

— Alors je repartirai sans, mais au moins je t'aurai vue.

— Tu sais à quoi tu t'engages, au moins ? Tu seras forcé de venir dans cette ville où il faut se tordre le cou pour voir le soleil.

Jack éclata de rire, mais il reprit aussitôt son sérieux et son visage devint soudain très grave.

— Je n'aurais pas peur de vivre dans l'obscurité totale si j'étais avec toi, Perle. Ce serait toi, mon soleil.

Ses paroles me remplirent d'une telle joie que j'en eus les larmes aux yeux. Puis il regarda maman à la dérobée, avant de se risquer à me donner un baiser d'adieu. Sa bouche ne fit qu'effleurer la mienne, mais je savourai précieusement cet instant et le gravai dans ma mémoire.

— Sois prudente, dit-il en étreignant ma main. Je t'appelle dans la journée.

— Au revoir, Jack. (Je me décidai enfin à ouvrir la portière.) Merci pour tout ce que tu as fait.

Sur ce, je me glissai derrière le volant, mis le contact et démarrai. Maman mordillait sa lèvre inférieure en refoulant ses larmes, et dans le rétroviseur je vis que Jack nous suivait des yeux. Les ouvriers arrivaient sur le chantier, certains klaxonnaient et me saluaient de la main.

— Tout le monde semble te connaître, observa maman avec surprise.

— Les foreurs sont très solidaires, expliquai-je, citant les paroles de Jack. Ils s'entraident et chacun d'eux peut compter sur les autres. Quand ils ont su ce qui m'était arrivé, ils ont tous été volontaires pour nous aider de toutes les façons possibles, Jack et moi.

Un tournant nous avait caché la caravane, la maison allait disparaître à son tour et je me rendis compte que je souriais. Maman aussi s'en aperçut.

— Au fait, comment as-tu connu ce jeune homme ?

— Nous nous sommes rencontrés la première fois que papa et moi sommes venus à Bois Cyprès pour te chercher. C'est lui qui s'occupe de mon puits, le vingt-deux, annonçai-je avec fierté.

— Ton puits ? Oh, celui que Paul t'a légué... (Maman redevint soudain triste et songeuse.) Il t'aimait tellement !

— C'est affreux de voir comment les Tate laissent cette maison se dégrader, tu ne trouves pas ?

— Si. C'était la plus belle du bayou, autrefois. Paul en était très fier. Je me souviens du jour où il me l'a fait visiter. Il n'arrêtait pas d'en vanter les détails luxueux, et en particulier les vitraux et les lustres.

— J'ai rencontré sa mère, tu sais ?

Je racontai notre entrevue chez tante Jeanne, — y compris les propos de Gladys —, et maman écouta sans paraître fâchée.

— Elle nous a rendu la vie infernale, avoua-t-elle, mais maintenant je comprends mieux la perte qu'elle a subie et pourquoi elle nous voulait tant de mal. Bien sûr, la haine finit par vous empoisonner, ce qui en soi est un autre malheur.

— Mais d'après ce que tu m'as dit, Gladys Tate n'était pas heureuse, même avant ce qui est arrivé ?

— Non. Elle avait plus d'une croix à porter, comme on dit. Elle avait réussi à se faire croire qu'elle était la vraie mère de Paul, pour leur bien à tous les deux. Et je pense qu'elle l'aimait aussi profondément qu'une mère peut aimer un fils. Mais elle était possessive, acariâtre, et elle avait fait un mariage malheureux.

« Octavius a toujours été coureur, et ma mère n'a pas été sa seule conquête. Grand-mère Catherine disait que le malheur est un serpent affamé qui se dévore lui-même. Plus les choses allaient mal entre eux, plus Octavius trompait sa femme, et plus il la trompait, plus Gladys était malheureuse. Elle ne mérite plus que la pitié, conclut maman dans un soupir.

— Mais pourquoi se sont-ils mariés, alors ?

— On se marie parfois pour de mauvaises raisons, mais on ne le comprend que trop tard. La fortune, la conserverie... tout ça venait de la famille de Gladys, et Octavius était beau garçon. Il s'est enchaîné à une femme pour son argent et ses biens, et je suis certaine qu'il a su être très persuasif. Même s'il ne l'a pas convaincue qu'il l'aimait, elle a dû s'en convaincre elle-même parce qu'elle voulait le croire, mais le résultat a été le même. Ils ont fondé leur vie sur le mensonge. Ils se sont fait des promesses en sachant qu'ils ne les tiendraient pas, et ils ont entretenu l'illusion à tout prix. Jusqu'au moment où le diable a frappé à la porte... et où Octavius l'a laissé entrer.

Maman s'interrompit, se tourna vers moi et sa voix prit un ton nettement plus incisif.

— Alors tu vois combien tu dois être prudente, Perle. Evite le piège des illusions et des promesses mensongères. Les gens te font miroiter des merveilles, mais quand tu veux les saisir... plus rien! Tout se brise et tombe en poussière à tes pieds.

« Il peut même arriver que ces beaux parleurs soient sincères, et qu'ils croient à leurs propres chimères. Et cela, c'est encore pire parce que leur bonne foi te touche, tu acceptes de partager leur rêve, tu te laisses entraîner de plus en plus haut et la chute est d'autant plus rude. Crois-moi, ma chérie, je le sais. Au fait...

Maman renversa la tête et me dévisagea intensément.

— Ce jeune homme, quels sont exactement tes liens avec lui ?

— Il s'appelle Jack, maman. Jack Clovis. Et pour moi ce n'est pas n'importe quel jeune homme.

— Jack, soit. Tu étais dans son lit la nuit dernière, non ?

— Jack est le premier garçon qui m'ait donné l'impression d'exister pour de bon au lieu d'être... une espèce d'imitation. Il est sincère, il ne fait pas de promesses à la légère. Il a les pieds sur terre et ce n'est surtout pas un rêveur.

Maman eut une moue sceptique.

— Ce que j'essayais de te dire — et mon passé devrait te le prouver —, c'est que tu dois être extrêmement prudente. Va savoir pourquoi, mais il semble que les Landry aient reçu en partage une terre particulièrement dure à labourer. La mauvaise herbe y est plus tenace et les cailloux plus coupants qu'ailleurs.

— Mais je suis extrêmement prudente, maman. Je l'ai toujours été, tu le sais.

— Je le sais, oui. Mais quand tu es venue ici pour me chercher tu étais bouleversée, perturbée, fragile. Tu dois d'abord être sûre que ton opinion sur ce jeune homme n'a pas été influencée par ton état vulnérable. Il a dû t'apparaître comme un ange gardien, j'imagine.

— En effet, affirmai-je. Et à bon droit.

Au tremblement de sa lèvre, je vis que maman était à nouveau sur le point de pleurer.

— J'ai peur pour toi, Perle. Ne commets pas les mêmes fautes que moi. Donne-toi du temps. Et si ton cœur s'emballe, si ton corps exige que tu t'abandonnes complètement, prends du recul et pense à moi. Quand on se trompe, ce n'est pas seulement à soi qu'on fait du tort. On blesse aussi ceux que l'on aime.

« Quand je vivais dans le bayou avec toi, Gisèle m'a écrit que l'homme que j'aimais allait en épouser une autre et j'ai cru devenir folle. Je n'existais plus pour lui. J'étais jeune, je me retrouvais seule avec un bébé. J'ai cédé.

« J'ai accepté les promesses et l'illusion, la protection que m'offrait Paul. Je voulais croire que nous pourrions vivre dans un monde magique et merveilleux, à l'abri, pour toujours. Et c'est ainsi que le mal a pris racine, acheva maman d'une voix brisée.

En voyant qu'elle s'était remise à pleurer tout bas, je posai doucement ma main sur la sienne.

— Tout va bien, maman. Ne pleure pas, je t'en prie.

— Mon pauvre Jean, sanglota-t-elle, mon pauvre bébé…

J'avais le cœur si lourd de chagrin que je me demandai un instant si j'allais pouvoir continuer à conduire. Je m'appliquai à respirer profondément, tandis que maman gémissait toujours. Finalement, ses plaintes se calmèrent, elle ferma les yeux et s'assoupit, appuyée contre la vitre. C'était si triste de la voir ainsi que ma vue se brouilla soudain. Des larmes brûlantes se pressaient sous mes paupières, je n'y voyais plus rien. Et pour tout arranger, le temps tournait à l'orage. De gros nuages noirs accouraient du sud-ouest.

Quand je rejoignis l'autoroute, le bayou parut disparaître derrière moi comme s'il se liquéfiait. Quelques cabanes sur pilotis se montraient encore çà et là, j'aperçus des femmes et des enfants qui cueillaient de la mousse espagnole, je dépassai quelques éventaires, puis ce fut tout. Pendant un long moment, je fus pratiquement seule sur la route. Et je réfléchis.

Je pensai à Jack et aux paroles de maman. Peut-être avait-elle raison. Peut-être étais-je fragile et vulnérable quand nous nous étions rencontrés. Mais cela voulait-il forcément dire que nos sentiments n'étaient qu'illusion ? J'avais senti que Jack était sincère. J'étais vulnérable, et après ? En devenait-il moins sincère pour cela ? Parfois, c'étaient justement les épreuves qui réunissaient ceux qui étaient faits l'un pour l'autre, méditais-je. L'angoisse de maman était compréhensible, mais ce n'était pas une raison pour que je vive dans la peur, moi aussi.

Je ne regrettais rien de ce qui s'était passé entre Jack et moi. Notre amour était une oasis dans la tourmente, et il le resterait. Tout le monde voulait toujours me mettre en garde contre les dangers du premier amour ; tout le monde me prêchait la prudence et la sagesse.

Mais ce que j'avais ressenti pour Jack, j'en étais sûre et certaine, n'avait rien à voir avec un premier béguin d'adolescente. Lui et moi avions atteint une profondeur de sentiment qui dépassait de très loin la simple amourette.

Non, maman, lui répondis-je en pensée. Tu n'as pas à t'inquiéter. Ma relation avec Jack est bâtie sur un terrain solide, et non sur un marécage. Pour nous, l'illusion serait de croire que nous pourrions oublier ce que nous sommes devenus l'un pour l'autre, décidai-je.

Et là-dessus, j'appuyai sur l'accélérateur.

La pluie — une ondée légère, pas une averse — commença juste avant notre arrivée à La Nouvelle-Orléans. Nous avions franchi le pont, et je roulais déjà en direction de Garden District lorsque maman s'éveilla. La ville semblait lasse et défaite dans le matin gris. Privée de l'éclat du néon, du chatoiement des costumes et du tapage de la musique, La Nouvelle-Orléans évoquait une femme vieillissante surprise à son lever, sans maquillage Les balayeurs achevaient de nettoyer les débris divers éparpillés par les fêtards, et les commerçants ouvraient leurs boutiques avec des mines ensommeillées, clignant des paupières dans la lumière du jour.

La pluie s'était changée en bruine, mais il faisait déjà si chaud que les trottoirs semblaient fumer. Je coulai un regard sur ma droite.

— Tu vas bien, maman ?

— Oui, répondit-elle avec un bref sourire. Mais par

moments, j'ai vraiment cru que je ne reverrais jamais cette ville! Passons vite prendre papa et allons voir Pierre.

La pluie avait complètement cessé quand nous arrivâmes à Garden District. Je me garai devant le perron et nous gravîmes rapidement les marches. Aubrey avait dû nous guetter par la fenêtre, car nous n'avions pas encore atteint la porte qu'elle s'ouvrait devant nous.

— Bienvenue à la maison, madame, dit le maître d'hôtel.

Et la lueur chaleureuse qui perça dans ses yeux humides fut bien la plus grande marque d'émotion qu'il eût jamais laissée paraître. Il manifesta une certaine surprise quand maman lui donna une brève accolade.

— Où est M. Andréas, Aubrey?

— Monsieur est en haut, répondit-il après une courte hésitation. Il... il s'exerce à marcher avec des béquilles.

Nous nous élançâmes dans l'escalier, puis dans le corridor, jusqu'à la chambre dont la porte était grande ouverte. Debout entre ses béquilles, la jambe dans le plâtre et penché en avant, papa clopinait péniblement dans la pièce. Il s'interrompit et leva la tête, médusé.

— Ruby, murmura-t-il en vacillant.

Maman courut à lui, le saisit fermement dans ses bras et les béquilles tombèrent sur le sol. Ils restèrent enlacés pendant de longues secondes, et les voir ainsi me fit venir les larmes aux yeux. Je les essuyai discrètement, ramassai les béquilles et les tendis à papa.

— Mais comment es-tu attifée? demanda-t-il, abasourdi.

— Jack m'a prêté des vêtements, papa.

— Mais pourquoi?

Ce fut maman qui répondit pour moi.

— C'est un vrai récit d'épouvante, Chris. Laisse-la d'abord prendre une douche et se changer, d'ailleurs j'en ai besoin, moi aussi. Perle te racontera tout quand nous serons en route pour l'hôpital.

— Mais où étais-tu, Ruby? Qu'est-ce que tu faisais?

— Je t'expliquerai tout, c'est promis, mais laisse-moi le temps de souffler !

— Tu as mal, papa ? m'informai-je avec sollicitude.

— Non, plus tellement. C'est devenu très supportable.

Il évita mon regard, sachant très bien que j'avais deviné la cause de l'accident, mais ce n'était pas le moment de faire des reproches à qui que ce soit. Rien de tout cela n'avait plus d'importance, de toute façon.

Je l'embrassai sur la joue avant de courir me laver et m'habiller, en priant pour que nous arrivions à temps auprès de Pierre.

Maman n'était pas préparée à ce qui l'attendait dans la salle de soins intensifs. Même moi, qui avais pourtant vu Pierre plus récemment, je fus terrifiée par sa pâleur cendreuse. Ses lèvres étaient décolorées, la peau de ses mains paraissait fripée, il était si parfaitement immobile qu'on aurait dit un mannequin. L'infirmière nous apprit qu'il sortait tout juste d'une séance de dialyse.

Debout à un pas du lit, aux côtés de papa courbé sur ses béquilles, maman regardait fixement son fils. On avait l'impression qu'après son équipée si chargée d'émotions, elle était incapable de franchir la distance infime qui la séparait de Pierre.

— On dirait qu'il rétrécit, gémit-elle. Je ne me souvenais pas qu'il était si petit.

— C'est parce que tu le vois dans ce grand lit, maman. Allez, parle-lui. Je suis sûre qu'il t'entend.

Elle inclina la tête et parvint enfin à s'approcher du lit. Je lui avançai une chaise et elle s'y assit, puis elle prit la main de Pierre entre les siennes.

— Pierre, mon chéri, mon tout-petit. Guéris, mon bébé, je t'en supplie. Je suis là, maintenant, je suis venue t'aider. Nous avons tous besoin que tu guérisses, Pierre. Je t'en prie, essaie.

Les joues mouillées de larmes, elle se pencha et déposa un baiser sur le front de Pierre, mais elle aurait aussi bien pu embrasser un cadavre. Il ne cilla pas, n'entrouvrit pas les lèvres. Tout ce que nous entendîmes quand maman se tut fut le bip-bip du moniteur cardiaque, et le ronron des autres appareils médicaux de la salle.

Maman leva sur papa un regard de détresse, puis se retourna vers moi.

— Où est le médecin ?

— Je vais voir, maman.

J'allai m'informer au poste des infirmières. Le Dr Lefèvre n'était pas attendue avant le milieu de l'après-midi, mais la visite du Dr Lasky devait avoir lieu dans l'heure. Je proposai à maman d'aller nous restaurer à la cafétéria en attendant.

— Non, vas-y avec papa, me répondit-elle sans quitter Pierre des yeux. Ma place est ici, maintenant. Je reste.

Je me dis que le personnel n'aimerait pas ça, mais l'infirmière de garde était particulièrement compréhensive. Elle nous donna son consentement d'un signe et j'emmenai papa vers la cafétéria, où je nous achetai des sandwichs et des boissons. Puis, une fois le plateau sur la table, je racontai à papa mon aventure dans le bayou, comment j'avais échappé de justesse à la catastrophe, et comment avait fini Buster Trahaw.

Il resta bouche bée jusqu'à la fin de mon récit.

— J'ai été au-dessous de tout, dit-il enfin. Avec toi comme avec tout le monde. Je vous ai laissés vous débrouiller pendant que je me soûlais à mort, et j'ai trouvé le moyen de me casser une jambe. Et toi, pendant ce temps-là, tu mettais ta vie en danger pour faire ce que j'aurais dû faire moi-même. Je ne mérite pas ma chance ni mon bonheur, se lamenta-t-il.

La moutarde me monta au nez. J'abattis le plat de la main sur la table.

— Ça suffit, papa ! Je ne veux plus entendre de jérémiades. Nous devons être forts, tous les deux. Pour maman, d'abord, et pour Pierre qui a plus que jamais besoin de nous. Ce n'est pas le moment de rester assis à pleurer sur nos malheurs !

Il parut complètement désarçonné, mais je n'avais pas pu m'empêcher de lui parler sur ce ton, et je n'avais pas encore terminé mon discours.

— Quand je dérivais sur les canaux, seule dans ma pirogue et à bout de forces, je ne pouvais penser qu'à une chose : je vous avais abandonnés, maman, Pierre et toi. Si on commence à trop s'occuper de soi, on en arrive vite à s'apitoyer sur son propre sort. Et à ce moment-là, nous devenons une proie facile pour le mal qui rôde autour de nous.

Je me tus, et papa ébaucha un sourire.

— Toi, Perle ? C'est toi qui te mets à croire au pouvoir des esprits, maintenant ?

— Je crois aux pouvoirs de l'âme, oui. Je crois que nous pouvons lutter avec ce que nous prenons pour le destin. Si on n'essaie pas, on est balayé par les forces du mal. Je ne crois pas aux rituels vaudous ni aux talismans ni aux charmes. Mais ceux qui ont foi en ces choses, eux, au moins, croient vraiment qu'ils peuvent changer leur destinée. Ils en ont le courage.

Ma tirade fit sourire papa, mais il se rembrunit très vite.

— Tu sembles avoir beaucoup mûri en quelques jours, Perle. On dirait que tu as pris des années d'un seul coup. (Il se renversa sur son siège et me jeta un long regard pensif.) Ce Jack Clovis… il t'a beaucoup aidée ?

— Oui.

— Et tu t'es attachée à lui ?

— Oui, dus-je admettre. Et c'est très sérieux.

Papa reprit son air sombre et soupira.

— Ce n'est pas facile de voir sa petite fille devenir femme ! Dieu sait si nous mesurons les dangers que courent les jeunes, surtout maintenant. Mais il y a comme une aura d'innocence autour d'une jeune fille, un écran protecteur. Ses déboires et ses peines sont tellement insignifiants à côté de ce qui l'attend plus tard. Le garçon qu'elle aime ne l'a pas invitée au concert, sa coiffure n'est pas réussie, elle a un bouton sur le menton…

« Je parie que tu as oublié le jour où un camarade de classe t'a dit que ta tête était trop grosse pour ton corps. Tu es rentrée en pleurant à la maison, mais ta mère était à une exposition. Je travaillais dans mon bureau et tu es entrée en larmes. J'ai dû prendre un centimètre et mesurer ton crâne pour te prouver que tu n'étais pas un monstre. C'était si facile en ce temps-là d'éloigner de toi les démons. Et comme cela devient difficile, à présent !

— Pourquoi devrait-il y avoir des démons partout, papa ?

— Il semble qu'il y en ait toujours, c'est comme ça. Mais si tu trouves l'homme qui te convient, il aura les armes qu'il faut pour te protéger, lui. J'espère qu'il saura mieux veiller sur sa femme que je n'ai su veiller sur la mienne.

— Tu ne vas pas recommencer, papa !

— D'accord, d'accord, capitula-t-il. Je serai l'homme que tu vois en moi. Assez pleurniché, tu as raison. (Il se redressa et mordit dans son sandwich.) Et si tu m'en disais un peu plus sur ce Jack Clovis ?

Je ne me fis pas prier, j'aurais pu parler de Jack pendant des heures. Jusqu'à la fin du déjeuner, papa m'écouta, ne m'interrompant que pour me taquiner au sujet de Jack. Mais j'étais si triste de l'avoir quitté que j'accueillais ces plaisanteries sans me fâcher, j'y prenais même plaisir. C'était toujours une façon de penser à lui.

Maman n'avait pas bougé depuis notre départ. Elle tenait toujours la main de Pierre et ne le quittait pas des yeux. J'avais monté une boisson fraîche pour elle, et elle la but avec une paille, mais elle refusa ma proposition d'aller manger quelque chose. Elle soutenait qu'elle n'avait pas faim.

Le Dr Lasky vint examiner Pierre, puis il nous fit quitter la salle pour s'entretenir avec nous.

— Ses fonctions vitales déclinent rapidement, déclara-t-il avec une franchise brutale. Ses reins sont toujours bloqués, sa tension est beaucoup trop basse. Je crains sérieusement une pneumonie. Je suis désolé, monsieur, j'aurais aimé pouvoir vous faire un rapport plus réconfortant.

Maman l'ayant écouté la tête basse, il s'était adressé à papa, et ce fut papa qui le remercia. Puis nous allâmes nous asseoir dans la salle d'attente, maman posa la tête sur l'épaule de papa et pendant un long moment, aucun de nous ne parla. En pensée, nous étions près de Pierre et chacun de nous priait pour lui.

Nous étions là depuis quelques minutes quand le Dr Lefèvre arriva, et en voyant maman la psychiatre fronça les sourcils. Elle lui adressa la parole avec une politesse glacée qui laissait deviner sa désapprobation et sa colère.

— Il aurait beaucoup mieux valu pour Pierre que vous soyez venue plus tôt, madame Andréas, mais nous tâcherons de tirer le meilleur parti de votre présence. J'ai parlé au Dr Lasky et il est d'accord avec moi. Nous allons transférer Pierre dans une chambre particulière pour que vous le quittiez le moins possible. Naturellement, poursuivit le Dr Lefèvre à l'intention de papa, il lui faudra une infirmière vingt-quatre heures sur vingt-quatre. Je peux régler cette question pour vous, si vous voulez.

— S'il vous plaît, docteur. Selon vous... quelles sont ses chances ?

Le médecin réfléchit un moment et pesa ses mots.

— Comme je vous l'ai expliqué, chaque fois que votre fils retombe dans son coma, le retrait est plus profond et il lui faut de plus en plus de temps pour en sortir. Parallèlement, ses moments de conscience sont de plus en plus brefs. Il s'en va petit à petit, un peu comme un noyé qui remonterait à la surface pour aspirer un peu d'air et s'enfoncerait à nouveau sous l'eau.

L'eût-elle voulu, la psychiatre n'aurait pas pu choisir une comparaison plus atroce. Le visage de maman se convulsa, elle gémit et ses yeux chavirèrent. Je poussai un cri en voyant papa se démener avec ses béquilles pour s'efforcer de la soutenir, et le Dr Lefèvre nous aida à la conduire jusqu'à la banquette. Je courus lui chercher un verre d'eau et elle reprit rapidement ses esprits.

— Je suis désolée, s'excusa-t-elle après avoir bu quelques gorgées.

Et cette fois, le médecin montra un peu plus de compassion.

— Ce n'est rien, madame. Ce genre de nouvelle vous porte un coup, je le sais bien.

Maman ne répondit pas, mais son expression parlait pour elle. Non, disait son regard torturé, vous ne savez pas, vous ne pouvez pas savoir.

— Si vous vous sentez mieux, reprit le Dr Lefèvre, je vais tout de suite m'occuper du transfert de Pierre.

Papa la remercia et, quand elle fut partie, nous nous assîmes aux côtés de maman de façon à l'entourer de nos bras.

— C'est comme si le même serpent avait mordu les deux garçons, murmura-t-elle. Comme si le poison était passé de Jean à Pierre. C'était toujours comme ça, tu te souviens, Chris ? Quand l'un des deux tombait malade, l'autre attrapait la même chose tout de suite après.

— Pierre va guérir, maman. J'en suis sûre.

Elle posa sur moi son regard triste et j'y vis passer un sourire, comme si elle trouvait ma confiance attendrissante.

— Il ne veut pas guérir, Perle. C'est ça le problème.

— Alors nous devons tout faire pour qu'il le veuille ! m'écriai-je, au bord des larmes. Je ne le laisserai pas se noyer !

Je me levai d'un bond et partis en courant devant moi, sans même regarder où j'allais. Je dépassai des portes, des malades en fauteuil, des infirmières et des médecins ; j'en croisai d'autres, indifférente à tout et à tous. Jusqu'au moment où je m'arrêtai net en m'apercevant que j'étais parvenue à la porte de la lingerie. Elle s'ouvrit devant une Sophie médusée, les bras chargés de draps et de taies d'oreiller.

— Perle ! Où étais-tu passée ? Comment va ton frère ?

— Sophie, proférai-je en fondant en larmes. Oh, Sophie !

Elle lâcha sa pile de linge et me prit dans ses bras.

— Viens par ici, dit-elle en m'attirant dans la lingerie, et assieds-toi là. (Je me laissai tomber sur le carton qu'elle me désignait.) Maintenant, arrête de pleurer et raconte-moi ce qui se passe.

— Pierre est au plus mal, Sophie. Les médecins sont très pessimistes.

— Eh bien, les médecins ne savent pas tout, figure-toi. J'ai vu des soi-disant moribonds ouvrir les yeux et se mettre à réclamer leur jus de fruits. J'ai même vu un homme qu'on venait de déclarer mort se lever de son lit et quitter l'hôpital. Il était dans tous ses états.

Je souris à travers mes larmes et Sophie saisit ma main.

— Tu m'as manqué, je te jure. Et il s'en est passé, des choses, depuis ton départ !

— Quelles choses ? demandai-je en essuyant mes joues.

— Le Dr Weller a été mis à la porte, pour conduite immorale avec une jeune patiente. Le raffut que ça a fait, je te dis pas ! On a étouffé l'histoire, bien sûr, mais en attendant il est viré.

— Mais qu'a-t-il fait à cette jeune femme ?

— Oh rien… à part la mettre enceinte. Y aura peut-être des poursuites, à ce qu'y paraît. Tu l'as échappé belle, dis donc !

— Oui, mais c'est quand même dommage pour tout le monde.

— Qui casse les verres les paie, c'est ce que ma mère a dit. Et moi j'ai pas l'intention de tomber enceinte avant le mariage, que je lui ai répondu. Bon, alors… tu viens boire quelque chose ? C'est ma tournée.

— Non, merci, refusai-je en me levant. Mes parents vont avoir plus que jamais besoin de moi. Pierre va être transféré en chambre particulière avec des infirmières privées.

— Je m'occuperai de lui, moi aussi. Je prierai pour lui et je ferai une offrande à l'église.

— Merci, Sophie.

Nous nous quittâmes sur une étreinte affectueuse et je retournai dans la salle d'attente, où papa et maman attendaient toujours le transfert de Pierre. Quand il fut bien installé dans sa nouvelle chambre, mes parents s'entretinrent avec l'infirmière qui assurait la première garde. Maman voulait rester près de Pierre tout l'après-midi, mais papa l'en dissuada.

— Nous avons tous besoin de repos, Ruby. Sinon nous ne serons pas en état de nous occuper de Pierre comme il le faudrait.

Maman comprit qu'il souffrait trop pour s'attarder à l'hôpital et, bien à contrecœur, se rendit à ses raisons.

Elle monta se coucher en arrivant, et ils se firent servir un repas léger dans leur chambre. Je dînai donc seule en bas, et j'étais à table quand Aubrey vint annoncer qu'on me demandait au téléphone.

— Un certain Jack Clovis désire vous parler, mademoiselle.

Je ne fis qu'un bond jusqu'à l'appareil.

— Jack !

— Je ne voulais pas appeler trop tôt. Comment ça va là-bas ?

— Pas très bien, Jack. Pierre est retombé en coma profond, les médecins n'ont pas beaucoup d'espoir. Ils ne l'ont pas dit trop crûment, mais je crois qu'il faudrait un miracle pour sauver mon frère.

— Je suis navré de l'apprendre. J'aimerais venir à La Nouvelle-Orléans, mais je crains d'arriver au mauvais moment.

— Tu seras le bienvenu à tout moment, Jack.

— D'accord. Je serai là après-demain. Si tu as un hôtel pas trop cher à me recommander…

— Tu descendras chez nous, déclarai-je, catégorique.

— Non, je ne peux pas faire ça.

— Bien sûr que tu peux, et bien sûr que tu le feras, insistai-je. Ce n'est pas la place qui manque. Si je ne suis pas là quand tu arrives, c'est que je serai à l'hôpital.

Il marqua une courte pause puis chuchota :

— Ce n'est peut-être pas non plus le moment de dire ça, mais tu me manques.

— Toi aussi, tu me manques.

J'éprouvais un peu de remords d'être aussi heureuse quand mes parents étaient si malheureux, mais la seule idée que Jack arrivait bientôt me transportait de joie. Je terminai mon dîner avec beaucoup plus d'appétit que je n'en avais en me mettant à table. Puis, après avoir un instant songé à regarder la télévision ou à écouter de la musique, je décidai d'aller me coucher avec un bon livre.

Il n'y avait pas de lumière chez mes parents, aussi n'allai-je pas leur dire bonsoir ; mais environ une heure après avoir éteint ma lampe, j'entendis maman hurler. Je sautai du lit et traversai le couloir en courant. Toutes les lampes étaient allumées dans la chambre de mes parents, leur porte était ouverte, et je les trouvai assis dans leur lit. Un bras passé autour des épaules de maman, papa la serrait contre lui.

— Que se passe-t-il ? demandai-je d'une voix étranglée.

Je n'avais pas entendu le téléphone, mais il avait pu sonner quand même. Et si c'était l'hôpital, il ne pouvait s'agir que de mauvaises nouvelles.

— Ta mère a eu un cauchemar, Perle. Ce n'est rien, dit-il d'un ton rassurant. Tout va bien.

— Non ! s'écria maman avec colère en s'écartant de lui. Non, Chris, tout ne va pas bien.

— Ruby !

Maman se leva et entreprit de rassembler ses vêtements.

— Il faut que j'aille sur la tombe de Jean.

— Maintenant ? s'effara papa. Mais il est presque minuit !

— Je dois être là-bas à minuit, mon rêve me l'a dit.

— Tu ne peux pas aller au cimetière à une heure pareille, Ruby. Sois raisonnable, plaida papa, désemparé.

— Ne t'inquiète pas, j'irai avec elle, papa.

— Mais, Ruby... avec tous les gens louches qui rôdent la nuit ! insista-t-il encore.

Mais maman continua de s'habiller sans répondre et, grimaçant sous l'effort, il s'assit au bord du lit afin d'atteindre ses béquilles.

— Qu'est-ce que tu essaies de faire, papa ?

— Si elle s'obstine à y aller, j'y vais aussi, annonça-t-il sur un ton résolu.

Je courus dans ma chambre pour m'habiller à mon tour.

— Attends-moi, au moins ! me cria papa de loin.

Puis maman me dépassa d'un pas précipité, le visage figé comme un masque, et descendit l'escalier en regardant droit devant elle.

— Maman, appelai-je, attends-moi !

— Occupe-toi de ton père, répondit-elle sans se retourner.

Papa arrivait clopin-clopant et je l'assistai de mon mieux, mais le temps que nous arrivions au garage, maman était partie.

— C'est sa folie qui la reprend ! soupira papa en se hissant péniblement dans sa voiture.

Je pris le volant et démarrai sur les traces de maman. Je conduisais vite. Mais quand je me garai derrière sa voiture, elle était déjà entrée dans le cimetière.

— Qu'est-ce qu'elle a en tête ? marmonna papa.

Je l'aidai à descendre. Nous avions une torche dans la boîte à gants, mais nous n'en eûmes pas besoin. Seuls quelques légers nuages dérivaient à l'horizon et la lune était presque pleine. Baignés dans sa clarté livide, les tombes et les caveaux se profilaient sur le ciel sombre, aussi blancs que des ossements. Je marchais tout près de papa, réglant mon pas sur sa démarche lente et boitillante, et il nous fallut un certain temps pour parcourir les allées qui menaient à la tombe de mon frère. Arrivés là, nous nous arrêtâmes. Maman avait allumé des bougies près du caveau. Agenouillée, elle pressait son front sur la pierre tombale, et je vis au mouvement convulsif de ses épaules qu'elle sanglotait.

J'abandonnai papa, courus vers elle et me baissai pour la prendre dans mes bras.

— Maman ?

— Je l'ai imploré, souffla-t-elle contre mon oreille. Il se sentait très seul sans Pierre, mais je l'ai supplié de laisser son frère nous revenir. (Elle se redressa et leva les yeux sur papa.) Il fallait que je sois ici à minuit, Chris, tu comprends ? C'est l'heure où la porte s'ouvre entre les deux mondes, juste assez pour que mes paroles suivent la fumée de la bougie dans l'au-delà.

Courbé sur ses béquilles, papa fit de la tête un geste de dénégation apitoyée.

— Tu nous rendras tous fous, Ruby. Arrête ça tout de suite. Rentre à la maison et retourne te coucher.

— Je ne pouvais pas dormir, c'est pour ça que je suis venue. Il le fallait, insista-t-elle en se tournant vers moi. Maintenant tu comprends pourquoi, n'est-ce pas, ma chérie ?

— Oui, maman.

Elle caressa la pierre tombale de Jean et sourit avec tendresse.

— Il m'a entendue. Il ne laissera pas Pierre nous quitter. Jean est un bon petit garçon. Un bon petit garçon...

— Allez, viens, maman, dis-je en l'aidant à se relever. Rentrons.

Elle jeta un dernier regard à la tombe de Jean. Puis nous nous éloignâmes tous les trois, le cœur lourd, remontant lentement cette allée dont chaque pierre était un témoignage de douleur. La seule fois où je me retournai, une vision fugitive me fit frémir d'épouvante : celle d'un second caveau, si pareil à celui de Jean qu'on aurait dit son jumeau.

— Mon Dieu, murmurai-je, assez bas pour que mes parents ne puissent pas m'entendre. S'il vous plaît, mon Dieu, aidez-nous.

17

Réveille-toi, je t'en prie...

J'étais exténuée en montant me coucher, mais je n'en dormis pas mieux pour autant, au contraire. Je passai le reste de la nuit à me retourner dans mon lit, n'émergeant d'un cauchemar que pour replonger aussitôt dans un autre. Et si j'accueillis avec joie le soleil du matin, je ne me sentais pas particulièrement fraîche et dispose. Mes draps étaient trempés de sueur. J'avais l'impression d'avoir couru un marathon sous la canicule.

Je fus la première à descendre. Et quand papa et maman me rejoignirent à la table du petit déjeuner, leur mine m'annonça qu'ils n'avaient pas mieux dormi que moi. Ils paraissaient épuisés, eux aussi. Maman avait déjà téléphoné à l'hôpital et parlé à l'infirmière de Pierre : il n'y avait aucun changement.

— Au moins ça ne s'aggrave pas, déclarai-je, espérant éclairer d'un rayon d'espoir cette atmosphère lugubre.

— Mais ça ne va pas mieux non plus, répliqua maman d'une voix éteinte.

Elle mangeait de façon machinale, sans goût à rien, le regard absent. Papa posa la main sur la sienne et elle ébaucha un pauvre sourire, puis elle se remit à contempler le vide. Au regard affligé que papa me jeta, je compris qu'il abandonnait la partie.

— Jack arrive demain, annonçai-je, décidant qu'un changement de sujet serait le meilleur antidote à notre état dépressif.

Les yeux de maman s'agrandirent, laissant paraître un soupçon d'intérêt.

— Ici ?

— Oui. Je l'ai invité.

Maman chercha le regard de papa, semblant solliciter une objection de sa part, mais il haussa les épaules.

— Nous devons beaucoup à ce jeune homme, si j'ai bien compris. Le moins que nous puissions faire est de lui offrir l'hospitalité.

— Je crains de ne pas être une très bonne hôtesse, Chris. Je n'ai pas la tête à ça.

— Jack ne s'attend pas à des égards spéciaux, maman. Il vient ici pour m'apporter son réconfort et proposer son aide.

— Décidément, sourit papa, ce jeune homme semble avoir toutes les qualités.

Maman libéra un profond soupir. Je savais qu'elle était entièrement sous l'emprise de sa tristesse, qu'il n'y avait place pour rien d'autre en son cœur. Mais je savais aussi qu'il fallait nous accrocher à l'espoir et y puiser de nouvelles forces.

Pendant qu'elle montait se préparer, papa retourna téléphoner à ses amis et relations qui avaient pris des nouvelles de Pierre, puis nous partîmes pour Broadmoor.

Dans la chambre de Pierre, nous restâmes un long moment debout près de son lit, sans rien faire d'autre que le regarder en silence. Puis maman s'assit à ses côtés, réprimant ses sanglots, lui prit la main et se mit à lui parler tout bas. Un temps interminable s'écoula ainsi, sans changement apparent dans l'état de Pierre. A l'heure du déjeuner, papa et moi eûmes toutes les peines du monde à décider maman à descendre manger quelque chose. Elle ne voulait pas quitter le chevet de son fils.

De son côté, papa était soumis à une pression intense, tiraillé qu'il était entre sa famille et son travail. Certains problèmes impossibles à traiter par téléphone requéraient sa présence à l'agence, il ne savait à quoi se résoudre. Je lui fis comprendre qu'il ne servait à rien de rester tous les trois autour du lit de Pierre. Il finit par en convenir, et sur sa demande un chauffeur vint le prendre en limousine, pour le conduire à quelques réunions d'affaires qu'il ne pouvait plus remettre.

Après son départ, je m'assis près de l'infirmière de Pierre, Mme Lochet, une petite femme d'environ cinquante ans, aux cheveux gris coupés court et aux bons yeux bleus souriants. Cela me fit du bien de m'entretenir un moment avec elle. Puis j'allai prendre un café avec Sophie et, tout en bavardant, je lui appris que j'avais informé l'hôpital de mon départ définitif.

— Mes parents ont trop besoin de moi en ce moment, lui expliquai-je.

Ma décision l'attrista, mais je lui promis que nous resterions bonnes amies.

— Peut-être que je travaillerai pour toi, quand tu seras toubib ! Qu'est-ce que t'en dis ?

— Il n'y a personne que je souhaiterais davantage avoir à mes côtés, affirmai-je.

Sur quoi, Sophie retrouva le sourire et s'en fut à ses occupations.

Quand je regagnai la chambre de Pierre, maman s'était endormie sur sa chaise. L'infirmière et moi échangeâmes un regard et, d'un accord tacite, nous sortîmes dans le couloir pour pouvoir parler sans risquer de la réveiller. Mes premiers mots furent pour demander :

— Avez-vous déjà vu guérir des patients comme Pierre, madame Lochet ?

— Eh bien... c'est la première fois que j'ai affaire à un coma d'origine psychologique, répondit-elle après une courte hésitation. J'ai eu des patients dont le coma était dû à un accident et qui ont guéri, oui. J'ai même vu un jeune homme blessé par balles, au cours d'une agression, tomber dans un coma profond et se rétablir. Ne perdez pas espoir, ajouta l'infirmière avec sympathie.

Mais je ne lus aucun optimisme dans ses yeux, et elle s'empressa de les détourner.

Le Dr Lefèvre ne fut pas plus encourageante après sa

visite. Quand je sollicitai son avis, un bref : « Nous verrons » fut tout ce que j'obtins d'elle.

Papa revint nous chercher pour nous emmener dîner, mais maman était si lasse que nous jugeâmes préférable de rentrer tout de suite à la maison. Rester assise auprès de Pierre ne demandait pas une grande dépense d'énergie physique, à vrai dire. Mais la tension émotionnelle avait été trop forte pour maman. Elle faisait peine à voir : elle avait les yeux cernés, ses lèvres tremblaient, elle était blanche comme un linge et marchait en ployant les épaules. A peine arrivée, elle éprouva le besoin d'aller s'allonger.

Il fut convenu qu'on lui monterait un plateau, mais elle insista pour que nous dînions dans la salle à manger, papa et moi. Nous passâmes à table, mais nous n'étions pas d'humeur loquace. On aurait vraiment cru que la veillée funèbre de Pierre avait commencé.

— Le Dr Lefèvre pense que ton frère peut rester dans cet état pendant plusieurs mois, dit enfin papa. Je ne sais pas comment ta mère va supporter ça. Elle attendait beaucoup de ses rituels et de ses invocations, mais maintenant que tout ce fatras surnaturel a échoué, elle est complètement effondrée. Je ne l'ai jamais vue comme ça. Si ça continue, nous aurons bientôt deux malades à visiter à l'hôpital, j'en ai peur.

J'essayai de lui remonter le moral, de trouver les mots qui nous rendraient un peu d'espoir à tous les deux, mais j'étais à court d'optimisme. Mes paroles de réconfort manquaient singulièrement de conviction.

— Elle va s'en remettre, tu verras. Tout va s'arranger.

Papa eut un sourire ému.

— Rien ne doit t'empêcher de réaliser tes projets, Perle. Tu es tout le contraire d'une égoïste, je le sais, mais je ne veux pas t'entendre parler de remettre à plus tard ton entrée en faculté. C'est déjà bien assez que tu aies dû quitter ton travail à l'hôpital.

— Mais...

— Promets-le-moi, Perle, insista-t-il.

Et comme je ne répondais pas tout de suite, il ajouta :

— Nous ne pouvons pas tout perdre à la fois, même le rêve que nous faisions pour toi.

— Je te le promets, dis-je d'une voix qui s'étranglait. J'étais si bouleversée que j'en avais mal dans la poitrine. Je savais que si je restais une seconde de plus, j'éclaterais en sanglots, ce qui rendrait les choses encore plus pénibles pour papa. Je trouvai la force de sourire et, prétextant la fatigue, je me levai pour monter me coucher.

Mais d'abord, je voulus m'assurer que maman n'avait besoin de rien. Un coup d'œil me suffit pour constater qu'elle s'était endormie, et je revenais déjà vers ma chambre lorsqu'une impulsion m'aiguilla vers celle des jumeaux. Personne n'y était entré depuis que Pierre était à l'hôpital. J'ouvris la porte et m'arrêtai sur le seuil, contemplant ce qui avait été le décor familier de mes frères. Leurs jouets, la collection d'insectes et de grenouilles de Jean, ses avions, ses voitures ; la bibliothèque bourrée de romans d'aventures et d'ouvrages d'histoire naturelle, de livres consacrés aux héros militaires... tout cela entassé dans un incroyable désordre dont la vue m'arracha un soupir. Combien de fois n'avais-je pas supplié mes frères de ranger leurs affaires avant que maman ne découvre leur fouillis ?

Je souris en me remémorant la grimace espiègle de Jean et le regard sérieux de Pierre. Je les revis en train de jouer aux échecs, chacun d'eux étudiant le visage de l'autre, guettant une réaction sur ces traits si pareils aux siens. Le vainqueur était presque toujours Pierre. Et quand il arrivait que ce fût Jean, je soupçonnais son frère de l'avoir laissé gagner.

Ils étaient très attachés à leurs affaires, tous les deux, et se refusaient à jeter quoi que ce soit. Leur coffre à jouets débordait, leurs placards étaient pleins de cartons et de vieux livres. On aurait dit qu'ils voulaient garder la trace de chaque stade de leur enfance, de chaque instant de plaisir, de chaque nouvelle découverte. Régulièrement, maman les implorait de jeter ce qui ne leur servait plus, mais peut-on jeter un souvenir ?

Qu'allait-on faire de tout ça, maintenant ? Papa déciderait-il de donner aux pauvres ce qui pouvait encore servir et de se débarrasser du reste ? Ou tous ces trésors enfantins allaient-ils finir dans un coin du grenier, abandonnés à la poussière et aux toiles d'araignées ?

Je restai là, figée dans ma contemplation, jusqu'au moment où je m'aperçus que je pleurais. Les larmes se pressaient sur mes joues, dégoulinaient sur mon menton, ruisselaient dans mon cou. Je refermai doucement la porte, regagnai ma chambre et me mis au lit avec un livre pour attendre le sommeil.

Je m'endormis le volume à la main. Je n'entendis pas monter papa, et plus tard — beaucoup plus tard —, je n'entendis pas non plus maman se faufiler hors de la maison. Pas pour se rendre au cimetière, cette fois-ci, ni pour aller voir la *mambo*. Elle retournait à l'hôpital, au chevet de Pierre. Elle me raconta plus tard qu'elle avait entendu sa voix pendant son sommeil, et que cette voix l'appelait.

Il était largement plus de trois heures et tout dormait quand la sonnerie du téléphone me réveilla. Elle retentit et retentit encore, jusqu'à ce que quelqu'un aille répondre, et ce fut alors que je vis l'heure à ma pendulette. Mon cœur se mit à battre à grands coups. Je retins mon souffle, guettant les sons que je redoutais le plus : des cris, des pleurs, des sanglots... tous ces bruits pitoyables que traîne la mort dans son sillage.

J'entendis une porte s'ouvrir, puis le *tip-tap* des béquilles de papa, et il entra dans ma chambre, l'air mal réveillé. Ma lampe de chevet était toujours allumée, j'étais encore habillée, mon livre ouvert sur les genoux. Je m'assis lentement et demandai d'une toute petite voix :

— Que se passe-t-il, papa ?

— Ta mère est sortie sans que je m'en rende compte, je n'ai absolument rien entendu.

— Mais où est-elle allée ? Tu le sais ?

— A l'hôpital. Elle vient juste de téléphoner.

Je portai mon poing à mes lèvres, redoutant le pire.

— Elle a dit que Pierre... que Pierre venait de lui parler !

Je sautai du lit et me jetai au cou de papa. Je l'étreignis en pleurant de joie, et il pleura lui aussi, au point que le souffle nous manqua. Il m'embrassait les cheveux et je le serrais si fort contre moi que je devais lui faire mal aux côtes. Puis il sourit à travers ses larmes, j'essuyai les miennes en souriant aussi, et j'exhalai un long soupir de soulagement.

— Je me mets quelque chose sur le dos et nous filons là-bas. Mon fils revient ! cria papa, éperdu de bonheur. Mon petit garçon rentre à la maison !

Il y avait de quoi donner la foi au plus incrédule. En entrant dans la chambre de Pierre, nous le trouvâmes assis dans son lit en train de boire du thé chaud avec une paille, et maman tourna vers nous un visage radieux. On aurait dit une fleur fanée ressuscitant par miracle ; ses yeux rayonnaient, ses joues elles-mêmes reprenaient leur éclat. Elle était transfigurée.

— Salut, Perle ! lança Pierre d'une voix enrouée.

On aurait pu croire qu'il avait une angine, mais c'était sa voix et il me regardait. Je le serrai dans mes bras.

— Bonjour, Pierre. Comment te sens-tu ?

— Fatigué, mais je meurs de faim, répondit-il en jetant un regard furibond à l'infirmière. Je ne dois pas manger avant la visite du médecin, paraît-il. Quand est-ce qu'il arrive, au fait ?

Sa question me fit rire de bon cœur.

— Pas tout de suite, Pierre. Il est quatre heures du matin.

— Quatre heures du matin ? Je n'ai jamais veillé si tard, je crois bien.

Il nous regarda l'un après l'autre, comme pour nous prendre à témoin, et ses yeux s'arrondirent quand il aperçut les béquilles de papa.

— Mais qu'est-ce qui t'est arrivé, papa ?

— Oh je… j'ai glissé dans l'escalier.

— Ça te fait mal ?

— Plus tellement. Je te laisserai signer mon plâtre, un de ces jours.

Pierre sourit, mais presque aussitôt son sourire s'évapora.

— Jean ne pourra pas le signer, lui.

— Alors tu signeras pour lui, me hâtai-je de répondre, avant que nous nous mettions tous à pleurer.

— D'accord, acquiesça-t-il avec enthousiasme. A partir de maintenant, je signerai toujours « Pierre et Jean », pour nous deux. C'est une bonne idée, non ?

— Eh bien... les gens pourraient ne pas comprendre ça, Pierre. Quand tu signeras, tu sauras que c'est pour vous deux et ce sera suffisant. Ça te va ?

Il réfléchit et m'exprima son accord d'un signe de tête. Mais je sentis que dès cet instant et pour sa vie entière, tout ce qu'il ferait serait accompli pour son frère mort autant que pour lui-même. Il exigerait de lui deux fois plus et deux fois mieux. Il s'efforcerait de vivre deux vies au lieu d'une. Il lui faudrait du temps pour enterrer Jean. Et quand il y parviendrait, Jean mourrait une deuxième fois pour lui et il revivrait le drame, aussi douloureusement que la première fois, sinon plus durement encore.

Mon frère n'arrivait pas à croire qu'il ait pu dormir si longtemps. Nous lui expliquâmes ce qui s'était passé aussi simplement que possible, et son intelligence intuitive lui permit de comprendre à peu près tout. Je lui promis de lui donner de plus amples détails un peu plus tard. Il adorait l'étude, et il me vint à l'esprit qu'il avait lui aussi — et sans doute plus que moi — l'étoffe d'un bon médecin.

Nous lui tînmes compagnie jusqu'à ce qu'il ressente la fatigue et ferme les yeux. L'idée qu'il pourrait perdre à nouveau conscience terrifiait maman, mais l'infirmière nous rassura. Et le Dr Lefèvre, venue beaucoup plus tôt que d'ordinaire après avoir été avertie de ce changement soudain, nous certifia que le pire était passé.

— Mais il reste encore beaucoup à faire, s'empressa-t-elle d'ajouter. Pierre aura besoin d'une psychothérapie, et surtout de tendresse, de beaucoup de tendresse. La guérison prendra du temps. Ne vous attendez pas à le voir enfiler ses tennis et courir rejoindre ses camarades, je vous préviens.

— Nous ferons tout ce qu'il faudra pour l'aider, promit maman. Comptez sur nous.

Malgré l'heure matinale et notre manque de sommeil, nous étions bien trop surexcités pour aller nous coucher tout de suite. Papa nous emmena prendre un petit déjeuner dans un café, et nous découvrîmes que nous étions affamés. Nous n'avions fait que grignoter du bout des dents depuis quelques jours, tous autant que nous étions.

C'était bon de voir mes parents reprendre ainsi goût à la vie, parler avec animation, faire des projets pour le retour de Pierre. Maman pensait qu'il fallait engager un précepteur le plus tôt possible, et papa proposait un petit voyage d'agrément. Je les mis en garde contre la précipitation et leur conseillai, avant de décider quoi que ce soit, d'attendre l'avis du médecin.

— Tu entends ça ? plaisanta papa en saisissant la main de maman. C'est elle qui nous fait la leçon, ma parole !

Maman sourit et ils échangèrent ce regard que j'avais si souvent vu et envié, rêvant de connaître moi aussi cette entente magique avec un autre, quelqu'un de merveilleux comme… comme Jack.

Grands dieux, Jack ! Je bondis sur mes pieds.

— Rentrons vite à la maison, papa. Jack doit déjà être arrivé.

— Jack ? feignit de s'étonner maman. Oh oui, j'avais oublié.

— Voyons, Ruby. Comment as-tu pu oublier Jack ?

— Arrêtez, tous les deux ! fulminai-je. Vous n'êtes pas drôles.

Leur éclat de rire résonna comme une musique à mes oreilles, la plus douce que j'eusse entendue depuis longtemps. Et comme je le craignais, Jack était déjà là quand nous arrivâmes à la maison.

— Vous avez un visiteur, mademoiselle, m'annonça Aubrey. Il vous attend au salon.

Je murmurai un remerciement et m'élançai dans le couloir.

Jack n'avait pas l'air très à l'aise sur le grand canapé de velours. Il portait un jean, une chemise à carreaux et des bottes, et ses cheveux noirs étaient impeccablement coiffés. Pas une mèche ne dépassait.

— Jack ! m'écriai-je en courant vers lui.

Il n'eut que le temps de se lever avant que je me jette à son cou, et je le dévorai de baisers qu'il me rendit avec usure.

— Wouaouh ! s'exclama-t-il quand je le laissai souffler.

J'éclatai de rire et l'assaillis d'un flot d'excuses.

— Je suis désolée de n'avoir pas été là pour t'accueillir, Jack, mais nous avons reçu de merveilleuses nouvelles. Pierre est sorti de son coma. Nous sommes partis à l'hôpital au petit matin.

— C'est fantastique, Perle. Oh… (Il leva les yeux et aperçut papa sur le seuil de la pièce.) Bonjour, monsieur Andréas.

Papa s'approcha aussi vite que le lui permettaient ses béquilles et lui tendit la main.

— Bonjour. Je tiens à vous remercier pour toute l'aide que vous avez apportée à ma fille et à ma femme. J'ai une dette envers vous.

— Oh non, monsieur. C'est moi qui dois vous remercier d'avoir une fille aussi extraordinaire.

Papa haussa un sourcil, me décocha un petit sourire moqueur et je me détournai en rougissant… pour découvrir que maman se tenait dans l'encadrement de la porte. Elle s'avança dans la pièce.

— Bonjour, madame Andréas, dit Jack en saisissant la main qu'elle lui tendait. Je viens d'apprendre la bonne nouvelle et je m'en réjouis pour vous.

— Merci, Jack. Si nous manquons à nos devoirs d'hôtes, veuillez nous pardonner. Nous sommes encore sous le coup de l'émotion et j'avoue que c'est épuisant.

— Je vous en prie, madame. Vous m'obligeriez en

oubliant ma présence dans cette maison. Et si je devais vous causer la moindre gêne, je serais parti en un clin d'œil, débita-t-il avec son plus bel accent cajun.

Maman buvait ses paroles, et je crus deviner pourquoi. La voix de Jack avait dû réveiller en elle toute la douceur de ses souvenirs d'enfance.

— Je doute que ma fille vous laisse partir si vite, répliqua-t-elle avec un regard pétillant de malice.

Et cette fois je ne fus pas la seule à rougir.

— Avez-vous faim, Jack ? intervint opportunément papa. Je peux vous faire préparer une collation tout de suite.

— Je vous remercie, monsieur, mais j'ai mangé avant d'arriver.

— Eh bien, dans ce cas, je crois que je ferais mieux de partir. Il est temps de m'occuper sérieusement de mes affaires, si nous ne voulons pas nous retrouver sur la paille ! plaisanta papa en m'adressant un clin d'œil.

— Et moi, je vais faire visiter la ville à Jack, papa.

— Bonne idée. Pourquoi ne l'emmènerais-tu pas dîner dans un bon restaurant, ce soir ? Je vous réserverais une table.

— Je vous en prie, monsieur, s'interposa Jack. Ne faites rien de spécial pour moi.

— Mais de quoi parlez-vous ? s'égaya papa. Vous êtes à La Nouvelle-Orléans, jeune homme. Ici, tout est toujours spécial. Au fait, Perle... si tu emmenais Jack à l'exposition de ta mère ?

Ce fut au tour de maman de protester.

— Il y a d'autres choses plus intéressantes à voir, Chris !

— Mais j'aimerais beaucoup voir vos œuvres, madame.

— Très diplomate, commenta papa, décidément d'humeur joyeuse. Perle, peux-tu veiller à l'installation de Jack ?

— Bien sûr, papa.

— Parfait, alors je vous laisse. Amusez-vous bien, tous les deux, conclut-il en se retirant avec maman.

Quand Jack eut déposé son sac de voyage dans la

chambre d'amis, je l'emmenai dans la mienne. Il alla droit à la fenêtre et promena un regard songeur sur le parc, la piscine et les courts de tennis, les jardiniers vaquant à leurs travaux ; et quand il parla, sa voix laissait percer une certaine tristesse.

— Tu avais raison, ce n'est pas comme ça que j'imaginais la vie en ville. Tu as grandi dans un endroit magnifique, Perle, et ta maison est presque un château.

Je savais à quoi il pensait, ce qui était en train de se passer. Il était impressionné par notre luxe et se sentait déplacé chez nous. Il regrettait d'être venu. Je le rejoignis près de la fenêtre et lui entourai les épaules de mon bras.

— Rien de tout cela n'a de sens quand on ne peut pas le partager avec quelqu'un, Jack. Je connais beaucoup de gens riches qui donneraient presque tous leurs biens pour connaître un amour sincère et profond.

— Tu dis ça maintenant, petite princesse. Mais dirais-tu la même chose après avoir vécu un certain temps sans domestiques, sans repas fins, sans voitures et sans toilettes chic ?

Le sang me monta aux joues. Je fis pivoter Jack de façon qu'il me regarde bien en face.

— Tu veux vraiment savoir ce que je dirais, Jack Clovis ? Je dirais que je t'aime, et que tout le luxe du monde, domestiques, voitures et le reste, ne compenserait pas la perte de cet amour. Je dirais que pour moi, rien ne vaut la beauté d'un coucher de soleil si je suis dans les bras de celui que j'aime. Et que m'éveiller le matin dans ces bras-là vaut tous les trésors de l'univers, que j'aie dormi dans une caravane ou dans un château.

Je m'interrompis, le temps de reprendre mon souffle, et un sourire fugitif retroussa les lèvres de Jack. Mais il en aurait fallu plus pour endiguer mon éloquence. Je poursuivis sur ma lancée :

— La richesse n'interdit pas de tomber amoureux, quand même ! Je ne regrette pas que mes parents aient de l'argent, mais aimer quelqu'un qui vous rend votre amour, c'est ça, la vraie richesse. Tu trouves que ce sont des rêves de gamine, je suppose. Tu penses que la plupart des gens regretteraient leur vie facile, et c'est sans doute vrai. Mais je ne suis pas la plupart des gens, Jack ! Et n'oublie pas une chose : j'ai des racines cajuns, moi aussi. Et de ce côté-là, ma lignée remonte loin dans ces marais qui te sont si chers !

Le sourire de Jack s'épanouit sans contrainte.

— Ça, pour être cajun, tu l'es ! Tu te souviens de ce que je t'ai dit une fois, que je n'aimerais pas m'exposer à ta colère ? C'était un sacré bon conseil que je me donnais là. J'aurais dû l'écouter.

Je me radoucis instantanément.

— Vois-moi simplement telle que je suis, Jack, je t'en prie. Oublie la fortune de ma famille.

— D'accord, je retire ce que j'ai dit. C'est la dernière fois que je panique parce que ta cabane est trop grande.

Je lui sautai au cou en riant.

— Et maintenant, allons-y, fis-je en l'entraînant hors de la pièce. Rien n'est plus agréable que de faire découvrir à un ami la ville où on a grandi.

La tournée fut menée tambour battant. D'abord les grandes écoles, Loyola et Tulane, le parc Audubon et le zoo, après quoi Jack émit le désir de circuler en tramway. Je ramenai la voiture à la maison et nous allâmes à pied jusqu'à l'arrêt du tramway, que nous prîmes jusqu'à Canal Street, pour flâner un peu dans le quartier français. Puis, quand la faim se fit sentir, nous allâmes déjeuner de sandwichs dans un petit café tranquille, au bord du fleuve, d'où montait un soupçon de brise. Et là, pendant un long moment, nous ne fîmes rien d'autre qu'observer les bateaux qui croisaient sur le Mississippi, en nous laissant charmer par les accords entraînants des musiciens de rue.

— Cette ville est plus agréable que je ne m'y attendais, avoua Jack, mais une infime réticence perçait dans sa voix.

Nous nous tenions les mains, et pourtant je le sentais très loin, tout à coup.

— Qu'est-ce qui te manque le plus, Jack ?

— Le calme, je suppose. La nature, les animaux, même les plus dangereux… et ton puits, ajouta-t-il. Les gens ont besoin d'un autre genre de carburant, chez vous. Ils sont avides d'acheter, il leur en faut toujours plus. Enfin ! (Il eut un haussement d'épaules philosophe.) Il faut de tout pour faire un monde... mais c'est une ville agréable, je dois dire.

Je méditai longuement ses paroles. Le fossé qui nous séparait était-il vraiment si profond ? Nous vivions à quelques heures de route l'un de l'autre, mais nous portions l'empreinte de notre éducation, nous n'avions pas la même vision du monde. L'amour serait-il assez fort pour combler cette brèche et nous apprendre à nous connaître ?

Mes doutes, vite envolés, ne nous empêchèrent pas de passer une excellente journée. En fin d'après-midi, après avoir visité l'exposition de maman, nous allâmes prendre un café et des beignets au Café du Monde. Jack fut tout heureux d'annoncer qu'en effet, son boulanger du bayou valait bien celui de l'établissement, et sa loyauté m'amusa. Mais en même temps, elle me laissa un petit arrière-goût de tristesse.

Avant le dîner, nous allâmes tous ensemble à Broadmoor. Pierre était plus animé, il aima tout de suite Jack, et plus encore quand Jack lui eut promis de lui montrer comment on extrayait le pétrole des entrailles de la terre.

— Est-ce qu'on pourra y aller dès que je serai sorti de l'hôpital, Perle ?

— Pas tout de suite, Pierre, il faudra d'abord que tu reprennes des forces. Mais nous irons, ajoutai-je en consultant maman du regard.

Elle me sourit, et j'eus soudain la certitude que ses vieux démons étaient bien morts. Elle les avait tués. Le bayou n'était plus tabou.

— Nous irons, Pierre, confirma-t-elle. C'est promis.

J'avais le cœur léger en rentrant à la maison, mais Jack était soucieux. Il n'avait pas les vêtements adéquats pour le restaurant qu'avait choisi papa. Il me confia sa gêne à mi-voix, mais papa l'entendit quand même et proposa aussitôt de lui prêter une de ses anciennes vestes de sport.

— Je l'ai achetée quand j'étais plus mince, mais je suis sûr qu'elle vous ira très bien, affirma-t-il.

Et de fait, la veste semblait coupée pour Jack. Papa offrit encore de lui prêter une cravate et il se fit un peu tirer l'oreille, mais il finit par accepter. Il était superbe.

Notre dîner fut carrément royal. Papa avait tenu à faire les choses en grand, autant pour célébrer la guérison de Pierre que pour impressionner Jack. Après les nombreux et délicieux desserts, Jack ne put s'empêcher d'observer :

— Je parie que ce dîner à lui tout seul vaut une semaine de mon salaire.

Il dit cela en riant, bien sûr, mais sa remarque me rappela tout ce qui nous séparait.

Papa et maman burent un peu trop de vin et ils étaient légèrement gris en rentrant à la maison. Tandis qu'ils montaient se coucher, cédant à une agréable fatigue, Jack et moi allâmes nous asseoir au bord de la piscine. La nuit fourmillait d'étoiles, et bien qu'il n'y eût pas de lune, le ciel était criblé de points lumineux et scintillants.

— La plupart de ces étoiles sont plus grosses que notre soleil, mais de loin tout nous paraît petit, observa Jack d'une voix songeuse, même ce qui est immense. A distance, on peut se croire grand, mais en s'approchant on comprend combien on est petit soi-même.

— De près ou de loin, tu ne seras jamais petit à mes yeux, ripostai-je, devinant ce qu'il avait en tête.

Il rit, mais sa voix n'en resta pas moins mélancolique.

— Je n'ai pas été plus loin que le lycée, moi. Tout ce que j'avais besoin de savoir pour devenir foreur, c'est mon père qui me l'a appris. La plus grande réception à laquelle j'aie assisté, c'était un mariage, et encore : la fête avait sûrement coûté moins cher que le dîner de ce soir, tous frais compris. Et en plus tu vas devenir médecin !

— Ne me le fais pas regretter, répliquai-je un peu trop vite.

— En voilà une idée ! Je trouve ça génial. Tu sais ce que tu es ? commença-t-il en pivotant vers moi.

Il leva les yeux vers le ciel et ramena le regard sur moi.

— On t'a baptisée Perle, mais en réalité tu es un diamant. Un diamant brut, et quand on t'aura polie, tu resplendiras comme ces étoiles.

Je n'eus pas le temps de répondre. Jack porta ma main à ses lèvres et m'embrassa le bout des doigts.

— Merci pour cette magnifique journée, Perle. Je crois que je ferais mieux d'aller me coucher. Je compte partir de bonne heure, demain matin.

— Comment, tu pars déjà ! (Il inclina brièvement la tête.) Tu ne pourrais pas rester un jour de plus ?

— Tu as beaucoup de choses à faire, Perle. Ta famille a besoin de toi. Tu ne peux pas passer ton temps à me distraire, et d'ailleurs je dois rentrer.

— Mais tu seras resté si peu de temps ! Je ne sais pas quand je pourrai retourner à Bois Cyprès, moi. Pierre ne va pas rentrer à la maison tout de suite, et…

— Je suis sûr que tu viendras dès que tu le pourras, et nous nous appellerons, dit-il en se levant.

Je l'imitai à contrecœur et, main dans la main, nous revînmes vers la maison. Toutes les lampes étaient en veilleuse, maintenant. Nous traversâmes le hall et montâmes à l'étage, sans échanger un mot jusqu'à la chambre d'amis.

— Tu n'as besoin de rien ? demandai-je en m'arrêtant sur le seuil.

— Non, j'ai tout ce qu'il faut. Merci encore pour cette belle journée, chuchota-t-il en m'embrassant.

Puis il entra dans la pièce et tira la porte derrière lui.

Je contemplai un instant celle de la chambre de mes parents. Ils devaient dormir dans les bras l'un de l'autre, à présent, méditai-je en soupirant. Je regagnai ma propre chambre, me déshabillai en hâte et me glissai dans les draps frais.

Etait-ce maman qui avait raison ? me demandai-je en contemplant fixement le plafond. Ma grande histoire d'amour n'avait-elle d'autre cause que mon état émotionnel pendant cette équipée dans le bayou? Les larmes aux yeux, je me retournai brusquement pour enfouir mon visage dans l'oreiller.

Mais d'autres pensées m'assaillirent alors. Je me remémorai la nuit que nous avions passée ensemble, Jack et moi, dans la vieille maison abandonnée ; l'amour et la passion que nous avions partagés. Je me souvins de ma joie délirante quand il m'avait retrouvée dans le marais, de la tendresse qu'il m'avait manifestée ensuite. Et le doute me fit si mal que je n'y tins plus : il fallait que j'aille voir Jack.

Je me levai, marchai sans bruit jusqu'à sa chambre et ouvris la porte. Il ne dormait pas, lui non plus. Même dans cette faible lumière, je pus voir qu'il avait les yeux ouverts.

— Jack, appelai-je dans un souffle.

— C'est toi ? Qu'est-ce qui se passe ?

Je courus à lui, me jetai dans ses bras, et pendant un long moment nous nous étreignîmes sans échanger un mot.

— Je ne veux pas te perdre, murmurai-je à travers mes larmes. Je ne supporterais pas d'être séparée de toi.

— Cela n'arrivera peut-être pas, répliqua-t-il en souriant.

Et nous échangeâmes un long baiser.

— Non, affirmai-je quand j'eus repris haleine. Cela n'arrivera pas.

— J'aimerais le croire, Perle, mais je ne suis pas assez perspicace pour prévoir l'avenir. Evitons les promesses trop hâtives, tu veux bien? Comme ça, nous serons sûrs de ne pas nous faire du mal.

— Je ne te ferai jamais de mal, Jack.

— Attention, c'est une promesse, me menaça-t-il tendrement.

— Je n'ai pas peur.

— Eh bien moi, si. Je ne peux pas m'en empêcher. Quand on fore un puits, même dans le terrain le plus riche, on n'est jamais sûr de rien tant qu'on n'a pas mis dans le mille. Nous ne nous connaissons pas encore assez, Perle, observa-t-il avec sagesse.

— Garde-moi près de toi, Jack, c'est tout ce que je te demande. Serre-moi dans tes bras et ne pense qu'à des choses merveilleuses. Je vais bientôt plonger dans une existence bourrée de statistiques et d'expériences, de données concrètes, de faits et de preuves. Je voudrais un peu de rêve aussi, Jack. Tu comprends ça ?

— Bien sûr, dit-il simplement.

Il m'embrassa, me serra contre lui et je m'endormis dans ses bras. J'étais beaucoup plus calme en m'éveillant au petit matin. Mon angoisse avait disparu et je regagnai ma chambre le cœur léger.

Papa et maman furent très surpris d'apprendre, au petit déjeuner, que Jack s'en allait déjà. Il expliqua qu'il ne pouvait pas quitter son travail plus de vingt-quatre heures, et papa lui fit promettre de revenir bientôt. Il insista aussi pour qu'il garde la cravate et la veste.

— Je ne redeviendrai jamais assez mince pour la porter, observa-t-il avec humour. Et je ne serais pas étonné que vous en ayez besoin sous peu pour des circonstances... plus officielles.

Jack protesta encore, papa n'en insista que plus et ce petit manège se prolongea quelques instants. Finalement, Jack se vit contraint d'accepter la veste, et la cravate par-dessus le marché.

Juste avant de partir pour l'hôpital avec maman, je fis mes adieux à Jack devant le perron.

— J'ai oublié de te rendre tes vêtements, lui rappelai-je.

— Les gens des villes n'ont pas de parole, c'est bien connu, répliqua-t-il en riant.

Et je ris de bon cœur avec lui.

C'était un matin radieux, exceptionnellement dépourvu de brume. Tout semblait plus clair, plus brillant, l'air embaumait le parfum des bambous et des parterres en fleurs. La ville s'éveillait au bruit des tramways et des voitures, des éclats de voix montaient de la rue, les premières tondeuses ronflaient dans les jardins.

— Je te reverrai avant de partir à l'université, au moins ? demandai-je d'une voix mal assurée.

— Absolument. D'ailleurs, tu devrais venir voir ton puits plus souvent, il faut que tu apprennes à le connaître. Et n'oublie pas d'amener Pierre.

— Promis.

Nous nous embrassâmes une dernière fois et je caressai du doigt les lèvres de Jack, m'abreuvant de la tendresse que je lisais dans ses yeux.

— Bonne route, Jack. Tu me manqueras.

— Toi aussi, dit-il en montant dans sa camionnette. J'espère que je ne vais pas me perdre dans toutes ces rues !

— Un homme qui sait retrouver son chemin dans les canaux peut-il s'égarer à La Nouvelle-Orléans ? plaisantai-je.

Il rit encore, mais reprit aussitôt son sérieux.

— Je ne sais pas si j'ai le droit de t'aimer, mais je crois que c'est ce qui m'arrive, dit-il avec gravité.

— Tu en as plus que le droit, Jack Clovis, Tu en as le devoir. Et ne t'avise pas d'y manquer, surtout !

Il eut ce merveilleux sourire que j'aimais, un sourire que j'allais garder longtemps dans ma mémoire et chérir comme un trésor. Et il s'en alla.

Mes yeux s'embuèrent, mais aussitôt je refoulai mes larmes. Il fallait que je sois forte, pour maman et pour papa. La route qui s'ouvrait devant nous, je le savais, était abrupte et semée d'obstacles.

Deux jours plus tard, nous ramenâmes Pierre à la maison. Il vacillait sur ses jambes mais il voulait marcher quand même et je le guidai en lui tenant la main. Il voulut aller dans les jardins, et je devinai pourquoi. Il désirait revoir la petite maison qu'ils avaient jadis construite dans un arbre, Jean, papa et lui. Les médecins pensaient que le grand air ne pouvait que lui faire du bien. Ils nous avaient avertis que cela le fatiguerait, du moins pendant les premières semaines, et ils avaient raison. Après le déjeuner, il s'endormait régulièrement dans son fauteuil et je le portais jusqu'à sa chambre.

Mais cela lui faisait quand même des matinées entières de plein air.

Je passai beaucoup de temps près de lui, à lui faire la lecture, jouer à des jeux stratégiques, ou répondre à ses questions sur sa maladie. Une fois par semaine, il se rendait à l'hôpital pour une séance de psychothérapie et un bilan de santé, dont les résultats impressionnaient vivement le Dr Lasky.

— Les pouvoirs de l'esprit dépassent notre imagination, confia-t-il un jour à maman, qui se permit un sourire.

Si quelqu'un n'avait pas besoin qu'on le lui dise, c'était bien elle.

[illegible]

Deux jours après le retour de Pierre, mourut Marthe [illegible] la tempe de Jean et qui l'accompagna [illegible] des fleurs sur la simplicité de la [illegible] sur son cercueil. Songeant à ses souvenirs [illegible] où elle se retournait si les plaisanteries de Jean [illegible] qu'il l'enserrait de ses bras quand [illegible] malade, ou tout simplement quand [illegible] de tendresse. Mais je savais pourquoi [illegible] Ce n'était pas seulement [illegible] pour remercier son fils. Car [illegible] du cœur que l'esprit de Jean avait [illegible] de la mort [illegible] jamais.

Quand Pierre fut [illegible] pour supporter le voyage, nous allâmes [illegible] à Bois-Cyprès [illegible] lui [illegible] et lui expliquer en détail [illegible] chaque machine. Pierre [illegible] le père à [illegible] semblable à [illegible] d'une semaine d'ac[illegible] l'université, Pierre était assez valide pour retourner au lycée en septembre, sans abandonner la [illegible] pour autant. Il lui était très difficile d'apprendre [illegible] sans Jean. Bien souvent, je le surprenais [illegible] d'humeur changeante, et je compris qu'il [illegible] seul. Finalement, le [illegible] décida qu'il [illegible] de se rendre sur la tombe de Jean.

Au début, il refusa. Il ne voulait [illegible] de temps [illegible]. Mais à force de patience, j'y par-

ÉPILOGUE

Deux jours après le retour de Pierre, maman voulut se rendre à nouveau sur la tombe de Jean et je l'accompagnai. Elle déposa des fleurs sur la sépulture et la contempla longuement d'un air rêveur, souriant à ses souvenirs. Je devinai qu'elle se remémorait les plaisanteries de Jean, sa façon de l'entourer de ses bras quand il avait peur ou qu'il était malade, ou tout simplement quand il avait besoin de tendresse. Mais je savais pourquoi elle tenait à cette visite. Ce n'était pas seulement pour se souvenir. C'était pour remercier son fils. Car elle croyait, du fond du cœur, que l'esprit de Jean avait détourné son frère de la mort et l'avait renvoyé parmi nous.

Quand Pierre fut assez vigoureux pour supporter le voyage, nous allâmes voir Jack à Bois Cyprès. Jack lui fit faire le tour de l'exploitation et lui expliqua en détail le fonctionnement de chaque machine. Papa et maman revisitèrent la maison vide et flânèrent dans le parc à l'abandon. Puis nous allâmes tous ensemble à Houma, déjeuner d'un savoureux plat de crevettes à l'étouffée.

Quinze jours plus tard, j'entamais ma semaine d'accueil à l'université. Pierre était assez rétabli pour retourner au lycée en septembre, sans abandonner sa thérapie pour autant. Il lui était très difficile d'apprendre à vivre sans Jean. Bien souvent, je le surprenais dans un état d'absence étrange, et je comprenais qu'il parlait à son frère. Finalement, le Dr Lefèvre décida qu'il serait bénéfique pour lui de se rendre sur la tombe de Jean.

Au début, il résista. Il me fallut beaucoup de temps pour le convaincre. Mais à force de patience, j'y parvins, et nous l'accompagnâmes tous au cimetière. Il ne fit rien d'autre que regarder la pierre tombale, lisant et relisant sans cesse le nom de Jean, et il fut très silencieux pendant le reste de la journée. Mais au cours des semaines suivantes, j'observai chez lui un changement notable. Il se montra plus communicatif, exprima le désir de recevoir des amis et de leur rendre visite. Il grandit, mincit, et redevint l'excellent écolier qu'il était jusque-là.

L'été semblait ne pas vouloir finir, cette année-là, et la chaleur se prolongea jusqu'aux premiers jours de décembre. Jack vint me voir à la faculté, mais il ne se sentait pas très à l'aise sur le campus : il préférait de beaucoup être à la maison, ou flâner en ville avec moi. Pierre l'adorait, et il n'était jamais aussi heureux que lorsque Jack nous rendait visite ou lorsque nous allions le voir dans le bayou.

Au début du printemps, juste après le premier avril, tante Jeanne téléphona pour annoncer à maman que Gladys Tate était morte. La famille songeait à remettre Bois Cyprès en état, lui apprit-elle par la même occasion. Et maman s'en réjouit.

— C'est ce que Paul aurait souhaité, Jeanne. Il était si fier de cette maison !

— Je sais que Perle y vient quelquefois, fit observer tante Jeanne. Si tu l'accompagnais, de temps en temps, tu pourrais m'offrir tes suggestions pour la restauration ?

Maman lui répondit qu'elle ne demandait pas mieux, et nous fit part de cette conversation au dîner.

— C'est une excellente idée, Ruby, approuva papa. Tu t'y connais beaucoup mieux qu'eux dans ce domaine.

Il n'ignorait pas que maman aimerait participer à la restauration de Bois Cyprès, et il fit tout pour lui faciliter les choses. Personnellement, j'en fus ravie : cela me fournirait encore plus d'occasions d'être avec Jack.

Nos visites dans le bayou se multiplièrent, et petit à petit une transformation subtile s'opéra en moi. Au début, je croyais ne pouvoir jamais oublier mon horrible expérience avec Buster Trahaw. Mon effroyableréclusion dans les marais m'avait laissé une répugnance pour le bayou que je croyais insurmontable. Et pourtant, quand je m'y promenais avec Jack, tout était différent.

Autant j'avais aimé lui montrer les bons côtés de la ville, autant il était désireux de me faire découvrir la nature et la vie sauvage. Il avait l'œil d'un guide cajun, et repérait du premier coup les bébés alligators endormis, les pélicans bruns, les busards et les pies-grièches, alors qu'il me fallait aiguiser mon regard, fixer longtemps le point qu'il me montrait, et quelquefois me laisser guider par la main jusqu'à l'animal qu'il avait vu, avant de l'apercevoir à mon tour. Et chaque fois, j'en restais bouche bée de surprise.

Je vis le bayou en toutes saisons, je rencontrai beaucoup de gens du pays, j'appris à les connaître et à les aimer. Je sentis qu'ils m'aimaient bien, eux aussi, surtout parce qu'ils appréciaient Jack et que j'étais avec lui. J'adorais leurs histoires, leur parler savoureux, leur humour jovial. C'était infiniment rafraîchissant après le brouhaha de la ville et les complications de ma vie d'étudiante.

Mais Jack nous réservait une immense surprise, à maman et à moi. L'année suivante, à la fin de l'automne, il nous montra ce qu'il avait fait au cours de ses heures de liberté : il avait rénové la vieille cabane. A présent, elle était exactement semblable à la maison cajun de mes rêves. Le toit de tôle tout neuf rutilait au soleil. Jack avait reconstruit la rambarde et les marches, remplacé les lames de plancher brisées, réparé les fenêtres, rafraîchi et désherbé les alentours de la cabane. Il avait même remis à neuf les éventaires où mon arrière-grand-mère Catherine et maman vendaient jadis aux touristes leurs tissages et leur gombo.

Maman rayonnait. Elle battit des mains et visita toute la maison, en laissant éclater à chaque pas sa surprise et sa joie. Jack avait raccommodé le vieux rocking-chair, lui aussi. Maman déclara que c'était comme si le temps revenait en arrière, et qu'elle croyait presque voir sa chère grand-mère en train de s'y balancer. Pendant qu'elle s'attardait sur la galerie, plongée dans ses souvenirs, Jack me prit par la main et m'emmena jusqu'au bord du canal.

— Tu vois ce remous, là-bas ? dit-il en pointant du doigt. Dans une minute, tu vas voir apparaître une tortue d'eau. Ça y est ! Tu la vois ?

— Oui, Jack. Je la vois.

Je contemplai le cours de l'eau d'un œil songeur, jusqu'à l'endroit où le canal faisait un coude en s'enfonçant dans le marais, et Jack suivit la direction de mon regard.

— On peut aller d'ici à Bois Cyprès en pirogue, tu sais ? Je t'emmènerai faire un tour sur les canaux, la prochaine fois.

— C'est comme ça que mon oncle Paul venait chercher ma mère, dis-je rêveusement. Elle m'en a souvent parlé. Est-ce que tu crois qu'une sorte de pouvoir nous pousse à revenir sur les traces de nos parents, Jack ?

— Un pouvoir ? Je n'en sais rien. C'est possible, mais je ne me pose pas la question. Je fais ce qui me semble bon et juste, pas plus. C'est trop simple pour toi ?

— Non, répondis-je en riant. Tu me trouves toujours un peu trop cérébrale, c'est ça ?

— Eh bien… tu fais des progrès, me taquina-t-il. Et tu es plus belle de jour en jour.

Je le dévisageai un moment, toute pensive, et nous échangeâmes un long baiser.

Sur la galerie, assise dans le vieux fauteuil de sa grand-mère Catherine, maman se laissait emporter par la douceur des souvenirs. Elle revivait sa jeunesse. Elle voyait et entendait tous ceux qu'elle avait aimés, j'en eus la certitude. Et je compris combien il était essentiel de savoir saisir chaque instant de bonheur.

— Pendant un moment, Jack Clovis, tu m'as fait douter de moi. Je ne savais plus vraiment où était ma place.

Son regard intense interrogea le mien.

— Eh bien, où est ta place ?

— Dans tes bras.

— Même ici ?

— Surtout ici, répondis-je à mi-voix.

Jack m'entoura de son bras. Une volée d'étourneaux jaillit du marais proche et passa au-dessus de nous, si bas que l'air agité par leurs ailes nous balaya le front. C'était exactement ce qui se passait toujours dans mon vieux cauchemar.

Mais maintenant les démons étaient partis, envolés eux aussi, et jamais ils ne reviendraient.

J'étais en sécurité.

Romans, récits et documents

La littérature conjuguée au pluriel, pour votre plaisir. Des œuvres de grands romanciers français et étrangers, des histoires passionnantes, dramatiques, drôles ou émouvantes, pour tous les goûts...

ADLER Laure
L'année des adieux
4166/4
Chronique de la vie quotidienne à l'élysée sous la présidence Mitterrand. Portrait d'un homme d'exception.

ADLER Philippe
Bonjour la galère !
1868/1
Les amies de ma femme
2439/3
Mais qu'est-ce qu'elles veulent ces bonnes femmes ? Quand il rentre chez lui, Albert aimerait que Victoire s'occupe de lui mais rien à faire : les copines d'abord. Jusqu'au jour où Victoire se fait la malle et où ce sont ses copines qui consolent Albert.

ALLÉGRET Catherine
Les souvenirs et les regrets aussi
4000/7

ALLEGRI Renzo
La véritable histoire de Maria Callas
3699/6

AMIEL Joseph
Question de preuves
4119/5

ANDERSEN Christopher
Mike Jagger le scandaleux
3771/8

ANDREWS Virginia C.
Ma douce Audrina
1578/4

Fleurs captives
Dans un immense et ténébreux grenier, quatre enfants vivent séquestrés. Pour oublier, ils font de leur prison le royaume de leurs jeux et de leur tendresse, à l'abri du monde. Mais le grenier devient un enfer. Et le seul désir de ces enfants devenus adolescents est désormais de s'évader... à n'importe quel prix.

- Fleurs captives
1165/4
- Pétales au vent
1237/4
- Bouquet d'épines
1350/4
- Les racines du passé
1818/5
- Le jardin des ombres
2526/4

La saga de Heaven
- Les enfants des collines
2727/5
- L'ange de la nuit
2870/5
- Cœurs maudits
2971/5
- Un visage du paradis
3119/5
- Le labyrinthe des songes
3234/6

Aurore
Un terrible secret pèse sur la naissance d'Aurore. Brutalement séparée des siens, humiliée, trompée, elle devra payer pour les péchés que d'autres ont commis. Car sur elle et sur sa fille Christie, plane la malédiction des Cutler...

- Aurore
3464/5
- Les secrets de l'aube
3580/6
- L'enfant du crépuscule
3723/6
- Les démons de la nuit
3772/6
- Avant l'aurore
3899/5

Ruby
4253/6
Perle
4332/5

A. NONYME
M. et Mme ont un fils
4036/2 & 4118/2

APOLLINAIRE Guillaume
Les onze mille verges
704/1

ARTHUR
Arthur censuré
3698/5
De la radio à la télé, rien n'arrête Arthur.

Ta mère
4075/2
Ta mère, la réponse
4225/2
Ta mère, la revanche
4365/2
Aimons-nous les uns les autres
4524/2

ARVIGNES Georges
Quelques mois pour l'aimer
4289/2

ASHWORTH Sherry
Calories story
3964/5 Inédit

Romans, récits et documents

ATTANÉ Chantal
Le propre du bouc
3337/2

AVRIL Nicole
Monsieur de Lyon
1049/2
La disgrâce
1344/3
Jeanne
1879/3
Don Juan aujourd'hui pourrait-il être une femme ?
L'été de la Saint-Valentin
2038/1
Sur la peau du Diable
2707/4
Dans les jardins de mon père
3000/2
Il y a longtemps que je t'aime
3506/3

BACH Richard
Jonathan Livingston le goéland
1562/1 Illustré
Illusions/Le Messie récalcitrant
2111/1
Un pont sur l'infini
2270/4

BAILLY Othilie
L'enfant dans le placard
3029/1
L'enfant qui se laissait mourir
3859/1

BALDACCI David G.
Le pouvoir d'exécuter
4267/7
Ayant surpris par hasard le meurtre d'une jeune femme, un cambrioleur est contraint au silence par les services secrets américains...

BALTIQUE
Labrador présidentiel
Aboitim - 1
4490/3

BARRON Judy & Sean
Moi, l'enfant autiste
3900/4

BAYROU François
Henri IV
4183/6
La vie du souverain préféré des Français, par un historien également ministre de l'Education nationale. Coexistence pacifique, redressement financier, lutte contre la corruption, développement agricole et industriel, réforme de l'enseignement, le parallèle avec notre époque est troublant et passionnant.

de BEARN Myriam & Gaston
Gaston Phébus
- Le lion des Pyrénées
2772/6
- Les créneaux de feu
2773/7
- Landry des bandouliers
2774/5

BELLEMARE P. & ANTOINE J.
Les dossiers extraordinaires
2820/4 & 2821/4
Les dossiers d'Interpol
2844/4 & 2845/4

BELLETTO René
Le revenant
2841/5
Sur la terre comme au ciel
2943/5
La machine
3080/6
L'Enfer
3150/5
Dans une ville déserte et terrassée par l'été, Michel erre. C'est alors qu'une femme s'offre à lui, belle et mystérieuse...

BERBEROVA Nina
Le laquais et la putain
2850/1
Astachev à Paris
2941/2
La résurrection de Mozart
3064/1
C'est moi qui souligne
3190/8
L'accompagnatrice
3362/4
De cape et de larmes
3426/1
Roquenval
3679/1
A la mémoire de Schliemann
3898/1
Chroniques de Billancourt
4076/3
Dans les années vingt, un petit peuple misérable d'émigrés slaves s'agglutine autour des usines Renault, entre nostalgie et désespoir...

de BERG Jean
L'image
1686/1

BERTRAND Jacques A.
Tristesse de la Balance et autres signes
2711/1

BEYALA Calixthe
C'est le soleil qui m'a brûlée
2512/2
Tu t'appelleras Tanga
2807/3

Romans, récits et documents

Le petit prince de Belleville
3552/3

Maman a un amant
3981/3

Assèze l'Africaine
4292/4

L'itinéraire tragique d'Assèze, une jeune Camerounaise, de son village aux mirages de Douala, puis aux « clandés » surpeuplés de Paris. Mêlant avec une magie singulière poésie, lyrisme et humour, Calixthe Beyala fait surgir une foule de personnages d'où émerge le couple étrange que forment Assèze et Sorraya, les sœurs ennemies.

BIGEARD Général

De la brousse à la jungle
3995/4 Illustré

BLUE Corine

L'oiseau libre
4493/3

BOCCOLINI Laurence

Je n'ai rien contre vous personnellement
4412/3

BOGGIO Philippe

Coluche
3268/7

BORY Jean-Louis

Mon village à l'heure allemande
81/4

BOTTE Marie-France & MARI Jean-Paul

Le prix d'un enfant
3983/4 Illustré

BOUDARD Alphonse

Saint Frédo
3962/3

BOUILLOT Françoise

La boue
4139/3

BOURDIN Françoise

Les vendanges de Juillet
4142/6

Terre Indigo
4382/5

Ruinés, les Vallogne quittent Bordeaux en 1920 pour Cuba. Au lieu de la riche plantation qu'ils avaient achetée, ils ne découvrent qu'une cabane...

Juillet en hiver
4496/5

BRANDO Marlon

Les chansons que m'apprenait ma mère
4143/7 Illustré

Marlon Brando retrace sa carrière d'acteur, sa vie d'homme et son engagement pour la défense des Indiens et d'autres minorités opprimées d'Amérique du Nord.

BRAVO Christine

Avenida B.
3044/3

Les petites bêtes
3104/2

Les grosses bêtes (un érotisme inattendu)
3770/3

Les bêtes, petites ou grosses, sont aussi compliquées que nous et leurs amours sont bien difficiles !

L'adieu à Tolède
4393/6

Changer tout
4497/7

BRIAND Charles

Le seigneur de Farguevieille
4074/4

BROUILLET Chrystine

Marie LaFlamme

- Marie LaFlamme
3838/6

- Nouvelle-France
3839/6

- La renarde
3840/6

de BURON Nicole

Les saintes chéries
248/3

Vas-y maman
1031/2

Dix-jours-de-rêve
1481/3

Qui c'est, ce garçon ?
2043/3

C'est quoi, ce petit boulot ?
2880/4

Où sont mes lunettes ?
3297/4

Arrêtez de piquer mes sous !
3652/5

Impôts, cotisations, taxes, prélèvements, vignettes, TVA... c'est trop ! Le ras-le-bol d'une contribuable excédée mais d'un humour à toute épreuve.

Arrête ton cinéma !
4251/4

BYRNE Beverly

Gitana
3938/8

CAILHOL Alain

Immaculada
3766/4 Inédit

CAISNE Arielle

L'ortie
3836/1

CALFAN Nicole

La femme en clef de sol
3991/2

CAMPBELL Naomi

Swan
3827/6 Inédit

Romans, récits et documents

CARREL Dany
L'Annamite
3459/7

CARROLL Lewis
Alice au pays des merveilles
3486/2

des CARS Guy
1911-1993. D'abord journaliste, il entama, avec L'officier sans nom *une carrière littéraire qui en fera l'écrivain français le plus lu dans le monde.*

La brute
47/3
Accusé de meurtre et traduit en justice, un sourd-muet, aveugle de naissance va être condamné.

Le château de la juive
97/4
La tricheuse
125/4
L'impure
173/4
La corruptrice
229/3
La demoiselle d'Opéra
246/4
Les filles de joie
265/3
La dame du cirque
295/3
Cette étrange tendresse
303/3
L'officier sans nom
331/3
La maudite
361/4
Entre un père despotique et une redoutable gouvernante, une jeune fille reçoit une éducation rigide. Elle n'aura que plus tard la révélation de sa dualité sexuelle.

L'habitude d'amour
376/3
La révoltée
492/4
Une certaine dame
696/5
L'insolence de sa beauté
736/3
La justicière
1163/2
La vie secrète de Dorothée Gindt
1236/1
L'envoûteuse
2016/5
Le crime de Mathilde
2375/4
L'histoire d'une étonnante captation d'héritage et d'une femme qui ne vécut que pour un seul amour.

La voleuse
2660/4
Le grand monde
2840/8
L'amoureuse
3192/4
Je t'aimerai éternellement
3462/4
La femme-objet
3517/3
L'amant imaginaire
3694/6
Hôtesse dans un établissement très spécial, Solange se préserve en s'inventant un amant imaginaire qui fait rêver ses amies.

La visiteuse
3939/3

CATO Nancy
Lady F.
2603/4
Tous nos jours sont des adieux
3154/8
Marigold
3837/2

CAVANNA
Les pensées
4388/2
Drôles, acides, impertinentes, les pensées de Cavanna donnent envie de rire ou de pleurer, mais font à coup sûr réfléchir.

CERF Muriel
L'antivoyage
3883/3

CESBRON Gilbert
Chiens perdus sans collier
6/2
C'est Mozart qu'on assassine
379/3

CHABROL Dominique
Desproges
4056/3

CHAMSON André
La Superbe
3269/7
La tour de Constance
3342/7

CHAZAL Claire
Balladur
3581/3

CHEDID Andrée
La maison sans racines
2065/2
Le sixième jour
2529/3
Le sommeil délivré
2636/3
L'autre
2730/3
Les marches de sable
2886/3
L'enfant multiple
2970/3
La cité fertile
3319/1
La femme en rouge et autres nouvelles
3769/1

Romans, récits et documents

CLAVEL Bernard

Né dans le Jura en 1923, Bernard Clavel a exercé plusieurs métiers avant de se consacrer exclusivement à la littérature. Autodidacte, cet écrivain passionné nourrit son œuvre de la richesse de son vécu et de sa sensibilité. Sous sa plume naissent des personnages forts et vrais, des drames inoubliables qui passionnent le public. J'ai lu a déjà vendu dix millions d'exemplaires de ses ouvrages.

Le tonnerre de Dieu
290/1

Le voyage du père
300/1

L'Espagnol
309/4

Malataverne
324/1

Dans un bourg du Jura où ils s'ennuient, trois adolescents font les quatre cents coups et entrent, sans le comprendre vraiment, dans la délinquance.

L'hercule sur la place
333/3

Le tambour du bief
457/2

Le massacre des innocents
474/1

L'espion aux yeux verts
499/2

Le Seigneur du Fleuve
590/3

Pirates du Rhône
658/1

Le silence des armes
742/3

Tiennot
1099/1

L'homme du Labrador
1566/1

Qui êtes-vous, B. Clavel ?
1895/2

Quand j'étais capitaine
3423/3

Meurtre sur le Grandvaux
3605/3

Les rouliers, c'étaient les ancêtres des camionneurs d'aujourd'hui. Pendant des siècles, ils ont parcouru toutes les routes d'Europe, de l'Espagne aux foires de Russie, avec leurs attelages chargés de marchandises. Mais pour Ambroise Grandvalliers, le voyage s'arrête le jour où il lui faut venger l'honneur de sa fille.

La bourrelle
3659/1

L'Iroquoise
3700/1

La révolte à deux sous
3748/3

Dresseur d'animaux, Patero parcourt les collines de Lyon, entouré de chats, d'oiseaux et de rats, tenant entre ses mains tous les fils d'une révolte que le fleuve en colère finira par engloutir sous ses eaux noires.

Cargo pour l'enfer
3878/4

Chargé de déchets toxiques, un vieux cargo erre interminablement d'un port à l'autre, sans pouvoir se délivrer de sa monstrueuse cargaison. Une dénonciation de l'irresponsabilité et de la corruption qui marquent notre siècle.

Les roses de Verdun
4260/3

Au terme d'une vie consacrée aux affaires, parmi lesquelles le commerce d'armes, un grand bourgeois, condamné par la maladie, décide d'effectuer un pèlerinage sur la tombe de son fils. Son fidèle chauffeur raconte ce voyage et, peu à peu, ressurgissent des souvenirs d'une époque oubliée.

La grande patience

1 - La maison des autres
522/4

2 - Celui qui voulait voir la mer
523/4

3 - Le cœur des vivants
524/4

4 - Les fruits de l'hiver
525/4

Dans une petite ville près de Lyon, les règlements de comptes sanglants de la Libération sèment le trouble et la mort. Ce roman valut à Bernard Clavel le prix Goncourt en 1968.

Les colonnes du ciel

1 - La saison des loups
1235/3

2 - La lumière du lac
1306/4

3 - La femme de guerre
1356/3

4 - Marie Bon Pain
1422/3

5 - Compagnons du Nouveau-Monde
1503/3

Le Royaume du Nord

Tout semblait rejeter l'homme dans ce Grand Nord canadien. Pourtant des pionniers s'engagent, pour tenter une utopique aventure : fonder un village sur les berges de l'Harricana.

- Harricana
2153/4

- L'Or de la terre
2328/4

- Miséréré
2540/4

- Amarok
2764/3

- L'angélus du soir
2982/3

- Maudits sauvages
3170/4

Romans, récits et documents

CLAVELL James
Shogun
4361/6 & 4362/6
En l'an 1600, un navire européen s'échoue sur les côtes japonaises, où les survivants du naufrage sont faits prisonniers. John Blackthorne découvre alors un monde inconnu, à la fois cruel et raffiné, en proie à de sauvages combats de clans. Fasciné, il assiste à l'ascension de l'inquiétant Toranaga qui va devenir Shogun, c'est-à-dire dictateur, maître absolu du Pays du Soleil Levant.

CLÉMENT Catherine
Pour l'amour de l'Inde
3896/8

COCTEAU Jean
Orphée
2172/1

COELHO Paulo
L'Alchimiste
4120/4
Sur le bord de la rivière Piedra
4385/4
Pilar retrouve son compagnon d'enfance, perdu onze ans plus tôt. Tous deux sont à la recherche de leur vérité et veulent aller jusqu'au bout de leurs rêves. Une histoire d'amour qui est aussi le récit d'une quête initiatique.

COLETTE
Le blé en herbe
2/1

COLLARD Cyril
Cinéaste, musicien, il a adapté à l'écran et interprété lui-même son second roman* Les nuits fauves. *Le film, 4 fois primé, a été élu meilleur film de l'année aux Césars 1993. Quelques jours plus tôt Cyril Collard mourait du sida.

Les nuits fauves
2993/3
Condamné amour
3501/4
L'ange sauvage
3791/3

COLOMBANI Marie-Françoise
Donne-moi la main, on traverse
2881/3
Derniers désirs
3460/2

COLUCHE
Coluche Président
3750/4

COMBE Rose
Le Mile des Garret
4333/2

CONNOR Alexandra
Les couleurs du rêve
4207/5

CONROY Pat
Le Prince des marées
2641/5 & 2642/5

DATH Isabelle & HARROUARD Philippe
Alain Juppé ou la tentation du pouvoir
4073/3

DENUZIÈRE Maurice
Helvétie
3534/9
La Trahison des apparences
3674/1
Rive-Reine
4033/6 & 4034/6

DEVEREUX Charles
Vénus indienne
3807/3
Mes amours sous les déodars
4409/4

DEVI Phoolan
Moi, Phoolan Devi, reine des bandits
4494/8 Illustré
Née parmi les parias, Phoolan Devi semblait promise, en Inde, à un esclavage sans issue. Mais sa révolte a fait d'elle un symbole d'espoir pour des millions de femmes. Mariée à onze ans, maltraitée puis abandonnée, violée par une bande de hors-la-loi, elle se rebelle et se venge. Devenue la reine des bandits, elle vole les riches pour donner aux pauvres, tandis que sa tête est mise à prix...

DHÔTEL André
Le pays où l'on n'arrive jamais
61/2

DICKEY James
Délivrance
531/3

DIWO Jean
Au temps où la Joconde parlait
3443/7
L'Empereur
4186/7
Les dîners de Calpurnia
4539/7

DJIAN Philippe
Né en 1949, sa pudeur, son regard à la fois tendre et acerbe, et son style inimitable ont fait de lui l'écrivain le plus lu de sa génération.

37°2 le matin
1951/4
Bleu comme l'enfer
1971/4
Zone érogène
2062/4
Maudit manège
2167/5

Romans, récits et documents

50 contre 1
2363/2
Echine
2658/5
Crocodiles
2785/2
Cinq histoires qui racontent le blues des amours déçues ou ignorées. Mais c'est parce que l'amour dont ils rêvent se refuse à eux que les personnages de Djian se cuirassent d'indifférence ou de certitudes. Au fond d'eux-mêmes, ils sont comme les crocodiles : « des animaux sensibles sous leur peau dure ».

DOBYNS Stephen

Les deux morts de la Señora Puccini
3752/5 Inédit

DORIN Françoise

Elle poursuit avec un égal bonheur une double carrière. Ses pièces (La facture, L'intoxe...) dépassent le millier de représentations et ses romans sont autant de best-sellers.

Les lits à une place
1369/4
Les miroirs truqués
1519/4
Les corbeaux et les renardes
2748/5
Nini Patte-en-l'air
3105/6
Au nom du père et de la fille
3551/5
Un beau matin, Georges Vals aperçoit l'affiche d'un film sur laquelle s'étale le corps superbe et intégralement nu de sa fille. De quoi chambouler un honorable conseiller fiscal de 63 ans !
Pique et cœur
3835/1
La Mouflette
4187/4
La Mouflette, c'est Ophélie, un bébé. Elle, c'est sa grand-mère, la quarantaine, qui vit une seconde jeunesse, un nouvel amour. Lui, c'est l'amant, qui supporte mal la situation...

DUBOIS Jean-Paul

Les poissons me regardent
3340/3

DUBOIS Sonia

Journal d'une grosse repentie
4461/3

DUPONT Marie-Noëlle

Rendez-moi mes enfants
4054/3

DUQUESNE Jacques

Jésus
4160/4
Une biographie qui dérangea les milieux catholiques traditionnels. Jacques Duquesne trace un portrait prudent et mesuré d'un personnage historique.

DURIÈS Vanessa

Le lien
3678/3

DUROY Lionel

Priez pour nous
3138/4

D'EAUBONNE Françoise

Isabelle Eberhardt
2989/6

Dr ETIENNE Jean-louis

Transantarctica
3232/5
6 300 km dans un désert glacé, avec trois traîneaux et quarante chiens. Un pari insensé.

FAUCHER Elisabeth

Rends la monnaie, papa!
3746/3 Inédit Illustré

FERBER Edna

Show-Boat
4016/5
Cimarron
4205/4

FIECHTER Jean-Jacques

Tiré à part
3912/3
L'ombre au tableau
4498/3

FIELD Michel

L'homme aux pâtes
3825/4

FIELDING Joy

Dis au revoir à maman
1276/4
La femme piégée
1750/4

FLAGG Fannie

Beignets de tomates vertes
3315/7
Daisy Fay et l'homme miracle
4334/5

FLÉOUTER Claude

Johnny, la dernière des légendes
3610/4 Illustré

FOUCHET Lorraine

Jeanne, sans domicile fixe
2932/4

FRANÇOIS Jacques

Rappels
3982/4 Illustré

FREEDMAN J.F.

Par vent debout
3658/9 Inédit

Romans, récits et documents

FRISON-ROCHE

Né à Paris en 1906, l'alpinisme et le journalisme le conduisent à une carrière d'écrivain. Aujourd'hui il partage son temps entre de grands reportages, les montagnes du Hoggar et Chamonix.

Premier de cordée
936/3

La grande crevasse
951/3

Retour à la montagne
960/3

La piste oubliée
1054/3

Le rendez-vous d'Essendilène
1078/3

Djebel Amour
1225/4

En 1870, une jolie couturière épouse un prince de l'Islam. A la suite de Si Ahmed Tidjani, elle découvre, éblouie, la splendeur du Sahara. Décidée à conquérir son peuple, elle apprend l'arabe, porte le saroual et prend le nom de Lalla Yamina.

La dernière migration
1243/4

Les montagnards de la nuit
1442/4

Frison-Roche, qui a lui-même appartenu aux maquis savoyards, nous raconte le quotidien de ces combattants de l'ombre.

L'esclave de Dieu
2236/6

Le versant du soleil
3480/9

GAGARINE Marie

Blonds étaient les blés d'Ukraine
3009/6

Le thé chez la comtesse
3172/5 Illustré

GEDGE Pauline

La dame du Nil
2590/6

L'histoire d'Hatchepsout, reine d'Egypte à 15 ans. Les splendeurs de la civilisation pharaonique et un destin hors série.

GEORGY Guy

La folle avoine
3391/4

Le petit soldat de l'Empire
3696/4

GLASER Elizabeth & PALMER Laura

En l'absence des anges
3318/6

GOLON Anne & Serge

Angélique Marquise des Anges
2488/7

Angélique le chemin de Versailles
2489/7

Angélique et le Roy
2490/7

Indomptable Angélique
2491/7

Angélique se révolte
2492/7

Angélique et son amour
2493/7

Angélique et le Nouveau Monde
2494/7

La tentation d'Angélique
2495/7

Angélique et la Démone
2496/7

Angélique et le complot des ombres
2497/5

Angélique à Québec
2498/5 & 2499/5

La route de l'espoir
2500/7

La victoire d'Angélique
2501/7

GOTLIB

J'existe, je me suis rencontré
3719/4

GOURIO Jean-Marie

Brèves de comptoir
3978/3, 4015/3, 4052/4, 4291/4 & 4441/4

A l'heure de l'apéritif, dans les 150 000 bistrots, on refait le monde, les gouvernements, on déclare des guerres, on invente des lois, on reconstruit des villes, on replante des forêts... On va même jusqu'à avancer la date du beaujolais nouveau !

GRAM Dewey

Le Journal
3822/5

L'Ombre et la Proie
4418/4

GRAY martin

Le livre de la vie
839/2

Les forces de la vie
840/2

GROULT Flora

Après des études à l'Ecole des arts décoratifs, elle devient journaliste et romancière. Elle écrit d'abord avec sa sœur Benoîte, puis seule.

Maxime ou la déchirure
518/1

Un seul ennui, les jours raccourcissent
897/2

A 40 ans, Lison épouse Claude, diplomate à Helsinki. Elle va découvrir la Finlande et les enfants de son mari. Une erreur ?

4627

Composition Interligne B-Liège
Achevé d'imprimer en Europe (France)
par Brodard et Taupin à La Flèche (Sarthe)
le 10 février 1998. 6444T-5
Dépôt légal février 1998. ISBN 2-290-04627-2
1er dépôt légal dans la collection : octobre 1997
Éditions J'ai lu
84, rue de Grenelle, 75007 Paris
Diffusion France et étranger : Flammarion